KB236923

한국 현대시 교육론

장도준 저

국학자료원

시는 우리들의 슬픔과 아픔과 기쁨과 분노와 축제와 저항을 승화된 형식으로 노래한다. 시는 인간의 가장 원초적인 예술 형식의 하나로 그 서정의 물기는 언제나 인간을 인간으로 지탱시켜 주는 인간적 생명력의 요체인 것이다. 즉 인간이 인간으로 살아가는 한 시가 인간을 떠날 수 없다는 말이다. 슬픔은 더욱 슬프게 어루만지고 기쁨은 더욱 기쁘게 하며 저항은 치열한 형식으로 드러낸다. 삶의 본연에 대해서, 아름다움에 대해서, 슬픔에 대해서, 기쁨에 대해서, 외로움에 대해서, 이 모든 것을 시는 포용하여 시화한다.

그런데 이러한 시를 감상하고 비평하거나 교육하기란 그렇게 쉬운 일이 아니다. 그래서 시 비평과 시 교육이 필요하다. 시 비평가와 시 교육자는 일반 독자나 피교육자가 시를 감상하고 이해하는 데 있어 미처 찾아내지 못한 맛과 뜻을 일깨우는 안내자 역할을 한다. 그러나 우리의 문학 교육, 특히 시 교육의 경우 시 교육자가 안내자 역할에 머무는 것이 아니라 아예 피교육자의 감상 부분까지 대신 맡아 함으로써 시 교육에 있어서까지 주입식 교육이 이루어져 온 측면이 없지 않다. 예술 분야의 하나인 문학과 시를 교육하는 데 있어서조차 독자 스스로 감상하고, 그 느낌을 토론하는 데에 낯설어한다면, 그리하여 문학적 감수성이 억제되고 고갈된다면 그런 감수성과 감각으로 문학은 물론이고 어떻게 우리의 삶을 제대로 바라볼 수 있을 것이며, 더 나아가 국가적인 문제를 제대로 판단할 수 있을 것인가.

대통령이 애송시집을 내고 텔레비전의 문학 좌담회에 나와서 토론하는 나라의 국민과 그런 자율적인 감수성 훈련이 제대로 되어 있지 않은 국민의 정치 수준은 얼마나 다를 것인가. 문학과 시를 제대로 이해하지 못하는 국민은 수준 높은 정치를 할 자격도 없다. 시적(예술적) 감수성의 훈련이 되어 있지 않은 국민은 정치논리에 있어서도 단일한 논리로 획일화되기 쉽다.

조그만 문제 앞에서도 수십만이 쉽게 거리로 나서는 획일화된 감수성의 주된 원인의 하나도 바로 우리의 문학 교육, 특히 시 교육의 결과가 한몫하고 있다고 필자는 감히 생각한다.

본 저서는 필자의 이러한 의식과 반성에서 쓰여진 것이다. 특히 이 책의 1부와 2부는 그러한 문제들에 대한 이해와 비판적 접근을 직간접으로 시도한 것들이다. 그 가운데는 중등과 초등의 교육현장을 직접 염두에 두고 쓰여진 몇 편의 글을 포함하고 있다. 3부의 내용 또한 교육 현장에서 아직도 그대로 통용되는 7·5조와 우리의 전통적 율조와의 잘못된 연결 관계에 대해 비판적으로 접근한 것과 서사시와 단편 서사시, 신체시 등의 장르 문제와 그 공과를 다루었다.

천학비재인 탓으로 의도와 결과에 많은 편차가 보이겠지만 제현의 질정 부탁드린다. 그리고 이 책의 출판을 흔쾌히 받아주신 국학자료원의 정찬용 사장님과 편집부 여러분께 진심으로 감사드린다.

2003. 입춘에
금락동 연구실에서
저자 삼가 적음

●●목 차●●

제1부 시의 존재론적 질문 ·· 7

시의 정의와 난해성의 문제 ··· 9
  1. 서 론 ··· 9
  2. 시와 非詩 ··· 10
  3. 시의 난해성의 문제 ·· 21
  4. 결 론 ·· 37

시어에 대한 이해 ··· 39
  1. 서 론 ·· 39
  2. 언어의 일반적 기능과 시적 기능 ································· 39
  3. 시어의 특징 ··· 54
  4. 시어와 인식 ··· 74
  5. 결 론 ·· 81

현대시 텍스트의 존재 양식과 의미 생산에 대한 연구 ·········· 83
  1. 서 론 ·· 83
  2. 시 텍스트의 존재 양식-자율체인가 비자율체인가 ······ 84
  3. 시 텍스트와 독자의 변증법적 상호 관계 ···················· 90
  4. 시 텍스트와 문화와의 관계 ··· 92
  5. 결 론 ·· 105

제2부 우리 시 교육의 현실과 반성 ································· 107

현대시의 기호소통론적 이해와 시 교육의 반성 ················ 109
  1. 서 론 ·· 109
  2. 시에 대한 네가지 관점 ·· 109
  3. 기호소통론적 행위로서의 시와 시 교육의 반성 ········· 112
  4. 수용자(독자)의 복원과 텍스트·독자·문화의 관계 ······· 124
  5. 결 론 ·· 127

시의 심상과 주제화의 호응관계에 대하여 ······················· 129
  1. 서론 ··· 129
  2. 심상의 의미와 시적 기능 ··· 130
  3. 심상과 주제의 기능적 호응과 어긋남-작품 분석 ········ 133
  4. 결 론 ·· 147

우리 시의 운율적 특징과 제 문제 ··· 149
   1. 서 론 ·· 149
   2. 리듬의 시적 의의와 기능 ·· 151
   3. 율격의 개념과 분류 ·· 159
   4. 압운의 의미와 기능 ·· 163
   5. 우리 시의 율격론의 전개와 과제 ······························ 168
   6. 결 론 ·· 177

초등학교 교과서 수록 동시의 분석과 시 지도에 대하여 ············· 179
   1. 서 론 ·· 179
   2. 서정 장르로서의 동시의 문제 ·································· 180
   3. 응축성과 시적 형상화의 문제 ·································· 186
   4. 운율과 낭독의 문제 ·· 191
   5. 결 론 ·· 196

제 3 부 우리 시의 통시적 이해와 시 교육 ······························ 199

애국계몽기의 시문학 ·· 201
   1. 서 론 ·· 201
   2. 신체시의 과도기적 성격 ·· 203
   3. 김억과 『태서문예신보』의 시인들 ····························· 221
   4. 결 론 ·· 225

1920년대 민요조 서정시인들의 민요의식과
7·5조 율조에 대하여 ·· 227
   1. 서 론 ·· 227
   2. 민요조 서정시 형성의 시적 동인과 민요관 ················ 228
   3. 민요조 율격과 7·5조에 대한 당대의 인식 ·················· 235
   4. 전통적 민요조와 7·5조의 왜곡된 관계 및 비판 ············· 245
   5. 결 론 ·· 257

한국 근대 서사시와 단편서사시의 장르적 특성 연구 ················ 263
   1. 서 론 ·· 263
   2. 서사시의 요건과 운율 ··· 266
   3. 「국경의 밤」·「승천하는 청춘」·「금강」의 서사시적 성격 ··········· 273
   4. 단편서사시의 성격과 명칭 문제 ······························ 277
   5. 결 론 ·· 284

참고문헌 ··· 287

제 1 부
시의 존재론적 질문

시의 정의와 난해성의 문제

1. 서 론

흔히들 요즈음 시는 너무 어려워서 잘 이해가 안 된다는 말들을 많이 한다. 그리고 쉬운 시도 있지만 어려운 시도 많고 현대시는 실제로 예전의 시에 비해 대체로 어려운 편이기도 하다. 그렇다면 현대시는 왜 어려우며, 시는 어려울 수밖에 없는가, 이해되기 쉬운 시를 쓰면 안 되는가, 어려운 시가 쉬운 시보다 나은가, 아니면 쉬운 시가 나은가, 또 어려움의 책임(원인) 은 어디에 있는가 등등의 문제가 제기될 수 있다.

사실 시에 대한 이러 저러한 문제들에 접근한다는 것이 현대시의 난해성 만큼이나 쉬운 일이 아니다. 우선 무엇이 시이고, 무엇이 시가 아닌가. 즉 시와 非詩를 가르는 기준 자체를 찾는 것조차 쉬운 일이 아니다. 현대시에서 는 일종의 벽보나 광고 같은 것들이 시라고 하여 시집에 실리기도 하고 만화나 그림 따위도 시 속에 끌어 들여지기도 한다. 심지어는 제목만 있고 시 본문 자체가 아예 없는 일종의 작품 실종의 상태를 보이는 경우도 있다.

시를 바라보는 관점도 모방론, 효용론, 표현론, 존재론 등 다양하며, 하나 의 관점 내부에서도 또한 시각이 천차만별이다. 그렇다면 개념 규정과 관점 부터가 이렇게 어렵고 복잡한 현대시에 대해 그 난해성의 문제에는 어떻게 접근해야 할 것인가? 본고에서는 이러한 문제들에 대해 시와 시 아닌 것(시 와 非詩)에 대한 논의를 먼저 한 후 시의 난해성의 문제를 다루고자 한다.

2. 시와 非詩

시란 도대체 무엇인가? 이 질문은 "인생이란 무엇인가?"라는 질문만큼 막연하고 어렵다. 따라서 시를 정의하려는 노력은 아주 오래 전부터 있어 왔고, 그 결과 시에 대한 정의 또한 실로 다양하다. "詩三百 一言而蔽之曰 思無邪"(「論語」 爲政篇)(시경의 시 삼백편을 한마디로 말하면 생각에 사악함이 없다.), "詩言志 歌永言"(「書經」)(시는 뜻을 말로 표현한 것이며, 노래는 말을 가락에 맞춘 것이다.), "詩文以氣爲主 氣發於性 意憑於氣 言出於情 情卽意也"(崔滋, 「補閑集」)(시문은 氣를 위주로 하는데, 氣는 性에서 發하고, 意는 氣에 의지하며, 말은 情에서 나오는데 情은 곧 意다.), "시는 律語에 의한 모방이다."(아리스토텔레스), "시는 가르치고 즐거움을 주려는 의도를 가진 말하는 그림이다."(P.시드니), "시는 미의 운율적 창조다."(E.A.포우), "시는 강력한 감정의 자연발생적인 유출이다."(W.워어즈워드), "시는 언어로 쓰여지지 사상으로 쓰여지는 것은 아니다."(S.말라르메), "시는 기본적으로 인생의 비평이다. 시인의 위대성은 그의 인생에 대한 강력하고 아름다운 사상의 적용이다."(매쓔 아놀드), "시는 감정의 표출이 아니라 감정으로부터의 도피요, 개성의 표현이 아니라 개성으로부터의 도피다"(T.S.엘리어트), "시는 언어의 건축이다."(김기림, 「시론」), "시는 인간의 사상과 감정을 율동적인 운문으로 표현한 문학의 한 장르다."(김용호, 「시문학입문」). 이 외에도 시에 대한 정의는 무수히 많다.

하지만 이런 정의들을 나열한다고 해서, 과연 시가 무엇이며 시 아닌 것은 무엇인가를 이해하는 데 별로 도움이 될 것 같지가 않다. 이런 정의들은 저마다의 문학관에 따라 시의 부분적인 특성들을 짧은 문장으로 관념화시켜 놓은 것에 불과하다. 그렇다면 시일 수 있는 필요충분 조건은 무엇일까? 이 문제를 해결하기 위해서 좀 더 구체적인 방법으로 접근할 필요가 있을 것이다.

얼음 풀린 강을 끼고
앓고 난 누님을 모시고……

이 두 가지를 겸하면
아리아리 저승도 가까운가.

아득한 강 건너 마을엔
복사꽃도 피어나는지

시방 잉잉거리는 벌떼소리
아지랑이 흐르고

山이마엔 눈녹는 기척
보얗게 안개 서리고

나는 차마 손짓할 수 없다
봄이 오는 완연한 저 길을.
— 박재삼 「봄이 오는 길」 전문 —

이 시는 대체로 3음보를 기저 율격으로 하는 2행 1연의 자유시이다. 봄의
서정을 우리의 전통적 정서와 맥을 같이 하면서 형상화하고 있다. 긴 설명이
필요없이도 이 시는 근대시 이후 발전해 온 한국의 서정시의 한 부류에
속한다는 것을 알 수 있고, 우리는 이러한 서정시에 익숙해 있는 편이다. 이에
대해 이의를 제기하는 사람은 아마 없을 것이다. 그러면 다음의 경우를 보자.

— 황지우 「묵념, 5분 27초」 전문 —

예비군편성및훈련기피자일제자진신고기간
자 : 83.4.1.~ 지 : 83.5.31.
— 황지우 「벽·1」 전문 —

> 아내가 내 빤스를 입고 갔다. 나는 아내 빤스를
> 입어 본 적이 없다.
> 아내는 내 빤스를 입고 가 버린 것이다. 나는 빤
> 스가 없다. 일주일 후에 아내는 내 빤스를 빨아서
> 갖고 왔다.
> 나는 빤스를 입었다.
>
> — 김영승 「반성 79」 전문 —

　위의 시 (시라고 인정한다면)들은 지금까지 가져왔던 시에 대한 독자들의 믿음을 완전히 뒤집어 놓아 당혹스럽게 만든다. 우리는 이 시들에서 시의 조건에 대한 몇 가지 의문을 가지게 된다. 먼저 「묵념, 5분 27초」는 제목만 있지 서정성이나 리듬을 운위할 본문 자체는 아예 행방 불명이다. 음악이 소리 예술이고 회화나 조각이 시각적 징표를 매체로 하는 예술이라면, 시는 언어 예술이다. 즉 시의 가장 1차적인 필요조건은 言語로 되어 있다는 것이다. 그러나 이 시에서는 제목만 있지 본문은 아예 없다. 제목만 있고 소리없는 음악이나, 제목만 있고 그림이 없는 그림이 성립될 수 있는가? 시는 다른 예술과는 달리 제목만으로 본문의 의미까지 감당할 수 있을까?

　「벽·1」은 벽보의 내용을 그대로 옮겨 놓은 것이다. 화자의 태도도 없고, 리듬도 없으며, 단순한 '옮겨 적음'만 있다. 기존의 시형식을 해체하고, 그 해체가 보여 주는 놀람과 그 놀람의 눈을 통해 흔히 보는 대상에 대해 새로운 시각을 가지게끔 하려는 것이 이 시의 목표일 수 있다. 그러나 시에 대한 여러 사람들의 정의에서 나타나듯이, 시가 律語에 의한 모방이든, 강력한 감정의 유출이든, 혹은 언어의 건축이든 간에, 시란 언어를 '다듬어서' 표현해 내는 창작 예술이라고 믿는 독자에게는 「벽·1」은 시가 되지 못한다. 여기에는 시인의 창작이 들어가 있지 않은 이미 만들어진 벽보를 그대로 옮겨 적은 것이기 때문이다. 시가 시이기 위해서는 창작의 과정을 거쳐야 하는가? 즉 시가 반드시 인공적이어야 하는가? 인공성이란 무엇을 의미하는가? 본문이 창작된 것이 아니라 해도 시의 제목과 시 외부의 문맥 등과의

긴장관계에 의해 또 다른 창작의 의미를 가질 수 있는 것일까? 이런 문제들이 이 시에서 제기된다.

시 「반성 79」도 김소월, 한용운이나 김영랑 이후의 전통적인 서정시에 익숙한 독자들을 당혹하게 할 것이다. 시에는 시적인 말, 아름다운 말이 따로 있다고 믿고, 시의 어조는 엄숙하고 비감하거나 애틋하다고 믿는 독자에게는 더더욱 그럴 것이다. 이 시에는 엄숙주의나 비감주의는 아예 조롱의 대상이다. 물론 이 시는 유희적인 듯하지만 기실은 가난에 대한 반어적 의미가 날카롭게 깔려 있다. 현대시에는 외설적인 표현과 욕설이 흔히 사용되며, 심지어 만화까지도 삽입된다. 이런 시를 우리는 어떻게 받아 들여야 할까? 또 다음의 경우를 보자.

> 신부는 초록 저고리 다홍치마로 겨우 귀밑머리만 풀리운 채 신랑하고 첫날밤을 아직 앉아 있었는데, 신랑이 그만 오줌이 급해져서 냉큼 일어나 달려가는 바람에 옷자락이 문 돌쩌귀에 걸렸습니다. 그것을 신랑은 생각이 또 급해서 제 신부가 음탕해서 그 새를 못 참아서 뒤에서 손으로 잡아다리는 거라고, 그렇게만 알곤 뒤도 안 돌아보고 나가 버렸습니다. 문 돌쩌귀에 걸린 옷자락이 찢어진 채로 오줌 누곤 못 쓰겠다며 달아나 버렸습니다.
>
> 그러고 나서 40년인가 50년이 지나간 뒤에 뜻밖에 딴 볼일이 생겨 이 신부네 집 옆을 지나가다가 그래도 잠시 궁금해서 신부방 문을 열고 들여다보니 신부는 귀밑머리만 풀린 첫날밤 모양 그대로 초록 저고리 다홍치마로 아직도 고스란히 앉아 있었습니다. 안스러운 생각이 들어 그 어깨를 가서 어루만지니 그때서야 매운재가 되어 폭삭 내려앉아 버렸습니다. 초록 재와 다홍 재로 내려앉아 버렸습니다.
>
> — 서정주 「신부」 전문 —

> 나는 서울 남산에 있는 국제방송국 <아름다운 내 강산> 프로의 녹음할 일로 한 시쯤 집에서 나와 (99) 상도동 ↔ 동대문의 급행 버스를 탔다.
>
> — 이상로 「무명유명」의 일부 —

시 「신부」는 미당의 시집 「질마재 신화」(1975)에 수록된 시로, 설화를 그대로 옮겨놓은 듯하다. 시인은 독자에게 설화를 수동적으로 전달하는 이야기꾼의 역할만 하고 있다. 설화적 모티브를 시적 체험으로 재창조할 때, 시로서의 생명력을 부여받을 수 있을 것인데, 이 시가 보여주는 反詩的인 산문형태가 시로서 승인될 수 있을 것인가 하는 문제도 제기될 수 있을 것이다. 특히 산문과 구별되는 시의 특징으로 "단절성(discontinuity)", 즉 "생략적이며, 산문적인 연결방식이 결핍되어 있으며, 어떠한 설명도 없는 이미지들의 병치, 합리적인 질서에 따르지 않는 배열방식"[1] 등으로 이해될 수 있다면, 이 시는 지나치게 이완되어 있고, 긴장된 내재율을 전혀 찾아볼 수 없으며, 단지 설명적인 이야기에만 의존하고 있는 것이다.

이상로의 「유명무명」에 대해서 이상섭 교수는 "한국 대표 시인들의 작품집에 들어 있으니[2] 일단 시라고 보아야 할 것이나, 영탄, 가락, 노래, 즉 리듬이 들어갈 자리가 전혀 없다. 완전한 산문이고, 운문이 아니다. 따라서 시라고 할 수 없다."[3] 라고 언급하고 있다. "일단 시라고 보아야 할 것이나,……시라고 할 수 없다."는 진술에서처럼 우리는 이를 시로 인정해야 할 것인가, 부정해야 할 것인가?

> "어머니 오셨어요?"
> "오냐, 잘 지냈니?"
> "네."
>
> (사이……말 없음)
>
> "얘야, 내일이면, 네가 그 자리에 없겠구나."
>
> — 황지우 「아무도 미워하지 않는 자의 죽음」 전문 —

---

1) Monroe K. Spears, *Dionysus and the City* (Modernism in Twentieth—Century Poetry) (Oxford Univ. Press, 1971), p.26.
2) 한국신시 60년 기념사업회편, 「한국 시선」(일조각, 1968), p.340에 수록됨.
3) 이상섭, 「문학연구방법」 (탐구신서, 1991), p.62.

위의 작품은 극적 대화체로 되어 있다. 두 사람의 허구적 화자가 등장하여 대화를 나눈다. 함축적 시인의 태도는 배제되고, 허구적 화자의 정체도 알 수 없다. 등장 인물들의 정체까지 철저히 익명화된 체 간단한 대화만 오갈 뿐이다. 서정시가 화자의 발언이 청자(독자)에 의해 "엿들어 지는"[4] 장르임에도 이 시는 청자가 관람하는 극의 형식을 취한다. 서정적 자아의 주관적 서정은 없고 분산된 대화만 있다. 이런 작품은 얼마만큼 시일 수 있으며, 아니면 얼마만큼 극일 수 있는가?

지금까지 우리는 상식적으로 시라고 믿어왔던 형식에서 벗어난 몇 작품들을 살펴 보았다. 사실 이 외에도 지향의 방향이 다르고 일탈의 정도가 매우 심한 시들을 얼마든지 예거할 수 있을 것이다. 지구상에 지금까지 존재하는 시들은 너무나도 다양한 것이다. 흔히 말하는 참여시도 있고 순수시도 있다. 이러한 작품들을 대하면서 독자들은 과연 서정시의 정체성이 무엇인가에 대해 혼란을 느낄 것이다. 과연 시(서정시)란 무엇인가? 어디까지가 시이고 시 아닌가? 시일 수 있는 필요충분조건은 무엇인가?

지금까지 예를 든 시들을 통해서 볼 때 몇 가지 문제들이 제기된다. 본문이 없고 제목만으로 본문의 몫까지 감당하는 시의 문제, 시인에 의해 새롭게 창작되지 아니하고 기존의 언어적 자연물(벽보)을 그대로 옮겨다 놓은 시의 문제, 非詩的으로 보이는 욕설의 남용 문제 (사실 이 경우는 시와 非詩를 구분하는 데 별 논란의 대상은 되지 않는다.), 反詩的인 산문형태의 설화를 옮겨 놓은 듯한 시, 시라고 이름 붙여졌지만 산문일 수밖에 없는 시의 경우, 극적 대화 일변도로 되어 있어서 서정적 주체의 태도나 운문으로서의 리듬감도 없는 시의 경우, 일부 참여시의 메시지 일변도의 산문화 경향 등이다.

시는 우리가 흔히 시라고 믿는 규범에서 얼마나 일탈할 수 있으며, 그 일탈의 정도가 어느 만큼일 때까지가 시의 범주에 포괄될 수 있을 것인가?

---

4) C.카터 콜웰, 「문학개론」, 이재호. 이명섭 역(을유문화사, 1981), p.207.

시와 非詩를 가르는 경계선은 어디인가? 시일 수 있는 공통적 요소, 즉 시의 고유한 屬性素(Property)를 시작품들 자체 속에서 찾아낼 수 있는가? 이런 문제들에 대해서 수많은 미학자들이나 예술철학자, 문학이론가들의 연구가 있어 왔다. 전통적으로 여러 논자들은 시라고 분류된 것들 속에서 공통의 속성소를 발굴해 낼 수 있다고 믿고, 시에 대한 여러 가지 정의를 내려왔다. 그러나 그 결과 그들이 만들어낸 시에 대한 정의나 원칙들은 모든 시들을 효과적으로 설명하는 데 있어서 만족스러운 것이 못 되었을 뿐만 아니라 오히려 시의 창조성을 폐쇄시키거나 제한시켜 놓기도 했다. 따라서 시작품들 자체에서 시의 고유한 속성소를 찾는 대신에 다른 방법들이 모색될 수밖에 없게 되었다.

최근 단토(Arthur Danto)나 딕키(George Dickie) 등에 의한 예술 제도론은 우리가 시를 새롭게 정의하는 데 있어서도 유용한 도움을 제공한다. 그들의 방법은 시의 다양한 창조 가능성을 폐쇄시키는 것이 아니라 개방시킨다는 점에서도 그 의의가 있다.

그들에 의하면 우리가 지금까지 믿어 왔던 것과는 달리, 예술작품이 예술 작품일 수 있는 고유한 속성소는 없다는 것이다. 그들은 예술을 하나의 관습 (Customary Practice)이나 사회제도로 보고, 예술 작품이란 그 제도 속에서 예술가가 자기의 작품에 '자격을 수여한' 행위의 결과로 본다. 디키는 예술 작품일 수 있는 필요충분조건을 다음과 같이 공식화한다.

> 분류적인 의미로서의 예술작품이란 ① 어떤 사회제도―예술계―의 편에서 활동하는 한 사람 내지는 여러 사람이 감상을 위한 후보의 자격을 수여한 그러한 ② 인공품을 말한다.[5]

여기서 문제가 되는 것은 ① 사회제도―예술계 ② 자격을 수여하는 행위

---

5) George Dickie, *Aesthetics an Introduction*, 오병남 · 황유경 역, 「미학입문」 (서광, 1985), P.142.

③ 인공품의 개념이다.

먼저 사회제도-예술계의 문제부터 검토해 보겠다.

인간의 행위는 여러 분야에서, 여러 가지 사회제도하에서 이루어지고 의미화된다. 국가라는 제도와 체제가 있고 대통령이나 장관은 그 체제가 정하는 절차에 따라서 임명된다. 대학은 그 제도에 따라 학생을 선발하고 졸업시키며, 박사학위를 수여하기도 한다. 이 외에 법률제도, 행정제도 등 무수한 제도가 있고, 법조계, 학계, 종교계 등 공식의 제도를 갖고 있는 수많은 분야가 있다. 그리고 이러한 제도는 고정불변하는 것이 아니라 시대와 사회에 따라 변화한다.

예술제도나 예술계도 마찬가지다. 예술행위는 예술계 내부에서 이루어지는 것이며, 그 제도 내부에서 의미가 부여된다. 단토는 "무엇인가를 예술로 본다는 것은 눈으로는 알아볼 수 없는 무엇-예술로의 분위기라든가 예술사의 지식, 즉 한마디로 예술계(artworld)-를 요구한다."6)고 주장한다. 옛날에는 생활 도구였던 항아리가 오늘날 예술품으로 받아들여지기도 하며, 기생일 뿐이었던 황진이가 지금은 여류시인으로 받아들여지는 것도 예술계와 예술제도에 대한 인식의 변화 때문이다. 현재 우리는 시단이라는 제도를 갖고 있으며, 대체로 신춘문예나 문예지에 의한 추천, 혹은 시집의 출판 등으로 시인으로 인정받아 시단의 구성원이 되며, 이들이 시라고 쓴 작품을 시로서 인정한다.

그러나 법률제도와 같은 공식적인 제도와는 달리, 이러한 구분은 명확하거나 공식화되기 어렵다. 신춘문예나 문예지에 추천되지 아니한 예비시인의 훌륭한 시도 있고, 학생들의 훌륭한 시도 있다. 기생 황진이가 쓴 시가 시예술일 수 있는 것도 그러하다. 이것이 법률·행정적인 제도라는 공식적 제도와 예술이라는 제도의 차이점인 것이다.

---

6) Arthur Danto, "The Artworld", (*Journal of Philosophy*, 1964), P.580.
  George Dickie, 위의 책, P.142. 재인용.

　　두번째의 문제는 그 자격은 어떻게 수여되는가이다.

　　우리는 조각가나 시인으로 인정받고 있는 예술가가 그 예술계에서 쉽게 인정할 수 있는 형식으로 작품을 창작했을 때, 별 어려움 없이 그것을 예술작품으로 인정할 수 있다. 그러나 그렇게 간단히 인정할 수 없는 경우도 있을 수 있다. 그 예로 뒤샹(Marcel Duchamp : 1887~1968)이라는 조각가는 1917년 뉴욕의 제1회 <독립작가전>(Independents Exhibition)에 출품한 그의 작품들 가운데 소변기에 「샘」이라는 작품명을 붙여서 출품했다. 이 소변기는 그가 특별히 창의적으로 제작한 것이 아니라, R.Hutt라는 변기 제조회사의 남성용 변기에 제목만을 붙인 (즉 수여한) 것에 불과했다. 그러므로 이 작품은 뒤샹의 손이 전혀 안간 기성품에 불과한 것이었다. 이러한 것을 예술작품으로 인정할 수 있을까. 뒤샹의 「샘」과 R.Hutt社의 다른 변기와의 차이는 무엇일까.

　　똑같은 작품임에도 불구하고, 기성품에 제목만 '샘'이라고 붙인 뒤샹의 변기는 유명하게 되었고, 예술사의 획기적인 작품으로 기록되게 되었다. 무엇이 그 변기를 예술품으로 자격을 부여하게 했을까. 그 차이는 뒤샹의 행위는 "예술계라는 제도적인 환경 내부에서 발생한 반면"[7], 그 회사의 다른 변기들은 예술계의 외부에서 존재하고 있었기 때문이다. 그는 "그가 선택한 일상적인 물품을 새로운 명제와 시점하에서"[8] 그 실용적인 의미를 없애고, 그 물체에 대한 새로운 사고를 만들어 냈다는 것이다.

　　여기에서 세번째의 문제인 인공품의 문제가 제기된다. 예술품은 인공품이어야 한다는 딕키의 정의에 대해 이 작품은 어떻게 답변할 것인가. 그 답으로 딕키는 예술가의 창작이 개입되지 않아도 인공성은 가능하다고 본다. 즉 자연대상들은 도구들이 사용되지 않고서도 인공화될 수 있다는 것이다. "왜냐하면 인공성이란 대상에 작용된다기보다는 수여되는 성질의 것이

---

7) 위의 책 P.144.
8) 임영방, 「현대 미술의 이해」, (서울대 출판부, 1990), P.165.

기 때문"9)이라는 것이다. 이런 점에서 황지우의 시 「벽·1」은 시인의 창작이 들어가지 않은 것처럼 보이지만, 시인의 특별한 예술적 의도에 의해 기성의 벽보에 자격을 수여한 예술품, 즉 시일 수 있는 것이다.

또 하나의 예로, 동물원의 침판지에 의해 그려진 그림의 경우 우리는 그것을 예술 작품이라고 말할 수 있겠는가. 간단히 결론적으로 말하면, 그 그림들이 야외 자연역사박물관에 전시되었다면 예술작품이 될 수가 없다. 반면에 미술관에 전시되었다면 예술작품이라 할 수 있다. 왜냐하면 침판지의 그림을 미술관에 전시할 경우는 예술계의 어떤 대리인에 의해 그 그림은 예술품으로 자격을 수여받고 있기 때문이다. 미술관에 전시될 때의 침판지의 그림은 벌써 침판지의 것이 아니라, 그 침판지의 그림을 예술작품으로 전시하려는 대리인의 예술적 의노가 늘어 있기 때문에 이미 자격을 수여하는 그 사람의 작품으로 되기 때문이다.10)

결국 '예술제도론'은 "어느 대상을 놓고 '나는 이 대상을 예술작품이라고 명명한다'라고 누군가가 말한다면, 그 대상은 곧 예술작품이다."라고 말하고 있는 이론인 것처럼 보일지도 모른다. 그리고 예술제도론은 확실히 그런 것이나 다름없다. 비록 이것이 예술의 자격 수여가 간단한 문제라는 것을 의미하지는 않을지라도 사실 그러한 이론이 되고 있음은 틀림없는 일이다.11) 즉 법률제도하에서의 어떤 행위는 사실 확인에 의해 무효가 될 수 있겠지만, 예술의 자격을 수여하는 일이 무효화되어버리는 방식이란 있기 곤란하다. 이것이 예술계와 법률제도 사이의 차이인 것이다. 그래서 시와 소설 등의 예술 작품을 법률적으로 판단하려는 것은 위험하다. 좋은 시와 소설을 판별하여 악서를 양서로부터 격리시키는 방안은 국가가 장기적인 문예진흥의 지원을 통해서만 가능한 것이지, 법률적으로 판단해서 될 성질

---

9) George Dickie, 앞의 책, p.148.
10) 위의 책, p.148 참고.
11) 위의 책, pp.149~150.

의 것이 아니다. 국가 전체의 문화적 흐름이나 국민들의 독서 수준이 전반적으로 천박해져 간다면 공권력이 한두 권의 책을 금지시켰다고 해서 모든 악서가 추방되고 국민들의 독서수준이 끌어 올려지는 것도 아니다. 오히려 그것은 문화의 압살책이 되기 쉽다. 예술 작품을 '법률적으로 감상하려는 것' 자체가 하나의 통속 코메디다. 예술 작품에 대한 판단은 예술계 내부에 의해서만 가능한 것이다.

"예술계는 엄격한 절차를 요구하지 않으며, 진지한 목적을 상실하지 않으면서도 경박과 변덕을 허용하며 심지어 이들을 격려까지 한다. 그렇지만 예술의 자격을 수여하는 데 있어서는(in) 잘못을 저지르는 일이 불가능하다 하더라도 그것을 수여함으로써(by) 잘못을 저지르게 되는 것은 가능한 일이다."12) 따라서 예술가는 작품을 창작하고 그것에 자격을 수여하는 데 있어서 책임을 져야 하며, 아무도 감상하지 않거나, 그 감상의 결과가 부정적으로 기능할 가능성은 항상 있다. 그 책임은 법률에 대해 지는 것이 아니라 독자와 스스로의 양심에 대해 지는 것이다. 어느 것이라도 예술 작품이 되게 할 수는 있지만 그렇다고 해서 그것들이 모두 다 좋은 작품이라고 보장할 수는 없는 것이다. 이러한 설명은 모든 예술에 적용되며, 시의 경우에도 예외는 아니다.

앞의 이상로의 시에 대한 이상섭 교수의 평가처럼 시선집에 실려 있으니 "시라고 할 수밖에 없지만, 결국 시라고 할 수 없다."는 모순되는 것처럼 보이는 결론은 예술로서의 시의 이와 같은 특성 때문인 것이다. 즉 제도적으로 시인으로서 인정되고 있는 시인이 시라고 자격을 부여한 '시'가 시단에서 낸 시선집에 실려 있으니 분명 시일 수밖에 없으나, 시라고 하기에는 너무 시로서의 자격이 부족하다는 점에서 시라고 할 수 없다는 것이다. 작품 「무명유명」은 시인에 의해 시로서 자격을 수여받았으니 시가 아님을 주장하기는 어려운데, 결코 좋은 시일 수는 없는 것이다. 이렇게 본다면 앞에서

---

12) 위의 책, P.150.

예로 든 시들은 잘되고 못됨을 떠나 모두 시로서 인정받을 수 있을 것이다. 그러나 서정시가 시로서 상식적으로 받아들여져 온 범위를 크게 이탈해 갈 경우, 결국 장르 해체의 문제에 봉착할 수밖에 없는 문제도 또한 생긴다.

지금까지의 논의의 결과 詩와 非詩를 구분하는 시 자체의 고유한 속성소는 사실상 찾기가 어려운, 제도적인 것으로 설명할 수밖에 없다고 했다. 시의 이러한 특성 때문에 시의 의미는 무한한 다양성을 가지고 변천될 수밖에 없고, 따라서 시대와 제도와 개인의 문학관에 따라 다양하게 창작될 수밖에 없다. 또 앞으로도 시의 역사가 계속되는 한 그 정의는 천차만별로 계속될 것이다. "시의 정의의 역사는 오류의 역사다"라는 T.S.엘리어트의 말은 시의 이와 같은 다양성과 변화가능성을 간파한 발언인 것이다.

3. 시의 난해성의 문제

지금까지의 논의에서 알 수 있듯이 시와 비시를 변별하는 그 자체의 속성소를 찾을 수 없을 만큼 시는 규정하기가 쉽지 않다. 시의 난해성의 문제도 이러한 다양한 관점과 그 자체로서는 규정하기 곤란한 복잡성에서 근본적으로 기인하겠지만, 시의 난해성의 문제와 그 책임을 대체로 네 가지 측면에서 살펴볼 수 있을 것 같다. 첫째는 시 자체의 책임이다. 둘째는 시인의 책임이다. 셋째는 독자의 책임이고, 넷째는 비평가(문학교육자)의 책임을 들 수 있겠다.

1) 詩 자체의 책임

우선 시 자체의 책임에 대해 생각해 보자. 이것은 사실 책임 아닌 책임인데, 시는 고도의 장르로서 본질적으로 어려운 측면을 가지고 있다는 것이다. 아기가 태어나면, 그 아이의 부모는 이름을 지어준다. 아이의 관상도 보고,

生時를 따지기도 하고, 부모의 소망을 담아서 이름을 붙여 준다. 그리하여 아이는 그 이름의 동일성을 가지고 평생을 살아간다. 이처럼 이름을 붙여서, 대상을 명명하려는 욕망은 인간의 가장 기본적인 본능이며 특징이다. 이러한 욕망은 시를 통해서 더 적극적으로 구현된다.

시인은 시를 통해서 대상(세계)에 이름을 붙임(命名)으로써, 그 세계를 의미 있게 만든다. 그 命名의 행위는 기성의 의미를 그대로 옮겨 적는 것이 아니라, 시인의 상상력을 통해서 새롭게 형상화하여, 새로운 의미를 발견하고 새로운 세계를 창조하는 작업이다. 만일 시에서 새로운 창조의 의미가 결여되어 있다면 문학예술로서의 생명력 또한 상실될 것이다. 이런 면에서 시인의 역할은 神을 닮았다고 할 수 있겠다. 김춘수의 「꽃」은 시인의 역할을 설명하는 데 적절하다.

> 내가 그의 이름을 불러주기 전에는
> 그는 다만
> 하나의 몸짓에 지나지 않았다.
>
> 내가 그의 이름을 불러주었을 때,
> 그는 나에게로 와서
> 꽃이 되었다.
> — 김춘수 「꽃」의 일부 —

이름을 불러주기(命名) 전에는 대상은 나에게는 아무런 의미가 없는 하나의 몸짓에 불과했다. 그러나 자아와 대상의 의미 있는 만남, 다시 말하면 세계의 자아화를 통할 때, 대상은 자아의 정서 속에서 의미 있게 변화되고, 가치 있는 것으로 바뀐다. 이러한 만남이 다른 만남과 구별되고 자아와의 특별한 의미로 살아나기 위해서는, 그 만남의 경험은 특별한 것이어야 하고, 그 만남의 의미, 곧 대상에 대한 命名도 평범한 것이 아닌 특별하고 창조적인 명명이어야 한다. 여기에 시인의 창조적 상상력이 요구되는 이유이며,

시가 어려워질 수 있는 하나의 원인이 된다.

시는 언어를 매체로 하는 언어예술이므로 시인은 언어를 통해서 대상에 이름을 붙이고 의미화할 수밖에 없다. 따라서 시인은 상상력을 통해서 대상에 특별한 이름을 붙이고 의미화하기를 원한다. 그런데 시인이 사용하는 언어란 시인의 상상력을 완전하게 표현하는 데 그렇게 만족스러운 도구는 아니다. 시의 언어는 그 사회의 문화를 반영하며 일상생활에서 사용하는 언어와 같기도 하다. 언어는 그 사회와 문화와 생활 속에서 관습화되어 있으므로 시인이 표현하려고 하는 세계를 암암리에 그 언어적 방식으로 양식화하고 왜곡시킨다. 이것은 언어의 추상화에 의해 가속화되어 왔으며, 그 결과 인간은 구체적인 대상과의 직접적인 만남이 언어에 의해 차단되어 왔던 것이다. 이 추상화의 극단이 과학의 언어이다.

언어를 사용할 수밖에 없는 시인은 비록 언어를 통해서이지만 언어를 초월하여 대상과 직접 접촉하려 하거나, 아예 대상도 포기하고 언어 자체만으로 새로운 세계를 구축하려고 한다. 이와 같이 언어를 통해서 언어를 초월하려는 모순된 노력의 결과로 시는 어려워지게 되는 것이다. 시인은 관습적 언어에 의해 오염되지 아니하고 언어의 방해없이 세계와 직접 대면하려는 노력을 한다. 그러므로 시인은 자연히 기존의 언어를 해체하려 들거나 관념적 의미세계에서 벗어나 대상도 포기하여 구체적 이미지들이 만들어 낸 언어와 이미지 자체를 시의 실체로 인식하는 무의미시를 시도하기도 한다.

> 男子와 女子의
> 아랫도리가 젖어 있다.
> 밤에 보는 오갈피 나무,
> 오갈피나무의 아랫도리가 젖어 있다.
> 맨발로 바다를 밟고 간 사람은
> 새가 되었다고 한다.
> 발바닥만 젖어 있었다고 한다.
> — 김춘수 「눈물」 전문 —

　남자와 여자의 아랫도리가 젖어 있다는 것은 무슨 뜻일까. 왜 윗도리나 다른 어떤 부분도 아닌 아랫도리일까. 또 밤에 보는 오갈피나무의 아랫도리도 젖어 있다고 한다. 다른 설명 없이 이질적인 이미지들만이 병치되어 있다. 또 느닷없이 맨발로 바다를 밟고 간 사람이 제시된다. 도무지 의미가 닿지 않으며, 또 굳이 의미를 찾을 필요가 없을 것 같기도 하다. 상식적인 의미를 벗어나 있으며 현실의 어떤 대상과도 아무 상관이 없는 것처럼 보이는 이런 시도가 김춘수의 無意味詩의 한 특징이다. 그러나 무의미한 것처럼 보이는 이 시도 완전히 의미 세계를 떠나 있지는 않다. 시인은 엉뚱하달 수 있는 이질적인 이미지들의 병치에 의해서 ‘눈물’이라는 현상에 새로운 이름을 붙이는 작업을 한 것이다.

　자세히 들여다보면, 이 시에서 세 번 나오는 ‘젖어 있다’는 이미지는 눈물의 이미지와 호응되며, ‘男子와 女子의 아랫도리가 젖어 있다’는 이미지에서는 男女의 만남과 어떤 육체적 결합의 한계나 숙명적 슬픔 같은 의미를 내포하고 있는 듯하며, 오갈피 나무가 가지는 식물성의 이미지와 고정적 수동성, 그리고 밤의 이미지는 슬픔의 이미지와 더 근접해지는 듯하다. 맨발로 바다를 밟고 간 사람은 예수의 이미지를 연상시키는데, 새가 되었다는 비상의 이미지와 결합되어 죽음이나 허무한 색조를 띤다. 왜냐하면, 비상, 즉 날아감은 슬픈 것과 관련되는 경우가 많기 때문이다. 잡았던 새의 날아감, 어린 아이가 들고 있던 풍선의 날아감, 이별의 비행기의 날아감 등 날아감은 슬픈 감정에 가깝다. 이와 같은 이미지의 병치에 의한 무의미시는 시인의 고도의 감각과 상상력에 의해서만 가능하며, 이 시인의 이러한 노력은 상당히 의미있고 성공적인 작업으로 보여진다. 아무튼 이처럼 시는 새로운 의미세계의 구축을 위해서 불가피하게 언어를 파괴하거나 초월하려는 속성을 가지고 있는 것이다.

　시가 난해할 수 있는 또 하나의 이유를 든다면 시예술(다른 예술도 예외가 아니지만)의 유희적 측면 때문이다. 시는 우리의 생존과는 직접적인 관련이 없다. 그런데도 우리는 시를 즐긴다. 시는 유희적 측면, 즉 일종의 놀이로서의 기능이 있으며, 시라는 고도의 놀이 문화를 통해 시인과 독자는 의미있는 쾌감을 얻는다. 그러나 놀이로서의 시는 단순한 오락으로서의 유희는 아니다. 그것은 고도의 심미적 가치를 가지는 예술이다. 인간은 실용적 목적 이외에 심미적 가치도 필요로 하는 존재다. 여기서 의미있는 쾌감은 시가 단순한 오락의 차원이 아닌 심미적 가치와 함께 삶에 대한 새로운 진실까지 드러내 보여주는 인식의 기능을 담당한다는 것이다. 시인은 표현의 욕구를 충족시킴으로써 만족감을 얻게 되며, 독자는 세련되고 신기하게 표현된 비유와 표현, 리듬의 묘미를 통해서, 또 그러한 형식을 통해서 구현되는 의미 세계를 통해서 인식적·심미적 쾌감을 얻는다.

또한 시를 즐긴다는 것은 생산과는 직접적인 관계가 없는 완전한 소비행위다. 마치 이것은 음식을 먹는 것과 같다. 음식을 먹는 것 자체는 생산과 직접 관련은 없다. 그럼에도 인간은 음식을 먹어야 한다. 인간이 음식을 먹는 것은 영양의 섭취는 물론이고 미각의 즐거움과 식욕을 충족시켜 심리적 만족감을 얻을 수 있기 때문이다. 그러므로 사람들은 식사를 위해 영양뿐만 아니라 맛있는 음식을 만들려고 노력한다. 똑같은 영양을 가진 재료를 가지고 요리를 할 때도 미식가는 까다로운 입맛에 맞게 만들어진 요리를 즐긴다. 영양 자체보다 그들은 맛을 즐기는 것, 즉 먹는 과정 자체를 중시한다. 그들은 평범한 요리가 아닌 까다로운 입맛을 즐기는 것이다. 또 인간은 퍼즐을 즐긴다. 퍼즐이 쉬워서 싱겁게 끝나면 재미 없어 한다. 퍼즐을 즐기는 사람은 해결의 결과를 즐기는 것이 아니라 해결의 과정과 그 어려움 자체를 즐기는 것이다. 인간에게는 이와 같은 까다로운 미감과 어려움을 즐기려는 본능이 있다.

시도 언어로 만들어진 가장 고도한 문화적 유희이며, 시인과 독자는 시의 특별한 맛과 난해성을 즐긴다. 시인은 시에 까다로운 양념(장치)을 하며, 즉 각종 장치를 하고 기교를 부리며 독자는 여러 가지로 잘 양념된 시를 즐긴다. 미식가나 퍼즐놀이를 하는 사람이 더 새롭고 더 어려운 것을 찾듯이, 시도 새롭고 어려운 것을 추구하는 속성을 가지고 있다. 시의 가치의 하나는 신기성에 있다.

듀피(F.W.Dupee)나 랜섬(J.C.Ransom)같은 신비평가는 그러므로 시의 난해성을 고의적인 의도의 문제로 보았으며[13], 러시아 형식주의자들은 예술의 기법을 '낯설게 하기'(defamiliarization)로 설명하고 있다. 쉬클로프스키는 다음과 같이 말한다.

> 예술의 기법은 사물을 "낯설게"하고 형식을 어렵게 하며, 지각을 힘들게 하고, 지각에 소요되는 시간을 연장한다. 왜냐하면 지각의 과정은 그 자체가 미학적 목적이고 따라서 되도록 연장돼야 하기 때문이다. 예술은 한 대상의 예술성을 경험하는 방법이며, 그 대상은 중요한 것이 아니다.[14]

일상적 담화는 경제성과 친숙성을 그 특징으로 한다. 의사소통에 시간이 많이 걸리거나 이해하기 어렵다면 비경제적이다. 일상의 담화는 누구나 자동적으로 이해할 수 있는 낯에 익은 말이어야 한다. 교통 신호등과 같은 가장 단순한 기호체계나 수학의 기호는 이런 경제성을 강조한 결과이다. 그러나 시적 담화는 일상적 담화와 다르다. 시가 뻔한 내용과 뻔한 형식으로 자동화(automatization)되어 있거나 친숙한 구조나 표현으로 되어 있을 경우, 독자는 아예 호기심을 가지지 않을 뿐만 아니라 신선한 자극이나 그 자극에서 오는 세계에 대한 새로운 인식이나 심미적 효과를 기대할 수 없다. 퍼즐놀이와 마찬가지로 뻔한 것에 만족한다는 것은 새로운 발견의 즐거움을 박탈당하는 것이기 때문이다.

러시아 형식주의자들은 자동화에서 벗어나기 위해서 친숙한 형식을 고의적으로 일그러뜨리기도 하고 예술적 장치들을 의식적으로 노출시키는 문제

---

13) Alex Preminger, *Princeton Encyclopedia of Poetry and Poetics*(Princeton Univ. Press, 1974), p.582.
14) 쉬클로프스키, "기술로서의 예술", 한기찬 역, 「러시아 형식주의 문학이론」 (월인제, 1980), p.34.

에 관심을 가졌다. '낯설게 하기'는 일상화된 친숙성을 거부하고 그것을 낯설게 만듦으로써 지각의 신선함을 되살리는 그들 이론의 중요한 원리였던 것이다. 이처럼 친숙성을 거부하고 낯설음을 추구하는 것이 예술과 시의 원칙이며, 그 결과 심미적 즐거움과 함께 관습화되고 타성화된 잠자는 의식을 일깨울 수 있는 것이다. 이것은 세계를 새롭게 발견하고 이해하는 방법이기도 하면서, 원상 그대로 이해하는 방법이기도 하다. '낯설게 하기'라는 예술의 원칙은 시가 기본적으로 어렵게 되는 한 이유이다. 1930년대 李箱의 시나 현대의 전위시, 피아노를 망치로 때려 부수고 깡깡이를 뜯는 존 케이지의 전위음악이나 백남준의 비디오 아트 등은 낯설게 하기의 예술 원칙을 가장 적극적으로 드러낸 예가 된다.

그러나 현대시의 난해성이 지접저인 문제는 현대 세계의 급속한 변화와 복잡화에 따른, 그것에 대한 반항과 반영의 결과다. 동서양을 막론하고 과거에는 시가 문화의 중심 역할을 담당하였다. 시인의 세계관은 그 공동체의 신념을 포용하기에 부족하지 않았다. 그러나 현대에 와서는 과학문명이 발달하고 삶이 복잡해졌으며, 가치관은 저마다 종잡을 수 없이 복잡해지고 다양해지게 되었다. 현대는 문화적 동질성을 느낄 공통의 기반이 붕괴될 위기에 처해 있다. 시가 가졌던 권위의 자리에 과학과 물질문명이 자리잡아 왔으며, 시가 포용해 왔던 자리에 과학적 합리성이 침식해 들어 왔다. 따라서 시는 과거에 가졌던 입지가 축소될 수밖에 없었고, 그 권위 또한 상당히 상실되게 되었다. 현대 세계에서 시인은 다른 영역의 전문가들처럼 시 전문가로서의 역할로 축소, 소외될 수밖에 없게 되었다.

현대시의 난해성은 현대의 물질문명에 대한 회의와 위기 의식, 존재 자체에 대한 불안, 정신적 가치의 몰락과 과학적 상대성에 대한 부정과 반항의 표현이며, 현대 세계의 단절과 복잡성에 대한 반영을 포함한다. 현대의 난해시의 특징인 형식의 해체와 극단화된 집중성, 전체보다는 부분을 강조하는 태도, 극단적으로 개인적인 문체, 무의식적이거나 꿈의 상태를 지향하거나,

철저히 주관적인 것을 강조하는 태도 등은 전통적 가치의 상실을 반영한다.

현대 세계는 전통적 가치의 틀이 상실되었고, 고전적 신화도 공유하고 있지 못하므로, 소외된 시인은 개인적인 정신적 가치의 틀 속에서 개인적인 신화와 꿈을 추구한다. 그러므로 독자는 시인의 개인적인 신화와 꿈과 상징을 해독할 수 없을 때, 작품은 암호처럼 난해하게 느껴지기도 하는 것이다.

2) 시인의 책임

시는 새로움을 추구한다고 했다. 이것이 예술의 본성이며, 문화의 속성이다. 문화는 과거의 것을 계승하기도 하지만, 새로운 것을 끊임없이 요구한다. 계승만 있고 창조가 없을 때, 그 문화는 고여 있는 물처럼 썩고 만다. 그러므로 시인은 언제나 새로운 시를 창작하려는 노력을 하게 됨은 당연하다. 새로운 것에 대한 창조적 충동이 살아 있을 때만 시인으로서의 생명력은 계속되며, 그의 시는 탄력있는 살아 있는 시가 된다.

다른 시들과 구별되는 새롭고 좋은 시를 쓰고 싶은 시인의 욕망은 시를 어렵게 만드는 한 요인이 된다. 새로운 시의 추구는 세계에 대한 새로운 인식과 형식의 모색이므로, 기성의 시적 문법을 일탈하거나 기존의 가치에 대한 반항과 도전을 드러내기도 한다. 그러나 새로운 것을 추구하는 모든 노력이 언제나 성공적이거나 바람직한 것은 아니다. 독자의 공감을 얻기도 하고, 독자의 취향을 새롭게 이끌기도 하고, 그것이 크게 성공적이어서 새로운 시적 관례로까지 자리잡는 경우도 있지만, 독자의 반감을 사거나 시험을 위한 시험에 그쳐 관심 밖으로 밀려나기도 한다. 현대적 삶의 복잡성과 그 속에 살고 있는 시인의 내면을 제대로 형상화하기 위해서는 단순한 형식이나 기존의 문법으로는 불가능할 때도 있다. 그리고 어렵고 낯선 형식을 통해서만이 독자에게 인식의 새로운 지평을 열어보일 수 있는 경우도 있다. 이 경우 시의 난해성은 불가피한 것이며, 시인의 책임은 아닐 것이다.

그러나 문제는 필연적인 이유없이 미숙한 방법으로 난해한 시를 흉내내는 아류들의 폐해다. 시적 자각없이 어렵게만 쓰면 그럴듯한 시가 된다고 착각하여 현학을 자랑하기도 한다. 시의 문맥이 감당할 수 없을 정도로 현란한 수사를 과중하게 사용하여 시를 파탄나게 하는 경우도 있다. 절실한 예술적 동기없이 별로 새로울 것도 없는 시험을 하는 시인들도 있다. 이들의 시는 그 시 자체의 성공도 이룰 수 없음은 물론이요, 시 발전을 위한 자극제 역할도 할 수 없다는 데 문제가 있는 것이다. 그리고 감상적인 연애시 따위를 써서 독자들의 대중적 취향에 영합함으로써, 독자들로 하여금 현재의 시적 교양 수준에서 만족하고 안주하게 만드는 3류 시인들의 책임도 크다. 이 상업적 시인들은 독자들이 좀 어렵더라도 좋은 시에 접근할 수 있는 기회 자체를 봉쇄하는 역할도 하는 것이다.

물론 난해한 시나 쉬운 시가 그 자체로서는 좋고 나쁨의 기준이 될 수 없다. 김소월의 시 「산유화」는 쉽고 평범하여 끊임없이 폭넓은 독자층을 확보하고 있으면서도 삶의 심오한 주제를 담고 있어서, 많은 전문적인 독자들에 의해서도 분석되고 회자되고 있다. 이에 반해 시의 문맥 전체를 통해 내세울 수 있는 아무런 가치 있는 시적 장치나 내용을 마련하지 못함으로써, 긴장없는 문장의 토막난 나열에 불과한 쉬운 시도 있다. 결국 난해시든 쉬운 시든 간에, 그 시의 내적 필연성에 의해 유기적 완결성을 제대로 성취한 시가 좋은 시일 것이다.

3) 독자의 책임

시의 난해성의 문제에 대한 책임은 또한 독자 쪽에도 있다. 시라는 고도의 문화양식을 즐긴다는 것은 맛있는 요리를 즐기거나 퍼즐을 즐기는 것과는 확실히 다른 차원의 것이다. 시의 이해는 그저 되는 것이 아니다. 독자가 시를 이해하기 위해서는 어느 정도의 훈련이 필요하다. 그러한 노력을 하지 않을 때, 시는 자연히 어려울 수밖에 없는 것이다.

특히 중·고교시절에 입시를 위해서 익혔던 틀에 박힌 분석 내용을 끝까지 독자의 시적 교양의 전부로 고집하려 할 때, 시를 제대로 이해하고 맛들일 수 있는 가능성은 요원해진다. 또 시에는 일반독자가 찾아내지 못하는 특별한 비밀이 있다고 잘못 생각하여 시교육자나 비평가에 의해서 해독된 해답에만 의존하려 한다면, 아예 스스로 감상하려는 노력을 포기하는 것이 된다.

시를 제대로 맛들이기 위해서는 현재의 시적 교양과 선입견에만 안주할 것이 아니라, 현대시의 특질과 방법을 이해하려는 상당한 노력이 있어야 하며, 시 감상을 통해 나름대로의 시적 취향을 가지도록 노력해야 한다. 처음에는 시적인 입맛이 소박하고 협소할 수도 있겠지만, 좋은 시와 시의 해설서들을 다양하게 읽으면서 안목을 키워나갈 때, 시의 수용의 폭이 확대될 것이며, 시를 즐기는 취향의 폭도 아울러 넓어지게 될 것이다. 시인이 애써 만든 좋은 시를 즐기기 위해서는 독자 또한 상당한 노력을 아끼지 말아야 하는 것이다.

4) 비평가 (시교육자)의 책임

난해한 시를 가능한 한 이해하기 쉽게 설명하는 것도 비평과 시교육의 중요한 역할이다. 그런데 어떤 경우에는 쉬운 시조차도 오히려 지나치게 현학적이고 생경한 이론의 粉飾을 동원해 이론이나 논리의 틀에 작품을 끼워 맞춤으로써, 해석이 작품보다 더 어렵고 작품의 진실과도 거리가 있음을 본다. 그래서 시보다 비평문이 더 난삽하다는 지적도 자주 제기되는 것이다.

시는 일상어나 산문의 언어와는 다른 비유나 상징 등의 장치에 의해 애매하고 함축적인 의미를 담고 있다. 이것이 시가 문학의 여러 장르 가운데서 가장 압축된 장르이면서도 풍요로운 내용을 가질 수 있는 이유다. 그래서 시 자체가 지니는 함축성과 애매성·상징성 등의 요인들 때문에 쉬운 해석을 좀체로 불허하는 경우도 있을 수 있겠다. 고도의 진리는 고도의 형식을 요구할 수 있고, 그 해석 또한 단순화하기 어려울 수가 있기 때문이다. 그러나 시의 의미 세계가 복잡할 수 있다고 해서 쉬운 시조차 필요 이상으로 과잉독서(Over-reading)를 하여, 그 시 속에 들어 있지도 않는 의미를 찾아내는 비평 따로 작품 따로가 되어서는 안 된다.[15]

I.A.리차즈의 말대로 "위대한 시에는 깊은 사상이나 뛰어난 음의 효과나 생생한 이미저리 등등이 언제나 있지 '않으면 안된다'고 하는 일반론은 무지한 독단에 불과하다. 시는 사상은 말할 것도 없고, 단순한 의미나, 감각적(혹은 형식적) 구조도 '거의' 가지지 않으면서도, 어떠한 시도 더 이상 도달할 수 없는 경지에까지 다다를 수 있는 것이다."[16] 시가 애매하고 함축적이기 때문에, 오히려 시의 감상은 복잡하고 분석적인 감상을 요구하는 대신에, 막연하지만 단순하게 감상되기를 역설적으로 요구하기도 한다. 비평가 R.P. 워렌은 그가 분석 비평가임에도 불구하고 오히려 이렇게 말한다. "시는 '명확한' 쾌감 대신에 '막연한' 쾌감을 목적으로 하기 때문에, 막연함과 암시성이 중심적인 덕목이다. 시는 세밀한 분석을 견뎌내지 못하고, 오직 대충의 일별만을 요구한다. 왜냐하면, 시는 '무엇보다도 아름다운 그림과 같아서, 세밀하게 검토하면 아주 혼란되게 느껴지지만, 전문가가 대충 일별할 때에는 뚜렷하게 보이기' 때문이다."[17]

---

15) 탈구조주의의 입장에서 볼 때 텍스트는 구조라기보다는 구조화의 끝없는 과정이고, 비평은 또 하나의 창조이며, 半자의적인 의미활동이며 유희가 된다. 그들은 하나의 텍스트가 그 자체의 구조와 통일성과 결정적인 의미를 확정할 수 있는 근거를 그 텍스트 속에 전개되는 언어체계 속에 가지고 있다는 함축적 주장을 부정한다. 여기서의 논의는 이런 주장은 일단 논외로 한다. 어떤 경우든 작가의 志向的 행위의 소산으로서의 작품이 통어하는 의미세계가 없을 수 없고, 작품이 가지는 틈(gap)이나 未決의 요소에 독자가 참여한다고 하여도 작품 자체의 의미의 범위를 벗어날 수 없을 것이기 때문에, 작품과 독자가 만나는 행복한 공감의 영역이 부정된다면, 문학에 대한 논의 자체도 사실상 포기해야 하기 때문이다.

16) I.A.Richards, *Principles of Literary Criticism* (Routledge and Kegan Paul Ltd., 1964), p.100.

시에 대한 구체적 분석과 비평도 이러한 감상을 바탕으로 해서 출발하지 않으면 안된다. 구체적 분석과 평가에 앞서, 먼저 작품을 선입견 없이 대해야 하고, 시에서 처음 느낀 반응, 즉 첫 인상을 소중히 생각해야 한다. 그런 다음에 이러한 반응이 무원칙한 인상주의가 되지 않기 위해서는 작품에 대한 객관적인 입증을 성실히 해내야 한다.

시 비평에서 시의 일차적이고 산문적인 의미, 즉 말 그대로의 의미에 대한 이해는 대단히 중요하다. 축어적인 의미를 배제하고서는 시의 심층의 의미를 발굴해 낼 수 없다. I.A.리차즈는 캠브리지 대학원생들에게 13편의 시를 제시하고, 학생들의 시감상 능력을 조사한 결과를 토대로 하여, 시 해석의 10가지 어려움을 말하면서, 첫째 항목으로 수준 이상의 독자이면서도 시의 산문적 의미(prose sense)조차 이해하지 못하고 있다고 말한다.[18] 또한 C.B. 휠러도 시 해석의 기본사항 10가지를 제시하면서 시는 가능한 한 축어적으로(literally) 읽어야 하며, 가장 쉬운 해석(The easiest interpretation)이 가장 좋은 방법임을 강조한다.[19]

시의 축어적 의미조차 소홀히하면서, 그 시와 관계없이, 자의적으로 특별한 의미를 찾는 오류는 우리의 시 비평과 교육에서도 제기되어야 하는 문제이다. 특히 일제시대의 경험하에서 씌어진 시를 해명하는 데서 그러한 문제점이 더 심각하게 드러나는 것 같다. 일제 강점기는 우리 민족에게 잊기 어려운 고통과 상처를 주었고, 그만큼 저항의 논리는 절대적일 만큼 귀중한 것이었다. 그리고 문학 작품에서도 그 논리는 존중될 필요가 있을 것이다. 그러나 저항적 주제 자체가 그 작품의 형식적 완성도까지 판단하는 가치 기준으로 혼동되어서는 곤란하다.

왕왕 제기되는 것이지만, 작가의 삶과 작품의 의미와의 관련성이 여전히

17) R.P.Warren, "Pure and Impure Poetry", edited by J.L.Calderwood & H.E.Toliver, *Perspectives on Poetry* (Oxford Univ.Press, 1968), pp.80~81.

18) I.A.Richards, *Practical Criticism*, 앞의 책, p.13.

19) Charles B.Wheeler, *The Design of Poetry* (W.W.Norton & Company Inc., 1966), pp.271~273.

기계적 도식 속에서 논의되는 경우가 많고, 거기에 작가의 저항적 삶이 사실 이상으로 미화되어 적용되기도 한다. 더구나 저항적 메시지를 조금이라도 띠고 있는 작품에 대해서는 형식이나 미적으로도 최고의 완성도를 보인, 최고의 작품인 것처럼 미화되는 경우가 많다. 단순한 작품도 대단히 고도의 미적 수준을 확보하고 있는 것처럼 퍽 거창하게 (그러나 결국 그 결과는 공소한) 분석된다. 저항 논리가 가지는 당위성 때문에 작품의 미적 논리까지 그것에 의해 평가되고 과장되는 측면이 없지 않은 것이다. 심지어는 저항과 관계없는 시인과 시의 경우에도 저항 운운하는 경우를 가끔 보기도 한다.

필자가 어떤 국가 시험의 시험 문제를 채점한 적이 있었는데, 출제된 문제 가운데에 김소월의 시 「접동새」의 일부를 다음과 같이, 예시해 놓고 이 시인의 시 세계가 지닌 형식과 내용상의 특징을 기술하라는 문제가 있었다. 정답은 "전통적인 민요조의 율조(형식)을 통하여 한국적인 情恨의 세계를 펼쳐 보인 대표적인 서정시인"이었다.

> 접동
> 접동
> 아우래비접동
>
> 津頭江가람 가에 살든 누나는
> 津頭江압마을에
> 와서웁니다.
> 옛날, 우리나라
> 먼뒤쪽의
> 津頭江가람 가에 살든누나는
> 이붓어미싀샘에 죽엇습니다.
>
> — 김소월의 「접동새」의 일부 —

그런데 필자가 놀란 것은 시 「접동새」에서 누나를 일제에 핍박받는 우리 민족을 상징하는 것으로, 의붓어미는 일제를 상징하는 것으로, 김소월을 민족저항 시인으로 설명하는 판에 박힌 답안이 거의 절반에 가까웠다는 사실이다. 우리의 시 교육 현실에 비추어 볼 때, 그런 답안이 나올 가능성을 예견하지 않은 바는 아니었으나, 그렇게까지 비약된 답안이 많이 나오리라고는 생각지 못했다. 어느 참고서에서, 혹은 어느 교육자에 의해 그렇게 가르쳐졌는지, 아니면 으레 일제시대의 모든 작품은 저항시나 그에 관련된 상징으로 교육받은 타성 때문에 딴에는 요령있는 답안으로 작성하였는지는 모르겠으나 필자로서는 당혹스럽게 느껴졌었다.

시가 허용할 수 있는 의미영역과 해석 사이의 이와 같은 괴리는 정도의 차이는 있을 망정 시 교육 현장이나 전문비평가들에 의해서 자주 범해져 온 오류였던 것이다.

또 하나의 예로 고교의 문학 교과서에 수록된 이육사의 시 「절정」에 대한 설명도 이러한 해석상의 비약이 적용된 대표적인 예가 될 듯하다.

> 매운 季節의 챗죽에 갈겨
> 마츰내 北方으로 휩쓸려오다
> 하늘도 그만 지쳐 끝난 高原
> 서리빨 칼날진 그우에서다
> 어데다 무릎은 꾸러야하나?
> 한발 재겨디딜 곳조차 없다
> 이러매 눈깜아 생각해볼밖에
> 겨울은 강철로된 무지갠가보다.
>
> — 이육사의 「絶頂」 전문 —

어떤 참고서에 수록된 이 작품에 대한 문제 중에는 제4연 2행의 '무지개'에 밑줄을 그어 놓고 그것이 암시하는 것을 4지선다형으로 묻고 있는데, ① 희망 ② 아름다움 ③ 패배 ④ 현실 가운데 답은 ① 희망이었다. 또 그 답에 대한 해설은 '절망 속의 한가닥 희망'으로 제시되어 있었다.

이 문제는 이 시의 핵심적인 질문을 비켜가도록 출제 자체가 잘못되었다.

왜냐하면 이 시에서 문제되는 구절은 '강철로 된 무지개'이지 그냥 '무지개'가 아니기 때문이다. 이 문제의 출제자는 이 시에서의 특별한 구절인 '강철로 된 무지개'='희망'이라는 답안을 용이하게 이끌어 내기 위해 논란의 여지가 많은 수식어 '강철로 된'은 떼어놓고 '무지개'='희망'이라는 상식으로 적당히 얼버무리고 있다. 그러면서도 이 시의 의미구조가 종국적으로는 희망으로 나아간 것으로 받아들여지도록 만들었다.

사실 이 시는 달리 특별하게 해석되어야 할 만큼 어려운 시가 아니다. 논리구조와 비유의 방식도 고도의 해석을 요구하지 않는다. ① 매운 계절의 챗죽에 갈겨 북방으로 휩쓸려 왔고 ② 하늘도 그만 지쳐 끝난 고원의 서릿발 칼날진 그 위에 설 수밖에 없어서 ③ 무릎을 꿇기는 커녕 한발 재겨 디딜 곳조차 없는 극한상황에서, 시적 자아에게는 그러한 상황을 극복·탈출할 어떠한 행동도 봉쇄되어 있다. ④ 그러므로 자아에게 허용된 유일한 행위는 눈감아 생각할 수밖에 없는 것이고, 그 생각의 결과 혹독하게 추워 버티기 어려운 '겨울'은 그냥 무지개(희망, 아름다움)가 아닌 거짓되고 위장된 무지개인 '강철로 된 무지개'로 인식된다는 것이다.

그러므로 이 시에서의 '강철로 된 무지개'는 '무지개'가 가지는 희망이 아니라, 시적 자아가 극한상황 가운데서도 현실을 냉정하게 직시한 결과 깨닫게 된 '위장된 무지개'이며, '진정성이 부재한 현실'이 된다. 이렇게 간단하게 설명될 수 있는 내용을 두고 엉뚱하게도 정반대의 의미인 '희망'이라는 답이 나오게 된 이유는 그동안 이 시에 대한 여러 비평가들의 이해하기 어렵게 비약된 해석이 비판없이 수용되어 온 데 그 한 원인이 있을 것이다.

'강철로 된 무지개'에 대해 '비극적 황홀'[20], '비극적 초월'[21], '감정적 초극'[22] 등으로 해석하기도 하는데, '강철로 된 무지개'라는 평범한 표현을

---

20) 김종길, "육사의 시"(「나라사랑」 16집, 1974), p.78.
21) 오세영, "이육사의 「절정」─비극적 초월과 세계인식", 「한국현대시작품론」(문장, 1981), p.268.

두고 어떻게 '비극적 황홀' 등의 해석이 가능한지 이해되지 않는다. 극한상황에서 시적 자아의 현실대응의 모습이 비극적 황홀이나 초월, 혹은 감정적 초극으로 끝난다는 것은 자기포기이며 현실도피다. 이것은 이 시의 논리에도 어긋날 뿐만 아니라 육사시를 일관하는 투사정신·선비정신과도 부합되지 않는다.[23] 이런 점에서 홍기삼 교수가 "이 끝 귀절이 시적 표현으로서는 대단히 매력적이지만 <절정>이라는 작품전체로 보아 장식적인 의미 이상을 갖지 못하는 것이 아니냐"[24]고 의문을 제기한 것은 적절하게 보인다. 시를 풍요롭게 해석하는 것도 비평의 한 역할이지만 주어진 시의 내용과 무관한 독해는 독해가 아니라 해독이다.

앞에 예시한 참고서의 저자는 '강철로 된 무지개'를 '비극적 황홀' 등으로 해석하는 비평가들의 엉뚱한 해석을 본받아 나름대로 납득될 수 있게 좀 단순화시켜 또 다른 엉뚱한 해답을 만들어 낸 것으로 보인다.[25]

잘못된 비평을 접하고 그런 시 교육을 받은 독자는 시를 제대로 이해할 수 없게 됨은 당연하다. 시에 대한 설명이 이런 차원을 크게 벗어나지 못하고, 입시 위주의 도식적 분석에서 해방되지 못할 때, 우리 국민의 가장 많은 다수가 받는 중고교에서의 시 교육의 효과는 기대할 수 없을 뿐만 아니라, 오히려 역효과만 가져올 수도 있을 것이다. 이렇게 되면 난해시는 물론이고 쉬운 시조차도 이해할 수 없게 될 것이다.

---

22) 박두진, 『한국 현대 시론』(일조각, 1971), p.111.
23) 자세한 설명은 필자의 글, "최종적 행위와 세계인식 – 이육사의 「절정」재론"(「연세어문학」 제18집, 1985) 참조 바람.
24) 홍기삼, "혁명의지와 시의 복합"(『문학사상』, 1976, 1), p.213.
25) 장도준, 『우리 시 어떻게 읽을 것인가』(태학사, 1996), pp.139~142 참조 바람.

4. 결 론

지금까지 시란 무엇이며 시 아닌 것은 무엇인지, 그리고 시의 난해성의 문제에 대해 논의했다. 그 결과 결론은 다음과 같다. 즉 시와 비시를 구분하는 분명한 경계선을 긋기란 불가능하며, 시가 시일 수 있는 공통의 요소, 즉 시 자체의 고유한 속성소는 찾기 어렵다. 그것은 결국 관습과 예술제도론으로 설명될 수밖에 없는 것이다. 이러한 시의 특성 때문에 시의 의미는 무한한 다양성을 가지고 변천될 수밖에 없고 따라서 시대와 제도와 개인의 문학관에 따라 다양하게 창작될 수밖에 없을 것이다. 그러나 서정시의 다양성이 그 범위를 지나치게 이탈할 경우는 장르 해체의 현상으로 나타날 수 있을 것이다.

시의 난해성의 문제는 먼저 시 자체의 문제로서 언어를 매체로 하면서 언어를 벗어나려는 시 자체의 특성과 난해성을 지향하는 문화물로서의 시의 고도성, 그리고 현대시가 기반한 세계의 복잡성 등에 기인하는 고도의 예술 장르로서의 시 장르의 난해성을 먼저 검토했고, 둘째는 그러한 시적 특성을 오용하여 시적 성취와 무관하게 난해시를 흉내내는 미숙한 시인들의 문제를 지적했고, 셋째는 독자들의 노력 부재를 언급했으며, 넷째는 일부 비평가나 시교육자들의 작품 비평과 무관한 현학성과 도식성을 지적했다. 시 교육의 문제는 연구와 비평의 현장과 교육의 현장이 긴밀한 상호 연계 속에서 진행되어야 할 것이다. 비평과 연구는 시 교육을 염두에 두어야 하며, 시 교육을 도외시한 연구는 자칫 공허한 무용지물이 되기 쉽다.

시어에 대한 이해

1. 서 론

문학에서 사용되는 언어는 다른 언어들과는 구별되는 좀 특별한 것인가, 혹은 그렇지 않은가 하는 문제는 문학연구에서 중요하게 다루어지는 문제의 하나다. 이러한 문제는 특히 시어의 경우에서 더 논의의 중심 과제가 되고 있다. 동·서양을 막론하고 시어에 대한 전통적인 생각은 대체로 시적인 언어가 따로 있는 것으로 생각해 온 듯하다.

그런데 이러한 생각은 낭만주의 이후부터 변하기 시작한다. 워어즈워드는 『서정민요집』 서문에서 시어는 특별한 언어라는 생각을 공격하여, "산문의 언어와 운문의 언어 사이에는 근본적인 차이가 없다"고 주장하면서, 시적 정서를 자연스럽게 표출하기 위한 최상의 말은 상류계급의 언어가 아니라 "미천하고 전원적인 생활"의 언어라고 주장한 바 있다. 시어에 대한 이러한 생각은 현대에 와서 더욱 발전하여, 시어는 본질적으로 존재하는 것이 아니라 언어가 시적 기능을 발휘하도록 특수하게 사용된 것으로 받아들여지고 있다. 시어의 특징을 여러 가지 이론들을 소개하면서 설명하고자 한다.

2. 언어의 일반적 기능과 시적 기능

1) 시적 언어는 속성인가 기능인가

무카로브스키는 시적 언어란 따로 고유하게 존재하는 것이 아니라, 언어체계의 한 부분, 기능 언어의 하나일 뿐이라고 규정하면서, 시적 언어에

대한 기왕의 잘못된 견해들을 다음과 같이 비판한다.[1]

우선 무엇보다도 시적 언어는 반드시 장식적인 표현(ornamental expression)은 아니라는 것이다. 물론 표현된 내용과 언어적 표현이 분리되어서, 장식적인 표현이 특징이 되는 시대도 있었는데, 그러한 시기에는 표현이 내용의 장식으로 간주되었다. 그러나 이런 성분들이 서로 구별할 수 없을 정도로 결합되어 있어서 그 밀접한 연결이 시적 표현의 특질이 된 시대도 또한 있었다.

美(beauty)도 시어의 확고한 표지는 아니다. 문학의 역사는 미적 기준과는 무관하거나 심지어는 미적 기준에서 볼 때, 부정적이기조차 한 어휘의 영역에서 시인이 언어적 재료를 찾았던 사례로 가득 차 있다.

또한 시적 언어는 감정의 표현을 드러내는 언어인, 정서적 언어(emotive language)와도 다르다고 주장한다. 근본적인 차이는 이 두 언어가 지향하는 방향성(orientation)에 있다. 본질적으로 정서적 언어는, 아주 직접적이어서 말하는 개인의 독특한 심리 상태에 한정되는 정서를 표현하려는 경향이 있다. 반면에 시적 표현의 목표는 초개인적이며 영속하는 가치의 창조에 있다. 물론 문학은 스스로의 목적에 맞게 정서적 언어의 장치를 사용할 수 있으며, 특히 시적 표현이 창작자의 독특한 개성을 강조하는 시기에는 그런 장치들을 풍부하게 활용한다. 그렇지만, 정서적 표현은 시가 풍부한 언어 재료로부터 그것의 목적에 맞게 택하는 많은 장치들 중의 하나일 뿐이다. 마찬가지로 정서적 표현은 다른 언어층으로부터 빌어 오기도 한다. 표현의 정감성에서의 이탈이 문학에서 계획된 요구사항이 되는 시대조차 있었다.

더구나 시적 언어는 완전히 구체성(concreteness)(혹은 可塑性 "plasticity")을 특징으로 하는 것도 아니다. 시적 언어가 계획적으로 추상성

---

1) Jan Mukarovsky, "On Poetic Language" *The Word and Verval Art*, John Burbank and Peter Steiner, (ed. & trans) (Yale Univ. Press, 1997), pp.1~3.

(abstraction), 즉 비구체성(non-concreteness)을 지향하는 시대도 있었다. 예를 들어, 고전주의 시대에는 어떤 명백한 구체적인 명칭도 회피하려는 경향이 있었다. 결국, 구체성이란 말 자체의 의미조차 모호한 것이다. 모든 경우에 그것은 서로 다른 것을 의미한다. 즉, 때로는 어떤 분명한 이미지를 환기시키기도 하고, 때로는 한 단어에 무한정하게 연상되는 이미지 다발이 수반하게 되는 경우도 있다. 그러므로 시적 언어의 발전 과정에서, 시적 언어는 구체성으로만 기울어져 있었다기보다는 구체성과 비구체성 사이를 왕복하고 있었다.

비유적 특징(figurative nature)도 무조건 시적 언어의 특징이라고 할 수 없다. 한편으로, '생생한' 비유적인 명명조차도, 비유적인 명명은 시적 언어뿐만 아니라, 일반적인 언어에도 공통된 특질이나. 다른 한편으로는, 문학의 역사에서 비유적인 명명에서 벗어나려는, 적어도 그것의 지배에서 벗어나려는 예들도 있다.

마지막으로 언어표현에서 강조되는 독특성인, 개성(individuality)조차도 시적 언어를 일반적으로 규정짓지 못한다. 명백히 개인적인 문체가 문학 이외(예를 들어, 과학적인 담론)에서도 가능하다는 사실에도 불구하고, 시적 언어가 표현의 개성을 회피하려는 시기가 있었다는 사실을 염두에 두어야 할 것이다. 예를 들어, 고전주의 시대에는 개성적인 창의를 제한하기 위해서, 시에 어떤 단어를, 심지어 어떤 이미지를 사용할 수 있는지까지 대개 설정하고 있었다.

이상과 같이 시적 언어의 속성(property)이라고 인정되어 온 것을 비판한 후, 무카로브스키는 시적 언어는 고유한 속성에 의해서가 아니라, 기능(function)에 의해서만 영속적으로 규정될 수 있다고 주장한다. 기능이란 속성이 아니라, 주어진 현상의 속성들을 활용하는 방식(a mode of utilizing)이다. 시적 언어는, 어떤 표현 목적을 위해 언어체계를 적용시키는, 수많은 기능 언어들 중의 하나에 불과하다. 시적 표현의 목적은 미적 효과(aesthetic effect)에 있다. 시적 언어를 지배하고 있는 미적 기능은 언어 기호 자체 (linguistic sign itself)(표현자체)에 주의를 집중시킨다. 따라서 언어를 통한 의사소통이라는 목표를 지향하는 실용적 방향과는 정확하게 반대의 위치에 있게 된다.[2]

시적 언어를 수 많은 기능 언어들 중의 하나로 보는 무카로브스키의 견해 는, 마찬가지로 시학을 언어학의 한 영역으로 보고 시적 기능도 언어의 다양한 기능 가운데 하나로 파악하고 있는, 로만 야콥슨의 설명에서 이해를 더 확연히 하는 데 도움을 받을 수 있을 것 같다.

야콥슨은 언어의 시적 기능을 이해하기 위해서는, 시적 기능이 언어의 여러 기능 가운데서 어떤 위치를 차지하고 있는가를 먼저 규명해야 한다고 말한다. 그리고 이러한 기능들의 윤곽을 알기 위해서는 어떤 발화사건이나 어떤 언어 전달행위에서도 나타나는 구성요소들에 대한 개관이 필요하다고 하면서, 그 관계를 여섯 가지 기본 요소로 설명하고 있다.[3]

먼저 발신자(addresser)가 있어야 한다. 발신자는 수신자(addressee)에게 메시지(전언)를 보낸다. 메시지가 전달되기 위해서는 그것이 지칭하는 관련상황(context: 지시대상 'referent'로 불리기도 함)이 요구되고, 이것은 수신자가 이해 가능한 것이어야 하고, 언어라는 형식을 취하거나 언어화될 수 있는 것이어야 한다. 다음은 발신자와 수신자에게 완전하게, 아니면 적어도 부분적으로라도 공통적인 약호(code)가 필요하다. 마지막으로 필요한 것은 발신자와 수신자 간의 물리적 회로 및 심리적 연결이 되는 접촉(contact)으로서, 이것은 양자가 의사전달을 시작하여 이를 지속할 수 있게 하는 요소이다. 그는 이 요소들의 관계를 다음과 같이 도식화한다.

---

2) 위의 글, pp.3~4.
3) Roman Jakobson, "Closing Statements : Linguistics and Poetics", "언어학과 시학", 「문학 속의 언어학」, 신문수 편역(문학과 지성사, 1989), pp.54~62.

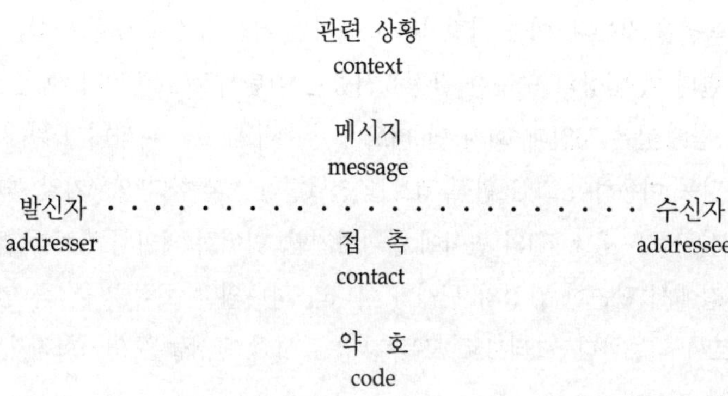

이 여섯 개의 요소 하나 하나는 각기 서로 다른 언어 기능을 갖지만, 단 하나의 기능만으로 성립하는 언어 메시지란 거의 없다. 발언의 다양성은 이들 몇몇 기능 중의 어느 하나만의 독점적인 기능의 발휘에서가 아니라, 이들이 서로 다른 위계 순위(hierarchical order)를 형성하는 데서 비롯된다. 즉 메시지의 언어구조는 무엇보다 그 지배적 기능이 무엇이냐에 따라 달라진다. 야콥슨은 언어전달의 이러한 여섯가지 기본요소에 상응되는 언어기능을 다음과 같이 도식화하여 설명하고 있다.

첫째, 언어의 지시적(referential)기능은 지시대상, 즉 관련상황을 지향할 때 수행된다. 이 기능은 대다수의 언어 메시지의 주요 임무이며, 지시적, 외연적(denotative), 인지적(cognitive)기능을 한다.

둘째, 감정표시적(emotive), 또는 표현적(expressive) 기능은 발신자에 초점을 두며, 이야기되어지는 내용에 대한 발화자의 태도를 직접적으로 표현하려는 목적을 갖는다. 이는 진정이건 거짓이건 어떤 감정에 대한 인상을 자아내려 한다. 언어상의 순수한 감정표시층은 감탄사로 표현된다. 예를 들어, "아이 참!" 같은 것인데, 화가 난 태도나 냉소적 태도를 나타내기 위해 표현적 자질을 이용하여 그 표면적 정보를 전달한다. "잘 한다"와 "자알 한다"에서 [a]는 같은 음소 [a]의 변이에 불과하지만, 반어적 의미의 정보를 제공한다는 점에서 단순한 감정의 문제가 아니라 하나의 음소적 기능, 즉 언어적 자질로서 기능한다. 그러므로 모든 감정 표시적 단서들은 언어학적 분석이 가능한 것이다.

셋째, 능동적(conative) 기능은 수신자를 지향하며, 그 순수한 문법적 표현은 호격과 명령법이다.

넷째, 친교적(phatic) 기능은 접촉을 지향하며, 의례화된 인사말의 교환이나 그저 이야기를 길게 끌고 가기 위해서 행해지는 대화 등에 나타난다. 예를 들면, 우선 의사전달을 성립시키고, 연장시키고, 혹은 중단시키며, 회로가 제대로 기능을 발휘하는지("여보세요, 내말 들립니까?")점검하고, 상대방의 주의를 끌기 위한 또는 그의 주의가 지속됨을 확인("듣고 계세요?" 혹은 세익스피어식으로 "귀를 빌립시다!" 그리고 전화 통화시 한 끝에서 "네 네!"하는 따위)하기 위한 것들이다. 어린 아이가 최초로 획득하는 것도 역시 친교적 기능이다.

다섯째, 메타언어적(metalingual)(바꾸어 말하여 주해적인)기능은 발화의 초점을 약호체계 자체에 둔다. 근대 논리학에서는 언어를 두 부류로 구별하여, 대상에 관해 언급하는 대상언어(object language)와 언어에 관해 언급하는 메타언어(metalanguage)로 나눈다. 그러나 메타언어는 논리학자나 언어학자에게만 필요한 과학적 도구인 것이 아니라 일상적인 언어생활에서도 중요한 역할을 한다. 메타언어는 발신자 그리고 / 혹은 수신자가 동일한 약호를 사용하고 있는지를 확인할 필요가 있을 때 이용된다. 일상어의 예를 들면, 수신자가 "잘 모르겠습니다. 무슨 말씀인가요?"라고 묻거나, 이와 같은 되물음을 예상한 발신자가 "아시겠습니까?"라고 묻는 따위이다. 그러므로 메타언어는 논리학자나 언어학자에게만 필요한 과학적인 도구인 것이 아니라, 일상적인 언어생활에서도 중요한 역할을 한다.

끝으로, 언어의 시적(poetic)기능은 메시지가 메시지 그 자체를 향해 초점을 맞춘다. 기호 그 자체의 특성을 돋보이게 하는 이 기능은 기호와 대상 간의 근본적인 양분 관계를 심화시킨다. 시적 기능은 언어예술의 유일한 기능이 아니라 주도적인 혹은 결정적인 기능이다. 여타의 모든 언어행위에서는 그것은 부차적, 부수적인 성분으로 작용한다. 예를 들어 "I like Ike. [ay layk ayk](나는 아이크를 좋아한다.)"라는 선거구호는 선명한 언어구조를 가지고 있는데, 단음절어 셋에 그 단음절어에는 각기 세 개의 이중 모음 /ay/가 있고, 이 이중 모음에는 자음이 하나씩 균형있게 /‥l‥k‥k/ 따르고 있다. 그런데 이 세 단어의 구성은 서로 다르다. 첫 단어에는 자음이 없고, 두번째 단어는 이중모음을 사이에 두고 두 개의 자음이 있는가 하면, 셋째 단어에는 끝음이 자음이다. 이러한 선거구호는 그 표현의 부차적인 기능, 곧 시적 기능 때문에 더욱 강한 인상과 효과를 얻고 있는 것이다.

마찬가지로 시에서도 시적 기능 이외에 다른 기능들이 부차적으로 작용한다. 시의 다양한 장르가 가지는 특질들은 가장 주도적인 시적 기능과 아울러 기타의 다른 언어기능들이 서로 상이한 위계에서 참여하고 있음을 시사한다.

서사시는 삼인칭을 중심으로 하여 언어의 지시적 기능을 주로 활용하고, 일인칭을 지향하는 서정시는 감정표시적 기능과 긴밀한 관계를 갖는다. 이인칭의 시는 능동적 기능에 작용하는데, 일인칭이 이인칭에 대해 종속적이냐 아니냐에 따라 시는 애원조나 간구조(懇求調)가 된다.

　　　　김종수 80년 5월 이후 가출
　　　　소식 두절 11월 3일 입대영장 나왔음
　　　　귀가 요 아는 분 연락 바람 누나
　　　　829-1551

> 이광필 광필아 모든 것을 묻지 않겠다
> 돌아와서 이야기하자
> 어머니가 위독하시다
>
> 조순혜 21세 아버지가
> 기다리니 집으로 속히 돌아오라
> 내가 잘못했다
>
> 나는 쭈그리고 앉아
> 똥을 눈다.

— 황지우 「심인」 전문 —

이 시에서는 사람을 찾는 신문의 광고가 내용의 대부분을 차지하고 있다. 사람을 찾는 광고는 본래 지시대상을 지향한다. 즉 사람을 찾는 것이 목적인 것이다. 따라서 그러한 메시지의 기능은 지시적·외연적 기능을 그 본질로 한다. 그런데 이 시에서 이러한 메시지는 지시적 기능이 상실되어 있다. 사람을 찾는 목적을 상실하고 시적인 문맥 속에서 시적인 기능을 위해서 사용된 것이다. 이 시의 메시지는 현실적 목적이 아니라, 시적인 목적, 즉 메시지 그 자체를 향해 초점을 맞추고 있는 것이다. 그러므로 이 시에서의 사람 찾는 광고는 그 현실적인 의미를 상실하고 그 대신 시인이 의도하는 시적이고 내포적인 기능을 새롭게 부여받은 것이다. 이처럼 시적 언어란 본질적 속성으로 존재하는 것이 아니라, 같은 언어, 같은 메시지라도 어떤 의도와 문맥 속에 놓여 있느냐에 따라 기능이 달라지는 것이다.

2) 전경화(前景化)와 자동화(自動化)

지금까지 야콥슨의 이론을 중심으로 일반 언어의 기능과 관련하여 시적 언어의 기능적 위치와 의미를 살펴보았다.

그런데 시적 언어는 어떤 속성이 아니라 기능에 의해서만 영속적으로 규정될 수 있고, 시적 표현의 목적은 미적 효과에 있으며, 시적 언어를 지배하고 있는 미적 기능은 언어기호 자체 혹은 메시지 자체를 지향하는 것이라면, 언어의 시적 기능, 즉 미적 효과를 최대한으로 달성하기 위한 구체적인 예술적 장치는 무엇일까? 무카로브스키는 이것을 "표준적인 문어체 어법으로부터의 일탈(deviation)"[4] 로 설명한다. 그리고 그 일탈을 설명하기 위해서 前景化(foregrounding)의 개념을 내세운다.

> 표준언어의 규범을 위반하는 것, 즉 표준언어 체계의 파괴는 언어의 시적 이용을 가능하게 하는 것이다. 이러한 가능성 없이는 시란 있을 수 없을 것이다. […중략…] 시적 언어의 기능은 발화의 최대한의 전경화에 있다. […중략…] 행위가 자동화될수록 그 행위는 덜 의식적으로 수행되며, 행위가 진경화될수록 그 행위는 더욱 더 완전하게 의식적으로 행해진다. 객관적으로 말하자면, 자동화는 어떤 사태를 체계화하며, 전경화는 그 체계의 위반을 의미한다.[…중략…] 전경화의 목적은 표현의 전경화에 의해서 표현된 제재에 독자(청자)의 주의를 더욱더 끌도록 하는 데 있다. […중략…] 시적 언어에서 전경화는, 교신(communication)을 배경 속에 밀어 넣을 정도까지, 표현과 표현 자체를 위해 쓰이는 것을 목적으로 함으로써, 최대의 강렬성을 성취한다. 즉 전경화는 전달을 위해서 쓰이는 것이 아니라, 말 그 자체의 행위인, 표현의 행위를 전경에 놓기 위해 쓰이는 것이다.[5]

예를 들어, 김소월 시에서 '갈 봄 여름없이'는 '봄 여름 가을없이'라는 상식적 규범에서 살짝 일탈함으로써 전경화된 하나의 예다. 봄 여름 가을이라는 계절의 순차적 흐름의 앞뒤를 바꾸고, '가을'을 '갈'로 표현함으로써 시어와 리듬의 묘미를 살리고 있는데, 이 표현은 아주 소극적인 일탈인 듯하

---

4) Jan Mukarovsky, "On Poevic Languagu", *The Word and Verbal Art*, p.8.

5) Jan Mukarovsky, "Standard Language and Poetic Language", *A Prague School Reader On Esthetics, Literary Structure, and Style*, Paul L. Garvin, (ed. & trans), (Georgetown Univ. Press, 1964) pp.18~19.

면서도 실제에 있어서는 봄 여름 가을이라는 의미의 전달보다는 표현 자체
의 시적 효과에 주목하게 하는 강렬한 전경화를 이룩하고 있다. 이 시가
높은 수준의 시적 성취를 이룩한 중요한 이유의 하나도 사소한 듯 하지만
그러나 특별한, 이와 같은 표현의 전경화 때문이다.

현대시의 전경화 노력은 더욱 적극적이다. 그러나 시의 모든 언어요소들
이 표준언어의 규범에서 벗어나는 것은 아니다. 또 그렇게 되어서도 안된다.
자동화된 규범적인 요소들은 전경화된 요소들의 배경이 되어야 하기 때문
이다. 또한 전경화는 표준언어, 예를 들자면 저어널리스틱한 문체나 에세이
에서 조차 흔하다. 그러나 이 때의 전경화는 언제나 교신에 종속된다. 어떤
요소들의 전경화는 반드시 하나 이상의 다른 요소들의 자동화를 수반하며,
전경에 있는 요소는 배경에 남아 있는 다른 요소들과 비교됨으로써만 전경
의 위치를 차지할 수 있는 것이다. 그러므로 동시적이고 일반적인 전경화는
모든 요소들을 똑같은 수준으로 떨어뜨려서, 새로운 자동화가 될 수 있다.[6]
그리고 시적 언어의 어떤 심미적 장치의 특별한 효과도 시간이 지나면서
변하여 자동화될 수 있으며 (예를 들면 어떤 은유의 신선한 효과가 나중에
죽은 은유가 되는 것), 그러므로 시적 언어는 계속해서 새로운 미적 장치를
만들어 언어에 공급하는 작업을 함으로써 언어의 생명력을 유지시키는 것
이다.

시적 언어가 최대한의 전경화를 성취하는 장치는 전경화의 일관성
(consistency)과 체계적 성격에 있다. 일관성은 주어진 작품 안에서 전경화된
요소들이 일정한 방향에서 재형성된다는 사실로 나타난다. 의미의 비자동
화는 어휘 선택에 의해서나, 주어진 문맥 안에서의 함께 접근하고 있는 단어
들의 비범한 의미론적 관계에 의해서 일관성 있게 수행된다. 시작품에서
체계적인 전경화는 이러한 요소들의 상호관계의 층위화(gradation)에 있다.

---

6) Mukarovsky, 위의 글, pp.19~20.

그것들은 종속(subordination)과 지배(superordination)의 관계에 있다. 충위에서 최상위의 요소가 지배적이 된다. 전경화되었건 아니건 간에 다른 모든 요소들과 그것들의 상호 관계는 지배적인 요소의 관점에서 평가된다.[7]

가능한 관계들 가운데서 어느 것이 전경화될 것인가, 어느 것이 자동화된 체로 있을 것이며, 전경화의 방향은 어떠할 것인가, A요소에서 B요소로일 것인가, 아니면 그 반대일 것인가 등등의 모든 것은 지배적인 요소(dominant)에 달려 있다. 그러므로 지배소는 시작품의 통일을 창출한다. 그것은 물론 미학에서 "다양성에서의 통일"(unity in variety)이라고 흔히 부르는 성질의 것으로, 그 자체의 특유한 방식의 통일인데, 즉 그것은 조화와 부조화, 집중(convergence)과 이탈(divergence)을 동시에 인식하는 역동적 통일(dynamic unity)인 것이다. 집중은 지배소를 향한 경향에 의해서 주어지며, 이탈은 이 경향에 반대하는 전경화되지 않은 요소들의 움직일 수 없는 배경의 저항에 의해 주어진다.[8]

여기서 지배소는 시의 음성적 자질이나 의미론적 혹은 통사론적 자질 모두가 될 수 있다. 그런데 체코 구조주의자들은 억양이나 압운 등의 리듬적 자질을 중시하는 듯하다.

3) 은유(隱喩)적 원리와 환유(換喩)적 원리

한편 시적 기능에 대한 언어학적 원리를 야콥슨은 발화행위를 성립하게 하는 두 가지 원리, 즉 선택과 결합의 원리를 기초로 해서 해명한다.[9]

우리가 어떤 말을 하려면, 낱말을 선택하고 그 낱말들을 우리의 언어체계에 맞게 문장으로 결합시킨다. 예를 들어, '비'가 주제어라면 우리는 소나기,

---

7) 위의 글, p.20.
8) 위의 글, p.21.
9) 로만 야콥슨, "언어의 두 양상과 실어증의 두 유형", 「문학 속의 언어학」, 신문수 편역 (문학과 지성사,1989) 이하 이 글을 주로 참고함.

보슬비, 이슬비, 가랑비 등, 비에 관한 기존의 단어들 중에서 하나를 선택할 것이고, 다음에는 내리다, 쏟아지다, 퍼붓다 등, '비'와 의미적으로 동족관계에 있는 동사들 중에서 하나를 선택하여, '소나기가 퍼붓는다'와 같은 하나의 의미 있는 발화를 성립시킨다. "이 때 선택의 근간은 등가성, 유사성과 상이성, 동의어와 반의어 따위에 있고, 결합, 곧 배열의 구성을 이루는 밑바탕은 인접성이다."10) 선택은 동의어로서의 등가성이나 반의어로서의 공통성 등 여러 양태의 유사성을 이해하는 능력, 하나의 언어부호를 같은 언어의 다른 부호들로 해석하는 메타언어적 언어 운용 능력에 의한 것이다. 결합은 구문적 인접성에 대한 능력, 즉 언어단위의 위계를 준별하는 능력에 의한 것이다.

야콥슨에 의하면 실어증 환자의 경우, 결합, 곧 문구성 능력은 비교적 정상이지만, 선택, 즉 대체 능력에 결함이 있는 경우와 선택과 대체 능력은 정상적인 기능을 유지하지만, 결합과 문구성 능력에 장애가 있는 경우의 둘로 나누어 진다. 이것을 각각 유사성 장애와 인접성 장애로 명명한다. 하나의 언술은 의미론적으로 두 방향을 따라 전개된다. 하나의 화제거리가 유사한 다른 화제거리로 이어지는 경우와 인접한 다른 화제거리로 이어지는 경우다. 전자를 은유적 방식이라하며, 후자를 환유적 방식이라 한다.

예를 들어 '오두막집'이란 단어가 주어졌을 때, 이것에 대해 연상되는 첫 반응은 사람에 따라 다양할 수 있다. '불타버렸다'도 있을 수 있고, '초라한 작은 집이다'도 가능하다. 이 두 반응은 모두 서술적이지만, 전자가 순수한 서사적 문장인데 반하여, 후자는 주어와 등가적 대체어이다. 전자는 위치적 (구문적) 인접성에 의한 환유적 반응이고, 후자는 의미적 유사성을 통한 은유적 반응이다. 또한 다음과 같은 반응들도 가능하다. 통나무 집이나 초옥과 같은 동의어, 궁성과 같은 반의어, 짐승 굴과 은신처 같은 은유 등이

---

10) 로만 야콥슨, "언어학과 시학", p.61.

있을 수 있다. 두 낱말을 상호 대체해내는 능력은 위치적 유사성의 예가 된다. 또 위의 반응들은 주어진 자극(오두막집)에 대해 의미상의 유사성(혹은 대조)으로 연결되어 있다. 또한 초가지붕, 짚, 가난과 같은 환유적 반응들도 가능한데, 이것들은 위치적 유사성과 의미적 인접성을 결합시키고 또한 대조시킨다.

정상적인 언어 활동에 있어서는 이 두 방식이 다양하게 활용되지만, 실어증 환자에게 있어서는 유사성 장애의 경우, 환유적 표현은 광범위하게 활용되는 반면에, 은유적 표현은 구사하지 못하며, 인접성 장애의 경우, 은유적 표현은 비교적 활용되는데 비해서 환유적 표현을 구사하지 못한다는 것이다.

발화를 성립시키는 이러한 언어원리는 문학의 장르, 작가의 문체적 개성, 문예사조와도 관련된다. 야콥슨에 의하면 시는 유사성의 원칙, 즉 은유의 방식을 바탕으로 한 장르이고, 산문은 근본적으로 인접성에 의해 발전된 장르다. 시는 유사성, 즉 등가의 원리를 통해 결합이 이루어 진다. "시적 기능은 등가의 원리를 선택의 축에서 결합의 축으로 투사한다."[11] 등가성이 배열의 구성요소로 승격되는 것이다. 메타언어에서는 등식문을 이루기 위하여 배열이 활용되지만, 시에서는 배열을 만들기 위하여 등가의 원리가 사용된다.[12] "환유적 표현은 습관화된 컨텍스트의 축에서 대체와 선택의 축으로 투사"[13] 한다.

> 사랑하는 나의 하나님, 당신은
> 늙은 悲哀다.
> 푸줏간에 걸린 커다란 살점이다.
> 詩人 릴케가 만난
> 슬라브女子의 마음 속에 갈앉은

---

11) 위의 글, p.61.
12) 위의 글, p.62.
13) 로만 야콥슨, "언어의 두 양상과 실어증의 두 유형", p.105.

놋쇠 항아리다.
손바닥에 못을 박아 죽일 수도 없고 죽지도 않는
사랑하는 나의 하나님, 당신은 또
대낮에도 옷을 벗는 어리디 어린
純潔이다.
三月에
젊은 느릅나무 잎새에서 이는
연두빛 바람이다.

— 김춘수 「나의 하나님」 전문 —

이 시에서 늙은 비애, 푸줏간의 살점, 놋쇠 항아리, 순결, 연두빛 바람 등의 이미지들은 시의 화사가 하나님을 형상화하는 은유다. 따라서 이 시에서 언어의 배열은 언어의 선택의 결과로서의 역할만으로 머물러 있다. 그런데 이 시의 구조는 다소 지나칠 정도로 등식관계로만 이루어져 있고, 하나님을 지칭하는 이미지들의 결합 관계도 당돌한 결합에서 오는 놀라움은 있지만, 시적 긴장을 유발하기에는 지나치게 이질적이고 산만하게 분산되어 있어서 비유가 그렇게 기능적인 것 같지는 않다. 시적이기보다는 오히려 단순한 메타언어적 차원에 머무는 듯한 한계를 보여 주는 것 같다. 아무튼 이 시는 의미의 유사성(혹은 대조)에 의한 은유방식에 의한 시라 하겠다.

또한 유사성의 원칙은 의미의 유사성뿐만 아니라 시의 바탕에 내재되어 있기도 하다. 시행의 율격적 병렬이나 낱말들의 음성적 등가성은 의미상의 유사성 혹은 대조의 문제에 직접 관련된다.

그립다
말을 할가
하니 그리워

그냥 갈가
그래도

> 다시 더 한 번……
>
> 저 山에도 까마귀 들에 까마귀,
> 西山에는 해진다고
> 지저귑니다.
>
>   — 김소월 「가는길」 1~3연 —

이 시는 율격적 등가성이 시의 의미상의 유사성(혹은 대조)에 관련되는 좋은 예가 된다. 까마귀는 불길한 새이다. 그리고 까마귀는 흔히 '운다'고 하지 '지저귄다'고 하지는 않는다. 그런데 김소월은 까마귀를 '지저귑니다'라고 표현함으로써, 5음절을 기본으로 하는 이 시행의 율격적 등가성을 유지함과 아울러, 까마귀가 가지는 불길한 이미지를 완화시키는 효과를 얻음으로써, 이 시의 전체적 분위기 (불길한 것은 아님)에 어울리는 등가적 의미를 유지하고 있다.

시에는 시적 기능 뿐만 아니라 비시적 기능까지 포함되어 있으며, 일반언어도 시적 기능을 포함하고 있다. 마찬가지로 은유도 시에만 고유한 속성은 아닌, 일반언어에도 나타나는 현상이다. 다만 시적 은유의 특징은 표준언어에서 일탈된, 고도로 새로운 차원의 이미지를 창조한다는 점에서 일반언어에서의 은유와는 다르다. 유사성의 거리가 멀면서도 (즉 상식적이 아니면서도), 타당성(공감)을 가지는 긴장을 획득할 때, 좋은 시적 은유(낯설게하기)가 실현된다. 대조되는 두 이미지가 너무 멀어서 아무런 의미를 갖지 못하거나 너무 상식적이어서 (즉 친근한 것이어서) 자동화될 때, 그것은 죽은 은유가 된다. 은유가 창조적인 것인가, 죽은 것인가는 문맥 속에서 판단될 수 있다.

앞에서도 언급했지만 은유의 방식과 환유의 방식이라는 두 원리는 작가의 문체적 개성과 문예사조에도 적용될 수 있는데, 어떤 작가의 작품에서는 환유적 원리가 우세한가 하면, 어떤 작가의 경우에는 특별히 은유적 상상력이 돋보이는 경우도 있다. 낭만주의와 상징주의는 은유와 밀접한 관련성이 있고, 사실주의는 환유와 밀접한 관련성이 있다. 사실주의 작가는 제유적인 디테일을 애호한다. 또 사실주의 작가들은 인접관계의 길을 따라 플롯에서 분위기로, 성격들에서 시·공간의 배경으로 환유적인 걸음을 옮기는 것이다. 또한 이러한 원리는 언어예술에만 국한되지 않는다고 한다. 입체파는 환유지향적이며, 초현실주의 화가들은 은유적 태도를 지향한다는 것이다.

3. 시어의 특징

1) 내포적 언어

지금까지 시에 쓰이는 언어는 특별히 정해져 있는 것이 아닌, 일반적인 언어를 특수하게 사용한, 즉 시적 기능을 위해 사용한 언어라고 설명해 왔다. 여기서는 내포적 기능이란 측면에서 시어의 또 다른 중요한 기능적 특징을 검토하겠다.

I.A. 리차즈는 언어의 과학적인 용법과 정서적인 용법을 구분한다.[14] 그에 의하면, 과학적 용법은 하나의 진술이 그것에 의해 제기되는 (진실 혹은 허위의) 지시를 위해서 사용되는 경우이며, 정서적인 용법은 진술이 제시하는 지시가 정서나 태도에 주는 효과를 위해서 사용되는 경우다. 과학적인 용법의 경우 지시가 어긋나 있으면 이미 그것만으로도 실패다. 그러나 정서적인 말의 경우에는 지시의 어긋남이 아무리 크게 나타난다 하더라도 조금도 문제가 되지 않는다. 즉 좀더 나은 효과가 태도와 정서에 나타날 때에는 그것이 요구한 대로의 종류의 것이라면 지시의 어긋남은 문제가 되지 않는다. 언어의 과학적 용법에서는 지시는 정확하고 논리적이어야 하며, 정서적 용법을 위해서는 논리적인 조립은 필요하지 않는 대신에 일련의 태도가

---

14) I.A.Richards, *Principles of Literary Criticism*, (Routledge and Kegan Ltd., 1964), pp.211~212.

정서적인 상호 연결을 가져야 한다는 것이다.

이러한 리차즈의 논리는 아직 심리적 차원에서 완전히 벗어나지 못했다고 하겠는데, 르네 웰렉과 A. 워렌은 과학적·정서적이라는 개념 대신에 내포와 외연이라는 개념으로 언어의 문학적 기능과 과학적 기능을 새롭게 설명함으로써 언어의 기능적 본질에 좀 더 가까이 접근하고 있다.[15] 즉, 이상적인 과학의 언어는 순전히 외연적(外延的, denotative)이다. 그것은 기호와 지시 대상이 1대 1로 일치됨을 목표로 하며, 기호는 완전히 자의적이며, 따라서 그에 상응하는 다른 기호들로 바꾸어 쓸 수 있다. 기호는 또한 분명하므로, 그 기호 자체에 주목을 끌려하지 않고, 우리로 하여금 명백하게 지시대상으로 이끌어 준다. 그리하여 과학적 언어는 수학이나 상징논리와 같은 기호체계를 지향하는 경향이 있다.

이에 비해 문학의 언어는 고도로 내포적(內包的 : connotative)이다. 그것은 단순히 지시하는 것과는 거리가 멀다. 그것은 표현적 측면을 가지고 있으며, 화자나 작자의 어조와 태도를 전달한다. 애매한 요소들이 풍부하며, 그것들에는 역사적 사건들, 기억들, 연상들이 배어 있다. 무엇보다도 중요한 차이점은 기호자체, 즉 단어의 음향적 상징이 강조된다는 점이다. 율격과 두운과 소리형태와 같은 온갖 종류의 기법들은 그 자체로 주목을 끌기 위하여 고안된다.

다음의 예를 들어 보겠다.

① 산정호는 호수다.

② 내 마음은 호수요.

①에서 '호수'의 의미는 사전에 정의된 말 그대로의 의미, 즉 외연적 의미를 벗어나지 않는다. 이것은 산정호에 대한 객관적 설명만을 하고 있을 뿐이

---

15) R.Wellek & A.Warren, *Theory of Literature* (Penguin Books Ltd., 1970), pp.22~23.

다. 그러나 ②에서의 '호수'의 의미는 단순하지 않다. 이것은 일종의 은유인데, '호수'가 '내마음'이라는 문맥과 만남으로써 두 이미지의 상호작용에 의해 그 의미는 사전적 의미로만 규정될 수 없는 함축적 의미를 풍부하게 띠게 되는 것이다.

우선 '마음'이라는 의미에서의 호수는, 파도치는 바다가 남성적이라면 조용한 여성적 이미지를 띤다. 여성의 마음과 연결된 호수는 맑으며, 평화스럽고, 물가에는 예쁜 풀꽃들이 피어 있을 수 있고, 물고기가 한가롭게 노는 풍경이 떠오를 수 있다. 그리고 호수는 파도치는 바다의 능동성에 비해, 움직이지 않는 소극성을 가지는 대신, 조그만 조약돌을 던져도 쉽게 파문이 이는 여성의 여린 마음을 암시하고 있기도 하다. 아마 이 시의 화자는 이런 면에서 여성화자로 볼 수 있을 것이다. 이 시는 이와 같이 사랑의 감정에 젖어 있는 女心의 복합감정을 한가지 의미로만 제한할 수 없는 아주 다양한 연상작용을 불러 일으키면서 아름답게 형상화하고 있는 것이다.

위의 예에서 알 수 있듯이, 언어의 외연적 기능은 객관성을 지향하며, 외연적 의미가 강조될수록 과학적이고 수학적인 산문의 언어에 가까워진다. 반면에 언어의 내포적 기능은 언어의 개인적이고 주관적인 사용을 통해서 이루어진다. 언어의 내포적 의미가 강화될수록 문학적인 것, 특히 시적인 언어에 접근한다. 개인적이고 주관적인 장르로서 문학적 언어의 정수는 시이며, 詩性(poésie)은 언어의 내포적 기능이 극대화될 때 얻어질 수 있는 것이다.

내포적 의미는 연상과 암시, 다양한 뉘앙스와 여운(餘韻)에 의해 의미의 확정성을 기대할 수 없으며, 외연적 의미를 흩뜨리는 경향이 있다. 그러나 그렇다고 해서 시적 언어가 아무렇게나 선택되고 쓰여지는 것은 아니다. 시어법(diction)은 단어의 선택이라 할 때, 시인은 시적 분위기(tone)에 적절한 시의 표현을 선택해야 한다. 내포적 의미를 위해서는 단어나 비유뿐만 아니라 철자법이나 시의 운율적 자질 등도 모두 이용된다. 가령 '달'이라는 단어를 두고 생각할 때, 인공위성을 쏘아올리는 과학자에게 있어서는 그것이 '달'로 표기되든 '月'혹은 'moon'이나 'lune' 든 인공위성을 쏘아야 하는 목적지에는 아무런 차이가 없다. 그러므로 어떤 것으로 바꾸어 써도 무방한 자의적인 것이다. 그러나 문학의 언어에서는 소리와 철자법에 따라 그 내포적 의미는 크게 다를 수 있다. 단순하게 받아들인다 해도 '月'에서는 동양적이고 산수화적인 달의 모습이 느껴지며, moon이나 lune에서는 서양적인 이미지의 달이 된다.

> 고흔 肺血管이 찢어진 채로
> 아아, 늬는 山ㅅ새처럼 날러갔구나!
> — 정지용 「유리창1」 마지막 2행 —

이 시에서 '고흔'은 '고은'보다 한결 부드러운 소리로서 곧장 부드러운 마음을 드러내고 있으며, 따라서 흔히 쓰는 '고은'이 가지고 있지 못한 아름다움을 폐혈관이 갖고 있는 것으로 느껴진다. 그러니까 '고흔'은 사랑과 슬픔으로 이루어진 부드러움을 갖고 있다. 또 '늬는'도 그렇다. '너'는 보다 한결 친근하고 정다운 소리가 아닐 수 없다.[16] 철자의 적절한 변형에 따라 시의 내포적 의미는 그만큼 달라지는 것이다. '내마음은 호수요'와 '내마음은 호수다'의 '요'와 '다'의 차이에서 오는 내포적 의미는 다르며, '나를 보기가 싫어서'와 '나보기가 역겨워'의 내포적 의미는 엄청나게 다른 것이다. 시인은 풍부하면서도 압축된 적절한 표현을 얻기 위해서 언제나 고심하는 것이다.

그러므로 내포적 의미는 그 표현이 주어진 문맥과의 관련 속에서 파악되어야 한다. 이 때의 문맥은 시 자체의 문학 내적인 문맥뿐만 아니라 문학외적인 문맥, 즉 문화적 문맥도 포함된다. 언어는 문학적 표현을 위한 매체이

---

16) 정현종, "감각, 이미지, 언어," (「인문과학」 제49집, 연세대 인문과학 연구소, 1983), pp.10~11.

기도 하면서, 일상적인 의사소통을 위한 수단이기도 하다. 그러므로 언어 속에는 인간의 역사적 경험과 문화적 의미가 함께 담겨져 있다. '보릿고개' 는 배고픔에 시달렸던 역사적 경험 속에서 만들어진 말이며, 우리 문화 속에 서 찬물과 냉수, 아내와 마누라의 내포적 의미는 다르다.

언어는 특정한 민족집단에 뿌리박고 있으므로, 시에 사용된 언어를 모국 어적 경험으로 이해하지 못할 경우는 시의 외연적·축어적 의미밖에 이해 하지 못하여, 시에 사용된 단어와 형식이 삶의 맥락과 연결되어 일으키는 풍부한 연상작용을 제대로 파악하지 못하게 된다. 그러므로 시를 이해하기 위해서는 그 언어적 관례를 알고 있어야 한다. 이것이 음악이나 회화의 매체 와는 달리 시어의 매체로서의 장점이자 단점인데, 여기에 개인적 경험까지 합쳐져서 시의 외적 문맥을 형성한다. 그리고 외적 문맥은 시 자체의 내적 문맥과 함께 내포적 기능이 실현되는 문맥으로 작용한다.

그러나 텍스트가 어느 정도까지 텍스트의 내적 구성 요소만을 통해서 결정되며, 또한 사회·문화적 맥락은 어느 정도의 역할을 하는지는 아직 충분히 연구되지 않고 있다.

> ① 한 송이의 국화꽃을 피우기 위해
> 봄부터 소쩍새는
> 그렇게 울었나 보다.
>
> 한 송이의 국화꽃을 피우기 위해
> 천둥은 먹구름 속에서
> 또 그렇게 울었나 보다.
> — 서정주 「국화 옆에서」 1~2연 —
>
> ② 소쩍새가 저렇게 많이 나오는 해는
> 풍년이 든다고
> 어머니가 나에게 일러 주시는 그 사이에도
> 소쩍소쩍 솥이 작다고

소쩍새들은 목이 닳도록 울어 댄다.
       - 장만영 「소쩍새」 2연 -

③ 초롱에 불빛 지친 밤하늘
  굽이굽이 은핫물 목이 젖은 새.
  차마 아니 솟는 가락 눈이 감겨서.
  제 피에 취한 새가 귀촉도 운다.
  그대 하늘 끝 호올로 가신 임아.
       - 서정주 「歸蜀途」 마지막연 -

위의 시들에 나오는 '소쩍새', 혹은 '귀촉도'는 같은 새의 다른 이름이다. 이 새는 이외에도 두견이, 杜魄, 望帝魂, 不如歸, 자규(子規), 蜀魂, 접동새 등으로도 불린다. 두견이과에 속하는 뻐꾸기와 비슷한 새로, 5월에 건너와서 8~9월에 떠나는 철새이며, 여름에 밤낮으로 처량하게 운다. 이 새에는 중국 蜀나라 望帝의 죽은 넋이 붙어 되었다는 전설이 있으며, 작은 솥을 준 시어머니의 구박으로 굶어 죽은 며느리의 넋이 이 새로 되었다는 우리의 설화가 있고, 또 소쩍새가 울면 풍년이 든다는 속설도 있다.

그러므로 이 새는 전설과 더불어 怨恨의 민족정서와 깊숙이 관련되어 있다. 따라서 이 시들을 제대로 감상하기 위해서는 사전적 지식은 물론이요, 시의 외적 문맥이랄 수 있는, 문화적 문맥, 즉 이 새에 관련된 전설을 알고 있어야 한다. 그리고 그러한 恨의 정서를 지식으로서만이 아니라 민족공동의 정서로 체감까지 할 수 있어야 한다. 그러나 위의 시들에서 소쩍새의 내포적 의미는 시의 내적 문맥에 따라 사실 조금씩 달라진다. ①의 시에서 소쩍새는 처절할 정도의 忍苦의 恨과 怨望을 상징하고 있다면, ②의 시에서는 솥이 작아 죽은 怨恨의 정서를 대변하며, ③의 시에서는 이별의 恨을 나타낸다. 즉 ①의 시에서 소쩍새는 막연하면서도 소쩍새의 이미지가 가지는 민족의 보편적 恨의 정서에 닿아 있다면 ②의 시는 솥이 작아 죽었다는 전설(소재자체)에 직접적으로 한정됨으로써 내포의 폭이 좁아지며, ③의 시에서는 중국 巴蜀땅의 유배지를 소재로 이별의 恨을 노래하면서도, 소재를 단지 상징적으로만 머물게 함으로써, 望帝전설의 직접적 외연에서 비교적 자유로울 수 있는 내포적 자유를 확보할 수 있게 되었다.

이처럼 이 시에서 '소쩍새'라는 시적 소재는 시의 외적 문맥이랄 수 있는 문화적 문맥, 즉 전설과의 관련 속에서 이해되어야 함은 물론이고, 시의 내적 문맥에 의해서도 그 내포적 의미와 폭이 달라짐을 알 수 있겠다. 마찬가지로 같은 '님'이라 해도 내포의 폭과 높이는 시에 따라 저마다 다르다. '소쩍새'의 예에서처럼 시에서 사용된 시어는 그 자체로 다양한 암시와 연상을 불러 일으키는데, 그 중의 어떤 암시는 시자체의 내적 문맥에 의해 제거되기도 하고, 어떤 암시는 문맥에서 요구하는 의도와 어울려 그 암시된 의미를 더욱 풍부하게 강화시키기도 하는 것이다. 더 쉬운 예를 들자면, 갈대, 철새, 낙동강, 환경, 자연 등의 단어들 속에서의 '낙동강'의 이미지와 전사, 방어선, 낙동강, 학도병, 희생 등에서의 '낙동강'의 이미지는 전혀 다르다. 이것은 그 옆의 단어들이 가지는 문맥에 의해 낙동강의 이미지의 내포적 의미가 영향을 받기 때문이다. 각 단어들의 내포적 의미가 다른 단어들에 영향을 주는 것이다.

그러므로 한 단어의 내포는 이차적 의미의 가능한 영역이다. 이러한 내포들 중에서 어느 것이 환기되느냐 하는 것은 그 단어가 사용된 특별한 문맥에 달려 있는 것이다.[17] 그 중의 어떤 암시는 문맥에 의해서 제거되지만, 어떤 것들은 요구되는 주(主)의미와 결합되기도 하고, 그것을 풍부하게 해 주기도 할 것이다. 그리하여 전체적인 문맥에 적합한 모든 암시가 (그리고 그것만이) 남겨져야 할 것이다.[18] 비평가의 직무는 그 암시들 중의 어떤 것이 전체

---

17) M.H.Abrams, *A Glossary of Literary Terms* (Holt, Rinehart and Winston, 1981), pp.33.

18) Beardsley는 이것을 一致와 充滿의 原理(the principle of congruence and plenitude)라고 부른다. M.C,Beardsley, *Aesthetics, Problems in the Philosophy of Criticism* (New York, 1958), pp.14 4~145.

적 문맥에 적합한가를 결정하는 일이다. 언어의 이 意味의 濃度(Semantic thickness 또는 density)는 의미이론에서 문학의 변별적 자질로 파악된다. 정상적인 용법에서 언어는 투명하다. 언어를 통해서 受信者의 관심이 향하게 되는 어떤 목적을 위해서 언어가 사용되기 때문이다. 그러나 문학에 있어서는 언어가, 그 풍요한 암시성 때문에, 불투명성, 고체성을 갖는다. 문학에 있어서는 언어가 바로 언어 자체를 향해 관심을 집중시킨다. 따라서 텍스트는 단순한 진술로 그치는 것이 아니라, 하나의 대상의 지위를 획득한다.[19]

시어의 내포적 의미가 시의 문맥에 의해 좌우된다는 점에서, 내포적 사용은 외연적 사용에 비해서 오히려 더 자연스러운 사용법이라 하겠다. 어떠한 언어도 외연적 의미나 내포적 의미의 어느 하나만을 배타적으로 사용할 수는 없지만, 시적 언어의 가장 중요한 득실의 하나는 내포적 기능을 얼마나 잘 살리고 있느냐에 달려 있다는 것은 분명하다. 시에서 사용되는 모든 비유적 장치들(은유, 상징, 반어, 역설, 알레고리 등)도 언어의 내포적 사용을 위한 것이다. 그러나 시의 문맥과 내포적 의미가 강조된다고 해서 시어의 사전적 의미를 외면해서는 안된다. 내포적 의미도 외연적 의미를 전제로 하여 성립되는 것이다. 즉 시어의 내포성은 외연성을 흩뜨리면서도 외연의 견제를 받기도 한다. 흩뜨림과 견제받음의 윤곽이 시의 문맥 속에서 적절히 조화될 때 좋은 시가 되는 것이다.

2) 구체적 언어

카시러는 인간을 '이성적 동물'이라는 말 대신에 '상징적 동물'이라고 정의하면서, 상징적 사고와 상징적 행동은 인간 생활의 가장 특징적인 요소

Stein Haugom Olsen, *The structure of Literary Understanding*, 최상규역, 「文學의 理解」(학연사, 1986), p.25.재인용.

19) Stein Haugom Olsen, *The Structure of Literary Understanding*, 최상규 역, 위의 책, pp.25~26.

중의 하나이며, 인간 문화의 전체적 진보는 이러한 조건들에서 비롯되었다고 한다. 그는 말을 명제적 언어(propositional language)와 정서적 언어(emotional language)로 구분한다. 정서적 언어는 모든 인간 발화의 대부분을 차지하는 가장 근본적인 층으로서 단순한 감탄사나 감정을 무의식적으로 표현하는 언어인데, 정서적 언어에 유사한 것은 침팬지같은 동물들에게서도 발견된다고 한다. 이에 비해 명제적 언어는 객관적 대상이나 의미를 지시할 수 있는 언어로, 이 언어는 단순한 신호가 아닌 상징적 능력에서 가능하며, 인간 세계와 동물 세계의 실질적인 경계표는 이 언어에 의한다는 것이다.[20]

이와 같이 인간과 동물을 구별할 수 있는 가장 결정적인 요인은 언어를 통한 개념화, 곧 상징화 능력이라 할 것이다. 언어를 발명함으로써 인간은 혼돈된 자연의 세계를 인간의 방식으로 상징화하여 이해할 수 있게 되었고, 그 결과 자연의 혼돈을 극복하고 자연과 대립되는 찬란한 문화를 꽃피울 수 있었다. 문화의 계속성은 언어를 통해서 가능했으며, 언어가 없었더라면 인류는 오래 전에 지구상에서 사라졌을지도 모른다.

그러나 인간의 가장 경이적인 창조물이며, 위대한 도구인 언어를 사용함으로써, 인간은 자연을 극복하고 효율적으로 이용할 수 있게 된 반면에, 인간과 자연 사이에 언어의 개입은 인간이 자연과 직접적으로 접촉할 수 없게 하는 원인이 되었고, 그 결과 인간은 자연으로부터 소외되게 되었다. 즉 언어화한다는 것은 개념화·추상화(抽象化:abstraction)한다는 것을 의미하며, 추상화는 한 존재 자체가 포괄하고 있는 여러 가지 의미들 중에서 어떤 특정한 의미로의 축소를 뜻한다. 이러한 개념화와 추상화가 인간 문화 속에서 거듭됨으로써, 구체적 사물로서의 실제성은 점점 희미해지거나 왜곡되고 종국에는 구체적 대상을 생각함이 없이 기호(상징)자체 만으로도

---

20) Ernst Cassirer, *An Essay on Man —An Introduction to a Philosophy of Human Culture* (Doubleday & Company, Inc., 1958), pp.41~52.

사고할 수 있게까지 된 것이다. 언어는 자연의 문맥을 벗어나서 점점 인간이 만든 문화의 문맥 속에서 추상화된 문화적 의미를 수용하면서, 오염되어 온 것이다. 자연으로부터의 소외라는 측면에서 보면 언어는 나쁜 전통을 쌓아온 셈이 된다.

이러한 사정을 버언쇼는 다음과 같이 말하고 있다.

> 계속적으로 더욱 더 언어기호를 강조하고 그것에 의지하게 된 인간은 그 결과로 구체적인 매개, 즉 '大地'와 접촉을 잃기 시작했다. … (따라서) 유기체의 완전한 전체적 느낌이었던 것이 그 느낌의 상징으로 변화되어 버렸다. … 계속적으로 연결되었던 것이 분리되게 되었다. … (이와 같이 해서) 인간은 나머지 모든 생명체로부터, 딴 인간들로부터, 그리고 마침내는 자기자신으로부터 소외되게 되었다. … 인간은 이제 솔기 없는 직물과 같은 대자연의 질서 밖으로 떨어져 나오게 되고 말았다.[21]

그러므로 인간은 당연히 자연으로부터의 소외에서 벗어나기 위한 본능적인 노력을 하게 되는데, 이것이 바로 언어에 의한 추상화에서 해방되려는 노력이다. 그렇지만 인간의 문화는 언어를 전제로 할 때만 성립된다. 즉 인간의 존재 자체가 언어를 바탕으로 할 때만 가능한 것이다. 따라서 인간이 언어를 포기하는 것은 불가능한 일이다. 이것이 인간이 처한 딜레마인 것이다.

이러한 딜레마에서 탈출하려는 언어적 노력의 하나가 언어의 시적 노력이다. 시의 언어는 언어 이전의 상태, 즉 자연(대상)이 언어에 의해 왜곡되지 아니한 원초적 상태와 인간이 직접 접촉할 수 있도록 시도한다. 시의 언어는 대상의 추상화를 거부하고, 언어의 사물성과 구체성을 통해서 자연으로부터의 소외를 극복하려는 노력을 한다. 시의 이러한 노력은 언어를 통해서 언어로부터 벗어나려는 역설적인 노력이 된다.

어떤 대상을 이해하고 서술하는 방법에는 추상화에 의한 추상적 언어로 기술하는 방법과, 구체적 사물과 경험을 보여주는 듯한 구체적 언어에 의한

---

21) Stanley Bumshaw, *The Seamless Webb* (N.Y. Braziler, 1970), p.169.

방법이 있을 수 있다. 추상적 언어는 어떤 대상의 공통적 속성을 나타낸 말로, 대상을 효과적이고 편리하게 이해할 수 있는 대신에, 대상을 어떤 형태로든지 축소, 왜곡하게 된다. 가령 '그 사람은 착하다'라고 말할 때, 이 말은 어떤 한 관점에서, 혹은 대체로 '착하다'는 뜻이며, 따라서 이 사람이 가지고 있을 착하지 않은 또 다른 면은 배제하여 말하고 있다. 또 '그 사탕은 달다'라고 말할 때, 약간의 다른 맛은 제외하고 그 사탕의 대표적인 맛인 단맛을 말하는 것이 된다. 어떤 맛이든 엄격한 의미에서 한 가지만의 맛은 없다는 점에서 이 진술은 진실에서 벗어나 있다. 완전히 단맛은 없는 것이다. 가장 좋은 방법은 그 사람과 직접 접촉하는 것으로서, 그 사람이 착한지 어떤지, 착하다는 의미가 어떤 것인지, 왜곡됨이 없이 받아들여 질 수 있을 것이다. '달다'라는 말을 듣는 대신에 직접 그 사탕을 맛보면 약간 신맛까지 있는 단맛인지 어떤지 가장 정확하게 알 수 있을 것이다.

언어가 없던 원시시대에는 대상을 직접 지시하거나 경험함으로써, 대상의 진실 그대로에 도달할 수 있었다. 어떤 원시부족은 사랑한다는 추상적인 말대신에 피를 섞는 직접적인 행위를 통해 사랑이나 우정의 표시를 했다. 또 추상적인 마을 이름 대신에 짐승의 이름이나 紋章(뱀 문장 등)으로 마을과 부족을 표시하기도 했다. 구체적 언어는 언어를 통해서 구체적 사물을 직접 드러내어 보여주는 말로, 언어에 의해 왜곡되지 아니한, 자연의 상태에 최대한 가깝게 접촉할 수 있기를 소망하는 언어다. 이런 면에서 구체적 언어는 원시적 언어다. 추상적 언어는 철학, 과학의 언어이며, 특히 수학의 언어다. 그것은 논리적이고 분석적이며 구조적으로 이해하려는 태도의 산물이다.

구체적 언어는 문학의 언어, 특히 그 전형은 시의 언어다. 이것은 대상을 구체적이고 종합적으로 보려는 태도를 가진다. 언어를 사용하지 않는다는 점에서 언어에 의해 왜곡되지 아니한 상태로 자연을 그리는데 있어서 시보다 더 유리하게 보이는 다른 예술영역(음악, 미술, 무용 등)도 있지만, 그것들은 자기 충족적이고 자체 지시적이어서 인간의 감정과 의식을 포함하는 경험을 표현하는데는 한계가 있다는 점에서, 또한 인간 행위의 근본이 언어를 전제로 한다는 점에서, 구체적 언어로서의 시의 역할은 더욱 강조되어야 한다. 만일 인간이 창조한 언어가 인간의 사상과 감정을 전달하는 도구로서 완벽한 것이었다면, 아마 문학은 필요없을지도 모른다.

가령 '사랑'이라는 말이 모든 사랑의 감정과 진실을 다 담아낼 수 있다면, 사랑에 관한 문학 작품들은 불필요할 것이다. 그러나 '사랑'이라는 말은 사랑의 어떠한 진실도 제대로 담아내지 못한다. 이 언어적 한계를 극복하는 방법은 구체적인 사랑의 정황을 문학을 통해서 생생하게 보여주는 것이다. 소설은 이야기의 방법으로, 시는 이미지나 비유 혹은 상징을 통해서 구체적으로 드러낸다. 이 가운데서도 시는 더 직접적으로 드러낸다. 플라톤이 진리에 이르는 방법으로 이성만을 강조하고 시와 감정은 방해가 된다고 하여 추방하려 했던 것은 언어의 이러한 속성을 간과하고 있었기 때문이다.

물론 대상을 서술하는데는 추상적 언어도 중요하다. 인간의 영광된 문화는 언어의 창조와 그 언어의 추상화 능력 없이는 불가능했다. 그러나 그것만으로는 인간의 자기표현과 대상에 대한 서술을 완전히 가능하게 하는 것은 아니다. 구체성(구상화)을 통한 이해는 추상화의 왜곡된 이해에서 오는, 대상으로부터의 거리와 거기에서 오는 불안에서 구원해 주는 또 하나의 방법이다. 이것은 언어의 한계내에서나마 사물을 직접 대면하게 함으로써, 직접 만지고 느끼고 보는 생생한 행위를 통해 추상화의 간접적 접촉에서 오는 불안에서 해방시켜준다.

예를 들어 구체적 언어는 과일이라는 추상성보다는 복숭아라는 더 구체적 과일을 제시하며, 그냥 복숭아보다는 '천도'나 '수밀도'로 구체화시키려 한다. 이상화는 '복숭아 같은 네 가슴' 대신에 '수밀도의 네 가슴'이라고 구상화함으로써, 표현하고자 하는 시의 의미를 구체적으로 생생하게 살려 놓고 있다. 시인은 그냥 꽃, 그냥 진달래가 아니라, '영변의 약산 진달래'로 구체화시키며, 그냥 관능적인 입술이 아니라, '크레오파투라의 피먹은 양붉게 타오르는 고흔 입설'이거나 '고양이 같이 고흔 입설'(「花蛇」)이다. 그냥 조류가 아니라, 특정한 새 (봄부터) '소쩍새'(「국화 옆에서」)가 쓰인다. 그냥 '사랑의 열정'이 아니라, 서정주는 '밤처럼 고요한 끌는 대낮에 둘이는 웬 몸이 달어'(「대낮」)라는 구체적 상황으로 묘사하고 있다.

남들은 4년이면 마치는 것을
나는 5학년까지 하게 되었다.
그것도 지방 사립 대학을
증서 없는 졸업식 날 학교 떠나는
친구들이 모아 주는 30만원으로
나머지 1학점의 등록을 마치니
노천 강당의 개나리 넝쿨은
올들어 두 번째 피어났다.
낯선 이름과 언어가 붐비는
수요일의 한 시간을 위해
두시간 거리의 직행 버스로 등교하면
지독하게 피곤하였다. 그 다음 날도
이렇게 한 주간이 쉬 지났다.
대학원에 다니냐는 후배들은
모란이 피자 모두 아스팔트 위로
파도처럼 밀려나고, 나만이
텅 빈 풀밭에 오그리고 앉아
흩어진 과우들에게 엽서를 쓰거나
도시의 변두리가 돼버린 고향으로
돌아갈 준비를 하였다.
동네 어른들이 입을 모아 흉년이 들었다고
하는 동안
코스모스 피는 가을은 슬쩍 찾아들고
5학년 1학기도 한 달을 더 끌다
끝났다. 자, 가야지 내일은

경제학사 학위를 받으러
성이 최씨로 바뀐 무거운 앨범도 찾고
홀로 교문을 나서는 나를 만나러
서랍만 달린 겨울을 만나러.
　　　　　　－ 채충석 「겨울의 첫걸음」 전문 －

　이 시에서 우리는 경험의 구체성을 통한 시어의 구체성을 확인하게 된다. 독자가 이 작품에 공감하게 되는 것은 시적 자아의 막연한 감정이나 태도가 가지는 호소력 때문이 아니라 경험의 구체적 고백 때문이다. 이 시는 마지막 행을 제외하고는 특별한 비유가 없는 일상언어의 진술처럼 평범하다. 그럼에도 이 진술은 비유 못지 않은 구체적 진술이며, 이 경우 현란한 비유가 잘못 유발하기 쉬운 감정의 과장을 피하게 한다. 시적 자아는 자신의 삶의 경험을 철저히 구체화시키고 있으며, 그 구체적 전달 속에 스스로의 태도와 감정을 함께 담아낸다. 시적 자아는 심각한 감정에 막연하게 빠지는 과장되고 맹목적인 자아가 아니라, 경험을 담담하게 고백함으로써, 반성적 진지성과 함께 반어적 농스러움까지 갖춘 균형잡힌 자아로 제시된다. 이 시에서 보듯이, 시는 이렇게까지 구체적일 수 있으며, 그 구체성을 통해 진한 공감대를 확보할 수 있는 것이다.

　그러나 언어가 아무리 구체성을 추구한다 해도 추상성에서 완전히 벗어날 수는 없다. 언어의 본질은 구체적인 대상을 관념화하는 것이기 때문이다. 어떤 대상을 이해한다는 것은 막연하게 혼돈 속에 섞여 있는 이것과 저것을 구분하여, 그 속성을 요약하여 받아들이는 것을 말한다. 이것이 언어의 본질이고 추상화 과정이다. 시의 언어도 언어를 매개로 하는 한 근본적으로 대상을 추상화하는 언어의 본질에서 예외일 수는 없다. 단지 표현의 특수성과 구체적 상세성에 따라 상대적일 뿐이다. 과학이 대상을 적극적으로 추상화하려 한다면 시는 대상을 가능한한 적게 추상화하려 할 뿐이다. 그러므로 구체성을 추구하면서 추상성에서 완전히 해방될 수 없는 시의 언어는 "구체적인 대상을 추상화하지 않은 채 추상화하고, 의미화하지 않은 채 의미화하며, 언어로 표현하지 않고 언어로 표현하는"[22], "抽象的 具體性 혹은 具體的 抽象性"[23]이라는 역설적 성격을 띠게 된다.

詩史의 전개과정을 보면 대체로 17,8세기 신고전주의 시대까지에는 오히려 구체성보다는 추상성이 강조되었다. 낭만주의 이후부터 구체성이 강조되기 시작했는데, 낭만주의자들은 감각적 체험, 특히 시각적 심상을 통해 시가 구체성을 획득할 수 있다고 믿었다. 상징주의는 다시 추상성을 지향하였지만, 그 추상성은 명백한 의미 대신에 막연한 암시성과 개인적 상징을 추구한 결과였다. 현대시에서 시어의 구체성을 특별히 강조하게 된 것은 무엇보다도 1910년대의 이미지즘 운동에서부터이다. 그들은 관념이나 진술에 오염되지 아니한 정확하고 견고하고 집중적이며 구체적인 심상을 제시할 것을 요구하였다. 그러나 이미지스트들은 시어(심상)의 구체성을 너무 단순화시켜 받아들임으로써, 지나치게 메마른 시를 쓰게 된다. 이에 비해 T.S.Eliot는 객관적 상관물(客觀的 相關物:objective correlative)을 내세움으로써, 시에 있어서 구체성의 더 세련된 이론을 제시한다.

> 예술의 형식을 통하여 정서를 표현할 수 있는 유일한 방법은 객관적 상관물을 발견하는데에 있다. 다시 말하면, 그 특별한 정서의 공식이 될 수 있는, 일련의 대상이나 하나의 상황, 사건의 연속을 발견하는 것인데, 그것은 감각적 경험으로 귀착되는 외부적 사실이 주어졌을 때, 정서가 즉각적으로 환기되는 것을 말한다.[24]

시는 정서를 직접 표출하는 것이 아니라, 그 정서는 반드시 그에 합당한 어떤 구체적 심상이나 상황이나 일련의 사건으로 바뀌어 객관화되어야 한다는 것이다. 이러한 심상, 상황, 사건이 곧 객관적 상관물이다. 이러한 주장

---

22) 박이문, 「시와 과학」, pp.46~47.
23) 위의 책, p.48.
24) T.S.Eliot, "Hamlet and His Problems", *The Sacred Wood* (Methuen & Co. Ltd., 1972), p.100.

은 "시는 정서의 표현이 아니라 정서로부터의 도피"라는 그의 고전주의적 몰개성의 시관에 근거한다. 엘리어트의 이러한 개념은 감정의 절제와 표현의 구체성을 선호하는 현대 주지주의적 경향으로 널리 받아들여지게 되었다.

　지금까지의 검토 결과처럼 시사의 전개과정을 보면 시에서 언제나 구체성만 강조되어 오지 않았다는 것을 알 수 있었다. 또한 언어의 본질상 시의 언어가 완전히 구체적일 수 없다는 사실도 인정되어야 한다. 이런 면에서 무카로브스키가 시는 구상성과 비구상성 사이를 오가고 있다고 한 말은 이해될 수 있겠다. 실제로 시인은 그의 詩作 의도에 따라 추상적 언어도 적절히 사용한다. 관념어만으로 시가 되지 않는 것은 아니지만, 추상어와 구체어의 적절한 조화에서 시의 바람직한 긴장을 유발할 수 있다. 그러나 그럼에도 불구하고 시어의 중요한 특징이 구체성 지향이라는 것을 부인해서는 안 될 것이다. 구체성을 추구하는 시의 언어는 과학의 언어가 지향하는 논리성 대신에 형식적 비논리성을 추구하며, 구체적 사물을 통한 비유적 표현,시각적, 음악적 심상 효과 등으로 하여 자연히 애매성을 띠게 된다.

3) 曖昧性의 언어

　과학의 언어나 일상적인 말에서는 표현의 애매성은 의사소통에 지장을 주는 것으로 제거해야 할 대상이다. 그러나 시의 언어에서는 의미를 풍요롭게 하기 위해서 애매한 표현이 매우 흔히 또 적극적으로 이용된다. 애매성을 피하기는 커녕 그것을 오히려 중시하는 것이 시에 있어서의 하나의 관례다.

　시장르의 형식적 특징이 응축성이며, 시어의 특징이 함축적이고 구체적이며, 시가 비유와 역설과 아이러니의 장치를 바탕으로 한다고 할 때, 시의 언어는 자연히 하나의 단일하고 축어적인 의미보다는 그 의미의 경계가 좀 복잡하거나 여러가지 뜻으로 해석될 수 있는 특성을 가지게 된다. "애매성은 그 스스로에게 초점을 맞추는 어떤 메시지에도 내재하는 양도할 수 없는 특징이므로, 요컨대 시의 필연적 특징이다."[25] 움베르토 에코에 의하면 기호학적으로 "애매성은 약호의 규칙을 위반하는 양식"[26]으로 정의할 수 있다. 예술이란 얼마간의 메시지를 한데 연관시켜서, 애매성과 자기 지시라는 '규칙위반'적 역할이 발생되고 '조직화'되는 '텍스트'를 산출하는 방법으로 파악될 것이다.[27]

에코가 말하고자 하는 것도, 미적 메시지는 의미 작용을 끊임없이 행하는 '다차원(multi-order)'의 체계이고, 의미 작용이 어떤 수준에서 다른 수준으로 이행하고 있어서, 그 메시지에 대한 '최종적'인 해독이나 '독해'에 결코 도달할 수 없는 것이다. 왜냐하면 애매성의 하나하나가, 다른 수준에서 더욱 많은 같은 계통의 '규칙 위반'을 낳고, 또 예술 작품이 어떤 점에서든 '말하고 있다'라고 생각되어지는 것을 떨쳐 버리거나 재구성하도록 끊임없이 우리를 불러들이기 때문이다.[28]

그러므로 시의 애매성은 의미의 풍요성은 물론이고 언어적 긴장성을 유발하는 효과가 있다. 그리고 역설적이게도 애매성은 세계에 대한 적절하고 정확한 이해를 위해서도 오히려 필연적이기까지 하다. 왜냐하면 "이 세상의 본질적 부분이라 할 수 있는, 모호하고 가변적이고 문제적이며, 때로 역설적이기도 한 현상에 대해 가능한 한 정확하게 말하기 위해서는, 언어는 이러한 특성을 스스로 채택하지 않으면 안되기"[29] 때문이다.

원래 애매성이라는 말은 영국의 비평가 윌리엄 엠프슨이 『애매성의 일곱 가지 유형』(1930)이라는 저서를 발표한 이후 시어의 중요한 특징으로 받아들여져 왔다.[30] 엠프슨은 애매성을 정의하여 "아무리 사소한 것일지라도

---

25) Roman Jakobson, "Closing Statements : Linguistics and Poetics". 신문수 편역, 앞의 책, p.79.
26) Umberto Eco, *A Theory of Semitics*, p. 262. T.흑스, 「구조주의와 기호학」(을유 문화사, 1984), p.199 재인용.
27) 위의 책, p.200.
28) 위의 책, p.201.
29) Philip Wheelwright, *Metaphor and Reality* (Indiana Univ, Press, 1962), p.43.

어떤 주어진 말에 대해 선택적 반응을 할 여지를 주는 언어의 미묘한 차이"[31]라고 하였다. 그리고 그는 애매성의 일곱 유형을 다음과 같이 나누고 있다.

① 한 단어 또는 문장이 동시에 여러 방향으로 영향을 미치는 경우.
② 단어나 문장에서 두 개 이상의 뜻이 하나의 의미를 형성하는 경우.
③ 합리적인 문맥에서는 두 개의 의미를 가지는 관념이 한 단어 속에서 동시에 주어지는 경우. 일종의 언어유희(pun)가 여기에 해당된다.
④ 하나의 진술에서 둘 이상의 의미들이 그들 스스로는 일치하지 않으나, 서로 결합하여 저자의 복잡한 정신 상태를 명확히 드러내는 경우.
⑤ 시인이 글을 써가면서 비로소 그의 생각을 발견하게 되든가 한꺼번에 생각이 명확히 떠오르지 아니하여 생기는 애매성의 경우.
⑥ 한 진술이 동어반복, 모순 또는 부적설한 진술들에 의해 결국 아무 것도 말하지 않을 때 생기는 애매성의 경우.
⑦ 단어의 두 가지 의미나 애매성의 두 가지 가치가 문맥에 의해 두 개의 상반된 의미로 규정되어, 결국은 그 전체적 효과가 저자의 정신의 양분상태를 보여주는 경우.

엠프슨은 이렇게 나눈 유형에 해당되는 예들을 재치있게 설명하고 있는데, 이 글에서는 일반적인 몇가지 예를 드는 선에서 그치겠다.[32]

---

30) 애매성이 가지는 부정적인 뉘앙스를 피하기 위하여, 필립 휠라이트는 '다의미성(plurisignation)'이라는 용어를 만들어내기도 했다. 이상섭 교수는 애매성 대신에 '뜻겹침'이라는 용어를 쓰고 있는데, 매우 적절한 것으로 생각된다. 애매성은 난해성(難解性)과 구별된다. 난해성은 의미의 풍요성과는 별도로 이해의 어려움을 의미하는 데 반해서, 애매성이 의미의 풍요성을 가진다는 것은 그 可解性을 전제로 하는 것이기 때문이다. 그러므로 해독 불능성을 애매성으로 오해해서는 안 된다. 또한 애매성은 내포성과도 구별되는데, 내포성이 시어의 축어적 의미를 기본으로 해서 의미 영역의 확장을 꾀하는데 비해서, 애매성은 의미나 태도, 감정의 이중성을 기초로 한다.
31) William Empson, *Seven Types of Ambiguity* (New Directions Publishing Co., 1966), p.1.
32) 애매성의 일곱 가지 유형에 대한 상세한 설명과 한국 시에의 적용은 이상섭 교수의 글 "'뜻 겹침'의 일곱유형", 「자세히 읽기로서의 비평」(문학과 지성사, 1988)을 참고

> 눈은 살아있다
> 떨어진 눈은 살아있다
> 마당 위에 떨어진 눈은 살아있다
>   — 김수영 「눈」의 일부 —

일종의 펀(pun)에 해당되는 애매성의 유형이다. 엠프슨의 제 3유형에 해당되겠다. 이 시에서의 눈은 雪이기도 하고 眼이기도 한 중의성을 갖는다. 떨어진 눈(雪)은 죽은 눈임에도 불구하고, 그 눈(眼)은 살아있다. 떨어져 바닥에 깔려 있는 눈(雪)은 내려다보는 눈(眼)이 없을 것임에도 불구하고, 바라보는 살아있는 눈(眼)이 있다. 그러므로 이 시의 애매성은 떨어진 것에서 살아있는 눈(眼)을 확인하고, 바닥에 깔려 있는 것에서 내려다보는 눈(眼)을 확인하는 역설의 효과를 얻는다. 이 눈(雪)은 바로 민중이며, 민중의 눈(眼)이라 할 수 있을 것이다.

> 罪囚들의 말이
> 배고픈 것보다도
> 잠 못 자는 것이
> 더 어렵다고 해서
> 그래 그러나
> 배고픈 사람이
> 하도 많아 그러나
> 詩같은 것
> 詩같은 것
> 안 쓰려고 그러나
> 더구나
> <四・一九> 詩같은 것
> 안 쓰려고 그러나
>   — 김수영 「<四・一九>詩」의 일부 —

바람.

'그러나'의 반복으로 계속 이어지는 이 시는 진술이 일관된 의미를 만들지 못한다. '罪囚', '잠 못자는 것', '배고픈 것' 과 같은 삶의 현실적 문제와 四·一九혁명이라는 거대한 가치의 문제가 화자의 의식에 압력을 가함으로써 가치가 혼재하는 일종의 의식의 마비현상을 드러낸다. 이러한 애매성은 시인의 복잡한 태도를 반영하고 있는 경우가 되겠다.

> 沙漠에서도 불 곁에서도
> 늘 가장 健壯한 바람을, 한끝은
> 쓸쓸해 하는 내 귀는 생각하겠지.
> 생각하겠지 하늘은
> 곧고 强靭한 꿈의 안팎에서
> 弱點으로 내리는 비와 안개,
> 거듭 동냥 떠나는 새벽 거지를.
> 심술 궂기도 익살도 여간 무서운
> 亡者들의 눈초리를 가리기 위해
> 밤 映窓의 해진 구멍으로 가져가는
> 確信과 熱愛의 손의 運行을.
>   — 정현종 「獨舞」의 일부 —

이 시에서는 생각하는 주체가 '내 귀'인지 '하늘'인지부터가 애매하다. 그리고 생각의 대상도 '바람'인지 '새벽 거지', 혹은 '손의 運行'인지 모두에게 연결되어 있어서 애매하다. 이러한 문법적인 애매성은 바람의 건장성과 꿈의 강인성이라는 의미론적 의외성과 연결되어 더욱 애매하고도 난해해진다. 이 시는 홀로 추는 춤에 몰입하는 시적 주인공의 내면세계와 어울리게 의미의 난무를 보이고 있는 시이다. 그래서 이러한 애매성은 의식의 난무를 舞蹈의 분방함과 도취 상태와 연결시켜 드러 낸 효과적인 방법이 된다.

4. 시어와 인식

언어를 기능상 과학의 언어와 시의 언어로 양극화시켜 놓는다면 대상에 대한 인식도 과학적 인식과 시적 인식으로 나누어 생각할 수 있다. 시적 언어는 어떤 대상에 대한 진리 (혹은 진실 : truth)를 전달하는 인식의 언어일 수 있는가. 인식의 언어라면 그 인식의 대상은 무엇이며, 대상을 어떻게 인식하는가.

앞에서도 언급했지만, I.A.리차즈는 언어를 과학적인 용법과 정서적인 용법으로 구분하였다. 그리고 과학적인 진술은 진리(truth), 즉 그 진술이 지적하는 사실과 일치될 때 성낭화뇌는 섯으로, '陳述(statement)'이라고 명명하였고, 정서적 용법에 의한 시적 진술은 사실의 진위와 관계없이 충동과 태도를 표현하는 효과에 전적으로 좌우되는 것으로, '擬似陳述(pseudo-statement)'이라고 했다.[33] 리차즈의 이러한 견해는 과학 우위의 편견에 의한 것으로 여러 비평가들의 비판을 받아왔다.

과연 시적 언어는 어떤 대상에 대한 인식의 결과로 그 대상의 진리(진실)를 드러내는 것과는 무관한, 단순한 충동이나 태도의 표현에 그치는 것인가.

과학의 언어는 대상을 객관적으로 인식하고 전달하려 한다. 과학의 언어의 생명은 객관성이다. 객관성은 검증 가능성을 전제로 한다. 그것이 참인지 거짓인지 검증되지 아니할 때 그 객관성은 상실된다. 그러나 과학적 진리가 객관성에 의존한다면, 그러한 객관성은 시에 있어서는 허망하다. 시는 궁극적으로 인생에 관한 진리를 드러내려 하며, 과학적 진리 못지 않게 인생에 관한 진리도 현실적이고 중요하다. 인생의 심오한 문제를 어떻게 과학적 객관성만으로 논할 수 있겠는가. 그리고 진리는 반드시 객관적이어야 한다는 것도 사실은 과학 시대의 집단적 편견일 뿐이다. 그러므로 대상에 대한

---

33) I.A. Richards, *Poetrics and Sciences* (W.W.Norton Co., 1970), pp.57~59.

인식은 과학과 이성에 의한 인식만으로는 부족하다.

시의 언어와 과학의 언어는 기능상 다르다. 시의 언어와 인식방법으로 물리학의 법칙을 해명할 수 없듯이, 과학의 언어로 시가 보여 주려는 진실을 드러낼 수가 없다. 시적 인식은 과학적 인식의 객관적 검증성을 요구하는게 아니라 독자의 감동과 공감을 통한 감성적 검증을 요구한다. 즉 시의 언어는 과학의 언어처럼 대상을 추상적으로 보여주는 것이 아니라 구체적이고 전체적으로 보여준다. 그렇다고 해서 시의 언어는 감정이나 태도에만 머물러 있는 인식 불가능한 언어라고 할 수는 없다. 시인은 "모든 사물을 그 본질에 있어서 명명"하며, "본질적인 언어를 말하기 때문에, 이 명명으로 하여 비로소 存在者가 그 본질로 규정된다."[34]고 한 하이데거의 말처럼 고도의 진리 혹은 참된 존재는 이성이나 산문보다는 고도의 언어, 즉 시적 언어를 통해서 드러낼 수밖에 없다.

시적 반응은 비코(Giambattista Vico)식으로 설명하면 절실하고 중대한 의미에서 인식적 기능을 가진 전혀 다른 차원의 반응이며, 사실들에 관한 '허구'가 아니라 성숙하고 세련된 인지(認知)·해독·표현 방법의 체현이다. 그것들은 현실의 단순한 장식이 아니라 그것에 대처하는 방식이다. 그리고 그는 다음과 같이 결론을 내린다. "잘 생각해 보면, 시적 진리는 형이상학적 진리이고, 그것에 합치하지 않는 경험적 진리는 거짓이라고 생각하지 않을 수 없다.[35] 다음의 예를 들어보겠다.

> 스님께서 어느 날 수행자들을 위한 저녁 설법(晚參)에서 말했다. 「어느 때에는 주체(人)를 빼앗아 버리고 객체(境)를 뺏지 않으며, 어느 때에는 주체와 객체를 모두 빼앗아 버린다. 그리고 어느 때에는 주체와 객체를 모두 빼앗지 않는다.」

---

34) Martin Heidegger, *Erlauterungen zu Holderlins Dichtung*, 소광희역, 「詩와 哲學」(박영사, 1977), p.53.
35) T.혹스, 앞의 책, pp.11~12.

　　그 때 한 승이 물었다. 「어떤 것이 주체를 빼앗아 버리고 객체를 빼앗지 않는 것입니까?」 스님께서 이르시되, 「햇빛이 따스한 봄날에 만물이 발생하여 대지에 비단을 깐 것 같고 어린 아기가 머리털을 내려 뜨리니 하얀 털실과 같구나.」하셨다. 승(僧)이 물었다. 「어떤 것이 객체를 빼앗아 버리고 주체를 빼앗지 않는 것입니까?」 스님께서 이르시되, 「국왕의 명령이 천하에 두루 행하여지는 태평의 시절에는 전방에 있는 장군도 전쟁을 하지 않는다.」 또 승이 물었다. 「어떤것이 주체와 객체를 모두 빼앗는 것입니까?」 스님께서 이르시되, 「병주(幷州)와 분주(汾州)는 신의(信義)를 끊고 한 곳에 독립하여 있다.」하셨다. 승이 물었다. 「어떤 것이 주체와 객체를 모두 빼앗지 않는 것입니까?」 스님께서 이르셨다. 「왕이 보전(寶殿)에 오르고 들녘의 늙은 농부는 태평가를 부른다.」[36]

　9세기 중국의 臨濟선사의 선문답이다. 지극히 형이상학적이고 종교적인 문제여서 분석적이고 논리적인 답변이 요구될 법한 질문에서 그 답변은 의외로 詩처럼 제시된다. 실제 시인이기도 했던 임제는 똑같은 질문에 서로 다른 해답을 시적 언어와 같은 형식으로 답변하고 있는 것이다.

　이러한 답변이 진리와는 관계 없는 단순한 언어유희에 불과한 것인가. 임제 선사의 답변은 질문에 대한 진실을 말할 의도조차 없었을까. 그렇지 않을 것이다. 그 답변은 오랜 수도생활을 통해서 깨달은 바 높은 차원의 진리를 다른 방식의 언어로는 도저히 전달하기 어려운 나머지 일종의 시적 언어를 이용했다고 봄이 옳을 것이다. 즉, 이 답변은 어떤 형태로든지 "어떤 것이 주체를 빼앗아 버리고 객체를 빼앗아 버리지 않는 것입니까?"에 대한 인식의 결과를 말하려고 했음에 틀림없다. 그렇다면 같은 질문에 대해서 네 가지의 답변이 나타난다고 할 때, 이것을 어떻게 이해해야 할 것인가. 불타의 세계와 같은 심오한 존재에 대한 문제는 언어로 전달하기가 거의 불가능하다. 그러나 언어로 표현해야만 할 때, 그 언어는 우리의 일상적

---

36) 柳田聖山, 「임제록」, 一指역(고려원, 1988), p.85.

언어와 인식의 범위를 벗어날 수 밖에 없다.

　가령 어느 수행승이 스승에게 "부처님은 무엇입니까?"라고 물었을 때, 그 스승은 "똥막대기니라."라고 대답하기도 했고, 어떤 때는 "짚신 짝이니라."라고 답했고, 또 어떤 날은 지팡이로 제자의 이마를 후려쳤다. 부처를 어떻게 과학의 언어나 일상의 언어로 설명할 수 있는가. 그것은 不立文字의 세계요, 일상의 인식 차원을 벗어난 세계다. 그렇다고 부처가 인식의 대상이 안된다고 볼 수도 없다. 부처에 대한 老스승의 세가지 답변은 모순된 것이 아니다. 똥막대기도 참이고, 짚신짝도 참이고, 한대 후려맞고 깨닫게 하는 것도 참이다. 이렇게 본다면 위의 임제의 네가지 답변도 모순이 아니다.

　선문답과는 다르다 하더라도 고차원의 언어인 시의 언어와 인식방법도 그와 유사하다. 시의 언어는 과학적이고 객관적인 인식을 넘어서는 차원에서 존재에 대한 인식을 추구한다. 그리고 선문답과 같은 종교적 언어가 궁극적 인식 대상을 초월적 존재로 상정하는 데 비해서, 시적 언어의 궁극적 관심 대상은 결국 '인생'으로 수렴된다. 시인이 꽃을 대상으로 하든 江을 소재로 하든 그 배면에 깔려 있는 의식은 삶과 인생의 문제와 연결된다. '인생이 무엇인가', '사랑이 무엇인가'를 어떻게 과학적으로 수량화하고 객관화할 수 있겠는가. 그것이 가능하지도 않거니와 더욱 바람직하지도 않다.

　여기서 우리는 인식의 문제를 논리실증론자들이 생각하는 지각적 대상만에 국한시키는 것으로부터 그 범위를 넓혀야 된다고 생각한다. 필립 휠라이트도 논리실증론자들이 종교의 진리와 시의 진리를 허구라고 무시하는데 대해 항의한다. 그는 일반적으로 정확하게 통할 수 있는 狹意記號 (steno-symbols)들로 이루어진 폐쇄적 언어 체계와 시나 종교의 언어에서와 같은 개방된 언어 체계를 구분하면서 다음과 같이 주장한다.

　　정확한 전체란 결코 진정한 전체가 될 수 없다. 진리에 대한 인간의
　　갈망은 공적인 동의나 확실한 정확성만으로는 완전히 충족될 수 없다.

인간에게는 또 하나의 중요한 욕망이 있는데, 그것은 지식에 대한 더욱
완전한 충족, 즉 이미 사용되었거나 관례적으로 정의된 어휘로서는 결코
도달될 수 없는 존재에 대한 인간 정신의 동경이다. 이러한 이유로, 어떤
한 폐쇄적 언어 체계와 체계들 (closed system or systems of language)이
아무리 넓고 교묘하게 고안된다고 해도, 인간의 상상력이 살아 있는 한
개방언어(open language)의 자원은 언제나 탐색되고 개발되어야 할 필요
성이 있는 것이다.[37]

그는 존재의 어떤 알려지지 않은 국면인 근원적 실재성(radical actuality)
의 표현, 즉 사물의 정확한 특질을 표현하는 것은 모든 시적 효능 가운데
첫째의 것이며 가장 명백한 것이라고 주장하고, 이러한 시적 효능을 달성하
는데는 그 시만이 드러낼 수 있는 개성적 인식(眼識)의 표현인 투시적 개성
(perspectival individuality)과 그것이 자아내는 의미의 긴장성에 의해 가능하
다고 했다.[38]

> 南으로 窓을 내겠소
> 밭이 한참갈이
> 괭이로 파고
> 호미론 풀을 매지오
>
> 구름이 꼬인다 갈 리 있소
> 새 노래는 공으로 들으랴오
> 강냉이가 익걸랑
> 함께 와 자셔도 좋소
>
> 왜 사냐건
> 웃지오.
>
> — 김상용 「南으로 窓을 내겠소」 전문 —

---

37) Philip Wheelwright, 앞의 책, pp.39~40.
38) 위의 책, p.52 참고.

이 시의 제목이 '南으로 窓을 내겠소'여서 시인의 감정이나 태도만을 나타낸 것처럼 보이지만, 결국 이 시가 드러내려 하는 것은 "인생이란 이런 것이 아니냐"고 하는 인생에 대한 시인의 眼識을 표현한 것이다. 南으로 窓을 내겠다는 화자의 태도는 시적 자아, 실제에 있어서는 시인의 삶에 대한 인식을 상징적으로 드러내는 메시지다. 시인은 그것을 개념적이고 객관적으로 전달하지 않는 대신에 담담하고 소박한 말투를 통해 구체적이고 전체적으로 드러내려 할 뿐이다.

'南으로 窓을 내겠소'는 北으로 窓을 내거나 西, 혹은 東으로 窓을 내겠다는 것과는 인생에 대한 시인의 태도가 다르다. 이러한 태도는 시인의 인생에 대한 인식 결과에 바탕하고 있다. 그리하여 이러한 인식의 결과는 "왜 사느냐."는 추상적 물음과 대답으로 귀착된다. 그러나 그 답변은 역시 개념적이거나 객관적이지 않다. 시적 자아는 거창하고 논리적인 답변을 하지 않는다. 그냥 웃는 것으로 답한다. 이러한 웃음 속에는 삶의 부대낌에서 얻은 피로감과 그것을 뛰어 넘은 관조의 자세가 배어 있는 듯하다. 그러므로 시적 자아에게 있어서 인생은 단순한 논리로 설명할 것도, 거창하거나 욕심내서 설명할 것도 아니다. 그저 南으로 窓을 내고 호미로 풀을 매는 심정으로 욕심없이, 순리대로 살 성질의 것으로 인식하는 것처럼 보인다. 이 시의 시인이 시의 화자의 입을 빌어 표현하려 한 것은 "인생이란 결국 이런 것이 아니냐"고 하는 나름대로의 메시지를 정서와 구체적 언어로 전달하려 했던 것이고, 그 메시지 속에는 독자가 공감하고 검증해 주는 진실이 들어 있는 것이다.

따라서 시는 과학과는 비록 다른 방식이긴 하지만 진리를 지향한다. 삶에 대해 시는 다양한 진실을 보여줌으로써, 독자에게 새로운 인식의 지평을 열어보일 수 있다. '4월은 잔인한 달'에서 우리는 과학적 지식은 아니더라도 독자가 공감하는 새로운 인식의 세계에 도달하게 된다. 시의 세계에서는 '4월은 잔인한 달'일 수도 있고, '행복한 달'일 수도 있다. 선문답에서처럼 모두 참이다. 그것이 시 전체의 잘 짜여진 인식 구조를 통해서 독자의 공감을 얻을 때, 그것들은 인생이나 인간 감정의 진실을 담는 인식의 기능을 하게 된다.

J.R.크루저도 시적 언어의 중요한 특징인 비유법을 설명하면서, 첫째, 다양한 감정과 정서와 '마음의 상태'를 전달하는데 효과적이며, 둘째, 인간이 자신의 지식과 이해를 향상시키는 총체적인 과정에서 중요한 역할을 한다고 하여, 다음과 같이 기술하고 있다.

> 역사를 통해서 볼 때, 인간은 그가 살고 있는 세계에서의 그의 위치와 역할을 이해하고 싶은 강한 욕망을 가져 왔다. 그리고 세계의 본질, 태양계의 본질, 또한 그것을 넘어선 우주의 본질이 인간의 가장 심각하고 통찰력 있는 사고를 위한 오랜 주제가 되어 왔다. 인간은 인간끼리의 관계, 국가 공동체 사이의 관계, 인간과 神 사이의 관계에 관심을 가진다. (중략) 우주 그 자체에 내재하는 질서를 이해하기 위한 부단한 몸부림 속에서, 아무것도 존재하지 않는 곳에서 유사성을 찾아내는 시인의 능력은 이와 같은 인간의 근본적인 욕구를 만족시켜 주는데 도움이 된다. 직유(그리고 은유)는 인간이 그의 지식과 이해를 향상시키는 총체적인 과정에서 중요하다.[39]

과학의 언어가 구체적 대상을 추상화한다면 시의 언어는 인생과 같은 추상적인 것을 대상으로 하며, 그것을 구체적으로 전달한다. 과학의 언어로는 시의 언어를 설명하기 곤란하다. 인식의 대상과 기준과 방법이 다른 것이다. 그러므로 과학의 언어와 시의 언어는 상호 보완의 관계에 있다 할 것이다.

결론적으로 말하면 시적 언어는 이중의 기능을 나타낸다고 할 수 있다. 즉 그것은 감정적(혹은 정서적)기능과 인식적 기능이라는 두 가지를 말한다. 시는 현실의 단순한 채색이 아니라, 그것을 알고, 그것에 대처하며, 그것을 변화시키는 방식인 것이다.

---

39) J.R.Kreuzer, *Elements of Poetry* (The Macmillan Company, 1955), p.79.

5. 결 론

지금까지 시어의 특징에 대해서 검토했다. 먼저 시적 언어는 특별한 속성을 가진 것이 아니라 시적 목적이라는 특별한 기능을 지향하는 언어이며, 그것은 주로 메시지 자체의 미적 기능에 관심을 가지는 언어를 말한다. 그리고 그 미적 효과를 최대한 달성하기 위한 개념으로 전경화를 설명했다. 그 다음으로 야콥슨이 발화 행위를 성립하게 하는 두 가지 원리, 즉 은유적 원리와 환유적 원리를 작품의 예를 들어 설명했다.

다음으로 시어의 특징을 내포적 언어와 구체적 언어, 애매성의 언어라는 측면에서 검토해 보았는데, 시의 언어가 특별히 정해진 언어가 아니어서 그 범주를 정하기는 대단히 어렵긴 하지만 대체로 세 가지 범주쯤으로 설명할 수 있을 것이라는 전제에서 살펴보았다. 마지막으로 시의 언어가 과학의 언어와는 다른 차원에서 세계에 대한 인식과 통찰이라는 인식의 기능을 수행한다는 것을 밝혀 보았다.

현대시 텍스트의 존재 양식과
의미 생산에 대한 연구

1. 서 론

　일상의 발화에 의한 의사 소통 행위와 문학, 특히 시 텍스트의 생산과 전달, 독자에 의한 의미의 재생산 과정은 서로 어떻게 다른가, 혹은 같은가. 발신자(시인)가 시 텍스트를 생산해 놓고 사라져버린 자리에서 수신자(독자)는 그 발신자의 매우 애매한 기표(시)를 어떻게 처리해야 하는가. 발신자(시인)가 사라져버린 자리에서 그가 남긴 발언(기표)만을 가지고 수신자(독자)는 그 기표에서 적절한 기의를 추출하기 위해서 어떤 역할을 할 수 있을까. 수신자(독자)는 발신자(시인)가 의도한 의미와 똑같은 기의를 재생산해 낼 수 있을까. 또 재생산해 내었다고 확신할 수 있을까. 다양한 수신자들(독자들)이 재생산해 낸 의미들은 서로 어느 정도 일치될 수 있을까(의미공유). 일치가 가능하다면 어떤 요인에 의해 가능할까.

　시 텍스트의 존재는 이러한 문제들에 둘러싸여 양식화되어 있으며, 이러한 문제는 또한 매우 오래되고 지난한 문제에 속한다.

　본 연구는 이러한 문제에 접근하기 위해서 시 텍스트의 소통의 문제도 일차적으로 기호 소통론적 행위의 하나라는 관점에서 출발하려 하며, 시 텍스트와 독자, 문화와의 역동적 관계 속에서 시 텍스트의 존재를 파악하고 그 의미 생산의 문제를 규명하고자 한다. 그러기 위해서 문학 텍스트 일반을 함께 다루면서 시 텍스트를 그것과 차별적으로 이해하고자 한다.

2. 시 텍스트의 존재 양식 – 자율체인가 비자율체인가

인간의 일상적인 커뮤니케이션 행위는 주로 언어 기호에 의해 이루어진다. 소설이나 시와 같은 문학 텍스트도 근본적으로 언어 기호를 매개로 하여 만들어진다. 즉 언어 기호를 사용하지 않고는 문학 텍스트의 생산은 불가능하다고 할 수 있다. 언어 기호는 인간의 거의 모든 문화 행위를 지배한다고 할 수 있다.

이와 같은 (언어) 기호는 기표와 기의의 자의적인 결합에 의해 만들어지며, 기표와 기의가 결합될 때에만 비로소 의미를 띨(의미 작용 또는 의미화) 수 있는 것이다. 그러므로 사람들은 자신의 의사를 전달하고자 할 때 송신자는 자신의 의사(기의)에 걸맞는 기표를 선택하여 그 기표에 기의를 담아서 하나의 기호로 만들어 수신자에게 전달한다. 수신자는 기표와 기의가 결합되어 어떤 의미를 띠게 된 메시지를 전달받고 송신자가 보내 온 기표에서 다시 일정한 기의를 추출할 때 커뮤니케이션은 성립되는 것이다.

그러나 이것만으로 커뮤니케이션이 성공했다고 할 수는 없다. 그것이 성공하기 위해서는 송신자가 자신의 기의에 걸맞는 기표를 수신자에게 보내면 수신자가 그 기표를 통해서 송신자가 의도한 것과 똑같은 기의를 재생산해 낼 때만 서로의 의사는 공유되는 것이고 커뮤니케이션은 성공하게 되는 것이다. 그러므로 송신자가 수신자에게 전달하는 메시지는 기표 뿐이지 기의까지 포함하는 것은 아니다. 전달된 기표는 단지 수신자가 송신자의 의도를 해독할 기회만 제공할 수 있을 뿐이다.

문학 행위도 결국 이와 같은 기호 소통론적 행위 가운데 하나다. 그런데 일상의 전달을 위한 대화나 과학의 언어에서는 송신자와 수신자 사이에서 오고 가는 기표에 담긴 기의가 거의 일치되는 지시 의미를 지향하므로 대개 성공적인 커뮤니케이션에 의한 의미의 공유가 가능하게 되는 데 비해 시적

인 언어는 이와는 다르다. 그것은 고도로 함축적인 의미의 세계다. 기표와
기의의 관계가 지시적인 차원에서 성립된 기호로부터 좀 더 높은 수준의
기호로 나아간 것을 함축적인 의미의 차원이라 한다. 그것은 하나의 기호가
개인이나 문화에 따라 새로운 기의를 끊임없이 유발하는 기호 작용(semiosis)
의 세계를 말한다.

　야콥슨 식으로 말하면 순수한 의미의 언어의 시적 기능은 메시지 자체를
지향할 때 가능하며, 이것은 관련 상황이나 맥락, 발신자나 수신자와 무관하
며 심지어 약호와도 무관하다.1) 물론 발생론적으로 볼 때 일상의 언어처럼
시 텍스트도 그것이 창작될 당시의 어떤 역사적 상황이나 맥락(작가적 원인
이나 역사·상황적 원인 등) 속에서 발생하게 되는 하나의 역사적 사건일
수 있시반, 일난 시 텍스트가 장작된 후에는 다른 역사적 사건이나 일상의
언술과는 달리 그 발생론적 상황이나 맥락에서 망각되어 (창작 당시의 작가
나 역사적 상황을 고려에 넣는 경우라 할 지라도 결국은)그 자체로서만 독립
하여 초역사적이고 탈상황적으로 남게 된다.

　관련 상황이나 발신자, 수신자, 약호 등으로부터 자유로우면 자유로울수
록 시적 메시지의 기의는 일상적 발화의 도구적 기능에서 해방되어 무한한
자유를 누리면서 일상적인 의미와 시적 의미 사이에서 미적이고 의미론적
으로 무한한(그러나 쉽게 분절되지 아니하는) 함축성을 창출할 수 있는 것이
다. 이 때 의미의 매듭을 함축적이나마 잠정적으로 지을 수 있는 것은 독서
개인과 그 독서 개인을 둘러싼 문화적 상황일 뿐이다.

　이처럼 함축적 의미의 차원은 선행하는 기표와 기의의 관계로부터 성립
된 기호가 보다 높은 수준의 기표로 되는 경우다. 함축 의미의 차원은 주관
적 의미의 세계이고 개인의 주관과 문화적 맥락에 따라 다양한 의미를 부여
할 수 있는 자유로운 자의성의 차원이다. 이러한 차원은 문학을 가능하게

---

1) Roman Jacobson, "Closing Statement: Linguistics and Poetics." 신문수 편역, 「문학 속의 언어
　학」(문학과 지성사, 1989), pp.54~62. 장도준, 「현대시론」(태학사, 1995), pp.66~70 참조.

하는 차원이다. 롤랑 바르트에 의하면 문학은 1차 기호의 체계 위에 이와 같은 2차 기호의 체계가 부가된 것을 특징으로 하는 여러 체계들 중의 하나에 속한다.[2] 유리 로트만도 언어를 자연 언어와 인위적 언어, 그리고 2차적 모델링 체계 등 세 가지로 구분하고 예술을 2차적 모델링 체계에 포함시켰다. 그에 의하면 2차적 모델링 체계는 자연 언어를 토대로 만들어진 더 복잡하게 구조화된 체계다. 여기에는 문화적 의식, 모든 사회적·이데올로기적 전달, 그리고 예술을 포함한다.[3]

함축 의미는 해석자가 부가하는 주관적인 의미를 뜻한다. 문학 텍스트, 특히 시 텍스트는 함축 의미를 위주로 하는 세계이고 함축 의미는 기호 사용자의 주관적인 느낌이나 정서에 의존하기 때문에 송신자의 기의와 수신자의 기의가 일치·공유되기란 매우 어렵다. 더구나 서사 장르와는 달리 서정 장르, 특히 현대시의 경우는 시인 스스로도 자신이 만든 기표에 담긴 기의가 무엇인지 스스로 파악하기조차 어려우며 따라서 그 기표에 담긴 기의가 그가 의도한 것과 일치하리라는 것을 담보하기 어려운 매우 낯선 형식을 취한다.

왜냐하면 일반적으로 말하면 '形(form)'은 기호의 함축 의미를 결정하는 요소로, 지시 의미는 '무엇(what)'에 관계되고 함축 의미는 '어떻게(how)'에 관계되며 많은 경우, 형으로부터 오는 의미―즉 함축 의미―는 인간의 무의식에 속하기 때문이다.[4] "기표의 질서와 기의의 질서가 항상 분리되어 있다는"[5] 언어적 특성 가운데서도 시는 특히 기의보다는 기표의 형식성을 중시하는 장르인 것이다.

그러므로 시가 의미의 지시성, 즉 메시지가 전달하는 내용에 관심을 가지

---

2) 롤랑 바르트, 「신화론」, 정현 역(현대미학사, 1995), pp.19~35 참조.
3) 유리 로트만, 「시 텍스트의 분석―시의 구조」, 유재천 역 (가나, 1987), pp.56~61 참조.
4) 김경용, 「기호학이란 무엇인가」(민음사, 1994), pp.49~50.
5) 안토니 이스트호프, 「문학에서 문화 연구로」, 임상훈 역(현대미학사, 1994), p.38.

기보다는 메시지 자체(의 형식)에 초점을 맞추는 특성을 보이는 것도 이 때문이며, 의식보다는 무의식의 연상 작용에 더 의존해 함축적 의미를 얻게 되는 특성도 이러한 성격으로부터 연유한다. 함축 의미는 실용적인 지시성보다 한 차원 위에 있는 것으로 시인이 자신이 만든 기표에서 자신이 의도한 기의를 독자가 쉽게 재생산해 낼 수 있도록 하면 할수록 그 시는 실용성을 목적으로 한 과학 텍스트나 산문이나 일상 언어의 차원으로 단순화되기 쉽다. 예술 텍스트는 '해석의 복수성'6)을 기본 특징으로 한다. "과학적 텍스트는 단의성을 지향한다. 즉 그 내용은 진 또는 위로 평가될 수 있다. 예술 텍스트는 가능한 해석들의 영역, 때로는 아주 넓은 영역을 창조한다. 작품이 더 의미심장하고 더 심원할수록 인류의 기억에서 그것의 향수가 클수록, 가능한 해석의 범위와 또한 독자의 비평에 의해 역사적으로 실현된 해석의 범위는 클 것이다"7)

이렇게 볼 때 특히 현대시는 시인의 의도와는 거의 무관한 자리에서 위치한다고 할 수 있겠다. 시에는 시인의 의도(기의)가 어떤 형태로든(그대로 혹은 혼란된 형태로 심지어 반대로) 반영되어 있겠지만 확인 불가능한 것이다. 시는 시인의 기의를 담은 메시지(기표)이지만, 그것은 일상의 언어적 전달의 차원을 넘어서 있기 때문에 그 의도는 파악하기 어렵다. 믿을 수 있는 것은 기표이며 따라서 시는 기표로만 전달될 뿐이다. 남는 것은 기표뿐이고 시의 기의는 시 텍스트와 독자의 감상을 통해서만 얻어질 수 있는 것이다.

저자는 텍스트의 생산과 동시에 소멸되고 텍스트는 자율성을 얻고 그 자체로 모든 것이 된다. 물론 텍스트의 생산 배경이 된 저자의 특별한 삶이나 역사적 상황이 경우에 따라 텍스트를 감상하는 데 있어서 독자에게 일정한 영향을 주거나 감상을 풍요롭게 하는 데에 기여하는 경우도 있으나, 그것

---

6) 유리 로트만, 앞의 책, p.201.
7) 위의 책, 같은 면.

은 언제나 독자에게 같은 의미로 알려질 만큼 항상성으로 작용하는 것은
아니다. 저자는 일부러 바깥에서 들추어 내어지지 않는 한 텍스트의 어디에
서도 찾아낼 수 없으며, 혹 텍스트의 외부에서 들추어 내어진다 하더라도
그 저자는 텍스트와는 이미 무관한, 텍스트의 외부에서 가져온 개인으로서
또 다른 하나의 텍스트일 뿐이다. 저자에 대한 이해란 텍스트와 관련되는
것이라기보다는 독자의 경험(문화적 경험)의 일부로서 독자에 의해 획득된다.
  그렇다면 시 텍스트는 그 자체로서 자기 충족성을 갖춘 자율적인 완전체
인가. 그것은 어떤 항구적이며 보편적인 정체성을 가지고 있는가. 다시 말하
면 시 텍스트의 기표 속에 모든 기의가 포함되어 있는가. 그러나 텍스트는
결코 완전하지 않다. 텍스트가 완전하다면 텍스트 읽기와 해석은 한번으로
끝나겠지만 텍스트는 인간의 긴 역사에 걸쳐 수많은 독자들에 의해 끊임없
이 새롭게 읽히고 다르게 해석되기 때문이다.
  역사주의 비평이나 신비평은 서로 다른 각도에서 텍스트의 권위를 인정
해 왔다. 역사주의 비평은 저자의 의도가 반영된 기의로서의 텍스트의 권위
를 강조해 왔고, 신비평과 같은 형식주의 비평에서는 텍스트의 자율적인
형식(기표)은 그 속에 내용(기의)도 필연적으로 내재하는 것으로 주장해 왔
다. 그러나 앞에서 논의했듯이 저자는 텍스트의 생산과 동시에 소멸되는
것이라면, 저자의 의도라는 것은 알 수도 없을 뿐만 아니라 있을 수도 없다.
이는 일상어보다는 문학에서, 문학 가운데서도 무의식적 상상력에 크게 의
존하고 그것에 의해 형식화되는 모더니즘 이후의 현대시 텍스트로 기울어
질수록 그러한 성격은 더 강하게 나타난다.
  이처럼 절대적 저자(Absolute Author)가 존재하지 않는다면, 그리고 텍스
트를 항구적으로 고정시켜 주는 완전하고도 순수한 지적 존재가 존재하지
않는다면, 의미는 언제나 복수적이게 된다. 사실 어떤 텍스트의 요소든지,
어떤 특정 방향을 지향하는 방식에 의해 읽히기 때문에, 텍스트의 '통일성'
은 읽을 때마다 가능한 의미들이나 방향들을 폐쇄하고 오직 한 의미와 방향

만을 선택해야만 유지될 수 있다. 이러한 폐쇄 과정은 의미를 규정하는 기원이나 의도, 저자의 가상적 현존에 호소함으로써 권위를 부여받게 된다.[8] 이처럼 텍스트의 기의는 저자에 의해서도 보장받지 못하는 것이다.

또한 시 텍스트의 형식 그 자체가 의미(기의)를 모두 내재하고 있다는 신비평적 견해도 기표의 질서와 기의의 질서가 항상 분리되어 있다는 언어학적 설명을 통해서 부정될 수 있는 것이다. 그러므로 시 텍스트가 기의와 필연적으로 연결되어 있다는 주장은 저자와 텍스트가 불가분리하게 결속되어 있거나 기표와 기의의 관계를 임의적이 아닌 필연적인 관계로 상정할 때에만 가능한 것이다.

지금까지의 논의에서 알 수 있듯이 시 텍스트의 기의는 저자로부터 완전히 자유로우며, 이띤 면에서는 텍스트의 기표로부터도 자유로운 것처럼 보인다. "문학 텍스트라는 것은 존재하지 않거나 적어도 일종의 진공 상태"[9] 라거나 "텍스트는 없고 오로지 해석만 있을 뿐"[10] 이라는 주장이 나오는 것도 이 때문이다.

그렇다면 시 텍스트는 정말 존재하지 않는가. 시 텍스트의 정체성은 찾을 수 없는 것인가. 신비평가인 르네 웰렉도 말했듯이 "여러 세대를 통과하면서도 동일한 상태로 남아 있는 구조의 실질적인 동일성은 확실히 존재한다. 그러나 이 구조는 동적인 것이다. 그것은 독자나 비평가들이나 동료 예술가들의 마음을 통과하는 동안 역사의 과정 내내 변화하는 것이다."[11] 무엇보다 분명한 사실은 텍스트의 기표 (그것이 진공 상태이든 아니든) 그 자체는 불변의 항구성을 가진다는 것은 부인할 수 없다. 즉 텍스트는 '기표들의 물질성'[12]에 기반을 두고 있다는 것은 분명한 사실이다. 다만 텍스트의 형식

---

8) 안토니 이스트호프, 앞의 책, pp.38~39.
9) 위의 책, p.66.
10) Harold Bloom, *Deconstruction and Criticism*, 위의 책, 같은 면, 재인용.
11) René Wellek and Austin Warren, *Theory of Literature* (Penguin Books Ltd., 1970), p.254.
12) 안토니 이스트호프, 앞의 책, p.69.

(기표)은 의미 자체가 아니라 단지 '의미의 잠재력'13)에 불과하고, 적극적인 의미의 발현체가 아니라 해석을 위한 계기를 마련해 주는 '게으른 장치'14)에 불과한 것이다. 텍스트는 그 자체로 자율적이고 폐쇄적인 완전체가 아니라, 무한의 가능성을 지니고 '의미의 복수성'15)으로 구성되어 있는 상대적인 자율체일 뿐이다.

3. 시 텍스트와 독자의 변증법적 상호 관계

지금까지 논의해 온 대로 텍스트는 다양한 의미들이 발생하는 의미의 잠재적 공간일 뿐이며, 그 자체가 모든 의미를 준비하고 있는 일관되고 완전한 세계도 아니다. 데리다가 생각하는 것처럼 "문자 언어의 성격상 어떤 텍스트와 어떤 단일의 '의미' 사이에는 항구적인 틈(gap)이 생기는 것이다. 만일 텍스트와 그것의 '의미'가 동일한 것이 아니라면 텍스트는 어떤 궁극적이고 최종적인 의미를 가질 수 없는 것이다."16)

텍스트의 발생은 그것을 산출한 저자나 역사적 상황 속에서 일어난 하나의 역사적 사건이고 그 텍스트를 읽는 독자의 행위 또한 역사적 과정 속의 하나의 사건이다. 그러나 텍스트는 발생과 동시에 그것을 생산한 저자와 역사성을 텍스트 자체 속에 간직하지 못하며, 그 자체로 독립되어 항상 현재적인 의미로만 남게 되는 초역사적 가치를 가지는 반면에 텍스트에 대한 독서 행위와 그 결과로서의 의미는 하나의 역사적 사실로서의 의미를 새롭게 획득한다.

텍스트의 세계는 텍스트의 저자로부터 해방되어 독립된 세계이며, 텍스트 독자들의 자유로운 해석에 아무 제약 없이 개방되어 있다. 텍스트는 일단

---

13) 김경용, 앞의 책, p.142.
14) Umberto Eco, *Lector in fabula*, 1979, 김운찬역, 「소설 속의 독자」(열린책들, 1996), p.47.
15) 안토니 이스트호프, 앞의 책, p.34.
16) T. 혹스, 「구조주의와 기호학」, 정병훈 역(을유문화사, 1984), p.211.

생산과 동시에 자율성을 획득하며 저자와 저자의 의도는 소멸되게 된다. 데리다는 "텍스트가 그 자체로 모든 것이고 텍스트 밖에는 아무 것도 존재하지 않음을 주장한다"[17] "텍스트는 저자의 소멸점이고, 동시에 독자의 생장점이 되는 것이다"[18]

그러므로 남는 것은 텍스트와 독자 뿐이다. 시 텍스트는 그 형식 속에 의미를 내재하고 있지 않는, 다만 의미의 잠재력일 뿐이며 의미는 단지 텍스트와의 상호 작용을 통해서 독자의 마음 속에서 생산된다. 텍스트와 독자의 관계에 대한 이와 같은 태도 변화는 대체로 현상학과 해석학, 수용이론, 해체주의 등과 관련된다. 스텐리 피쉬에 의하면 텍스트에 있는 모든 것은 해석의 산물이지 결코 사실로서 주어진 것이 아니라는 것인데, 그는 비평의 수복 대상은 작품 자체 속에서 발견되는 어떤 '객관적인 구조'가 아니라 독자의 '경험의 구조'[19] 라고 주장한다. 텍스트는 동일한 텍스트로 재생산될 수 없으며 통역사적인 정체성도 가지지 않는다. 텍스트가 동일한 텍스트로 재생산되기 위해서는 언제나 동일한 독서 방식을 채택할 때에만 가능한 것이다. 따라서 텍스트의 의미는 독서 방식의 문제이며 해석 방법의 문제인 것이다. 텍스트는 독자에게 지식을 제공하는 것이 아니라 의미의 가능성만을 제공하는 것이다. 따라서 텍스트의 의미 생산은

텍스트(저자)   →   독자

와 같은 일방적인 관계가 아니라 '독자와 텍스트 사이의 변증법'[20]이라는 쌍방향의 관계 양상에 의해 가능하다는 것을 알 수 있게 되는 것이다.

텍스트   ←→   독자

---

17) Jacques Derrida, *Of Grammatology*, 김경용, 앞의 책, p.141.
18) 위의 책, p.141.
19) 테리 이글턴, 「문학이론입문」, 김명환 외 역 (창작사, 1986), p.110.
20) Michael Riffaterre, *Semiotics of Poetry* (Methuen & Co. Ltd., 1980), p.1.

독자는 이러한 독서 행위를 통해 텍스트로부터 지식을 얻는 것이 아니라 텍스트의 틈을 메우면서 텍스트를 재축조하는 일을 하는 것이다. 또 이 때 독자는 텍스트의 생산과 함께 소멸된 저자 대신에 새로운 저자가 되는 것이다. 즉 "저자가 사라진 우물가에서 독자가 저자 놀이를 하는 셈"[21]인 것이다.

이와 같은 관점에서 볼 때 어떠한 독서도 잘못된 것일 수 없는 셈이 된다. 모든 독서는 텍스트에 새로운 의미를 부여하고 재축조한다. 그 결과 시의 함축적 영역은 확대되고 풍요로워진다. 문학 작품은 결과적으로 그것에 관해 논의된 모든 것으로 성립된다. 결과적으로 작품이 '죽는다'는 일은 없다. "작품이 불멸인 것은, 그것이 상이한 인간에 대해서 동일한 의미를 부여하기 때문이 아니라, 모든 시대를 통하여 같은 상상적 언어를 사용하면서 단 한 사람에 대해서도 여러 다른 의미들을 시사하기 때문이다. 즉 작품은 제시하고, 인간은 그것을 처리하는 것이다."[22]

그렇다면 텍스트의 의미는 독자의 주관적 느낌이거나 해석자가 임의로 매기는 주관적 가치일 뿐인가. 어떠한 해석도 잘못일 수 없다면 텍스트의 의미는 독자의 수만큼 천차만별일 것이고 일반적으로 공감할 수 있는 보편적인 의미 세계는 불가능하게 된다. 이러한 문제의 해결을 위해 텍스트와 독자, 문화와의 관계에 대한 좀더 깊은 이해가 요구된다.

4. 시 텍스트와 문화와의 관계

텍스트의 항구성은 기표의 물질성 뿐이며, 그 기표는 의미 자체가 아니라 의미의 무한한 가능성을 지닌 '의미의 잠재력'으로 해석을 위한 계기만을 제공할 뿐이라 했다. 텍스트는 일관되고 완전한 세계도 아니며 항구

---

21) 김경용, 앞의 책, p.142.
22) Roland Barthes, *critique et vérité*, p.51, T. 혹스, 앞의 책, p.223 재인용.

적인 틈이 있으며 동적이고 그 자체가 어떤 궁극적인 의미를 가질 수 없다는 것이다.

앞에서 텍스트는 독자의 주관성(subjectivity)과의 변증법적인 상호 작용에 의하여 의미를 생산하게 되며, 그러므로 그 독서의 결과로서의 작품의 의미란 무한할 수 있으며, 어떠한 독서도 잘못된 독서라 할 수 없다고 했다.

과연 텍스트의 의미는 독자의 주관적 느낌이거나 해석자가 임의로 매기는 주관적 가치로 국한될 뿐인가. 어떠한 해석도 잘못일 수 없다면 독자들이 일반적으로 공감할 수 있는 텍스트의 보편적인 의미 공유는 불가능한 것일까. 물론 모든 텍스트에는 텍스트 고유의 의미를 실현하기 위한 텍스트 나름대로의 최소한의 놀이 규칙들, 즉 텍스트 전략이 있으며, 의미 실현을 위해 텍스트 자체에 의해 전제되는 이상적이고 추상적인 독자인 '모델독자'[23] (다른 한편으로는 텍스트 전략의 주체로서의 모델작가도 있음)가 있을 수 있다. 그러나 이러한 독자도 결국 풍부한 문화적 능력이나 다양한 백과사전을 갖추어야 한다는 점에서 독자의 문화적 배경과 능력이라는 것과 관련된다. 결국 텍스트와 독자만으로 해결될 수 없는 이 문제에 대한 해답은 문화적 문맥을 통해서 얻을 수 있으리라 생각한다.

앞에서도 논의되었지만 문학 텍스트, 특히 시 텍스트는 함축적인 의미를 위주로 하는 세계다. 이 함축 의미는 기호의 해석자가 부가하는 주관적인 정서나 느낌인 주관적인 의미를 뜻한다. 그러나 여기서 중요한 것은 함축 의미는 해석자 개인의 매우 주관적인 정서나 느낌이 반영된 부가적인 의미이긴 하지만, 이 개인이라는 것도 사실은 "진공 속에서 텍스트를 대면하는 것은 아니"[24]라는 것이다.

즉 함축 의미는 해석자 개인이 부가하는 주관성(subjectivity) 못지 않게 그 개인이 놓여 있는 문화 공동체의 경험이나 가치인 상호주관성(intersub-

---

23) 김운찬, "해석의 지평: 움베르트 에코의 텍스트 기호학" 「믿음과 삶」(대구효성가톨릭
　　대 성 유스티노 성서모임) 제 17호, 1997. 봄, p.98.
24) 테리 이글턴, 앞의 책, p.107.

jectivity)에 의존하게 된다는 것이다. 다시 말하면 함축 의미의 주관성도 개인이 놓여 있는 문화적 경험의 범위를 벗어나지 않는다는 것이다.

함축 의미는 '사전'에 지시된 의미가 아니라, 한 특정 문화 속에서 오랫동안 몸에 익히고 배운 의미로, 이 용어의 적절성을 일단 논외로 하고 움베르토 에코 식으로 표현하면 '백과사전'[25]적 의미라 할 수 있다. 동일한 기호라도 함축 의미는 문화에 따라 매우 다른 것이다. 문화적 경험을 통해 익히고 배운 개인적인 의미들은 저마다 개인의 의식과 무의식에 저장되게 되는데 이 개인 속에 저장된 의미들은 결국은 문화적 체험을 통해서 얻어진 것이므로 개인의 무의식적인 연상 작용도 결국은 문화 공동체의 집단무의식으로부터 나오는 것이고 또 그 집단무의식을 만드는 데 일조하는 것이다.

그리고 여기서 '사회·정치적 배경'이라는 말 대신에 '문화'라는 말을 쓰는 까닭은 '사회·정치'라는 말이 매우 지시의미적 협소성을 가지기 때문이다. 언어 예술은 그 양식에 있어서 지시적이 아니며 시 텍스트를 논한다 함은 이미 현실의 직접적인 외연을 넘어서는 매우 광범위하고 포괄적인 문화적 차원에 편입되는 일이다.

예컨대 같은 정치적 소재라도 시 텍스트 속에서는 개인의 주관적 혹은 문화적 차원에서 다의적 양상을 띠며 문화화한다. 시 텍스트를 사회·정치적 지시물로 읽는 것은 경직된 반영론자들의 주장으로 그 텍스트는 문화적 의미를 상실하고 하나의 구호나 선전으로 전락하기 쉽다.

마음은 문화적 체험의 창고라고 볼 수 있다. 거기에는 잡다한 관념, 이미지 등 지각요소들의 계열체가 들어 있다. 이것은 모두 기의이기 때문에 인간은 그 자체가 하나의 커다란 기의가 되는 것이다. 그래서 바르트는 인간을 이미지 저장소(image-repertoire)라는 말로 표현한다.[26] "어느 방향으로 기호 작용이 일어나든, 그것은 문화적 상황에 발을 붙이고 있는 인간의 사고와

---

25) Umberto Eco, 「기호학 이론」, 서우석 역 (문학과 지성사, 1985), 「기호학과 언어철학」, 서우석·전지호 역(청하, 1992), 참조.
26) Roland Barthes, *The Grain of the Voice : Interviews* 1962~1980, 김경용, 앞의 책, p.27 참조.

관련되는 것이다."[27]

　이렇게 볼 때 문학이란 우리 자신의 문화를 넘어서는 '자연스러운' 혹은 '객관적인' 어떠한 위치도 있을 수 없다고 할 수 있다.[28] 개인의 주관성이라는 것도 당대의 문화와 무관한 순수한 주관이란 불가능한 것이다. 그 주관성은 문화의 지배를 받으며 주관적 탈약호화도 그 문화가 약호화한 방식에 근거해서 이루어지며 개인의 주관을 발휘하여 텍스트의 의미를 규정하고 생산하는 텍스트의 축조자 노릇을 할 수 있는 것이다. 텍스트와 독자도 종국에는 문화적 맥락 안에서만 의미를 생산할 수 있는 것이다.

　특히 시적 언술은 상대적으로 좀 더 명백히 지시하는 다른 어떤 언술과도 그 양상에 있어서 다르다고 할 수 있으므로 문화적 문맥에 의해 그 창작과 감상이 크게 좌우되는 특징을 가지고 있는 것이다. 시가 가지는 함축적 의미는 문화에 의해 좌우되는 것이다. 시적 상상력의 중심 요소라 할 수 있는 은유 역시 "문화적 체험에 뿌리박고 있는 개념이기 때문에 한 문화의 통상적 은유는 다른 문화의 비통상적 은유가 될 수 있다."[29]는 점에서도 시적 언술은 문화적 배경을 떠나서는 이해되기 곤란한 것이다.

　예컨대 김영승의 시 「반성 79」의 경우 이 시는 어떤 차원에서 의미화될 수 있을까.

> 아내가 내 빤스를 입고 갔다. 나는 아내 빤스를
> 입어 본 적이 없다.
> 아내는 내 빤스를 입고 가 버린 것이다. 나는 빤스가 없다.
> 일주일 후에 아내는 내 빤스를 빨아서 갖고 왔다.
> 나는 빤스를 입었다.
>
> 　　　　　　　　　　－ 김영승 「반성 79」 전문 －

---

27) 위의 책, p.138.
28) T. 혹스, 앞의 책, p.155.
29) 김경용, 앞의 책, pp.73~74.

이 시는 지시적 방법 이외에는 흔히 생각될 수 있는 시의 내재적 장치를 사용하지 않고 있다. 그리고 이 시가 드러내는 지시적인 일차적 의미는 매우 간단하고 명백하다. 그러나 독자는 이 시를 반어적 상징성 혹은 은유적으로 읽을 수 있는데, 독자 쪽에서 이러한 의미화가 가능한 것은 시 텍스트 자체가 드러내는 의미의 평면성 때문이 아니라 동 시대의 문화라는 수직 구조 속에 놓여 있는 독자의 해석안(眼)과의 만남 때문인 것이다. 그러므로 텍스트의 의미는 텍스트나 독자의 어느 일방에 의해 결정되는 단일한 정체성이 아니라 텍스트와 독자와 텍스트나 독자가 위치한 동시대의 문화가 복합적으로 작용하여 결정되는 상대적인 정체성을 가지는 '중층결정된(overdetermined) 복합체'[30)]로 볼 수 있을 것이다.

이를 이야기체에 대한 롤랑 바르트의 '차원이론'과 관련시켜 설명할 수도 있을 것이다. 바르트는 차원 이론이 제시하는 두 종류의 관계들을 가지고, 이야기체가 그것의 구조 속에 의미를 내포하는 형식을 설명하고 있다.

그 두 가지 관계란 분산적 관계(distributional relations)와 통합적 관계(integrational relations)이다. 관계들이 동일 평면에 분포되어 있을 때 분산적 관계라고 하는데, 이런 관계들은 이야기체가 내놓는 의미를 설명하는 데 미흡하다. 관계들이 서로 다른 평면에 분산되어 있어서 한 평면의 관계를 다른 평면에 의하여 파악할 수 있을 때, 그 관계들을 통합적 관계라고 한다. 바르트에 의하면 자기 자신의 수준에서 의미는 생산될 수 없고, 어떤 수준에 있는 의미의 단위가 한층 높은 수준으로 통합될 때 비로소 의미를 갖게 된다고 한다.[31)]

김영승의 위의 시를 그 자체의 차원에서 볼 때 시의 일차적이고 외시적인 의미는 매우 유치하고 저열한 수준에 머물고 만다. 그러나 이 시가 독자가 놓여 있는 문화적 수준에서 통합될 때 이 시는 함축적 수준의 해석을 요구하

---

30) 안토니 이스트호프, 앞의 책, p.55.
31) Roland Barthes, *Image-Music-Text*, 김경용, 위의 책, p.215.

여 매우 반어적이고 은유적 의미를 생산할 수 있는 것이다.

의미는 수준의 차이에서 일어나기 때문에, '차원들은 조작들'이라고 바르트는 지적한다. 차원은 의미를 생산하는 조작인 것이다. 무엇인가 거슬려 움직이지 않고는 의미가 발생하지 않는다. 차이의 발견이 의미 생산의 기본이고 차원은 의미 생산의 조작을 내포하는 수직구조이다. 요약하면, 동일 평면의 수평운동은 의미 생산을 못하고, 의미 생산은 다른 차원들을 거스르며 수직으로 움직일 때 일어난다.[32]

토도로프는 또 다른 이야기체의 수준들을 제시하고 있다. 하나는 이야기의 수준이고 다른 하나는 담론의 수준이다. 이야기의 수준은 논리와 논의(argument)의 두 수준을 동시에 포함한다. 이야기의 수준에서 이야기 속에 나오는 행위들의 논리가 무엇인가를 따짐으로써 의미를 볼을 수 있다. 여기서도 하나의 이야기체를 이해하기 위해서, 풀려나가는 이야기를 좇아가는 일만으로는 부족하고 이야기의 수평적 전개가 어떻게 수직구조와 관계되어 있는가를 알아야 한다.[33]

담론은 이야기체의 형태적, 수사적 양태의 수준이다. 담론은 낮은 차원에 대한 이야기를 한층 높은 수준에서 하는 함축적이고 메타언어적 수준의 것이다. 한편 담론은 시간의 차원을 포함한다. 종합하면 독자가 이야기체를 읽는 두 가지 양태가 있다. 하나는 수평적 읽기이고 다른 하나는 수직적 읽기(또는 통합적 읽기)이다. 수직적 읽기는 이야기체에 들어 있는 역할들을 통합하여 한층 높은 수준의 종합으로 변환시키는 읽기 방식이다. 바르트는 "이야기체는 종합(흔히 논의라고 불리우는)을 허용한다."고 쓰고 있다. '종합'이야말로 통합체적 담론을 그 근본적 의미를 손상시키지 않고 함축적 표현으로 치환한 형이 된다.[34]

---

32) 위의 책, pp.215~216.
33) 위의 책, p.216.
34) 위의 책, pp.216~217.

이는 시를 해석하는 데에도 마찬가지로 적용될 수 있겠는데 이처럼 문학은 문화적인 차원과 함께 논의되지 않고서는 의미 생산이 불가능하며, 특히 시 텍스트는 그 자체의 내재적인 논리만으로는 시의 함축적인 의미 생산이 불가능한 것이다. 러시아 형식주의자들이 시란 자율적인 것이며, "영원히 지속될 자기 규정적인 인간 활동"35)이라고 정의하고 "주어진 작품을 문학 작품이게 하는 특성"36), 즉 문학성을 텍스트 자체에서 설명하려 했지만, 결국은 그것이 독자와 문화에 의한 상대적인 관계 속에서 설명될 수밖에 없는 가치라는 것을 인정하게 되었다.

그들은 문학성을 "문학의 모든 형식적 자질 가운데 기표의 수준에서 일어나는, 그들이 장치라고 정의하는 어떤 특수한 언어적 자질을 통해서 정의"37)하려 하였다. 그러나 텍스트에 고정된 자질로서의 문학성을 정의하려는 시도는 1917년에 낯설게 될 수 있었던 것이 1928년에는 더 이상 그와 같은 효과를 가지지 못 할 수 있기 때문에 문학성은 문학적 자율성이라는 측면에서만 정의될 수 없다는 것을 보여 주었다.38)

즉 문학이란 무엇인가가 아니라 어떻게 문학인가라는, 일상 언어와 구별되는 문학적 언어를 작동시키는 기술, 즉 문학적인 언어의 양식이나 기능, 혹은 시(예술) 고유의 법칙이라는 것은 사실은 문화적인 문맥 속에서나 이해가 가능한 것이고 따라서 그 법칙이나 기능이라는 것도 문화적 공유 관계 속에서만 시인과 독자에 의하여 수용될 성질의 것인 것이다.

'낯설게 하기'를 포함하여 문학 작품을 문학 작품답게 하는 문학성을 획득하게 하는 수단과 조건이라는 것은 그들의 주장과는 달리 텍스트 자체 내에서만 결정될 성질의 것이 아닌 것이다. 일상의 언어는 친숙화된 것이고

---

35) T. 혹스, 앞의 책, p.81.
36) M.H.Abrams, *A Glossary of literary Terms* (Holt, Rinehart and Winston, 1981), p.165.
37) 안토니 이스트호프, 앞의 책, p.77.
38) 위의 책, p.77.

그 친숙화된 관습에 의해 공동체의 문화는 만들어진다. 그 일상의 관습적 약호를 변형·왜곡하여 심하게는 폭력적으로 파괴함으로써, 그 일상어는 탈약호화되면서 낯설게 된다. 즉 시가 가능하게 된다.

그러므로 어떤 언어적 표현이 낯설게 하기의 효과(예술적 효과)를 나타내는 것인가 아닌가의 판단 기준은 그 언어 표현 자체의 내부에 있다기보다는 친숙화된(관습화된) 언어 문화에 대한 문화적 이해가 전제되어야 가능하다. 일상적 관습화된 약호가 없다면, 탈약호화의 낯설음도 불가능하기 때문이다. 그러므로 낯설게 하기는 친숙함을 전제로 하고 있고, 그것에 대한 문화적 이해에서 출발한다. 낯설게 하기는 항상 친숙화된 관습이나 약호화를 전제하고 은연중에 그것을 의식함으로써 반동적으로 시도된다.

관습은 한 문화 공동체의 구성원들이 체험을 통해 습득한 기대들이기 때문에 그것은 그 문화 공동체 내에서만 제대로 이해될 수 있다. 시적 일탈이란 이처럼 관습화된 약호를 기준으로 어느 정도 탈약호화되어 있는가를 보는 것이고 그것은 그 공동체의 언어적 약호와 문화적 약호를 전제로 한 것이기 때문이다. "시의 번역은 불가능하다"는 말도 시의 번역이 문학의 다른 장르들보다도 언어적 관습과 문화에 더욱 의존적이기 때문이고 그 언어적 관습과 일탈성을 더더욱 감지해내기 어렵기 때문이다.

시의 이해는 문화적 약호를 바탕으로 할 때 가능하다. 시는 이 문화적 약호에 기반하면서 이 문화적 약호에서 최대한 탈출하여 개인적인 탈약호화를 시도하지만 그러나 그 문화적 약호를 완전히 무시하거나 거역하지는 못하는 또 하나의 문화적 양식이다. 그러므로 시라는 언어 예술에 대한 감상과 이해는 항상 문화적 약호라는 공동체 일반의 문화적 잣대에서 바라본 그 예술적 일탈성(낯설게 하기)에 대한 심미적 이해이다. 이 일탈성이나 낯설음이 예술적으로 완전히 무의미한 일탈이 아니기 위해서는 언제나 그 문화 속의 또 다른 많은 개인들(주관성)의 공감(상호 주관성)을 확보할 수 있느냐 없느냐에 달려 있는 것이다. 시라는 개인적 창조 행위도 문화라는 상호주관적인 경험에서 결코 완전히 자유로울 수는 없는 것이다. 즉 "어느 방향으로 기호작용이 일어나든, 그것은 문화적 상황에 발을 붙이고 있는 인간의 사고와 관련되는"[39] 것이다.

이렇게 볼 때 개인의 해석적 주관성이 모여서 하나의 문화적 공감대를 형성할 때 그것은 상호주관성이 되며 또 문화적 상호 주관성은 개인의 해석적 주관성에 영향을 준다. 그들의 관계는 순환적인 작용을 하는 관계인 것이다.

이와 같이 주관성을 극복 가능하게 하는 문화적 측면을 스탠리 피쉬는 '해석 공동체(interpretive community)'라는 논리로 설명하고 있다. 그는 그의 저서 「이 수업에 텍스트는 있는가?」에서 텍스트는 아무런 물질적 정체성을 가지지 않는다고 말하고 텍스트들은 그들이 공유하고 있는 상호주관적인 준칙인 '해석 공동체'에 의해서 구성되며, 해석 공동체의 권위가 텍스트 읽기의 지엽적인 편차들을 조정하고, 텍스트 쓰기와 그 텍스트의 자질을 구성하는 데 최종적으로 책임이 있는 것도 바로 이 해석 공동체라고 말한다. 그에 의하면 텍스트는 시간이 지남에 따라 끊임없이 변하게 마련이지만 그럼에도 불구하고 텍스트는 안정되어 있다. 왜냐하면 해석 공동체들이 안정되어 있기 때문이다. 그래서 그는 문학과 문학적 가치란, 무엇보다도 텍스트가 물질적 정체성을 가지지 않기 때문에 그 공동체가 이런 이런 것이라고 생각하는 것이 되고, 이를 제외하고는 다른 방식으로 존재하지 않는다고 생각한다.[40]

그러나 피쉬의 '해석 공동체' 논의는 상당한 타당성을 갖지만, 텍스트의 정체성을 부정하는 태도는 결국 텍스트들 사이에 하나의 구조물로서의 물질적 차이들조차 전적으로 부인하는 극단적인 회의주의에 빠진다는 점에서 적절치 않은 것으로 보인다. 텍스트는 다른 텍스트와는 다른 바로 그 텍스트로서의 물질적 정체성은 언제나 확보되어 있는 것이다.

---

39) 김경용, 앞의 책, p.138.
40) 안토니 이스트호프, 앞의 책, p.69 참조.

리파떼르[41]와 조나단 컬러도 그들의 저서에서 문학적 관례와 문학적 문법을 내면화한 '문학적 능력'을 강조한다. 조나단 컬러에 의하면 문학은 언어를 바탕으로 하는 2차적인 질서의 기호학적 체계로서, 언어에 대한 이해가 내재화된 문법에 의해 가능한 것처럼 문학 작품의 이해도 공동체가 보편적으로 가지고 있는 문학적 능력이라고 하는 독서 방식의 준칙들에 의해 가능하다는 것이다.[42]

이러한 상호주관성이나 해석 공동체, 문학적 능력 등은 이데올로기화하여 당대의 문화적 약정과 제도를 만들어낸다. 이데올로기는 당대의 문화적 정체성처럼 행세한다. 피스키는 이렇게 말한다. "내가 어떤 기호에서 발견하는 의미는 그 기호와 내가 존재하는 이데올로기 안에서 유도되며, 이런 의미들을 발견함으로써 나는 그 이데올로기 및 내가 속한 사회와 관련해서 나 자신을 정의하게 된다"[43] 결국 텍스트의 의미들은 이데올로기가 암시하는 대로 결정된다는 것이다.

또한 문화적 맥락과 연관지어 볼 때 텍스트의 의미는 상호주관성 뿐만 아니라 텍스트가 조건지어지는 환경인 상호텍스트성에 의해서도 결정된다. 모든 텍스트는 다른 텍스트들과의 관계 속에서 쓰여진다. 엄격하게 말하면 이 세상에 원작이란 없고 오직 모작만이 있을 뿐이다. 모든 시는 다른 시의 모방일 뿐이다. 즉 줄리아 크리스테바가 지적하는 바와 같이 "어떤 텍스트도 다른 텍스트로부터 완전히 자유일 수는 없는 것이다"[44] 이를 그녀는 모든 텍스트들의 텍스트 상호 연관성(intertextuality)라고 부르는 것이다. 텍스트의 총체는 문화의 총체이며 따라서 한 특정 텍스트는 다른 모든 텍스트와의 상호 관계 속에서 이해될 수 있는 것이다.

---

41) Michael Riffaterre, 앞의 책 p.5.
42) Jonathan Culler, *Structuralist Poetics*, (Cornell Univ. Press, 1976), pp.113~114.
43) John Fiske, *Introduction to Communication Studies* (1982), 김경용, 앞의 책, p.243 재인용.
44) T. 혹스, 앞의 책, p.205 재인용.

한 텍스트는 하나의 파롤에 해당되며 그것은 모든 텍스트들을 지배하는 일종의 문법인 랑그와의 연관 아래에서 의미를 얻는다. 개별 작품인 파롤은 추상적인 문학의 세계인 랑그에 따라 쓰여지며 또 파롤은 랑그를 만들고 수정한다. 이렇게 볼 때 모든 텍스트는 상호텍스트적 상대성을 가지며, 기념비적인 작품이란 새로운 작품들에 의해 수정될 수 있는 잠정적인 것이며, 작품의 가치는 그 작품에 대한 통역사적 반응의 영향 속에서 독자들에 의해 재생산되면서도 새로운 작품들과 당대의 이데올로기적 조건들에 의해 그 가치는 수정되게 된다. 랑그를 장르의 개념과 연관시켜 볼 때, 상호텍스트적 규범이라 할 수 있는 장르는 작가가 작품을 쓸 때도 유익하지만 독자가 독서하는 데 있어서도 유익한 길잡이 구실을 하게 된다. 조나단 컬러의 말처럼 "하나의 장르란 언어의 관습적 기능의 하나로서, 독자가 텍스트와 만날 때 그를 안내할 규범이나 기대를 제공하는 세계와의 특별한 관계"45)라 하겠다.

우리가 어떤 문학 텍스트에 대해 시, 소설, 희극, 비극 등과 같이 장르 규정을 하는 것은 그것들에 대한 우리의 글읽기를 미리 계획해 줌으로써 복잡성을 감소시켜 주는 것이다. 컬러는 "어떤 것을 희극으로서 읽는다는 것은, 어떤 것을 비극이나 서사시로서 읽는다는 것과는 상이한 기대가 포함되어 있다는 사실 때문에 희극이 존재한다"46)고 말한다. 즉 희극과 비극이 존재하는 것은 내용에 있어서의 실질적인 차이 때문이라기보다는 그것들이 서로 다른 글읽기를 미리 계획해 주기 때문이라는 것이다.

창작과 독서 과정에서 이와 같은 기대의 역할은 독자로 하여금 저자에 의해 약호화된 양식과 같은 양식으로 독자가 텍스트를 해독할 수 있게 해 주는 것이다. 이처럼 문학의 장르는 텍스트의 상호관련성 속에서 가능하며 본질적으로 문화적인 것이며 상대적인 현상이다. 우리는 장르라는 문화적 범주화를 통해 창작과 독서의 공유 영역을 확보할 수 있는 것이다. 문학은

---

45) Jonathan Culler, *Structuralist Poetics*, p.136.
46) 위의 책, p.137.

개별적으로 존재한다기보다는 장르와 이데올로기를 포괄하는 문화를 통해 가르쳐지는 것이다.

스텐리 피쉬는 해석의 무질서 상태를 피하기 위해서는 독자들이 공유하고 있으며 그들의 개인적인 반응들을 지배하게 될 어떤 '해석의 전략들'에 호소한다. 이 '해석의 전략'이란 학술 제도 속에서 성장한 '학식 있는 혹은 정통한' 독자들이라면 공통으로 가질 성 싶은 능력으로서 이들의 반응은 그러므로 합리성을 방해할 만큼 서로 엉뚱하게 차이가 날 가능성이 없다는 것이다.[47]

물론 피쉬의 '학식 있는 정통한 독자'라는 주장에는 문학을 고급 독자에게 국한하는 듯한 인상을 주는 것도 사실이나 그가 문학의 창작과 독해를 문학 제도 속의 산물로 규정한 것은 적절하게 보인다. 이글턴의 말대로 문화적 처녀로서 순수히 결백한 '문학적인 반응'이란 불가능하다는 것 또한 사실이기 때문이다.[48]

그리고 여기서 작가와 텍스트의 창작 배경의 문제를 상호텍스트적 관련성 속에서 간단히 언급할 필요가 있을 것 같다.

상호텍스트성은 문학 텍스트들 간의 상호 연관성으로 주로 논의되어 왔지만 앞에서도 잠깐 언급했듯이 작가의 의도나 그의 삶이라는 것도 광의로 봐서 또 하나의 텍스트일 수밖에 없으며 따라서 그것들 또한 문학 텍스트와의 상호 연관성 속에서 파악되는 것이 좋을 듯하다. 지금까지 역사주의자들은 작가의 의도나 삶을 텍스트의 의미와 불가분리의 불변항으로 생각해 왔으나 사실은 작가의 의도라는 것은 텍스트의 창작과 동시에 소멸되며 그러므로 그 후에 전해지는 작가의 의도나 작가의 삶, 또 텍스트가 창작된 당대의 역사적 배경은 엄밀한 의미에서 볼 때, 또 하나의 별개의 창작물인 텍스트 해석의 문화적 환경의 한 변수에 불과한 것이다.

---

47) 테리 이글턴, 앞의 책, p.114 참조.
48) 위의 책, p.115 참조.

그러므로 작가의 의도나 삶에 대한 언술은 독자에게 텍스트 의미 파악의 필수물이 아니라, 경우에 따라 독자에게 전해질 수도 있고 그렇지 않을 수도 있는 선택적이고 우연적인 것이다. 그러한 언술이 전달될 경우 문학 텍스트의 해석에 어떤 형태로든 해석소로서 간여하게 되겠지만 그렇지 않을 경우는 아무런 의미를 띠지 않는다. 또 전달되는 경우에 있어서도 그 전달의 내용은 매우 다양할 수 있다. 아울러 어떤 문학 텍스트에 대한 해석의 글 또한 또다시 텍스트의 새로운 해석에 영향을 주는 문화적 환경이 되겠다.

지금까지의 논의를 종합해서 말하면, 시 텍스트의 의미 생산은 다양한 해석 가능성을 열어 놓고 있는 기표로서의 텍스트와, 그것을 충만하게 하는 (그것에 기의를 부여하는) 독자의 독서 행위, 그리고 독자가 궁극적으로 기반하는 문화적 배경(상호주관성, 상호텍스트성, 문학 제도 등)이라는 3자 관계에 의하여 성립됨을 알 수 있을 것이다. 이러한 3자 관계는 문학, 특히 시가 단순한 지시적인 일차 언어의 세계가 아니라 많은 함축성을 가지고 있는 고도의 문화물임을 입증하는 것이기도 한 것이다.

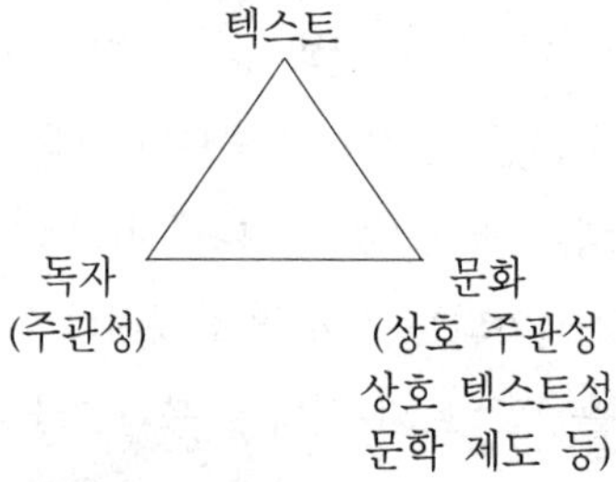

그런데 시 텍스트의 의미 생산에 있어서 텍스트 자체의 내적 구성 요소와 독자의 역할, 그리고 문화적 맥락, 이 3자가 어느 정도의 비중으로 어떤 역할을 하는지에 대해서는 충분히 해명하기는 쉽지 않은 것 같다. 다만 이들의 역할과 비중, 주도성에 대한 것은 텍스트의 장르적 성격에 따라 상대적으

로 매우 다르게 나타나리라는 것이다.

예컨대 시보다는 소설의 경우가, 또 소설 가운데서도 모더니즘(포스트모더니즘) 소설보다는 사실주의적인 소설이 텍스트 자체의 의미를 더 명백히 드러낸다는 점에서 상대적으로 텍스트 자체가 의미 생산에 주도적인 역할을 할 것이다.

마찬가지로 시 가운데서도 조선조의 시조와 같은 정형시나 현대의 사실주의 시보다는 모더니즘 이후의 낯선 형식의 시로 나아갈수록 의미 생산에 있어서 독자의 주관성과 문화적 맥락이 상대적으로 더 강조될 수 있지 않을까 하는 생각이다.

선전 문학도 사회 현실을 거의 지시적으로 드러낸다는 점에서 텍스트 자체가 의미 결정의 중요한 고려 사항일 것이다. 그러므로 시(특히 모더니즘 이후의 시)는 어느 장르보다도 독자와 문화적 문맥이 의미 생산의 가장 중요한 요소가 되는 장르라 하겠다.

5. 결 론

지금까지 시 텍스트의 존재 양식을 텍스트와 독자, 문화와의 관계 속에서 파악하고 의미 생산의 문제를 규명해 보았다. 그 결과 결론을 요약하면 다음과 같다.

문학 행위도 근본적으로는 일상 언어와 같이 기호 소통론적 행위 가운데 하나이며, 다른 점이 있다면 시 텍스트의 전달에는 발신자와 일상적인 전달의 상황이 배제될 뿐만 아니라 기표 자체가 매우 복잡하게 구조화된 고도로 함축적인 의미의 세계라는 것이다.

저자는 텍스트의 생산과 동시에 소멸되므로 텍스트는 자율성을 얻고 그 자체로 모든 것이 된다. 즉 텍스트는 그 자체로 항구적인 '기표들의 물질성'

에 기반을 두고 있다는 것은 부인할 수 없는 것이다. 다만 텍스트가 의미 그 자체는 아니며, 단지 의미의 잠재력에 불과하고 해석을 위한 계기를 마련해 주는 '게으른 장치'에 불과한 것이다.

그러므로 이러한 텍스트의 틈을 메우고 재축조하는 일은 독자에 의해 가능하다. 저자가 사라진 곳에서 독자가 저자의 자리를 차지하는 것이다. 그런데 텍스트에 대한 독자의 자유로운 놀이는 무수한 의미의 복수성만을 낳게 되고 보편적 공유 의미는 불가능하게 된다.

그러한 독자의 해석적 주관성에 대해 공유 의미를 확보하게 하는 것이 문화 공동체의 경험이나 가치인 상호주관성이라 할 수 있으며 그것을 에코는 백과사전이라는 말로 스텐리 피쉬는 해석 공동체라는 논리로 리파떼르와 조나단 컬러는 보편적인 문학적 능력 등으로 논리화한다.

시 텍스트의 기표적 독자성과 독자와의 상호 변증법적인 관계도 결국은 문화 공동체의 상호주관적 능력을 바탕으로 할 때 비로소 공유 의미를 획득할 수 있으며, 그러한 문화적 배경에는 공동체의 상호주관적인 일반적인 문화적 장치뿐만 아니라 상호텍스트성과 문학 제도, 역사적 상황 속에서 생존했던 작가적 배경까지 포함되어 있다고 하겠다.

결국 시 텍스트는 텍스트와 독자의 변증법적 관계뿐만 아니라 그것들이 바탕으로 한 문화적 요소의 구조 관계 속에서 존재하며 의미 생산이 이루어진다고 할 수 있는 것이다.

제 2 부
우리 시 교육의 현실과 반성

현대시의 기호소통론적
이해와 시 교육의 반성

1. 서 론

학교 교육의 현장, 특히 중등학교의 교육 현장에서 우리는 시를 어떻게 가르쳐야 하며, 감상하고 해석하도록 해야 할 것인가. 그리고 현재 학교의 교육 현장에서는 시의 교육과 감상이 어떻게 이루어지고 있으며, 반성할 점은 없는가. 이 문제는 시 교육 뿐만 아니라 문학 교육 전반, 더 나아가 학교 교육 전반과 관계되는 매우 중요하고도 핵심적인 문제로 지속적으로 관심을 갖고 논의되어야 할 과제다.

그러므로 본고에서는 이 문제에 대한 연구의 하나로 시를 보는 일반적인 관점을 먼저 간단히 살펴보고, 그러한 해석의 몇몇 요인들 가운데서 학교 교육에서 부당하거나 지나치게 중시된 요소들은 무엇인가를 기호소통론적 모델을 원용하여 반성적으로 점검해 보고 그 결과로서 시의 의미 생산 과정에서 지금까지 무시되거나 소홀히 되어온 요소가 무엇이며 새롭게 강조되어야 할 요소가 무엇인지를 찾아내어 그것과 다른 요소들과의 관계를 어떻게 설정할 것인가를 논의해 보고자 한다.

2. 시에 대한 네가지 관점

M. H. Abrams는 「The Mirror and the Lamp」(1971)라는 그의 저서를 통해 이제는 우리의 눈에 매우 익숙해진 다음과 같은 도식을 제시하면서 예술작

품을 어떤 측면에서 바라 볼 것인가의 문제를 네 가지 관점에서 설명한다.

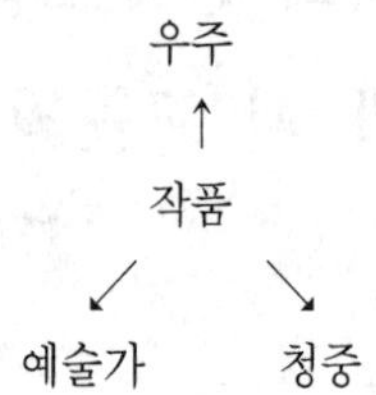

먼저 작품을 낳은 가장 명백한 원인으로서 예술가(시인)가 있고, 그리고
그 결과로 작품이 있게 된다. 그리고 작품이 직·간접적으로 관계를 맺고
있는 대상 혹은 작품이 배경으로 하는 상황이 있다. 이것을 에이브람스는
인간의 삶이나 정치·경제적 상황 대신에 우주라는 매우 포괄적이고 중립
적인 용어를 사용하고 있다. 그리고 마지막으로 작품을 수용 감상하는 독자
가 있다. 에이브람스는 전통적인 의미로 독자 대신에 청중이라는 말을 사용
하고 있다.[1]

이 네 가지 요소들 가운데에서 작품과 우주와의 관계를 강조할 때는 모방
론적(혹은 반영론적) 관점을 가지게 된다. 이러한 관점은 시(예술)를 세계와
인생의 모방이나 반영 혹은 재현으로 보고, 세계와 대상을 얼마나 여실히
재현하고 있는가의 여부에 의하여 시의 감상과 판단의 기준으로 삼는다.
이것은 세계와 인생을 어떻게 수용하여 시화하고 있는가를 기준으로 보는
태도로서 고대부터 있어 온 시에 대한 가장 오래된 관점이다.

시인(예술가)이 모방하는 인생이나 자연의 여러 대상들은 특수한 것일
수도 있고, 유형화된 것일 수도 있으며, 세상의 아름다운 측면일 수도 있고,
도덕적인 측면일 수도 있으며, 혹은 또 다른 어떤 것일 수 있다. 또 시적인
세계라는 것은 시인의 상상적 직관일 수도 있으며, 상식적인 것이거나 자연
그대로의 세계일 수도 있다. 그리고 이 세계는 神이나 마녀나 괴물, 혹은

---

1) M. H. Abrams, *The Mirror and Lamp* (Oxford Univ. Press, 1971), pp.3~29.

어떤 형이상학적인 세계를 포함한다고 주장할 수 있고 아니라고 할 수도 있다. 그러므로 같은 모방론적 관점이라도 사실주의에서 이상주의까지 매우 다양한 입장을 취할 수 있는데, 이 관점은 현대에 와서는 사실주의 비평, 특히 마르크시즘 비평과 주로 관련되며, 최근에는 시카고 비평가들에 의해 또 다른 국면으로 발전해 나가고 있다.

다음으로 작품과 청중과의 관계를 중시하는 비평 태도는 효용론적(혹은 수용론적) 관점이라 한다. 시가 독자에게 어떤 영향을 준다는 생각, 즉 어떤 실용적 효과를 준다는 생각은 오래 전부터 있어 왔다. 그러므로 효용론적 관점은 시와 독자의 관계에서 시를 이해하고 그 가치를 판단하려는 태도라 하겠다.

시를 즐긴다는 것은 생산과는 직접 관계가 없는 완전한 소비 행위에 불과하다. 마치 이것은 음식을 먹는 것과 같다. 음식을 먹는 것 자체는 생산과 직접적인 관련은 없다. 그러나 인간은 균형잡힌 식사를 통해서 육체적으로는 정상적인 건강을 유지할 수 있고, 식욕을 충족시킴으로써 한편으로는 정신적 만족도 얻을 수 있다. 시도 그렇다. 직접 생산과는 관계없으면서도 인류는 시를 창작해 왔고, 즐겨왔으며, 앞으로도 그러할 것이다. 그 이유는 무엇인가? 시는 우리의 삶에 어떤 형태로든 영향을 주기 때문이다.

시가 독자에게 주는 효과는 대체로 두 가지로 나눌 수 있다. 하나는 쾌락적 효과이며, 또 하나는 교훈적 효과이다. 워어즈워드나 코울리지를 비롯한 낭만주의자들은 시의 직접적인 목적을 쾌락으로 보았으며, 현대에 와서 효용론적 관점은 마르크시즘을 포함한 사회 윤리주의적인 비평이나 독자수용 이론 등에서 의미를 달리하면서 새롭게 강조되고 있다. 물론 독자 수용이론에서의 독자의 강조는 쾌락과 교훈의 단순한 수동적인 수용 자세로서의 독자가 아니라 텍스트의 감상과 해석을 위한 적극적인 주체로서의 독자의 역할을 강조한다.

작품과 예술가의 관련성을 중시하는 것은 표현론적 관점이다. 시가 시인의 창작의 소산이라 할 때, 시인의 주관적인 감정이나 상상력의 개입을 부정할 수 없다. 이 관점은 시적 대상에 대한 모방이나 시의 효용성을 중시하지 않는 대신에, 시인의 타고난 천재성이나 감정의 자발성, 개성, 창조적 상상력 등을 강조하여, 시를 시인의 독특한 정신의 표현으로 보는 입장에서 이해하려 한다.

이러한 시관은 낭만주의자들의 관점이라 할 수 있으며, 시의 발생의 원인으로서 시인의 감정과 의도를 중시한다는 점에서는 역사주의적인 관점과도 관련된다.

끝으로 객관적(혹은 존재론적) 관점은 시를 세계의 모방이나 독자에게 주는 효과나 시인의 정신의 반영으로 보는 대신에, 일단 창작되어 시인의 손을 떠난 이상, 그 자체의 생명력과 고유한 내적 원리를 가지고 있는 독립적이고 자율적인 실체로 이해하고 접근한다. 그러므로 이러한 관점에 있어서는 시에 대한 어떠한 논의도 작품 자체를 떠나서는 상상할 수 없다. 이러한 관점에 해당되는 현대의 비평으로는 미국의 신비평, 러시아 형식주의, 프랑스 구조주의와 기호학의 일부가 여기에 해당된다.

지금까지 제시된 네 가지 관점을 우리는 어떻게 받아들이고 시 교육에 적용시켜야 하는가. 시 해석을 위해 이러한 관점들이 모두 똑같은 비중으로 취급되어져야 할 것인가. 아니면 특별히 어느 관점을 중시해야 할 것인가. 혹은 시 텍스트에 따라 저마다 달리 적용시켜야 할 것이가. 이러한 문제들은 현재 학교의 시(문학) 교육과정에서 감상과 해석이 어떻게 이루어지고 있는지를 염두해 두면서 반성적으로 논의되어져야 할 것이다.

3. 기호소통론적 행위로서의 시와 시 교육의 반성

의사소통과 관련된 한 가지 예를 먼저 들어 보겠다.

갑돌이와 갑순이는 서로 한 마을에 살며 호감을 가지고 있는 사이이다. 그런데 갑돌이는 좀 순진하고 우직한 청년이어서 그 호감을 쉽게 표시하지 못한다. 갑순이는 답답한 나머지 자기가 먼저 사랑한다는 표시를 보이기 위해 장미꽃을 꺾어서 갑돌이에게 수줍음을 무릅쓰고 얼굴을 붉히며 다소곳이 건네 주었다. 그러나 우직한 청년인 갑돌이는 장미꽃에 담긴 갑순이의 사랑의 표시를 알아차리지 못하고 그냥 대수롭지 않게 받아서 아무렇게나 꽂아 두었다.

이 간단한 이야기에서 우리는 갑순이가 갑돌이에게 장미꽃을 건넸지만 갑순이의 마음이 갑돌이에게 전해지지 못했음을 안다. 즉 두 사람의 커뮤니케이션은 실패했음을 알게 되는 것이다. 이처럼 똑같은 기호(여기서는 장미꽃)라도 그 속에 담아서 주고 받는 의미는 서로 일치할 수도 있고 상이할 수도 있는 것이다. 이것을 다음과 같은 공식으로 나타낼 수 있다.

<갑순이에 의한 기호화(encoding)>
기표(장미꽃) + 기의(/+사랑/) = 사랑의 기호

<갑돌이에 의한 기호해석(decoding)>
기표(장미꽃) + 기의(/-사랑/, 혹은/ 무의미/) = 무의미한 기호

하나의 기호는 기표와 기의의 결합으로 성립되며, 이렇게 기표와 기의를 결합시켜 하나의 의미있는 기호를 만드는 것을 의미작용(또는 의미화)이라 한다. 갑순이는 장미꽃이라는 기표에 사랑이라는 속 마음(기의)을 담아서 하나의 사랑의 기호를 만들어 내었다. 그러나 아쉽게도 갑돌이에게 전달된 장미꽃(기표)은 사랑이라는 의미로 재생산되지 못하고 무의미한 의미(기의)로 해석되고 만다. 똑같은 기표(장미꽃)가 갑순이에게는 사랑의 기호였던 것이 갑돌이에게는 무의미한 기호로 전락됨으로써 두 사람의 사랑을 위한 의사소통은 실패하게 된 것이다.

　문학행위, 시 텍스트도 하나의 기표로서의 큰 기호체이며 그 기호체를 주고 받는다는 점에서 이와같은 기호소통론적 행위와 다르지 않다. 다만 시 텍스트는 일상의 지시적 언어와는 달리 매우 복잡하고 내포적인 의미를 띠고 있다는 것이 우선 가장 큰 차이점이라 할 수 있을 것이다. 가까운 사이에서 일상의 매우 간단한 의사소통 과정에서도 우리는 서로의 의미를 오해하기 쉽다. 하물며 많은 함축성을 의도적으로 지향하는 시 텍스트의 수용과 해석에 있어서는 여러 가지 어려움이 따른다는 것은 당연하다. 그렇다면 시라는 메시지를 창작하고 읽는 과정에서 생기게 되는 소통상의 특징적 난점들은 무엇이며 감상자(해석자, 비평가)들은 이를 어떻게 해결해야 하는가. 야콥슨은 어떠한 발화사건이나 의사 전달 행위에서도 나타나는 의사소통을 위한 여섯가지 기본 요소를 다음과 같은 도식으로 설명하고 있다.[2]

관련 상황

메시지 (전언)

발신자 ---------------------------------- 수신자

접 촉

약 호

　의사소통 행위가 전제되기 위해서는 먼저 발신자가 있어야 한다. 발신자는 수신자에게 말을 한다. 즉 메시지(전언)를 보낸다. 메시지가 전달되기 위해서는 그것이 어떤 상황(지시대상으로 불리기도 함)에서 서로 주고 받는 메시지인지 그 상황을 이해해야 한다. 또 메시지는 수신자가 이해 가능한 것이어야 하고, 언어라는 형식을 취하거나 언어화 될 수 있는 것이어야 한다. 그러므로 발신자와 수신자에게 완전하게, 아니면 적어도 부분적으로라도 서로 그 뜻을 이해 할 수 있는 약속된 체계, 즉 공통적인 약호가 필요하다.

---

2) Roman Jakobson, "Closing Statements : Linguistics and Poetics," 신문수 편역, "언어학과 시학", 「문학 속의 언어학」(문학과 지성사, 1989), pp.54~62.

한국어는 한국인들이 공통적으로 이해할 수 있는 약호라 하겠다. 마지막으로 필요한 것은 발신자와 수신자 간의 물리적 회로 및 심리적 연결이 되는 접촉으로서, 이것은 양자가 의사전달을 시작하며 이를 지속할 수 있게 하는 요소이다.

이처럼 의사소통은 6가지 요소를 기본으로 하여 이루어진다. 그런데 의사소통 과정에서 필요한 여러 요소들 가운데에서 문학, 특히 시의 경우에는 메시지(텍스트)를 만든 발신자(시인)는 시를 창작한 후 시 텍스트로 부터 떠나서 자취를 감추어 버렸고, 텍스트를 제외하고는 전달을 위한 관련 상황은 알 수 없을 뿐만 아니라, 발신자가 사라져 버렸으니 발신자와의 접촉 또한 당연히 불가능하며, 약호도 일상의 약호와는 다른 시 자체의 약호만 있을 뿐이다. 그러므로 시 텍스트의 의사소통 과정에서는 결국 메시지(텍스트) 자체와 수신자(독자)만이 덩그러니 남아 있게 된다. 그러므로 시는 어쩔 수 없이 메시지 자체를 지향할 수밖에 없는 언어행위인 것이다.

그리하여 의사소통 과정에서 필요한 여러 가지의 요소가 부재된 상태에서 메시지(시 텍스트)를 이해하기 위해서는 그 부재하는 것을 복원하거나 보완할 수밖에 없는데, 단순하게 말해 이것이 문학 비평이 하는 작업이고 방법론이라 할 수 있을 것이다.

비평 방법 가운데에서 가장 전통적이고 아직 가장 광범위하게 다루어지고 있으며 중등학교에서 여전히 가장 중요하게 적용되고 있는 역사주의 비평(앞의 표현론적 관점과 관련됨)은, 텍스트를 생산한 후 사라져 버린 시인을 찾아내어서 찾아낸 시인에게 창작 당시의 의도(시인의 삶이나 사상까지 포함하는 매우 포괄적인 의미임)를 물음으로써 배제된 관련 상황과 일탈된 시어의 약호를 이해하려고 한다. 즉 어떤 상황에서 어떤 뜻(약호)으로 시를 썼는지를 알아내려 하는 것이다.

그러나 유감스럽게도 시인(작가)은 이미 사망했거나 거짓말을 할 수 있다. 근대 이후 자의식이 매우 강해진 시인들은 자신의 작품에 대한 의미 부여에 매우 민감해 하며 작품이 좋게 평가되기를 바란다. 따라서 그들은 선의의 거짓말을 할 수도 있는 것이다. 더욱 중요한 것은 창작 당시의 스스로의 의도를 시인 자신조차 모르거나 의도와 텍스트와는 차이가 있거나 심지어 전혀 상반될 수도 있다는 것이다. 특히 소설 장르보다는 시 장르, 시장르 가운데서도 전통적인 서정시나 사실주의적인 시가 아닌 모더니즘 이후의 시들은 매우 난해한 형식을 보이는 경우가 많기 때문에 시인 스스로도 자신의 의도를 단순화하기 어려운 복잡하고 포괄적인 양상을 띠게 되는 것이다.

시인의 의도대로 작품이 되면야 위대한 시인이 안될 사람이 어디 있겠는가. 그러나 수 많은 밤을 고심해서 쓴 시가 졸작인 경우가 있는가 하면 가벼운 마음으로 즉흥적으로 쓴 시가 걸작이 될 수 있는 것이다. 이를 신비평가인 W. K. 윔셋과 몬로 C. 비어즐리는 「의도의 오류」라는 글에서 작가의 본래의 의도와 작품에서 성취된 의도 사이에는 근본적인 차이가 있음을 밝히고 그것들을 혼동하는데서 작품의 이해와 평가가 잘못되는 오류(의도의 오류)를 저질렀다고 비판했다.[3]

롤랑 바르트에 의하면 텍스트에 작가의 권위를 부여하는 것은 텍스트에 최종의미를 제공하는 것과 같기 때문에 작가의 죽음이 선포되어야 한다고 했다.[4] 시인이 의도한 의미가 곧 텍스트의 의미라면 텍스트의 의미는 시인의 의미로 단일화될 것이고 독자가 다양하게 읽을 수 있는 여지는 아예 봉쇄되는 것이다. 그러므로 작가의 권위와 텍스트의 다층적 의미는 서로 양립 불가능하다 할 것이다.

비록 시인에 대한 이해가 텍스트를 해석하는 데 있어서 풍요로움을 가져다 줄 수 있다 하더라도 시인은 텍스트 속에 들어 있는 것이 아니라 텍스트

---

3) W. K. Wimsatt & M. C. Beardsley, "The Intentional Fallacy", (1946) *The Verbal Icon* (Univ. of Kentucky Press, 1967), pp.4~5.

4) Roland Barthes, "The Death of the Author", *Image-Music-Text*, tr. Stephen Heath (New York : Hill & Wang, 1977), p.146.

의 생산과 동시에 소멸되므로 엄밀한 의미에서 이미 텍스트와 무관하게 밖에서 붙들려 오는 존재에 불과하며, 비록 그가 힘들게 붙들려 왔다 하더라도 그는 이미 텍스트와 무관 할 뿐만 아니라 우리는 그의 의도를 제대로 파악할 수도 없는 것이다. 이러한 외재적 연구태도에 대해 로만 야콥슨은 "마치 특정인을 체포하려 하면서도 기회만 있으면 거리를 오가는 행인들은 물론 우연히 건물에 들어온 사람까지 모조리 체포하려 드는 경찰관과 마찬가지"5)라고 비유적으로 설명하고 있다. 감상자(비평가)가 시인의 전기적 사실들을 통해 시인의 의도를 알아내려고 하는 것은 어차피 장님 코끼리 다리 만지기 식의 결과에 밖에 이르지 못할 것이며, 앞에서의 언급대로 시인의 고백을 듣는다 해도 그 결과는 별로 달라지지 않으리라 생각된다.

특히 중등학교의 문학 교육에서는 작가를 지나치게 중시하여 작품 자체가 드러내는 의미를 상대적으로 매우 소홀히 취급하여 왔다. 특히 시 작품을 다룰 때 이러한 경향은 더욱 심각하게 나타나고, 그 결과 문학교육의 부정적 영향은 더 심각하게 되어 왔던 것이다.

시인의 전기적 사실이 사실 이상으로 미화되어 작품의 의미를 해독하는 열쇠 구실을 하는 경우가 많아서 쌩뜨 뵈브나 이뽈릿 뗀느와 같은 초기 역사주의자들의 주장처럼 작품은 시인의 사상을 입증하기 위한 자료쯤으로 전락될 때가 많았다. 일제 시대의 시 텍스트를 분석할 경우 그러한 오류는 더욱 심하다. 항일 경험이 있는 시인의 작품이거나 저항적 의미를 조금이라도 띠고 있는 작품에 대해서는 미적 형식에 있어서도 최고의 완성도를 갖춘, 최고의 작품인 것처럼 미화되어 분석되는 경우도 종종 있다. 단순한 작품도 대단히 고도의 미적 수준을 확보하고 있는 것처럼 퍽 거창하게 분석된다. 이상화의 시 「빼앗긴 들에도 봄은 오는가」의 경우 '지금은 남의 땅―빼앗긴 들에도 봄은 오는가'라는 명백하게 제시된 다소 저항적 메시지와 이 시의

---

5) 보리스 아이헨바움, "형식적 방법의 이론", 한기찬 역, 「러시아 형식주의 문학 이론」, (월인제, 1980), p.153.

이미지들이 드러내는 시의 전체적 분위기 내지는 형상 사이에는 매우 큰 거리와 어긋남이 있음을 의심할 수 있음에도 불구하고 한결같이, 좋은 작품으로만 설명된다. '빼앗긴 들에도 봄은 오는가'와 봄 신명이 든 시 전체의 분위기는 조화를 잃고 있다는 느낌을 지울 수 없는 것이다. 저항의 논리가 가지는 당위성 때문에 작품의 미적 논리까지 그것에 의해 평가되고 과장되는 측면이 없지 않은 것이다.

한용운의 시 「님의 침묵」의 경우 불교 선사, 애국 지사, 33인의 한 사람이라는 선입견이 지나치게 주입되어 이제는 편견 없는 순수한 독서가 거의 불가능하게 되고 말았다. 심지어는 저항과 관계가 없는 김소월의 경우에조차 저항 운운하게 되는 경우도 자주 보게된다. 이는 조선조부터 일제 시대를 거치면서 더욱 강화된 시인들에게 부여한 지사적 요구가 '저항 시인 = 좋은 시인'이라는 등식화를 아직도 강하게 강요하고 있기 때문이다. 이렇게 교육을 받은 학생들은 예술로서의 시를 읽는 즐거움을 모르고 지사주의에 그대로 사로잡혀 배꼽티와 힙합 바지를 입는 감성과는 다르게 유독 시집만은 그런 시집을 들고 다니는 이상한 행태를 보이는 것이다.

다음으로 형식주의 비평 또한 역사주의 비평 못지 않게 중등학교의 시교육 현장을 지배하고 있는 양대 방법론의 하나다. 이 방법은 발신자(시인)와 관련상황이 부재하고 약호조차 일탈된 상태에서 유일하게 가장 자명한 실체인 메시지 자체(텍스트 자체)만의 자족성을 강조한다. 그러나 이렇게 함으로써 그들이 저지를 수 있는 오류는 또한 현실적으로 엄연히 존재하는 수신자(독자)의 역할을 간과하고 있다는 것이다.

그들은 유기적 실체로서의 텍스트의 독립성을 강조함으로써 텍스트 자체가 스스로 시적 의미를 모두 드러낼 수 있다고 믿고 있지만 그러나 현실적으로 '일어날 수밖에 없는' 기표 자체(그나마 매우 일탈된)에 대한 수신자(독자)의 다양한 독서 가능성(기호 해석)을 인정하지 못한다. 이 다양한 독서의 가능성(일종의 다양한 오독)이 시의 내포의 가능성이고 역동적 힘이며 영원한 생명력인 것이다. 앞의 갑돌이와 갑순이의 예에서도 보았듯이 같은 장미 꽃이라는 기표에도 /+사랑 /과 /−사랑/ 이라는 기의가 자리 잡을 수 있듯이 하물며, 시 텍스트라는 더욱 복잡한 기표에는 더욱 다양한(아마 무한대의)기의가 존재할 수 있는 것이다. 어떤 면에서는 텍스트라는 기표의 해석자는 독자(수신자)일 뿐이고 그 결과 독자의 기의는 다양할 수밖에 없는 것이다. 그러므로 텍스트는 시인으로부터는 해방되었다 해도 그 자체로 모든 것을 의미하는 자율적이고 폐쇄적인 완전체가 아니라, 무한한 해석 가능성을 지니고 있는 '의미의 복수성'6)으로 구성된 상대적인 자율체일 뿐이다. 단지 텍스트는 해석을 위한 계기를 마련해 주는 기표로서 '의미의 잠재력'7)에 불과한 것이다.

형식주의자들은 이러한 다의성을 작품 자체의 몫으로 제한함으로써 역사주의자들이 텍스트의 의미 결정에서 작가의 권위만을 내세우는 것과 똑같은 오류(이를 객관주의적 오류 혹은 본체론적 오류라 한다)를 저지르고 있는 것이다.

이와 같이 작품 자체에만 매어 달려 분석해대는 형식주의자들의 지나친 태도에 대해 영미 형식주의의 원조라고도 할 수 있는 T. S. 엘리엇은 오히려 이런 비평 방법을 '레몬즙 짜내기 학파' 혹은 '시간을 소일하는 지루한 방법'8)이라고 비난하고 있다.

우리 나라에 형식주의적 방법인 영미의 신비평이 들어온 것은 1950년 무렵 부터 였는데 고도 성장의 급속한 산업화 과정에서 무릇 미국 일변도의 지식이 우리에게 급히 수입되고 적용되면서 거의 모든 분야가 그러했던 것처럼 이 신비평적 방법도 처음 들어와서 우리의 교육 현장에 적용되고 모형화되면서 그 분석에 이르게 되는 감상과 해석의 과정은 생략한 채 대학

---

6) 안토니 이스트호프, 「문학에서 문화 연구로」, 임상훈 역(현대미학사, 1994), p.34.
7) 김경용, 「기호학이란 무엇인가」, (민음사, 1994), p.142.
8) T.S. El1ot, "The Frontiers of Criticism", *On Poetry and poets* (OctagonBooks, 1975), pp.117~131.

의 시 연구자들이 분석해 놓은 매우 난삽한 연구 결과만을 중등학교의 문학 교육의 현장에서 최대다수의 학생들에게 최대량의 지식을 가장 짧은 시간에 기계적으로 주입하기에 바빴고 입시에 쫓긴 학생들은 그것을 또 기계적으로 암기하기에 바빴던 것이다. 그리고 그렇게 교육 받은 학생들은 교사가 되어 다시 중등 시절 배운 가장 '유능한' 교사의 기억을 더듬어서 관행대로 선배 교사와 똑 같이 분석의 결과만을 잡다하게 학생들에게 주입하기에 바빠 왔고 이러한 악순환은 오늘 날도 별로 개선되지 않은 채 시 교육 현장에 남아 있는 것이 현실이다.

이 과정에서 신비평이 지향한 본래의 정신이나 배경은 망각되었던 것이다. 사실 분석 비평인 신비평도 분석의 결과에 이르는 감상의 과정을 매우 중시하는 비평 방법이며 감상에 있어서 뜯어보는 분석보다는 단순하고 순수한 관조를 강조하고 있다. 신비평가인 R. P. 워렌은 오히려 다음과 같이 반분석적 시 감상을 강조하고 있는 것이다.

> 시는 '명확한' 쾌감 대신에 '막연한' 쾌감을 목적으로 하기 때문에, 막연함과 암시성이 중심적인 덕목이다. 시는 세밀한 검토를 견뎌내지 못하고, 오직 대충의 일별만을 요구한다. 왜냐하면, 시는 '무엇보다도 아름다운 그림과 같아서, 세밀하게 검토하면 아주 혼란되게 느껴지지만, 전문가가 대충 일별할 때에는 뚜렷하게 보이기' 때문이다.[9]

러시아 형식주의자들도 예술 작품에 대한 "지각의 과정은 그 자체가 미학적 목적이고 따라서 되도록 연장돼야"[10]한다고 역설했다. 우리의 시 교육의 현장은 어떠한가. 「님의 침묵」을 설명하면서 교사는 학생들로 하여금 시를 감상해보도록 하는 과정을 생략하며, 심지어 같이 천천히 읽어보는 과정도

---

9) R. P. warren, "Pure and Impure Poetry", J. L. Calderwood & H. E. Toliver(ed.), *Perspecrives on Poetry* (Oxford Univ. Press, 1968), pp.80~81.
10) 쉬클로프스키, "기술로서의 예술", 한기찬 역, 앞의 책, p.34.

생략한 채, 호는 만해, 불교 선사, 독립 지사, 33인의 한 사람 등으로 시인에 대하여 소개한 후 곧바로 '님' 밑에 밑줄을 긋고 '조국' '불타' '형이상학적 존재' 등으로 설명한다. 그리하여 학생들은 어째서 '님'이 '조국' '불타' 혹은 '형이상학적 존재'가 되는지에 대한 의심을 가져볼 여유도 없이 그것을 암기하기에 바쁘며, 그러한 해답은 교사나 학습 참고서만 가르쳐 줄 수 있는 비교적(秘教的)인 능력 쯤으로 치부하도록 하여 학생 스스로 시를 읽고 감상하기를 포기하게 하고 나아가 모든 교과에서 스스로 생각하고 창의적으로 사고하기를 포기하게 하는 수동형 인간을 만든다. 학생들은 일방적으로 주입된 지식을 머리의 깊은 곳에 저장해 놓고 입시에 활용하는 것으로 만족하는 것이다. 이육사의 시 「절정」 가운데 한 구절인 "겨울은 강철로 된 무지갠가 보다"에서 '강철로 된 무지개'가 '비극적 황홀'이나 '비극적 초월'로, 왜 그렇게 되는지에 대한 충분한 설명 없이, '강요'되며11), 박두진의 시 「3월 1일의 하늘」 가운데 "유관순누나 누나 누나"의 '누나'의 반복을 반복법으로 설명하는 경우도 있는 것이다. '누나 누나 누나'가 시적 수사법의 차원으로 설명될 수 있는 것인가.

  이처럼 우리의 중등학교의 시 교육 시간은 매우 초보적인 감상 과정조차도 생략되면서 학생들이 별로 알 필요도 없는 너무 높은 수준의 분석 결과만을 열심히 떠 먹이거나 시 텍스트의 분석이라 할 수 없는 수준의 분석('누나 누나 누나'를 반복법으로 보는 따위)까지 모조리 분석해서 가르치는 소모적 오류를 저지르고 있는 것이다. 교사와 학생은 별 필요도 없고 오류에 가득 찬 내용을 열심히 판서하거나 필기를 해야 하며 문제 풀이를 해야 한다. 그리하여 새까맣게 필기된 내용을 보고, 교사·학생·학부모 모두가 뿌듯해 하고 안도하는 것이 지금까지의 중등학교의 시 교육이며 문학 교육이었다고 말해도 지나치지는 않을 것이다.그 결과 시읽기는 즐거움의 대상이

---

11) 졸저, 「현대시론」(태학사, 1995), pp.54~56 참조 바람.

아니라 입시 점수 따기일 뿐인 것이다.

만해의 「님의 침묵」은 연인을 그리는 '사랑의 시'로서 읽어도 족하며 육사의 「절정」은 말 그대로의 축어적 뜻을 크게 벗어나지 않는 독법이 필요하며, 박두진의 「3월 1일의 하늘」은 더구나 밑줄 그을 필요 없이 수월하게 읽도록 해야 한다.

이러한 문제들을 좀더 근본적으로 개선하려면 우선 입시 제도부터 고쳐야 하고 중등교사들이 지적 노력을 더 기울여야 하며 교수들이 아카데미즘에만 갇혀 있지 말고 중등학교에 필요한 문학 교육 프로그램을 적절히 개발해서 제공하는 데에 좀더 적극성을 띠어야겠지만, 우선 현행의 여건하에서라도 아주 짧은 시간을 할애해서라도 학생들에게 시를 읽은 소감이나 느낌, 소박하나마 작품에 대한 평가, 또 어떤 구절이 제일 마음에 드는지 등에 대해서 제한적일 수밖에 없다 해도 가능한 다양하게 질문하려 해야 하고 교사의 느낌 또한 학생들에게 말해 주어야 한다. 그리고 그것들을 간단히라도 토론하여 공감(공유)되는 의미 영역을 마련할 수 있다면 더욱 좋다.

모든 시들이 그러하지만 교과서에 실린 시들도 그 지향하는 방향과 특징이 서로 다르다. 정치·사회적 의식을 강조하는 시(참여시)가 있는가 하면 언어미와 서정적 아름다움을 중시하는 시(순수시)도 있다. 그 특색을 구별해서 시를 이해할 수 있도록 해야 한다. 또 교과서에 실린 시라고 해서 모두 좋은 시이거나 약점이 없는 것은 아니다. 형상화가 부족한 시도 있다. 그런 시들을 무비판적으로 미화해서는 안되며 그 한계에 대해서도 매우 간단히라도 설명해 주어야 하며 학생들이 생각해 볼 수 있도록 해야 한다. 이러한 교육에 할애할 수 있는 시간은 불과 10분 이내라고 해도 상당한 소기의 효과를 달성할 수 있다고 생각한다.

다음으로 마르크시즘 비평이나 사회윤리주의 비평은 시대적 관련 상황이나 작품이 지시한 정치·사회적 의미를 복원하려고 한다. 이러한 면에서 마르크시즘 비평이나 사회윤리주의 비평은 역사주의 비평과 유사한 점을 가지고 있다. 다만 이 비평은 역사주의 비평이 가장 중요시하는 문학의 발생론적 요소들, 즉 작가의 전기나 작품의 제작 연대, 언어의 변천이나 문학적 관습이나 전통 등에 큰 관심을 두지 않는다. 마르크시즘 비평이나 사회윤리주의 비평은 과거의 역사성보다는 현재의 삶과 미래의 전망에 관심이 있기 때문에 작품을 보는 각도도 현재의 상황과 관련시켜서 보기를 좋아하므로 고전 작품들보다는 자연히 현재적 상황과 관련되는 현대문학에 더 큰 관심을 갖는다.

텍스트가 드러내는 세계를 이해하기 위해 비평은 과연 실제의 정치·사회적 삶(관련 상황)을 복원할 수 있을까. 그러나 그것 또한 쉽지 않다. 왜냐하면 문학의 세계는 본질적으로 허구적인 세계이고 시인이나 작가가 사실성을 지향하려고 애를 쓴다 하더라도 그가 문학 작품 속에 담아 내었다고 하는 세계(삶)가 과연 우리의 실제 삶을 제대로 그려내고 있는가에 대해서 누구도 장담할 수 없기 때문이다. 이것은 마치 할아버지 얼굴을 본적이 없는 손자가 할아버지 초상화를 보고 진짜 같이 그렸다고 하는 것과 같다. 1930년대를 그린 염상섭의 「삼대」나 임화의 「네거리의 순이」의 여실성을 현재의 우리가 어떻게 입증할 수 있겠는가. 그리고 무엇보다도 시와 세계(대상 혹은 삶)의 관련성을 지나치게 강조하는 태도는 미적 대상인 예술품(시)의 언어를 미적 대상으로 수용하지 못하고 자칫 정치적 메시지나 윤리적(계몽적)담화로 이해하는 잘못을 저지르기 쉽다. 또 이들 비평가들은 실제로도 텍스트를 정치 이데올로기에 종속시키기를 주저하지 않는 경향도 있다.

이러한 방법은 특히 80~90년대의 정치적 민주화 운동 시기에 전통적인 역사주의적 방법과 결합되어 한 동안 매우 강조되었던 방법이기도 했다.

본 연구자는 여기서 문학이나 예술을 정치·경제적 토대 위에서 설명하거나 정치·사회적 메시지로만 이해하기보다는 시도 예술의 한 장르로서 하나의 문화물이며 어떤 형태로든지 그것이 놓여 있는 다른 문화와의 다양하고 복잡한 관계망, 즉 언어적 관습, 생활, 문학이나 예술의 관습, 더 나아가

다른 문학 텍스트와의 상호 관련성(상호 텍스트성)속에서 창작되고 수용된
다는 점에서, 정치·사회적 혹은 경제적 메시지로 지나치게 단순화해서 이
해하는 것보다는 좀더 포괄적인 의미로 문화라는 동질의 큰 회로 속에서
그것과의 연관성 속에서 이해하는 것이 좋을 듯하다. 왜냐하면 이렇게 함으
로써 시 텍스트의 의미를 정치·사회적 의미로 단순화해서 패러프레이즈하
는 것이 아니라 문화적인 범주 속에서 문화적인 의미로 수용할 수 있기
때문이다. 이런 측면에서라면 시의 이해에 있어서 문화적 맥락은 매우 중시
되어야 할 것이다.

4. 수용자(독자)의 복원과 텍스트·독자·문화의 관계

마지막으로 시 텍스트와 독자의 관계를 중시하는 가장 대표적인 현대이
론으로 수용이론을 들 수 있다. 이는 독자 반응 비평, 혹은 수용미학 등으로
도 불리는데 수용이론은 독자(수신자)의 수용(독자)의 결과를 매우 중시한다.
앞에서도 언급되었듯이 텍스트 자체(메시지)와 해석자(수신자)는 시텍스
트의 감상과 의미 생산에 있어서 유일하게 남겨진 가장 자명한 현실이다.
시는 읽혀지기 전에는 결코 존재할 수 없으며 시의 의미란 독자들의 감상
결과에 의해서만 드러날 수 있다. 가장 자명한 현실로서 텍스트의 감상의
주체이며 텍스트와 더불어 시의 의미 생산의 한 축으로서 가장 존중되어져
야 할 독자의 역할을 지금까지의 문학 교육은 무시하거나 소홀히 해 왔다고
할 수 있다.
그러므로 앞으로의 학교 교육에서는 감상과 해석의 주체로서 독자(학생)
들의 주관성이 매우 존중되어져야 한다. 그러나 그렇다고 해서 이 문제는
그렇게 단순히 해결될 수 있는 문제는 아니다. 독자(학생)들이 저마다 감상
한 결과를 모두 인정한다면 모두가 공감할 수 있는 작품의 보편적 의미를

어떻게 이끌어낼 수 있으며 좋은 작품에 대한 올바른 평가는 어떻게 가능할 것인가라는 문제가 제기될 수 있다.

그러나 작가의 지향적 행위의 소산으로서의 텍스트가 부분적으로 독자의 반응을 통어하므로 텍스트를 해석하는 데 있어서 독자의 창조적 첨가에 텍스트가 일정한 한계를 지어주어 독자로 하여금 어떤 독법에 대해서는 오독으로 거부할 수 있게 해 준다는 주장이 있는가 하면12), 또 문학적 의미란 텍스트 속에서 발견되는 것이 아니라 독자 속에서 발견된다고 주장하여 텍스트가 객관적 구조를 띠지도 않고 그러므로 텍스트가 독자를 규제하지도 않는다고 생각하는 더욱 주관주의적인 비평 태도를 취하는 비평가들(블라이치와 피쉬 등)13)이 있지만, 어떠한 입장을 취하더라도 독자들이 대체적으로 이르게 되는 텍스트의 보편적인 의미란 있다는 것이 수용이론가들의 공통된 생각이다.

그것을 야우스는 '지평의 융해'14)라는 개념으로 설명했고, 볼프강 이저는 텍스트가 가지고 있는 다수의 '틈'(gap)혹은 미결의 요소에 독자가 창조적으로 참여함으로써 텍스트 자체의 객관적 자질에 독자들의 상호주관적인 창조적 첨가가 가능하다는 주장을 한다.15) 또 리파떼르나 조나단 컬러처럼 문학적 관례나 문학적 문법을 내면화한 '문학적 능력'을 중시하는가 하면16) 스탠리 피쉬(Stanley Fish)처럼 '해석 공동체'의 개념으로 설명하기도 한다.17)

그런데 이와 같은 다양한 주장도 수용이론이 지향하는 보편적 의미라는

---

12) 볼프강 이저, 「독서행위」,이유선 역(신원문화사, 1993), pp.183~260 참조.
13) 안토니 이스트호프, 앞의 책, p.38 참조.
14) H. R. 야우스, 「도전으로서의 문학사」, 장영태 역(문학과 지성사, 1983), p.196.
15) 볼프강 이저, 앞의 책, pp.183~260 참조.
16) Michael Riffaterre, *Semiotics of Poetry* (Methuen & Co. Ltd., 1980), p.5.
   Jonathan Culler, *Structuralist poetics* (Cornell Univ. Press, 1976), pp.113~114 참조.
17) 안토니 이스트호프, 앞의 책, p.69.

것은 어떤 공통된 감수성과 독법이 가능하도록, 일정하게 공유된 문화 속에서 가능하다는 것을 알 수 있게 된다.

결국 시의 의미라는 것은 독자의 주관적인 독서 결과와, 많은 미결의 부분이 있음에도 불구하고 독자의 주관적 반응을 통어하는 텍스트 자체, 그리고 텍스트와 독자 사이의 약호가 상호 이해되고 공유되는 문화(공동체)의 상호 주관성이라는 3자를 통해서 얻어진다고 할 수 있겠다.

이 때 문화라는 말은 상호주관성 뿐만 아니라, 상호텍스트성과 교육제도, 인간 생활, 언어적 관습 등이 모두 포괄되는 의미다. 이를 그림으로 그리면 다음과 같다.

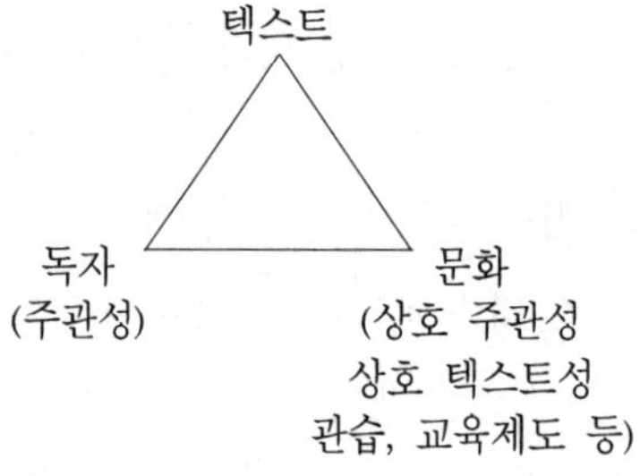

그러므로 시 텍스트의 올바른 감상은 하나의 기표로서 기본적으로 열려진 가능성으로서의 시 텍스트와 수용자로서의 독자의 감상의 결과를 매우 자명한 것으로 먼저 존중해야 할 것이고, 텍스트와 독자의 수용의 바탕이 되고 영향을 미치는 문화, 즉 과거나 현재의 다른 작품들의 상호텍스트성과 언어적 관습, 생활 습속, 문학 교육, 문화적 관습, 문화적 제도 등과 같은 당대의 문화라는 3자에 의해 기본적으로는 결정되며, 설명되어져야 한다고 생각한다.

중등학교와 같은 학교 교육에서는 효율적인 교육을 위해 경우에 따라서는 시 텍스트의 분석 과정과 그 결과로서의 텍스트의 의미를 다소 단순화시켜 전달할 때도 있겠지만, 기본적으로 독자 개인의 주관적 독서 경험은 매우 존중되어야 할 것이고 이것을 교육적인 논리로 수렴하는 상호주관적인 절차가 반드시 필요하리라 생각된다.

5. 결 론

　지금까지의 논의 결과 다음과 같은 결론을 얻었다. 현재까지 우리 나라의 학교 교육에서는 작품·작가·독자·사회라는 네 가지 관점에서 시를 보아 왔고, 그것도 네 가지 요소를 자주 거의 동등한 가치로 취급하면서도 독자의 역할은 거의 무시해 온 것이 사실이다. 그것은 독자의 수용이라는 것이 매우 주관적이라는 이유도 있었겠지만, 근대화와 산업화 과정에서 국민 대중을 위한 대량 교육을 효율적으로 실시하기 위해서 다른 교과의 주입식 교육 방법과 마찬가지로 시라는 예술품을 교육하는 데 있어서도 스스로 감상하는 초보적 과정조차 생략한 채, 시 연구자들이 분석해 놓은 매우 난삽한 연구 결과를 그대로 주입시켜 왔었고, 또 그러한 시 교육 관행이 당연한 것으로 반성 없이 고착되어 왔기 때문인 것이다.

　그러므로 이렇게 감상의 과정이 생략되다가 보니 자연히 시의 비예술적 요소인 시인이나 다른 자료적 요소가 지나치게 강조되거나 학교(특히 중등 학교)교육의 시 감상 수준에서는 거의 불필요한 높은 수준의 난삽한 분석 결과가 잡다하게 주입된 결과를 초래한 것이다.

　본 연구에서는 지금까지의 학교 교육에서의 그러한 오류를 반성적으로 검토하면서, 시적 메시지도 기호소통 과정에서 하나의 기표로서의 큰 기호 체이며 그것은 수신자(독자)에 의해서만 다시 의미화될 수 있다는 것을 기호 의 본질적 속성과 야콥슨의 기호소통 모델을 통해 밝히고, 기호체로서의 텍스트와 수신자로서의 독자, 그리고 발신자(시인)가 사라져 버린 자리에서

시 텍스트와 독자 사이의 약호를 보증해 줄 수 있는 문화라는 요소와의
3자 관계를 중심으로 시의 감상과 의미의 생산 관계를 규명해 보았다.

시의 심상과 주제화의
호응관계에 대하여
- 「님의 침묵」, 「빼앗긴 들에도 봄은 오는가」, 「절정」의 심상 분석 -

1. 서론

심상은 시에서 가장 중심적인 요소다. 시인의 뛰어난 감수성과 내면에서 울려나오는 절실한 목소리는 적절한 심상의 선택으로 빛을 발하는 것이다. "심상 없이는 예술이 있을 수 없고, 특히 시는 존재하지도 않는다."[1]는 알렉산더 포트브냐의 주장처럼 심상은 시에서 리듬의 요소와 함께 매우 중요한 요소임에 틀림없다. 왜냐하면 심상은 상상력의 발현의 결과이며 상상력 그 자체라고 할 수 있기 때문이다. "이미저리가 없는 시의 존재를 믿는 교과서도 있지만, 실제로는 어휘적인 비유가 거의 없을 경우에도 화려한 문법적인 비유와 문채(文彩)가 이를 보충하고 있음을 볼 수 있다."[2]고 한 로만 야콥슨의 지적 또한 심상의 중요성을 강조한 적절한 설명이 된다.

심상이 시에서 중요한 만큼 그것이 시에서 차지하는 기능 또한 매우 뚜렷하고 중요하다. 유기체적인 시관이 아니더라도 시에서 심상은 시의 다른 요소들과 유기적인 상관관계 속에서 긴밀하게 결합되어 있어야 하고, 또

---

1) 알렉산더 포트브냐, "言語論에 관한 노트" (Kharkov, 1905), p. 83. 쉬클로프스키 (外), 「러시아 형식주의 문학이론」, 한기찬역(월인제, 1980), p.24 재인용.
2) 로만 야콥슨, "언어학과 시학", 「문학 속의 언어학」, 신문수 편역(문학과 지성사, 1989), p.84.

그런 관계 속에서 기능하고 있음을 우리는 인정해야 하기 때문이다.

그러므로 시에서 심상과 시적 주제와의 호응과 어긋남의 문제는 시의 성공 여부와도 직결됨과 아울러 시 전체가 드러내는 주제화의 방향을 가늠하는 결정적인 기준이 된다. 왜냐하면 심상화는 곧 형상화이며, 형상화의 결과는 곧 주제화로 등식화할 수 있기 때문이다.

그런데 이러한 관점에서 볼 때 우리 시, 특히 일제 시대의 일부 시들을 해석하는 데에 있어서 그 시들을 지나치게 절대화하거나 신비화한 나머지 시의 심상과 시적 주제(전언)와의 관계가 어긋나고 있음에도 매우 잘 호응되는 것으로 파악하는가하면 매우 잘 호응되고 있음에도 과잉 독서에 의해 그 심상의 의미를 왜곡함으로써 시가 거의 명백하게 드러내는 전언과 어긋나게 감상하는 경우를 보게 된다.

따라서 본 연구에서는 「님의 침묵」과 「빼앗긴 들에도 봄은 오는가」, 그리고 이육사의 「절정」을 중심으로 심상과 주제와의 기능적 관계를 유기적으로 검토하여 그 호응과 어긋남의 문제를 규명해 보고자 한다.

2. 심상의 의미와 시적 기능

심상을 파악하고 규정하기란 그렇게 쉬운 것은 아닌 것 같다. C. D. 루이스는 심상을 "수호신이 그러한 것처럼 잡기가 어렵다"고 했고, I. A. 리차즈가 심상을 "파악하기 어려운 용어 중의 하나"[3] 라고 말한 것도 그러한 이유 때문이다. 그렇지만 심상에 대한 규정은 대체로 다음 세가지 쯤으로 요약될 수 있을 것 같다.

첫째, 심상은, 축어적 묘사에 의해서든, 인유에 의해서든, 혹은 직유나 은유에 의한 매체어를 통해서든, 시나 그 외의 문학 작품에서 지시된 감각적

---

3) I. A. Richards, *The Philosophy of Rhetoric* (Oxford Univ. Press, 1965), p.97.

지각의 모든 대상이나 특질을 흔히 의미한다.[4] 이러한 견해를 대표하는 것으로 브룩스와 워렌을 들 수 있겠다. 그들은 "시에 있어서 어떤 감각 체험의 재현을 이미지라고 부른다. 이미저리는 단지 마음의 그림으로 이루어지는 것이 아니라, 감각의 어떤 것에 호소하는 것이다."[5]라고 말한다.

둘째, 좀더 좁게는 심상은 시각적 대상이나 장면의 묘사만을 의미하는 것으로 사용된다.[6] 이러한 입장은 플라톤과 아리스토텔레스 이후 서구에서는 모방론에 입각한 가장 오래된 시관의 하나로, 필립 시드니가 말한 "시는 말하는 그림"[7]이라는 생각으로 대표될 수 있겠다. C. D. 루이스도 심상을 "가장 단순하게 말한다면 그것은 말로 만들어진 그림"[8]이라고 말한다. 그러나 그는 심상을 단순히 "말로 만들어진 그림"이라는 개념으로만 한정하려고 한 것은 아닌 듯하다. 그는 "하나의 형용사, 하나의 은유, 하나의 직유도 심상을 창조해 낼 수 있다. 또는 심상은 표면상으로는 순전히 묘사적이지만, 외적 실재의 정확한 반영 이상의 어떤 것을 우리의 상상력에 전달하는 어구나 구절로 제시될 수도 있다"[9]고 하여 심상의 개념을 포괄적으로 확장시키고 있다.

셋째, 오늘날 가장 흔히 사용되는 용법으로 심상을 비유언어(Figurative Language), 특히 은유나 직유의 매체어를 의미하는 경우다. 최근의 비평, 특히 신비평은 이러한 의미에 있어서의 심상을 시의 본질적 성분으로서, 그리고 시의 의미와 구조와 효과에 대한 중요한 단서로서 강조함에 있어서 그 이전의 비평을 훨씬 앞서 있다.[10] 이러한 의견을 대표하는 비평가로 C.

---

4) M. H. Abrams, *A Glossary of Literary Terms* (Holt, Rinehart and Winston, 1981), p.78.
5) C. Brooks & R. P. *Warren, Understanding Poetry* (holt, Rinehart & Winston Inc., 1963), p.555.
6) M. H. Abrams, 앞의 책, p.79.
7) Philip Sidney, "An Apology for Poerty", G. G. Smith (ed.), *Elizabethan Critical Essays, Volume I* (Oxford Univ. Press, 1971), p.158.
8) C. D. Lewis, *The Poetic Image* (A. W. Bain & Co. Ltd., London, 1958), p.18.
9) 위의 책, p.18.
10) M. H. Abrams, 앞의 책, p. 79.

F. E. 스퍼젼을 들 수 있는데, 그는 심상을 "감각의 어떤 것을 통해서 뿐만 아니라, 가장 넓은 의미에서 직유와 은유의 형식으로 사용하는 정신과 감정을 통해서 시인에게 와닿는 모든 종류의 방식으로 추출된 어떤, 그리고 모든 상상의 그림이나 그밖의 경험을 함축하는 것"[11]으로 제안했다.

그런데 심상이 문학 작품에서 제시된 감각적 지각의 모든 대상이나 특질을 의미하든, 시각적 대상이나 장면의 묘사만을 의미하든, 혹은 은유나 직유의 매체어를 의미하든, 심상은 시적 체험을 가장 선명하게 인상짓고 주제화하는 데 있어서 가장 중심적으로 기능한다. 흔히 시를 논하면서 형상화라고 말할 때, 이 때의 형상화는 심상화와 등질적인 의미로 받아들일 수 있는 것이다. 이런 면에서 볼 때 심상은 시 자체라고 해도 과언이 아닌 것이다.

이미지즘 운동의 이론적 지도자였던 T. E. 흄이 "시에 있어서 이미지란 단순한 장식품이 아니라 직관적 언어의 본질 바로 그것이다"[12]라고 말한 것이나, E. 파운드가 "방대한 저작을 창작하는 것보다 한 평생에 하나의 훌륭한 이미지를 만드는 것이 낫다."[13]고 주장한 것도 시적 형상화와 주제화에 있어서의 심상의 기능을 강조한 것이 된다. 왜냐하면 심상은 시인이 전달하고 싶은 관념과 정서를 구체적인 언어인 심상을 통해 표현함으로써, 관념적인 언어나 산문적인 언어로는 포착할 수 없는 관념과 정서의 정밀하고 예민한 융합을 꾀하여 시의 주제화와 정서 환기와 강렬한 인상을 결정해 주기 때문이다. T. S. 엘리어트가 말한 객관적 상관물이나 E. 파운드의 '지적·정적 복합체'란 바로 이를 두고 한 말이다.

그러므로 어느 것이 심상인가 아닌가. 또 중요한 심상인가 아닌가의 문제는 하나의 독립된 명사나 어구 자체의 문제라기보다는, 시의 전체적 문맥

---

11) Caroline F. E. Spurgeon, *Shakespeare's Imagery* (Cambridge Univ. press, 1958), p.5.
12) T. E. Hulme, "Romanticism and Classicism", *Modern Literary Criticism*, 데이비드 로지 편, 윤지관외 역, 「20세기 문학비평」(까치, 1984), p.65.
13) E. Pound, *Literary Essays of Ezra Pound*, ed. by T. S. Eliot (Faber and Faber, Ltd., 1985), p.4.

속에서 그것이 어떻게 기능하는가의 문제와 관련해서 논의되어야 한다. 그리고 그 심상이나 심상들이 형상화해낸 시적 의미가 시인이 의도한(혹은 독자가 그러하다고 믿는) 시적 주제와 어느 정도 호응되는지 아니면 어긋나 불화하고 있는지도 논의되어야 할 것이다.

  본 연구자가 볼 때에는 결론부터 말한다면 한용운의 「님의 침묵」에서의 중요한 심상들은 「님의 침묵」의 (우리가 밝혀낸)시적 주제와 잘 호응된다고 볼 수 있으며, 이상화의 「빼앗긴 들에도 봄은 오는가」의 경우에 있어서는 일제에 대한 저항적 태도라고 일컬을 수 있는 시적 주제와 심상들은 매우 부조화를 이루고 있는 시라고 할 수 있으며, 이육사의 시 「절정」에 있어서 문제적인 것으로 여겨지고 있는 심상 '강철로 된 무지개'의 경우는 주제화 를 향해 시 전체가 이끌어 온 분맥에서 볼 때, 지나치게 과포장된 심상 해석이 아닌가 하는 생각을 하게 된다. 이러한 불균형에 대해서는 지금까지 언급이 없었던 것으로 특히 일제 시대의 저항시에 대한 거의 맹목에 가까운 찬사 내지는 신비화 때문이 아니었던가 싶다. 각각의 시와 심상들을 분석해 보겠다.

3. 심상과 주제의 기능적 호응과 어긋남-작품 분석

님은 갔습니다. 아아 사랑하는 나의 님은 갔습니다.
푸른 산빛을 깨치고 단풍나무 숲을 향하여 난 작은 길을 걸어서 차마
떨치고 갔습니다.
황금의 꽃같이 굳고 빛나던 옛 맹세는 차디찬 티끌이 되어서 한숨의
미풍에 날아갔습니다.
날카로운 첫 키스의 추억은 나의 운명의 지침을 돌려 놓고 뒤걸음쳐서
사라졌습니다.
나는 향기로운 님의 말소리에 귀먹고 꽃다운 님의 얼굴에 눈멀었습니다.
사랑도 사람의 일이라 만날 때에 미리 떠날 것을 염려하고 경계하지

아니한 것은 아니지만 이별은 뜻밖의 일이 되고 놀란 가슴은 새로운 슬픔
에 터집니다.
　　그러나 이별을 쓸데없는 눈물의 원천을 만들고 마는 것은 스스로 사랑
을 깨치는 것인 줄 아는 까닭에 걷잡을 수 없는 슬픔의 힘을 옮겨서 새
희망의 정수박이에 들어부었습니다.
　　우리는 만날 때에 떠날 것을 염려하는 것과 같이, 떠날 때에 다시 만날
것을 믿습니다.
　　아아 님은 갔지마는 나는 님을 보내지 아니하였습니다.
　　제 곡조를 못 이기는 사랑의 노래는 님의 침묵을 휩싸고 돕니다
　　　　　　　　　　　　　　　　　　　　　－「님의 침묵」 전문 －

　　이 시는 그의 시집 『님의 침묵』(1926.5.20)에 실렸고, 시집의 표제가 된
시다. 이 시의 내용은 다음과 같다. 1～6행까지는 님과의 이별의 확인과
그 슬픔을 점층적인 반복을 통해 강조한다. 7～10행에서는 '그러나'를 통한
의미 전개의 반전된 내용을 보여준다. 슬픔의 힘을 옮겨서 새 희망의 정수박
이에 들어부었다는 것, 님을 다시 만날 것을 믿는다는 것, 님은 갔지마는
나는 님을 보내지 아니하였다는 것, 나의 사랑의 노래는 님의 침묵을 휩싸고
돈다(계속된다)는 것으로 요약될 수 있다. 그러므로 이 시의 의미의 비중은
시의 후반부에 집중됨을 알 수 있다.

　　그런데 보기에 따라서 이처럼 평이할 수 있는 이 시에 대한 해석은 그
동안 그렇게 간단하지만은 않게 전개되어 온 게 사실이다. 이 시에 대한
많은 논의는 이 시가 표면적인 평이함과는 달리 상당히 넓은 폭과 깊이의
내포적 의미를 함유하고 있다는 것이다. 그 해석의 초점은 이 시의 '님'의
의미가 무엇인가의 문제였다. 그 결과 님의 의미는 '사랑하는 연인'이라는
외연적 의미에만 국한시킬 수 없는 조국과 불타와 그러한 범주에 묶을 수
있는 민족적이고 형이상학적인 내포를 가진다는 것이다. 그리고 그것들은
거의 정설로 굳어져 있다. 과연 그러한 해석은 타당한가. 필자는 먼저 그러

한 해석에 동의한다. 그러하다면 이 시에 나타난 어떤 표현 형식이나 논리구조, 세계관이 그러한 해석에 정당성을 부여해 줄 수 있을 것인가. 이제부터 그 이유를 찾아보도록 하겠다.

첫째, 이 시의 제목과 마지막 행의 '님의 침묵'이라는 말에서 우리는 님이 떠났지만은 또한 떠나지 않고 침묵하는 존재라는 이중의 의미를 깨닫는다. 현실적 대상으로서의 님의 떠남이 님이 침묵한다는 관념적 대상으로서의 의미 속에 포괄되어 있음을 알 수 있다. 님의 침묵이라는 이 시 전체의 의미에서 볼 때 님의 떠남은 하나의 비유다. 떠났으면서도 또 떠나지 않고 침묵하는 존재, 그것은 현실적이고 세속적인 존재이기보다는 초월적이고 관념적인 존재이기가 쉽다.

둘째로, 이 시가 떠난 님과의 다시 만남을 믿는다는 그 질실한 심정과 논리를 불교적인 세계관을 바탕으로 하여 전개한다는 것이다. '만날 때에 떠날 것을 염려하는 것'과 '떠날 때에 다시 만날 것'을 믿는 것은 불교의 회자정리(會者定離)와 거자필반(去者必反)의 진리를 바탕으로 한 것이다. 또 '님은 갔지마는 나는 님을 보내지 아니하였습니다'라는 역설은 불교의 있음과 없음, 실상과 허상을 같이 보는 색즉시공 공즉시색(色卽是空, 空卽是色)의 역설적 세계관의 반영이다. 불교적인 세계관에 입각할 때 님은 불타일 수 있고, 그렇게 절실하게 호소하는 대상은 당시 독립운동에 몸 바쳤던 독립투사 만해 한용운에게 있어서는 조국일 수 있다. 그러므로 여기서 님의 의미를 조국, 불타를 포함한 여러 의미들로 확장해 낼 여지가 생기는 것이다.

이 외에 이 시에서 화자가 님을 그리는 어조의 간절성이 절대자나 조국과 같은 유일무이한 절대적 존재에 대한 희구의 정서에 어울린다는 사실도 님을 그렇게 해석하는 데 있어서 하나의 단서로 작용할 것이다.

그러나 이처럼 시의 문맥이 그러한 폭 넓은 해석의 가능성을 열어 놓았음에도 불구하고 우리는 단지 이 시 자체에서만 그러한 의미들을 발굴해 낼 수 있을까. 그렇지는 않다. 이 시의 해석에서 우리는 조국이니 불타니 또 기타 어떤 의미로든지간에 그 의미를 확대해낼 수 있는 여지를 무엇보다도 한용운의 의도와 역사·전기적 사실에서 구하지 않을 수 없을 것이다. 즉 우리는 「님의 침묵」의 해석에서 이 시의 시인이 불교 선사(禪師)이며 독립운동가였다는 사실이 시감상의 중요한 문맥으로 의식·무의식으로 작용했음을 부인할 수 없다. 또 이 시가 수록된 시집의 다음과 같은 서문을 읽은 독자에게는 이 서문 또한 이 시를 감상하는 데 상호텍스트적인 중요한 영향을 미쳤을 것이다.

> 님만 님이 아니라 기룬 것은 다 님이다. 중생이 석가의 님이라면 철학은 칸트의 님이다. 장미화의 님이 봄비라면 마치니의 님은 이테리다. 님은 내가 사랑할 뿐 아니라 나를 사랑하느니라. 연애가 자유리면 님도 자유일 것이다. 그러나 너희는 이름 좋은 자유에 알뜰한 구속을 받지 않느냐. 너에게도 님이 있느냐. 있다면 님이 아니라 너의 그림자니라.
> 나는 해저문 벌판에서 돌아가는 길을 잃고 헤매는 어린 양이 기루어서 이 시를 쓴다.

이 시를 썼던 시대가 절실한 그리움의 대상(즉 조국)이 부재했던 시대였고, 만해 자신이 불교의 구도자로서 또 독립운동가로서 무엇을 가장 절실하게 그리워했던가를 독자의 상상력은 유추해 낼 수 있을 것이다. 만일 그가 불교선사나 독립운동가였다는 전기적 사실을 독자가 전혀 몰랐다면, 또 그의 서문을 읽지 않았다면, 이 짧은 시에서 조국이나 불타 등의 의미까지로 유추해 내기는 쉽지 않을 지도 모른다.

아무튼 이 시의 의미 해석을 이런 정도로 해 놓고 볼 때, 「님의 침묵」에서 특별한 심상 '날카로운 첫 키쓰'는 이 시의 이와 같은 주제화와 어느 정도 기능적으로 기여할 수 있으며, 혹은 역기능을 할까. 다시 말하면 '날카로운 첫 키쓰'라는 매우 이질적인 심상의 사용이 이 시의 전체 의미와 관련하여 적절하고 기능적인 심상인가 아니면 하나의 장식적이고 부적절한 심상인가를 검토해 볼 필요가 있을 것 같다.

'날카로운 첫 키쓰'라는 심상은 매우 특이하다. 키쓰는 흔히 부드럽거나 뜨겁다는 촉각적 심상이나 감미롭다거나 달콤하다는 미각적 심상을 쓴다. 그런데 한용운은 촉각적 심상 중에서도 흔히 생각될 수 있는 '부드러운'이라는 심상 대신에 '날카로운 첫 키쓰'라고 하여 '낯설은' 심상을 구사하고 있다. 불교선사이면서도 당시로는 잘 쓰지도 않는 '키쓰'라는 표현을 사용했고, 게다가 입술과 키쓰의 이미지에 예리한 칼날의 촉감을 느끼게 하는 이미지를 사용한 것은 우연이나 실수가 아닌 한용운의 특별한 의도가 담겨 있음이 분명하다. '날카로운' 키쓰는 예사로운 키쓰가 아니다. 그것은 강철의 심상이며 찔림과 동시에 놀라서 느끼는 충격적인 것이고 찰나적인 것이다. 그러므로 님과의 키쓰를 통한 만남은 낭연히 예사로운 만남이 아니며, 님의 존재는 예사로운 존재가 아님이 이 촉각적 심상을 통해서 확인할 수 있다.

님은 범상한 존재가 아니기 때문에 그 키쓰 또한 '친숙한' 방법의 부드럽거나 감미로운 것이 아닌, 날카롭고 충격적이어서 '나의 운명의 지침을 돌려' 놓기에 족한 것이다. 그리고 날카로운 첫 키쓰는 이미 나의 운명의 지침을 돌려놓았기 때문에, 님의 현존이나 부재와는 관계없이 그 충격은 자아에게 그대로 생생하게 남아 있는 성질의 것이다. 즉 님이 떠난 아픔 때문에 첫 키쓰의 추억이 '날카롭게' 남아 있는 것은 아니다. 님이 떠난 상처로 인해서 첫 키쓰의 추억이 날카로운 것으로 남아 있다면, 님과 자아의 관계는 범속한 애정 관계 이상이 아닌 차원으로 떨어질 수밖에 없다.

따라서 이 예사롭지 않은 존재와의 키쓰가 충격적이었다는 것을 받아들인다면, 떠난 님이 다시 돌아올 것이라고 기대할 수 있는 논리도 자연히 성립될 수 있다. 님의 존재는 특별하며, 그 특별한 님과의 만남도 특별하며, 님의 되돌아옴도 특별히 기대될 수 있다는 것이다. 한마디로 이 시의 논리적 공간은 일상성의 예사로운 차원을 넘어서 있는 것이다. 이로써 우리는 한용운의 「님의 침묵」에서의 님의 내포적 의미가 조국, 불타 등의 의미로까지 확장될 수 있고, 불교적 인연설의 형이상학이 개입될 소지가 이러한 심상을 통해서도 파악될 수 있음을 확인할 수 있다.

그러므로 시 「님의 침묵」에서 가장 문제적일 수 있는 표현 '날카로운 첫 키쓰' 라는 심상은 이 시의 내포를 의미있게 확장시켜 주는 데 있어서 매우 기능적으로 공헌하고 있음을 알 수 있겠다. 이에 비해 상화의 시 「빼앗긴 들에도 봄은 오는가」는 주제와 심상들이 어긋나 있는 경우라 하겠다.

> 지금은 남의 땅―빼앗긴 들에도 봄은 오는가?
>
> 나는 온몸에 햇살을 받고
> 푸른 하늘 푸른 들이 맞붙은 곳으로
> 가르마 같은 논길을 따라 꿈 속을 가듯 걸어만 간다.
>
> 입술을 다문 하늘아 들아
> 내 맘에는 내 혼자 온 것 같지를 않구나.
> 네가 끌었느냐, 누가 부르더냐, 답답워라 말을 해 다오.
>
> 바람은 내 귀에 속삭이며
> 한 자욱도 섰지 마라 옷자락을 흔들고,
> 종다리는 울타리 너머 아가씨같이 구름 뒤에서 반갑다 웃네.
>
> 고맙게 잘 자란 보리밭아
> 간밤 자정이 넘어 내리던 고운 비로
> 너는 삼단 같은 머리털을 감았구나, 내 머리조차 가뿐하다.
>
> 혼자라도 가쁘게 나가자.
> 마른 논을 안고 도는 착한 도랑이
> 젖먹이 달래는 노래를 하고, 제 혼자 어깨 춤만 추고 가네.
>
> 나비 제비야 깝치지 마라
> 맨드라미 들마꽃에도 인사를 해야지.

아주까리 기름을 바른 이가 지심매던 그 들이라도 보고 싶다.

내 손에 호미를 쥐어 다고.
살찐 젖가슴과 같은 부드러운 이 흙을
발목이 시도록 밟아도 보고, 좋은 땀조차 흘리고 싶다.

강가에 나온 아이와 같이
짬도 모르고 끝도 없이 닫는 내 혼아
무엇을 찾느냐, 어디로 가느냐, 우서웁다 답을 하려므나.

나는 온 몸에 풋내를 띠고
푸른 웃음 푸른 설움이 어우러진 사이로
다리를 절며 하루를 걷는다. 아마도 봄 신령이 지폈나보다.

그러나 지금은―들을 빼앗겨 봄조차 빼앗기겠네.
― 「빼앗긴 들에도 봄은 오는가」 전문 ―

　

이 시가 쓰여졌던 1920년대 중반까지의 시단은 아직 퇴폐적 감상성에서 벗어나지 못했고, 또 한편 상화가 소속한 카프의 시 경향은 이데올로기 편향의 심한 교조성을 띠고 있었다. 이 시는 상화의 출발점이었던 『백조』의 퇴폐적 낭만성과 나중에 그가 소속한 『카프』의 경향성으로부터도 벗어나 건전한 목소리로 민족의 저항 의식을 일깨운 식민지 치하의 몇 안되는 저항시에 속한다.

일제 군국주의의 폭압 정치 아래에서 "지금은 남의 땅 빼앗긴 들에도 봄은 오는가?"라는 직설적인 저항의 언설을 쓸 수 있었다는 것만으로도 그 저항적 의미는 대단한 것이었다. 식민지 시대의 시사에서 이처럼 저항성을 직접 드러내어 발표한 예는 이 시 이외에는 아마 없는 것으로 안다. 다소 격정적이면서도 밝고 구체적인 이미지를 구사하여 퇴폐적 감상성에서 벗어나고 있고, 가르마, 종다리, 삼단 같은 머리, 호미, 깝치다, 맨드라미, 들마꽃, 아주까리, 지심 등 순수 우리말 토착어를 구사하여 우리말의 미감을 잘 살려 낸 점 등은 이 시의 또 하나의 중요한 미덕에 속한다.

이 시의 논리 구조는 부정과 긍정, 그리고 다시 부정의 구조로 되어 있어서 형식이나 논리에 있어서 퍽 완전해 보인다. 또 1행으로 된 첫 연의 질문과 역시 1행으로 된 마지막 연의 답변으로 되어 있는, 질문·답변의 구조, 혹은 수미상관의 구조도 그러한 안정성을 설명하는 데 도움을 줄 것이다.

즉 제 1연에서는 식민지 조국에서 봄은 가능한가라는 부정적 인식의 질문이 주어지고, 2연에서 10연까지는 화자가 아름답고 활기찬 봄 들판을 걸으면서 봄 신령에 지핀 듯이 환희에 도취되어 있는 긍정적 현실 인식을 보여 주며, 마지막 연에서는 '그러나'라는 반의접속사를 전환점으로 하여 그러한 긍정적 현실과 대조되어 '지금은 들을 빼앗겨 봄조차 빼앗기겠네'라는 부정의 현실 확인에 도달하는 논리 전개 과정을 보여 준다. 이러한 형식 논리적 설명은 이 시의 구조를 완전하고 자연스러운 구조로 설명할 수 있게 하고, 상화 역시 그런 논리적 의도 하에서 이 시를 창작했을 것으로 생각된다.

그러나 그러한 논리를 감당하기에는 이 시가 지향하는 주제와 전체 심상들과의 관계에는 상당한 부조화가 드러나는 듯하다. 2연에서 10연까지의 긴 내용과 심상들은 첫 연의 질문으로 된 대명제를 마지막 연의 결론적 인식으로 이끌어가는 데에 필요한 의식의 치열한 전개 과정과는 상당한 거리를 드러내고 있음을 확인할 수 있는 것이다. 즉 2연에서 10연까지의 심상들은 그 주제의식이나 정서나 인상에 있어서 이 시가 지향하는 내용과는 거의 무관하다는 것이다. 약탈당한 조국에 대한 어떠한 비애나 울분의 감정도 없으며 '온 몸에 햇살', '푸른 하늘 푸른 들', '종다리', '반갑다 웃네', '고운 비', '가쁜하다', '어깨춤', '나비 제비야 깝치지 마라', '맨드라미 들마꽃에도 인사를 해야지', '좋은 땀' 등 너무 밝은 심상들로 채워져 있고 장황하게 봄 들판의 환희에 도취되어 있는 불균형의 느낌을 지울 수 없다.

끊임없이 아름다운 낙관적 환상을 구축했다가 어조의 급격한 변화와 동시에 갑작스럽게 그 환상으로부터 깨어나 낭만적 환멸에 빠지는 일종의 낭만적 아이러니의 구조로 귀착된다. 그럴 바에는 시상 전개상 1연의 질문의 과정을 삭제하고 봄 들판의 아름다움과 식민지 조국이라는 비극적 확인을 극적 대조로 살려 내었더라면 더 나았을 것으로 생각된다.

가령 논자에 따라 '온 몸에 햇살을 받고'를 해석하여, "'햇살'은 소생과 삶의 빛이며, 동시에 식민지 치하의 암흑상을 역설적으로 드러낸다."[14]고 설명하거나, '푸른 설움'을 '현실의 상황을 깨닫는 데서 일어난' 설움[15] 등으로 해석하여 여러 문맥들 속에서 저항성과 비애감 등을 애써 찾아내려 하지만, 그러한 해석은 심상들 전체가 드러내는 인상과는 동떨어지는 견강부회된 해석상의 오류로 보인다. 이상섭 교수의 말대로 '푸른 웃음, 푸른 설움'은 '순진하고 신선한 감정의 자연스런 기복'[16] 정도로 해석하는 편이 오히려 낫겠다. 그 설움은 식민지 조국의 현실에 대한 깨달음 등과 같은 괴로운 것만은 아닌 것이다. 왜냐하면 화자는 푸른 웃음과 푸른 설움이 어우러진 사이로 봄 신령이 지핀 듯이 걷기 때문이다.

그러나 여러 논의에도 불구하고 서두에서도 말했듯이, 이 시는 우리 현대시사에 있어서나 이상화의 개인적인 시사에 있어서도 단연 긍정적인 의미를 가진다. 이 시를 통해 상화는 감상적 낭만주의 시인에서 사회와 민족에 눈을 돌린 건강하고 치열한 의식의 민족 저항 시인으로 변모해 있음을 발견하게 되는 것이다. 그 변화는 「나의 침실로」에서도 보였던 상화의 뛰어난 촉각 심상 '수밀도의 내 가슴'이 관능과 퇴폐와 순결이 복합된 젖가슴이었다면, 이 시에서는 어머니의 품과 조국의 흙처럼 풍요와 포용의 젖가슴으로 바뀐 긍정성에서도 확인될 수 있겠다.

---

14) 문덕수, 「현대시의 해석과 감상」 (이우, 1989), p.94.
15) 김흥규, 「한국 현대시를 찾아서」 (한샘, 1982), p.267.
16) 이상섭, 「자세히 읽기로서의 비평」 (문학과 지성사, 1988), p.227.

매운 계절의 채찍에 갈겨
마침내 북방으로 휩쓸려오다.

하늘도 그만 지쳐 끝난 고원(高原)
서릿발 칼날진 그 위에 서다.

어데다 무릎을 꿇어야 하나
한 발 재겨 디딜 곳조차 없다.

이러매 눈 감아 생각해 볼밖에
겨울은 강철로 된 무지갠가 보다
― 「절정」 전문 ―

이 작품은 1940년 『문장』 1월호에 발표되고 그의 유고 시집에 수록된 것이다. 이 시는 육사의 시 가운데서도 식민지의 폭압적인 시대 상황을 가장 잘 반영하고 있는 그의 대표적인 저항시이다. 이 시에서 '매운 계절의 채찍'이 일제로 인한 우리 민족의 가혹한 시련을 상징한다는 것은 시 자체의 문맥은 물론이고 시인의 투사적 삶이나 이 시가 쓰여진 배경을 통해서도 쉽게 유추해 낼 수 있다.

그러므로 이 작품은 일제라는 혹독한 횡포에 쫓긴 끝에 이젠 더 이상 물러설 곳조차 없게 된 한 투사의 절박한 상황을 노래한 시이다. 상황의 극한적 전개는 '북방―고원―서릿발 칼날진 그 위'로 급박하게 좁혀진다.

나아감도 물러섬도 봉쇄된, '한 발 재겨 디딜 곳조차' 없는 극한 상황에서 화자가 할 수 있는 마지막의 가능한 행위는 무엇일까. 자결하는 것일까. 아니면 정신적으로 초월하거나 도피하는 것일까.

그러나 이 시의 화자가 우선 선택한 것은 횽포한 대상에 대해 다시 생각해 보는 것이었다. 마지막 연에서 화자는 '이러매 눈 감아 생각해 볼 밖에'라는 결론에 이른다. 그리고 눈 감아 생각한 결과 횽포한 존재인 겨울은 오색 빛깔이 영롱한 아름다운 무지개가 아니라, 그러한 아름다움을 위장하고 있는 '강철로 된 무지개'이며 진정성이 부재한 현실임을 깨닫게 된다. 이러한 인식에의 도달은 화자가 그 위선된 대상과의 새로운 대결을 준비하기 위한 한 과정이며, 화자는 어떠한 극한 상황에서도 좌절하거나 포기하지 않고 대상에서 끝까지 눈을 떼지 않는 투사적 의지를 마지막까지 보여주는 것으로, 이는 육사의 정신이라고 할 수 있는 선비정신과 투사정신이 그대로 반영된 것이라 하겠다.

그런데 김종길 교수는 이 시의 '강철로 된 무지개'를 해석하는 데 있어서 W. B. 예이츠의 시와 연관시켜 '비극적 황홀'로 설명하고 있다. 시 「절정」과 관련된 그의 언급은 다음과 같다.

> 그리고 보면 이 「絶頂」은 그가 비극적인 인물로서의 자기 자신에 부닥치는 일종의 <限界狀況>이다. 그러나 그는 항복과 타협을 모른채 다만 자기가 悲劇의 한가운데에 놓여 있음을 깨닫고 겨울, 즉 <매운 季節>을 <강철로 된 무지개>로 보는 것이다.
> 이 비극적인 비전은 떠 하나의 비극적 황홀의 순간을 나타내며 여기서 다시 우리는 시인이 자기가 놓여 있는 상황에서 거리를 두고 하나의 객관적인 이미지를 발견함을 본다.[17]

이후 문제적 심상이 되어버린 이 '강철로 된 무지개'에 대한 해석은 '비극적 황홀', '비극적 초월'[18], '감정적 초극'[19] 등으로 해석되어 왔던 것이다. 그러나 육사의 시정신이 예이츠류의 낭만 정신과는 거리가 먼 고전적 선비정신에 기반하고 있다는 점과 김종길 교수에 의한 시 「절정」의 분석은 시 자체의 분석이 거의 이루어지지 않고 시인론에 기울어져 있었다 할 때, 이 심상의 이해에 대한 방향은 처음부터 잘못 잡혀 있었던 것이 아닌가 생각된다.

---

17) 김종길, "한국시에 있어서의 비극적 황홀", 「시에 대하여」 (김종길 시론집) (민음사, 1986), p.410.
18) 오세영, "이육사의 「절정」―비극적 초월과 세계인식", 「한국현대시작품론」 (문장, 1981), p.268.
19) 박두진, 「한국 현대 시론」 (일조각, 1971), p.111.

시 「절정」은 기승전결 구조의 4연으로 되어 있어서 논리 구조의 발전이 가장 정연하고 안정되어 있다. 따라서 정서적인 전환도 점진적이고 절제되어 있다. 율격에 있어서도 우리 시에서 가장 안정된 4음보 율격을 기저로 하고 있으며, 일종의 압운 효과를 나타내고 있는 종결어미가 '~다'로 통일되어 있어서 '~랴', '~(하)라', '~(이)여'와 같은 어미가 가지는 정서적 강렬성이 배제되고 있다. 시의 한 구성 요소는 시 구조 전체의 지배를 받고 전체 속에서 의미를 띠는 한 부분으로서 기능한다 할 때, 이와 같은 시의 구조 속에서 '강철로 된 무지개'가 거의 폭력에 가까운 비유로 기능할 수 있을까 하는 의문이 생기지 않을 수 없는 것이다.

그리고 실제에 있어서도 이 시의 문맥에서 심상 '강철로 된 무지개'가 '비극적 황홀'이라는 역설로 발전할 만큼의 비유적 긴장성을 발견하기란 어렵다. 하나의 심상이 고도의 창조적 기능을 발휘하기 위해서는 비유적 긴장 상태를 최대한으로 유지하고 있어야 한다.

그러나 '겨울은 강철로 된 무지갠가보다'에서 '겨울'과 '강철로 된 무지개'의 대조에서 오는 긴장감은 기대하기 어렵다. 얼핏 보기에는 '겨울'과 '강철로 된 무지개'의 관계가 대단히 모순 충돌되는 것처럼 보이기도 하나 '강철로 된 무지개' 자체의 단순성은 이러한 관계를 공소화시킨다. 우선 '강철'과 '무지개'가 만나서 새로운 시적 변신을 하기 위해서는 이 둘의 관계는 대등한 관계로 맺어져야 하나 그렇지 못하다. 여기서는 '강철'은 '무지개'의 내용물이다. 즉 '강철로 된'이 '무지개'와 만남으로써 시적 정서의 충격적인 환기를 야기하는 것이 아니라 '무지개'라는 단순한 은유를 제한하고 규정하는 형용어구로서의 역할만 수행한다. 그러므로 '강철로 된'이라는 형용어구는 '무지개'라는 대상을 정서적으로 확장시키는 역할을 하지 못할 뿐만 아니라 오히려 한정하는 역할만 할 뿐이다.

우리 시에서 이질적이고 대립적인 심상의 병치에 의한 긴장관계가 새롭게 발전된 심상을 창조하는 경우를 자주 볼 수 있다. 그러나 '강철로 된 무지개'를 이러한 관계에 의한 역설로 보는 것은 무리다. 여기서의 '강철로 된'이 가지는 시적 기능은 은유의 내포를 확장 발전시키는 데 공헌하지 못하고 오히려 의미를 제한하고 있기 때문이다. '강철로 된 무지개'는 곧 겨울이며 그러므로 진실로 아름다운 무지개가 아닌 강철로 된 무지개, 즉 무지개로 위장된 강철인 부정의 세계를 상징하는 것이다.

그리고 또 한가지 문제되는 것은 '겨울은 강철로 된 무지갠가보다'에는 'ㄴ가 보다'라는 어투가 가지는 의미의 추정적 사유성이다. '겨울은 강철로 된 무지갠가보다'는 'A는 B이다'라는 은유법의 변형형으로 'A는 B이다'의 단정적 충격성에서 벗어난 'A는 B인가 보다'라는 추측성의 온건성을 유지하고 있다.

최현배님은 'ㄴ가 보다'는 도움그림씨의 힝목 가운데 물음꼴(疑問形)에 붙는 것으로 분류하고, '싶다'와 동일한 뜻으로 보았다.[20] 즉 'ㄴ가 보다'는 'ㄴ가'라는 의문형 종결어미와 '보다'라는 보조형용사의 결합으로 'ㄴ가 싶다(의문형 종결어미+보조형용사)'와 비슷한 뜻을 가지는 것이다. 그러므로 'ㄴ가 보다'는 추측형으로서 사실에 대한 가능성을 추측하지만 그 불가능성도 배제하지 않는다. 이러한 사유성, 추측성은 생각이 단정적으로 끝나는 것이 아니고 그 의문성이 계속 남아 있는 어투다. '강철로 된 무지개'를 '비극적 황홀'내지는 '비극적 초월'로 해석할 경우 'ㄴ가 보다'의 추측성은 '비극적 황홀'이나 '비극적 초월'이 가지는 그 절대성과는 어긋나는 상대적 가능성의 어투이며 그 어조에 있어서도 '비극적 황홀'이나 '비극적 초월'과는 어긋나는 차분한 어투다. '강철로 된 무지개'가 '비극적 황홀'이라면 적어도 그 뒤를 따르는 종결어는 생략되거나 감탄형으로 끝맺어졌어야 했을 것이다.

따라서 지금까지의 논의를 토대로 「절정」을 해석할 경우 1 연과 2 연에서는 계절의 횡포와 시적 화자의 위기가 나타나고, 3 연에서는 탈출구의 모색

---

20) 최현배, 「우리말본」 (정음사, 1982), pp.592~530.

과 그 극한적 한계 상황을 재확인하게 되고, 4 연에서는 구체적 해결을
위한 행위와 그 행위의 결과(세계인식)이 나타나게 되는 것이다.

'매운 季節의 챗죽'에 휩쓸려 와서 '한발 재겨디딜 곳조차 없는' 철저하게
탈출구가 봉쇄된 극한적 상황에 처한 시적 화자가 택할 수밖에 없는 자기
구원을 위한 마지막 행위는 '눈깜아 생각해볼밖에' 없는 것이었다. '이러
매~밖에'에서 알 수 있듯이 생각하는 것만이 최종적으로 유일한 것이고
'생각하는 행위' 이외의 자기 구원의 어떠한 행위도 봉쇄되어 있다. '이러매
눈깜아 생각해볼밖에'는 앞의 1, 2, 3연이라는 한계상황에서 최종적으로
가능한 행위이고, 그 행위의 결과는 '겨울은 강철로 된 무지갠가보다'라는
추측형의 결론으로 나타나는 것이다.

따라서 이 시의 시적 화자는 초월을 택하는 것이 아니라 자아를 철저하게
몰아 온 세계에 대해 최후의 순간까지 마지막 가능한 행위를 수행하는 것이
며 그 무지개로 위장된 기만과 횡포의 세계의 실체를 똑똑히 확인하고 그
사유성(추측성)을 계속하는 '자아의 깨어있음'을 보여 주는 것이다. 이러한
정신은 시 「교목」에서 "검은 그림자 쓸쓸하면/마침내 湖水 속 깊이 거꾸러
져/참아 바람도 흔들지 못해라"의 정신과 부합되는 정신이며 독립투사, 선
비 정신 등의 육사정신을 인정한다면 그 정신과도 그대로 합치되는 정신인
것이다.

그러므로 시 「절정」에서 '강철로 된 무지개'라는 심상은 고도로 형상화된
심상이라기보다는 매우 평범한 관념을 전달하고 있는 수준의 것으로 파악
될 수 있을 것이다. 이러한 결론은 육사의 직유법은 "심미적 표현 가치보다
는 관념의 표출방법으로서 많이 쓰이고 있다."[21]는 정한모 교수의 분석의
결과와도 상통하며, 이것은 바로 육사시의 사물이 "정서적 매개체로서보다
는 상황의 인식체로서 존재"[22] 한다는 김윤식 교수의 확인과도 일치한다.

---

21) 정한모, "육사시의 특질과 시사적 의의", 「나라사랑」16집 (1974), p.54.
22) 김윤식, 「한국근대작가론고」 (일지사, 1974), p.257.

시의 심상은 시의 전체적인 의미 체계는 물론이고 리듬이나 시를 지배하는 기타의 요소들과의 유기적 관계 하에서 고찰되어야 한다. 그러한 면에서 지금까지 논란이 되어온 육사의 시 「절정」의 심상 '강철로 된 무지개'의 의미 해석 문제는 재고되어야 할 것이다.

4. 결 론

지금까지 시의 전체적 맥락과 심상의 유기적 상관성이라는 차원에서 시의 주제화와 심상의 호응과 어긋남에 대해 검토해 본 결과 다음과 같은 결론에 이르게 되었다.

먼저 만해의 시 「님의 침묵」에 있어서 문제적인 심상 '날카로운 첫 키쓰'는 님의 내포적 의미를 범상치 않은 특별한 존재로까지 확장하는 데에 매우 의미있게 기여하고 있음을 알 수 있었고, 따라서 시 전체의 유기적 의미와 그 결과 이 시를 주제화하는 데 있어서 이러한 심상의 사용은 적절하고 적극적인 가치를 가지고 호응되고 있음을 확인할 수 있었다.

다음으로 상화의 시 「빼앗긴 들에도 봄은 오는가」에 있어서 전체 심상들과 화자가 거의 명확하게 발하는 전언 사이에는 상당히 큰 불균형이 있음을 확인하게 되었다. 이러한 오류가 생기게 된 데에는 우리가 그간 일제 하의 시들, 특히 저항시의 범주에 드는 시를 대할 때, 형식이나 내용 모두에서 절대화하고 신비화하기까지 하여 접근해 온 습벽 때문이 아닌가 한다.

이에 비해 육사의 시 「절정」의 경우는 시적 주제와, 나아가 시인의 시 정신과 심상 '강철로 된 무지개'는 잘 호응됨을 알 수 있었다. 문제는 오히려 시 연구자들에 의해 생겨난 해석상의 오류가 시의 호응관계를 어긋나게 하여 시 해석에 혼란을 가져오지 않았나 하는 생각이 든다. 시의 논리구조와 주제의식, 육사의 시 정신으로 볼 때, 아무래도 '강철로 된 무지개'는 '비극적 황홀'의 엑스타시 상태로 설명될 수는 없으리라고 보는 것이다.

우리 시의 운율적 특징과 제 문제

1. 서 론

우리는 모든 자연 현상에서 리듬을 느낀다. 천체의 운행, 춘하추동이라는 계절의 규칙적 순환, 밤낮의 바뀜, 비가 오고 바람이 불고 천둥이 치는 날씨의 변화, 이에 따라 꽃이 피고 낙엽이 지는 생태계의 조화, 넘실대는 파도 등은 자연계의 리듬을 보여 주는 것이다. 인생은 희로애락, 생노병사, 흥망성쇠의 변화와 반복 속에서 흘러간다. 심장의 박농과 걸음걸이에서 우리는 규칙적 리듬을 확인할 수 있다. 인체의 생리적 리듬을 흔히 바이오 리듬이라고 말한다. 음악에는 물론이고 시와 산문, 무용과 체조에도 리듬이 있으며, 미술과 조각 작품에서도 리듬감을 느낄 수 있다.

이렇게 볼 때 리듬은 거의 모든 현상에 해당되는 개념으로 보이는데, 이때 리듬의 개념은 서로 다른 요소들 사이에서 빚어지는 어떤 반복적인 변화나 운동감을 의미한다. 우리가 어떤 현상에서 리듬감을 느끼려면 서로 대립되는 요소들로 분절되고 또 그것들이 일회적인 것이 아니라 반복될 때이다. 밤과 낮은 대립적이며, 이 둘이 교체 반복됨으로써 우리는 밤낮의 리듬감 속에서 살게 된다. 별자리의 이동도 규칙적으로 반복된다. 꽃이 피고 낙엽이 지는 것도 반복적이다. 그러므로 반복성은 리듬의 기본적인 요소가 된다. 리듬의 반복성은 규칙적일 수도 있고 불규칙할 수도 있으며, 분명할 수도 불분명할 수도 있지만, 우리는 그 반복성을 확인함으로써 신비로운 우주와 삶의 현상을 일관된 질서 속에서 이해하고 생의 의미를 편안하게 즐길 수 있게 된다.

시는 문학의 여러 장르 가운데서도 리듬에 가장 민감하여 리듬을 본질적 요소로 하는 장르다. 그리고 시의 리듬은 산문의 리듬과는 달리 규칙성과 질서를 기본으로 한다. 시에서는 다양성과 자유스러움 속에서도 일정한 패턴, 즉 어떤 질서와 균형을 느낄 수 있는데 반해서, 산문의 리듬에서는 그런 것이 전혀 결여된, 불규칙적이고 무질서한 리듬을 보여준다. 이것이 시의 리듬과 산문의 리듬의 차이이다. 시의 리듬이 가지는 질서화와 균형은 시를 통일된 형식으로 조직화시켜 주는데 있어서 중요한 내재적 원리가 된다. 시는 이미지와 비유, 반어와 상징 등의 다양한 요소들이 상호 모순, 충돌하기도 하고 생략되기도 하면서 형식적으로 산만하고 무질서해질 수 있는 개연성이 큰 장르다. 시적 리듬의 질서화와 균형은 이러한 산만성과 무질서를 일관된 원리에 의해 통합시켜 주는 것이다. 전통적으로 서구에서 운율론을 곧 시형론이나 작시법과 동의어로 사용해 온 것만 보아도 리듬이 시의 형식 결정에 얼마나 중요한 역할을 하는가를 짐작할 수 있는 것이다.

리듬이 가지는 질서화는 근본적으로 우주 삼라만상의 조화로운 흐름이나 심장의 박동과 같은 인간의 신체적 상태와 조화되는 것이며, 인간의 질서에의 충동과도 합치되는 것이다. 인간의 문화는 곧 질서화를 의미하며, 인간은 질서 속에서 편안함과 즐거움을 얻을 수 있다. 리듬은 우리를 흥분, 각성시키기도 하며, 리듬의 반복은 우리의 의식을 가라앉게 하기도 한다. 마찬가지로 습관적인 언어가 리듬을 통해 새로운 의미로 전경화되기도 하며, 반대로 리듬은 의미를 배경 속으로 자동화시킬 수도 있다. 이와 같이 의식의 각성과 가라앉음, 의미의 전경화와 자동화는 긴장과 이완의 쾌감을 얻게 한다.

이러한 중요성 때문에 여러 논자들은 리듬에 대해 특별한 관심을 표명해 왔다. 일찍이 아리스토텔레스는 "시는 율어에 의한 모방이다."라고 설파했고, 현대에 와서는 에드가 앨런 포우가 "시는 미의 운율적 창조"라고 하였고, 「문학의 이론」의 저자는 "시를 구성하는 두 개의 주요 원리는 운율과 비유(metre and metaphor)"[1]라고 했다. 또한 볼프강 카이저는 "리듬은 모든 시를 개성화한다."[2]고도 하였다. 이는 리듬에 따라 시의 미적 차이가 얼마나 다양하게 결정될 수 있는가를 설명한 말이다. 특히 다음의 주장은 시에서 리듬의 중요성을 가장 적극적으로 강조한 경우다.

> 어떤 시의 구조에서 특이한 리듬을 구현하지 않으면서도, 시적 언어만
> 으로─은유적이거나 모호하거나 그 밖의 다른─시의 의미론적이거나
> '존재론적인' 특이성을 설명할 수 있다고 하는 것은 환상에 불과하다.[3]

이 밖에 "시는 이해되기 전에 전달된다"는 T.S.엘리어트의 말은 시의 형식적인 측면, 그 중에서도 시를 질서화시켜 전달하는 가장 중요한 형식적 요소인, 리듬의 요소를 강조한 발언으로 보인다. 이처럼 리듬이 시에서 대단히 중요한 요소라는 것은 틀림없는 사실인 것이다. 리듬에 대한 이해는 시를 이해하고 창작하는데 있어서 필수적인 것이라 하겠다.

2. 리듬의 시적 의의와 기능

리듬에 관련된 용어들은 리듬, 율격, 운율 등 다양하며, 이 용어들은 논자에 따라 개념 구분 없이 혼용되거나 잘못 쓰이기도 한다. 그러므로 이러한 용어들의 개념 차이를 좀더 확연히 정리해 둘 필요가 있겠다.

앞에서도 언급했지만, 리듬은 서로 다른 요소들 사이에서 빚어지는 반복적인 변화나 운동감을 말한다. 이 반복적인 변화나 운동감에는 소리이든, 계절의 변화(계절의 리듬)이든, 생로병사 등 생명현상의 흐름(생의 리듬)이든, 혹은 생명체의 생리적 리듬(바이오 리듬)이든, 모두 포함된다. 그러므로 리듬의 개념에는 소리현상만 포함되는 것은 아니며, 시에만 해당되는 개념

---

1) R. Wellek and A. Warren, *Theory of Literature* (Penguin Books Ltd., 1970), p.186.
2) 볼프강 카이저, 「언어예술작품론」, 김윤섭 역(대방출판사, 1984), p.374.
3) 벤야민 흐루쇼브스키, "현대시의 자유율", 박인기 편역, 「현대시의 이론」(지식산업사, 1989), p.116.

도 아니다. 또 우리는 리듬감을 느끼려면 어떤 형태로든지 반복성을 감지해야 하지만, 리듬에서 느껴지는 반복성은 반드시 규칙성을 전제로 하는 것도 아니다.

이에 반해서 율격(meter)은 운문(verse)을 이루고 있는 소리의 반복적이고 규칙적인 양식을 말한다. 다시 말해서 율격을 이야기 할 때, ① 소리 ② 반복성 ③ 규칙성의 세 요소는 대단히 중요하다. 자연계의 리듬이라고는 하되 자연계의 율격이라고 할 수 없는 까닭은 ①때문이며, 무용의 율격이라는 말이 성립할 수 없음은 ② ③의 이유 때문이다.[4] 언어는 시간적 순서에 의해서 행해지므로 소리의 양식이 일정한 거리를 두고 반복된다면 그 반복의 단위를 수량적으로 측정할 수가 있다. 운문 특히 시의 가장 중요한 특성 가운데 하나가 소리의 반복성이기 때문에 이 반복성을 유형화하고 규칙화 하는데서 율격론이 성립되는 것이다.[5]

따라서 문학 논의에서 리듬과 율격 사이에는 다음과 같은 차이점이 있다. 첫째, 율격은 산문과 운문을 가려주는 변별적 자질이다. 따라서 산문의 리듬이라고는 하되 산문의 율격이라고는 할 수 없다. 둘째, 율격은 언어 체계 안에서 규칙적이고 체계적이어서 불변성을 갖지만, 리듬은 형상화되는 언어 현상에 따라 가변성을 갖는다. 따라서 같은 율격을 채용한 작품이라도 율격은 같으나 리듬은 다를 수밖에 없다.[6] 즉 율격이란 순수하게 규칙화된 추상관념이며, 리듬이란 이러한 율격과 각개의 시작품에 관여하는 다양한 요인들이 상호 작용하여 긴장 관계를 유지하면서 조성된 현상이다. 리듬의 긴장성은 이러한 다양한 요소들이 율격적 규범성의 기대에

---

4) 김대행 편, 『운율』(문학과 지성사, 1984), p.12. 여기서 김대행 교수는 우리 시는 전통적으로 압운이 거의 발달되지 못했다는 측면에서 verse에 해당되는 우리 말을 韻文 대신에 律文으로 쓰고 있으나(p.48 참고할 것), 전통적으로 운문이란 말을 써 왔으므로 필자는 운문이란 말로 바꾸어 사용하기로 하겠다.
5) 김대행, "운율적 미적 가치", 『우리 시의 틀』(문학과 비평사, 1989), p.27.
6) 김대행 편, 『운율』, p.12.

따르기도 하고, 그 이상적 규칙성에서 일탈하여 그 기대를 좌절시키기도
함으로로써 조성된다.

<blockquote>
이화에 월백하고 은한은 삼경인제
일지 춘심을 자규야 알랴마는
다정도 병인 양하여 잠 못들어 하노라
       - 이조년의 시조 -
</blockquote>

<blockquote>
대초 볼 붉은 골에 밤은 어이 듯드리며
벼 뷘 그루에 게는 어이 나리는고
술 익자 체 장사 도라가니 아니 먹고 어이리
       - 황 희의 시조 -
</blockquote>

인용된 두 시조는 각 행이 4음보를 기본 율격으로 하는 3장으로 된 평시조
이다. 그러므로 두 시조는 같은 율격 구도를 가진 단일한 형식의 시조다.
그러나 두 시조의 리듬은 상당히 다름을 쉽게 알 수 있다.

이조년의 시조에서는 시적 자아의 다정다한한 심정과, 그것에는 아랑곳
하지 않는 무심한 자연으로서의 자규를 대함으로써 깊은 밤 잠 못 이루는
자아의 고뇌를 잘 형상화하고 있다. 그리고 이화, 월백, 은한, 삼경, 춘심,
자규, 다정, 병 등의 시구도 그러한 정조에 적절히 기여함으로써, 이 시조의
정조와 내용에 어울리는 독특한 리듬을 만들어 내고 있다. 즉 이 시조는
시적 자아의 고뇌하는 정조에 맞는 시어 및 내용과 그에 따른 애절한 리듬을
보여 준다.

이에 비해 황희의 시조에서는 이조년의 시조에서와 같은 심각한 감정상
의 리듬을 찾아 볼 수 없다. 시어들도 대초, 밤, 벼, 게, 술 등 일상적 사물어
로, 유유자적하는 선비적 삶의 편안함과 안빈낙도하는 자세를 읽을 수 있으
며, 리듬도 그러한 내용에 합치되는 리듬을 보여 준다. "시의 리듬은 리듬의
최소단위들이 결정한다기보다는 시의 한 행, 나아가서는 한 장, 더 나아가서

는 한 편의 시 전체가 그 의미 구조와의 미묘한 상관관계를 통하여 결정한
다.”[7]고 할 때, 위의 시조는 근본적으로 단일한 형식이지만 그 실제적 리듬
은 서로 다른 것이다.

리듬은 소리 현상만은 아니며, 리듬을 조성하는 요인들은 실로 많다. 소리
요소의 모든 자질들(율격, 압운, 음상징 등), 시어가 빚어내는 다양한 의미
및 연상작용과 시청각적 효과, 통사법(생략, 도치, 반복 등), 휴지, 행의 구분,
연의 구분, 비유적 표현, 어조, 분위기, 그리고 무엇보다도 이들의 총합이라
할 수 있는 의미 요소 등이다. 특히 시의 리듬 형성에 의미가 기여하는
역할은 크다. “한 편의 시는 리듬 요소, 의미 요소 등과 같은 별개의 요소들
로 철저히 분해 할 수 없는 법이다. 그러므로 시를 기술하려면 의미 측면,
리듬 측면 등과 같은 상이한 여러 측면에서 전체적으로 보아야 한다.”[8]
이렇게 될 때 우리는 리듬의 형성에 있어서 의미가 관여하는 것이나 의미
창조에 있어서 리듬이 하는 역할을 함께 파악할 수 있으며, 내용과 형식이라
는 이분법적 오류로부터도 해방될 수 있게 된다.

“소리는 의미의 반향처럼 되어야 한다”[9]는 주장도 리듬은 그 자체로서의
독자성을 가지고 있는 것이 아니라 의미와 결합될 때, 즉 의미에 참여할
때 그 본래의 기능을 십분 발휘하게 됨을 말한 것이다.[10] 의미는 리듬 형성
에 기여하는 중요한 요소이며, 리듬 또한 의미 구현을 돕는 중요한 요소인
것이다. 시에서의 리듬은 의미의 보조 수단이 아니라 양자가 유기적으로
결합되어 있는 의미 그 자체이며, 나아가 작품 그 자체인 것이다.

시에서 언어로 씌여진 모든 요소들은 리듬을 형성하는데 기여한다. 마찬
가지로 리듬도 다른 요소들에 영향을 미친다. 이러한 모든 요소들은 저마다

---

7) 이상섭, 「문학비평용어사전」(민음사, 1978), p.246.
8) 벤야민 흐루쇼브스키, 앞의 글, p.122.
9) Alexander Pope, *Essay on Criticism*, p.356. 이상섭, 「문학 연구의 방법」 (탐구당, 1991), p.59.
   재인용
10) 이상섭, 위의 책, p.59.

시속에서 또다른 기능을 담당하고 있다 할지라도 리듬을 형성하는데 있어서도 기여한다는 말이다. 물론 이와 같은 요소들이 시의 리듬 형성에 있어서 똑같은 층위와 가치를 지니는 것은 아니다. 리듬론은 이러한 요소들이 시속에서 저마다 어떤 역할과 가치를 지니면서 상호작용 하는지를 현상적으로 밝혀내야 한다.

> 그립다
> 말을 할까
> 세하니 그리워
>
> 그냥 갈까
> 그래도
> 다시 더 한 번
>
> 저 산에도 까마귀 들에 까마귀,
> 서산에는 해진다고
> 지저귑니다.
>
> 앞 강물 뒷 강물
> 흐르는 물은
> 어서 따라 오라고 따라 가자고
> 흘러도 연달아 흐릅디다려
>   ― 김소월의 「가는 길」 전문 ―

이 시에서 리듬 형성에 참여하는 요소들 중 특별히 눈에 띄는 것들을 지적한다면, ① 4음보(혹은 3음보로 볼 수도 있음)를 기저로 하는 율격 ②반복과 병렬의 민요적 구조 ③시행의 구분 ④특징적 표현(시어) ⑤이러한 리듬 요소들에 상호 작용하는 의미세계 등이다.

이 시는 민요적 율조의 시다. 민요조라는 말은 우리의 전통적 민요 율격이 3음보격과 4음보격을 기본 율격으로 하며, 같은 통사 형식의 반복과 병렬을 기본 구조로 삼으므로[11], 그러한 리듬 형식을 따른 초기 현대시들에 붙여진 명칭이다.

그러므로 김소월이 전통적 혹은 민요적 율조의 시인일 수 있었던 것은 전통적 율조인 3음보내지 4음보의 율격 형식과 반복과 병렬의 민요적 구조, 그리고 그의 시의 내용과 정서가 향토적이고 민족적이었기 때문이다. 이 시는 전통적 민요 형식인 3음보내지 4음보의 율격적 특징과 반복과 병렬의 구조, 그리고 그리움과 망설임, 산과 강물, 까마귀 등으로 표상되는 민족적 정서를 시화함으로써, 민요조의 율조를 살려낸 것이다. 그리고 그의 시가 민요적 형식에 깊이 뿌리 내리고 있으면서도 단순한 반복과 병렬을 넘어선 자유시로서의 개성과 자유를 살려내고 있다는 데에 김소월시의 천재성이 있는 것이다.

소월의 시에는 4음보를 1행으로 처리한 경우와 2행으로 나눈 경우, 3행으로 나눈 경우 등 여러 가지가 있다. 같은 4음보라도 4음보를 1행으로 나눈 경우와 2행 혹은 3행으로 나눈 경우에 있어서 리듬효과와 의미효과에는 분명한 차이가 있다. 시 「가는 길」의 경우도 대체로 4음보를 기저로 하는 형식으로 볼 수 있겠는데, 이 시의 경우 하나 혹은 두 개의 단어가 하나의 시행을 이루도록 잘게 나뉘어진 짧은 시행들로부터 4음보가 하나의 시행을 이루는 긴 시행에 이르기까지 다양하게 구성되어 있다.

1,2연에서는 1행으로 합쳐진 것보다 이렇게 3행으로 나뉨으로써 짧은 시행과 긴 여운으로 인하여 시적 자아의 망설이는 태도를 잘 살려내고 있다.

---

11) 예를 들면, 다음과 같은 민요는 4음보로 되어 있으며, 비슷한 통사구조에 대립적 요소가 교체되면서 반복·병렬된 예가 된다.

> 말깨나 하는 놈 재판소 가고
> 일깨나 하는 놈 공동산 간다.
>
> 아깨나 낳는 년 갈보질하고
> 목도깨나 매는 놈 부역질 간다.

시적 자아는 그립다고 말을 할까, 그냥 갈까를 결정하지 못하고 망설인다. 이와 같이 망설이고 주저하는 내용에 맞게 리듬의 속도도 망설이듯이 느리게 나누어 놓은 것이다. 즉 이 시에서의 리듬은 의미를 잘 반향하고 있으며, 또 동시에 리듬은 망설이는 태도를 잘 살려내고 있음을 알 수 있다. 그러나 3연 1행에 와서는 4음보를 한 행으로 처리하고 있는데, 까마귀의 존재를 설명하는데 망설임이나 여운은 필요 없기 때문이다.

또 이 시에서 눈에 띄는 구절은 3연 3행의 '지저귑니다'라는 표현이다. 까마귀에 대해서는 흔히 '지저귄다'고 하지 않고 '운다'고 한다. 그런데 김소월은 '지저귄다'라고 표현했다. 그가 이렇게 표현한 율격적 이유는 무엇보다도 앞 연들의 마지막 행에서 계속되어 온 5음절 시행들의 등장성을 일관되게 유지하고 싶어했다는 데에 있을 것이다. 그는 5사의 음절수를 맞추기 위해서 '웁니다' 대신에 '지저귑니다'로 표현했던 것이다. 여기서 우리는 당시의 김소월의 율격 의식 속에는 음수율 의식이 자리하고 있었음을 감지할 수 있다. 물론 여기서 그가 음수율 의식의 일단을 드러내었다고 해서 그가 그의 시를 창작하는 데 있어서도 음수율적 경직성으로 실천했다는 것은 아니다. 그의 모국어에 대한 뛰어난 감수성과 천재성은 그의 지식과는 거의 무관하게 그의 시를 음보율로 실천하도록 하고 있기 때문이다.

그리고 여기서 짚고 넘어가야 할 또하나의 문제는 그가 5음절의 음절수를 맞추기 위해서 '웁니다' 대신에 '우짖습니다' 정도로 할 수도 있었겠는데 '지저귑니다'라는 표현을 선택했다. 그 이유는 무엇일까. 이 시의 공간은 행복한 공간은 아니다. 그러므로 이 시에 종달새나 까치가 등장하는 것은 어울리지 않는다. 그렇지만 까마귀가 우짖는 상황 또한 이 시의 분위기에 비해서 너무 무겁고 불길하다. 김소월은 까마귀를 선택하는 대신 그 우는 방식을 우는 것에서 지저귀는 것으로 바꾼 듯하다.

'지저귑니다'는 '우짖습니다'에 비해 상대적으로 경쾌한 리듬효과를 주어 까마귀의 불길함을 다소 완화 조정해 준다. 그는 '지저귑니다'를 선택함으로써 5음절의 규칙성을 살림과 동시에 불길한 새로서의 까마귀의 이미지 완화 효과도 노린 것이다. 역으로 말하면 이미지의 변화시도가 음수율도 맞추게 해 주었다고 할 수 있다. 한편 독자들은 이 '지저귑니다'가 까마귀의 목소리로는 어울리지 않는다는 사실을 깨닫지 못하고 지나가기가 쉽다. 그 이유는 반복되는 리듬에 실려 표현 하나하나에는 덜 민감하게 될 수 있기 때문이다. 리듬이 표현의 어긋남이나 불충분함을 보완해 준 예가 되는 것이다. 필립 휠라이트의 말대로 "시의 음악성이 표현의 긴장성이 이완되었을 때 큰 공헌을 한"12)것이다. '지저귑니다'도 그것이 의도적 표현이든 아니든 간에 일종의 부적절함으로 본다면 이 시의 반복적 리듬은 그 부적절함을 적절함으로 자연스럽게 보완해 준 것이다. 이러한 보완은 부정적인 것이 아니며, 그 효과는 리듬과 의미, 표현의 상호작용에 의해 독특하게 나타나는 것이다. 이 시도 그렇지만 김소월의 저 유명한 「산유화」나 「진달래꽃」의 표현과 정서라는 것도 리듬이 배제되었다면 얼마나 무미건조한 언어 덩어리에 불과했겠는가.

　이처럼 리듬은 율격 형식을 포함한 시의 모든 소리 자질 뿐만 아니라, 의미와 정서, 시행의 구분, 시의 구조, 표현법 등 시의 다양한 요소들이 상호 작용하여 성취되는 포괄적이고 통일적인 현상이다. 그러므로 율격이 동일할 경우에도 리듬은 다를 수밖에 없는 것이다. 리듬에 의해 모든 시는 개성화되는 것이다. 이렇게 다양한 요소들이 역동적으로 참여하여 형성된 시가 긴장되고 활력 있는 리듬을 창조한다. 좋은 리듬에는 "특수한 힘, 독특한 마력이 내재"13)해 있는 것이다. 잘 계산되고 운율 도식이 정확히 실현된 완벽한 시는 오히려 활력 있는 리듬을 마비시킨다. "좋은 시를 쓰려면 율격만으로 충분치 않다. 이 점이 자유시 시인들이 그들의 선배들이 행한 실천에 반발했던 중요한 동기들 중의 하나였던 것이다"14)

---

12) Philip Wheelwright, *Metaphor and Reality* (Indiana Univ. Press, 1962), p.64.
13) 볼프강 카이저, 앞의 책, p.374.

다음으로 리듬과 운율의 개념 구분의 문제다. 잘 알다시피 리듬이란 말은 영어에서 그대로 빌려 온 말이다. 이 말은 일상생활에서도 익숙하게 쓰이며, 시를 논의하는데 있어서 이 말을 대신할만한 적당한 번역어를 찾기가 쉽지 않다. 흔히 율동, 가락, 운율 등의 말로 대체하기도 하나, 리듬이라는 말이 가지는 뜻을 다 포괄하지 못하는 한계가 있다. 율동은 소리 현상보다는 시각적 움직임에 더 가까운 뉘앙스를 가지며, 가락은 음악의 멜로디의 개념에 가까워진다.

운율은 韻과 律을 합친 개념이다. 韻은 압운(押韻:rhyme)을 말하며, 律은 율격을 이른다. 율격은 시간적 질서 위에서 나타나는 일정한 양의 반복임에 비해, 압운은 일정한 위치에서 반복되는 규칙성이라는 점에서 율격과 다르다. 그러나 이 둘은 규칙성과 반복성을 갖는다는 점에서는 같다.[15] 그러므로 압운과 율격을 합친 개념인 운율은 규칙성을 갖는다는 점에서 규칙성이 없는 리듬과는 구별해서 쓸 필요가 있겠다. 압운과 율격은 동서양을 막론하고 작시법의 중요한 양대 지주가 되어 왔기에, 이 두 가지를 합쳐 운율로 부르는 것이다. 운율론이라는 용어는 그러므로 영어의 prosody의 개념에 해당된다.

3. 율격의 개념과 분류

앞에서도 언급했지만 율격은 운문을 이루고 있는 소리의 반복적이고 규칙적인 양식이다. 그러므로 율격은 언어 현상이며, 반복성과 규칙성을 가지

---

14) 벤야민 흐루쇼브스키, 앞의 글, p.121. 율격이 산문과 운문을 가려주는 변별적 자질이긴 하지만, "은유 없는 시가 있듯이 어떤 율격도 없는 시적 리듬도 있을 수 있다."(p.122) 특히 현대시의 해체 현상은 시에서 어떠한 규칙적인 율격현상을 찾을 수 없게 하는 경우가 많다.
15) 김대행, "운율의 미적 가치", p.28 참조.

며, 순수하게 규칙화된 추상관념이다. 이에 반해 리듬은 말소리 뿐만 아니라 반복적인 변화나 운동감이 느껴지는 모든 현상에 해당되며, 순수하게 규칙화된 추상적인 형식이 아니라, 각개의 시 작품에서 실제로 조성된 현상이다. 그러므로 율격은 리듬 형성의 가장 기본적인 틀이며, 리듬에 포괄된다.

또한 율격은 압운과도 구별된다. 압운과 율격이 시행에서 구현되는 소리의 현상이라는 점, 그리고 규칙성과 반복성을 갖는다는 점에서는 같다. 그러나 율격이 소리의 시간적 질서 위에서 나타나는 길이의 반복임에 비해서, 압운은 일정한 위치에서 반복되는 규칙성이라는 점에서 서로 다르다.[16] 율격을 音位律·音性律·音數律로 3분하는 경우가 아직도 일부 시론이나 개론서에서 눈에 띄는데, 이는 압운(여기서는 음위율)과 율격(여기서는 음성율과 음수율)을 같은 기준에서 놓고 보는 일종의 범주오류이다.

그러므로 운율은 압운과 율격으로 대별되고, 압운은 頭韻·脚韻·중간운(혹은 腰韻) 등으로 나뉘어지며, 율격은 음수율과 음보율로 나뉘어지며, 음보율은 다시 강약율·고저율·장단율로 나뉘어진다. 그리고 이러한 운율을 기본으로 하고 기타 시의 소리와 의미를 포함하는 다양한 요소들의 유기적 참여를 통한 변조(variation)에 의해 리듬은 구현된다. 이를 도표화하면 다음과 같다.

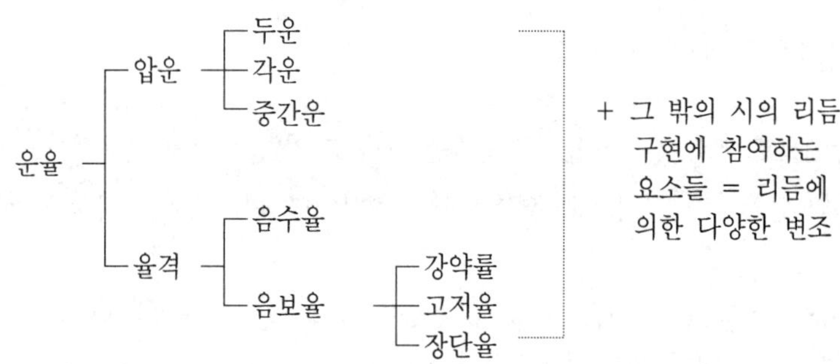

---

16) 위의 글, p.28 참조.

　율격은 음수율과 음보율로 나눌 수 있다.17) 음수율은 시의 한 행을 구성하는 말의 일정한 음절수에 의한 율격 방식을 말한다. 그러므로 음수율은 반복의 단위를 행에다 둔다. 종래 우리 시의 율격 논의는 대부분 이 음수율에 의존해 왔다. 예를 들어 평시조를 초장은 3·4·3·4, 중장은 3·4·4·4, 종장은 3·5·4·3의 3장으로 된 형식으로 설명한다든가, 가사의 기본형식을 4·4조로 설명한다든가, 초기 현대시의 일부 형식을 7·5조로 설명한 것 등이다. 중국의 오언시, 칠언시도 음절수를 기준으로 삼은 경우고, 일본의 시 또한 음절수를 기준으로 논의된다. 와까(和歌)는 5·7·5·7·7조이고 하이꾸(俳句)는 5·7·5조이며, 신체시는 5·7 또는 7·5조로 되어 있다. 이 밖에 현대 프랑스, 이탈리아 등 남유럽계의 시에 음수율이 적용된다.

　음보율(音步律)은 음절수가 아니라, 반복의 단위가 되는 음보의 특성에 의해 율격을 기술되는 율격 원리를 말한다. 다시 말하면 음보율에서는 음수율과는 달리 반복의 단위가 행에 있는 것이 아니라, 음보가 반복의 단위가 된다. 여기서 音步(foot)란 음절의 서로 대립적인 소리자질들이 모인 것을 말한다. 즉 강약율의 음보는 강음과 약음이라는 대립적 음절들로 구성되며, 고저율의 음보는 고음과 저음이라는 대립적 음절들로, 장단율의 음보는 장음과 단음이라는 대립적 음절들로 구성된다. 음보율을 音性律이라고 부르기도 하는 이유는 그것이 음보를 구성하는 소리의 성질에 의존하기 때문이다. 그러므로 음보를 구성하는 자질들이 무엇인가를 파악하는 것은 반복되는 법칙(즉 리듬효과의 바탕)을 해명하는 것이기 때문에 대단히 중요하다. 음보율에서 음보는 더 이상 분할할 수 없는 규칙성의 최소단위이며, 이 음보

---

17) 롯츠(J. Lotz)는 이를 순수음수율 (pure syllabic)과 복합음수율(syllabic-prosodic)이라는 개념으로 설명한다. 즉 여기서 순수음수율은 음수율과 같은 개념이며, 복합음수율은 음절수를 바탕으로 하여 또 다른 언어적 요소(예를 들어 강약, 고저, 장단 등)가 율격 형성에 기여하는 것인데, 이것은 음보율에 해당되는 개념이다. John Lotz, "*Metric Typology*", Style in Language, T. A. Sebeok ed. (The M.I.T. Press, 1960), p.142. 참조.

들이 모여서 시의 행을 구성하는 것이다.

음보율은 음보를 구성하는 소리의 자질에 따라 강약율, 고저율, 장단율로 나뉜다. 강약율(dynamic)은 강세(stress)가 있는 강한 음절과 강세가 없는 약한 음절이 대립되어 음보를 구성하고, 이러한 음보들이 반복되는 율격 형식이다. 이 경우 음절의 수는 문제가 되지 않으며, 강세의 수만 일정하면 된다. 영시, 독일시 등 게르만 계통의 시가 여기에 해당된다. 영시에서의 네 가지 표준 음보는 약강격(iambic), 약약강격(anapestic), 강약격(trochaic), 강약약격(dactylic) 등이며, 이 외에 몇 개의 변형형이 있다. 대표적으로 약강격의 시행을 하나 소개하면 다음과 같다.

> Tŏ bé ŏr nót tŏ bé thát ĭs thĕ quéstion
> (죽느냐 사느냐 그것이 문제로다)
>
> — Hamlet —

'thát ĭs'에서 변격이 있음을 알 수 있다. 규칙으로부터의 일탈이 리듬감을 살림은 물론, 의미를 강조하는 효과를 얻고 있다.

그리고 영시에서는 시행을 이루는 음보의 수에 따라 1음보(monometer), 2음보(dimeter), 3음보(trimeter), 4음보(tetrameter), 5음보(pentameter), 6음보(hexameter : 알렉산드리아詩行,Alexandrine), 7음보(heptameter : 14음절행, fourteener), 8음보(octameter) 등으로 불린다. 따라서 영시에서는 시행의 율격을 논할 때, 우세한 율격과 한 시행이 포함하고 있는 음보수를 함께 말한다. 위의 시구를 예를 들어 설명하면 약강5음보격(iambic pentameter)이 되는 것이다.

고저율(高低律 : tonal)은 소리의 고저가 규칙적으로 교체 반복되는 율격이다. 여기에는 漢詩가 해당되는데, 중국어는 원래부터 소리의 고저에 대한 의식, 즉 성조가 잘 발달된 언어이므로, 한시의 고저율도 이러한 언어적 특성 때문이다. 그러므로 고저율을 聲調律 혹은 平仄律이라고도 한다. 장단율(長短律 : durational)은 장단의 소리가 규칙적으로 반복되는 율격을 말한다. 이것은 고대 희랍의 시나 인도의 산스크릿 시에서 볼 수 있었던 율격이다.

4. 압운의 의미와 기능

운율은 압운과 율격이 합쳐진 개념으로, 율격이 소리의 일정한 길이가 규칙적으로 반복되는 것임에 반하여, 압운은 일정한 소리가 일정한 위치에서 반복되는 양식이다. 압운은 다시 각운, 두운, 중간운(요운) 등으로 나눌 수 있다.

각운(脚韻:rhyme 혹은 end rhyme)이란 시행의 끝자리에서 동일한 음이 반복되는 것을 말한다. 영시에서의 각운은 시행에서 마지막 악센트가 있는 모음과 자음의 반복이다. 영시에서 압운과 각운을 함께 rhyme으로 쓰는 이유는 영시에서의 압운법은 곧 각운을 의미할 만큼 각운이 발달하였기 때문이다.

朝回日日典春衣　每日江頭盡醉歸
酒債尋常行處有　人生七十古來稀
穿化蛺蝶深深見　點水蜻蜓款款飛
傳語風光共流轉　暫時相賞莫相違
－ 杜甫, 「曲江二首 2」 전문 －

조정에서 물러나면
봄옷을 잡혀

나날이 강가에서
실컷 취해 돌아가다.

술빚은 예사라
도처에 있고

인생 칠십(人生七十)은

고래로 드물은 것.

꽃 속을 깊이 헤쳐
나비 들어가고

물을 스쳐
훨훨 나는 잠자리.

봄 풍광(風光)에 말하노니
같이 흐르는 몸

잠시나마 서로 아껴
배반 마오리.

고희(古稀)라는 말의 출처로서 널리 알려진 시다. 한시에서는 압운의 규칙이 엄격하게 적용되는데, 絶句(4행시), 律詩(8행시), 倍律(12행시)은 대체로 偶數句 시행의 끝자에 운자를 둔다. 그러나 율시의 경우에는 첫구에도 운자를 두는 경우가 있다. 七言律詩인 이 시도 1, 2, 4, 6, 8 句의 끝자인 衣, 歸, 稀, 飛, 違를 각운으로 사용하고 있다. 여기서 衣, 歸, 稀, 飛, 違는 첫 자음만 제외하고는 모두 같은 음 '에이[ei]'를 운자로 한다.

> Thou still unravish'd bride of quietness,
> Thou foster-child of Silence and Slow Time,
> Sylvan historian, who canst thus express
> A flowery tale more sweetly than our rhyme.
> — Keats, 「Ode on a Grecian Urn」의 일부 —

너 아직 더럽혀지지 않은 정적의 신부여,
너 침묵과 느린 시간의 養子여,
우리들의 시보다 더 감미롭게 꽃다운 이야기를
이처럼 표현할 수 있는 森林의 역사가여.
　　　　　　— 키이츠, 「그리이스 항아리에 부치는 송가」의 일부 —

여기서는 행의 마지막 악센트가 있는 모음과 자음인 ess와 ime(yme)가 각각 각운으로 반복되고 있다. 이때 2행과 4행에서처럼(time, rhyme) 각운이 강세음절로 끝나면 남성운(masculine rhyme)이라 하고, 1행과 3행에서처럼 무강세 음절에서 끝나면(quietness, express), 여성운(feminine rhyme)이라고 한다. 우리 시의 예는 다음과 같은 것을 들 수 있겠다.

> 물구슬의 봄새벽 아득한 길
> 하늘이며 들 사이에 넓은 숲
> 젖은 향기 불긋한 잎 위의 길
> 실 그물의 바람비쳐 젖은 숲
> 나는 걸어 가노라, 이러한 길
> 밤 저녁의 그늘진 그대의 꿈
> 흔들리는 다리 위 무지개 길
> 바람조차 가을 봄 거츠는 꿈
> — 김소월, 「꿈길」 전문 —

> 芙蓉을 꼬잣눈둧 白玉을 믓것눈둧
> 東溟을 박츠눈둧 北極을 괴왓눈둧
> — 정철, 「關東別曲」의 일부 —

그런데 한시나 영시에서의 각운은 소리 전체가 아니라, 소리의 부분적인 동일성에 의하여 이루어지는 데 비해서, 우리 시의 경우는 '길, 숲'이나 '-눈둧'의 예에서처럼 소리의 전체인 하나의 어휘나 형태소의 차원에서 이루어짐을 알 수 있다. 이렇게 될 경우, 같은 소리의 반복이기는 하지만, 이것들은 이미 압운론적인 차원을 벗어나 수사법이나 형태론의 범주에 해당된다. "보다 큰 단위에 의해 형성된 동일성은 그 하위 부류의 동일성을 제압해 버리므로, 음성의 동일성을 인식하기 전에 의미의 동일성을 가져오고야 마는 것이다."[18] 따라서 이러한 것들은 압운법의 범주에서 논의되

---

18) 김대행, 『한국 시가 구조 연구』, p.46.

기 곤란한 것이다.

이처럼 우리 시에서 각운이 잘 발달해오지 못한 이유는, 첫째로 우리말은 첨가어이기 때문에 대개 조사나 접미사를 동반하며, 언어구조상 서술어가 문장의 끝에 오게 된다. 따라서 각운의 자리에 조사나 서술형 접미사가 오게 되므로 그런 류의 형태소를 가지고는 각운 효과를 기대하기 어렵다는 것이다. 가령 '―미워하나요, ―좋아하나요, ―사랑하나요'에서처럼 '요'소리의 반복에서 각운이 노리는 소리의 효과와 뜻의 강조를 기대하기는 어렵다는 것이다.

둘째 이유로는, 각운은 시행의 길이가 일정한 정형시, 특히 라틴어나 프랑스어, 이탈리아어 등 음절 의식이 강한 언어에서 잘 발전하여 왔는데, 우리 시의 경우는 음절이 불규칙하여, 다소 들쑥날쑥한 음절적 비정형성 때문에 정확한 위치 반복에서 오는 각운 효과를 잘 살려내지 못한다는 것이다. 그 대신 우리 시에서는 두운이나 자음운, 모음운 등의 중간운에 의한 압운의 발전 가능성은 크다.

두운(頭韻: alliteration 혹은 head rhyme)이란 'The mother of months in meadow or plain'(스윈번 『Atalanta in Galydon』)에서처럼 단어의 첫 자음의 반복이다. 그러나 넓은 의미에서는 'lead-ball, thick-pith'나 'fate-write, mile-till'처럼 어떠한 위치의 자음의 반복도 해당되는데, 이 경우를 자음운(consonance)이라고 한다. 한편 모음운(assonance)은 'dreams of thee'나 'sweet sleep'에서처럼 악센트 있는 모음의 반복이다. 자음운과 모음운은 행의 중간에 위치하므로 중간운(혹은 腰韻: internal rhyme)이라 한다. 우리 시의 경우 두운에 해당될 수 있는 예는 다음과 같다.

넉시라도 님을 혼디 녀닛景 너기다니
― 「滿殿春」의 일부 ―

<u>산</u>에서 우는 적은 <u>새</u>요
꽃이 좋아
<u>산</u>에서
<u>사</u>노라네
                    − 김소월, 「산유화」의 일부 −

「만전춘」에서는 ㄴ음이 반복되는데, 넉과 님과 녀, 너는 소리 뿐만 아니라
의미에 있어서도 중요한 역할을 하고 있다. 산, 새, 삶 등은 이 시에서 가장
중요한 낱말로서 상호 연관되어 주제를 형성한다. ㅅ음은 그것들을 주목하
게 하여 뜻을 강화하는 역할을 한다.

이처럼 압운에 의한 소리의 반복은 흔히 쾌조음(快調音: euphony)이라
하여 슬거운 효과를 유발하기도 하고, 惡調音(cacophony)이라 하여 거친 소
리로 귀에 거슬리는 효과를 내기도 한다.

내 가슴 속에 가늘한 내음
애끈히 떠도는 내음
저녁해 고요히 지는제
머ㄴ山 허리에 슬리는 보랏빛
                    − 김영랑, 「가늘한 내음」의 일부 −

여기서 유성자음 ㄴ의 반복은 부드럽고 포근한 느낌을 준다. 시인은 이
시의 분위기에 어울리는 소리를 쓰기 위해서 '지는 때' 대신에 '지는 제'로
하고, '쓸리는' 대신에 '슬리는'을 쓰는 등, 애써 된소리나 마찰음도 삼가고
있다. 다음의 시는 삭풍, 긴파람, 짚고, 큰 한 소리, 찬데, 거칠 것 등 ㅋ,
ㅍ음이 가지는 파열음과 ㅈ음이 가지는 마찰음으로 하여, 거친 계절에 변방
을 지키는 한 장수의 비장한 심정을 잘 살려내고 있다.

<u>삭풍</u>은 나무 끝에 불고 明月은 눈 속에 <u>찬데</u>
萬里邊城에 一長劍 <u>짚고</u> 서서

긴파람 큰한소리에 거칠 것이 없에라
　　　　－ 김종서의 시조 －

　쾌조음과 악조음은 소리로서의 효과에만 머무르는 것이 아니라, 하나의 소리영상으로서 의미에도 긴밀하게 작용함을 알 수 있겠다. 이것을 음상징의 효과라고 한다.

5. 우리 시의 율격론의 전개와 과제

　그 동안 우리 시를 규정할 수 있는 율격의 원리가 무엇인가에 대해서는 많은 논의가 있어 왔다. 우리의 경우 율격에 대한 논의는 1920년대부터 시작되었으며, 그 초기 논의의 중심은 음수율론이었다. 그리고 음수율을 대표하는 논자는 조윤제 교수[19]였다. 앞에서도 잠깐 언급했지만, 음수율론은 시의 율격을 음절수에 따라 논하자는 주장으로, 그 후 우리 시의 율격 논의의 주류가 되어, 오늘에 있어서도 학교 교육에서 여전히 이용되고 있다.
　그러나 음수율에 대한 비판은 1950년대에 들어서면서 정병욱, 이능우 교수 등에 의해 제기되기 시작한다.[20] 정병욱 교수에 의하면, 음수율론을 주장하는 이들은 '3·4조 4·4조가 국문학의 시가 운율의 기본 형태다'라고 말하지만, 국어의 어휘는 2음절과 3음절이 압도적으로 많으며, 여기에 1,2음절(토씨나 활용형)이 첨가되어 3음절과 4음절이 국어 음절을 구성하는 지배적인 경향이 되며, 이는 시가 뿐만 아니라 산문에서도 지배적으로 나타나는 우리 국어의 자연스런 현상이라는 것이다. 그러므로 3·4조니 4·4조니 하는 것이 국문학 시가 운율의 기본적인 형태라고 생각해 온 것은 피상적

---

19) 조윤제, "시조의 자수고", (「신흥」, 4호 1930).
20) 정병욱, "고시가 운율론 서설", 「최현배선생화갑기념논문집」(정음사, 1954).
　　이능우, "자수고 대안"(「서울대학교 논문집」, 7집, 1958).

인 관찰에서 오는 착각에 불과하다는 것이다.[21]

그리고 시조를 초장 3·4·3·4, 중장 3·4·4·4, 종장 3·5·4·3 등의 음수율로 설명하지만, 실제로 조사해 보면 시조 3천여 수 가운데서 이러한 음절수의 정형에 정확히 일치되는 것은 거의 없고, 1~2음절, 심하면 5~6, 7~8음절 이상씩의 편차를 보이는 것이 많다고 한다.

율격이 운문을 이루고 있는 소리의 반복적이고 규칙적인 양식임을 상기한다면, 3음절이나 4음절이 우리의 경우 시가에만 해당되는 기저자질이 아니고, 또 그것이 규칙적이지도 않으며, 무엇보다도 우리의 시가가 음수율적인 율격 의식하에서 창작된 적이 없었으며, 낭송이 아니라 가창을 위주로 하는 장르였다는 점에서 음수율론을 우리 시의 율격론으로 받아들이기는 곤란하다 하겠다.[22]

음수율론이 우리 시가에 부적절하다는 것으로 의견이 모아지자 그것의 대안으로 제시된 것은 음보율론이다.

정병욱 교수는 시가란 원래 음악과 미분화된 상태에서 발전해 나왔음을 상기시키면서, 음악에서 각각의 마디가 가지는 동일한 박자의 개념과 같은, 시간적 等長性을 의미하는 음보라는 개념을 제시한다. 즉 노래에서 각각의 마디는 그것에 포함된 노랫말의 음절수와는 상관없이 똑같은 길이의 박자를 가진다. 시가의 경우에도 음악에서의 마디의 개념에 해당되는 음보의 개념을 적용시킬 수 있다는 것이다. 예를 들어 설명하겠다.

    오백년 / 도읍지를 / 필마로 / 돌아 드니
    산천은 / 의구하되 / 인걸은 / 간데 없네

---

21) 정병욱, "고시가 운율론 서설", 여기서는 『한국고전시가론』(신구문화사, 1979), pp.1
    9~20 참조.
22) 그러나 개화기 가사의 4·4조나 최남선, 김억, 김소월 등에 의해 시도된 7·5조의 정
    형 시가식형은 명확히 음수율적 율격 의식에 의해 창작되었다는 점에서 전통에서
    벗어난 것으로 부정할 것이 아니라, 예외적으로 논의할 필요가 있겠다.

어즈버 / 태평 연월이 / 꿈이런가 / 하노라
- 길재의 시조 -

이 시조는 이처럼 끊어서 律讀(scan)될 수 있다. 한 음보가 3음절에서 5음절에 이르기까지 다양하고, 문법적으로도 하나의 어절이 하나의 음보가 되는 경우가 있는가 하면 두 개의 어절이 모여 하나의 음보를 구성하는 등 형식적 길이가 서로 다름에도 불구하고, 우리는 각 음보들을 똑같은 길이로 자연스럽게 율독하게 된다.

'어즈버'는 3음절이므로 조금 천천히 읽고, '태평 연월이'는 5음절이므로 조금 빨리 읽는 식으로 음보의 길이를 조정하여, 똑같은 길이로 읽게 된다. 즉 3음절이나 5음절이나 율독 시간의 양은 다 같은 것이다. 이것이 가능한 것은 우리가 한국어의 문법과 의미 사이에서 말들이 차지하는 상관관계와 호흡군(breathgroup), 나아가 우리 시의 미감을 체득하고 있기 때문이다. 이것은 마치 노래의 악곡에서 각각의 마디의 노랫말이 음절이나 어절수에서는 서로 차이가 있어도 그 소리의 시간적 길이에서는 동일하다는 원리와 같은 것이다.

이처럼 각 음보가 음절수에 있어서나 어절수에 있어서 서로 차이가 있음에도 불구하고 같은 길이로 받아들여져 율독되는 것을 음보의 시간적 등장성 혹은 等時性이라 하는 것이다. 아무튼 이와 같이 음보의 개념을 적용시킬 경우 적어도 음수율의 불리함을 크게 극복할 수 있게 된다. 시조의 예만 보더라도 음절수의 기준에서는 비정형시라고 할 수밖에 없는 불규칙성을 보이지만, 음보율의 기준에 의해서는 등장성을 가진 4음보의 정형시로 설명될 수 있는 융통성을 비로소 확보하게 되는 것이다. 특히 그나마 음절의식이 아예 없어진 현대시의 리듬을 설명하려면 음보율은 꽤 유용하다.

그런데 정병욱 교수는 우리 시가의 경우 각 음보 사이의 등장성을 가능하게 하는 음보의 구성 원리로 강약이 변별적 요소로 작용한다는, 강약에 의한 음보율을 제시한다. 그러나 잘 알다시피, 영어에서와는 달리 국어에서는 강약이 변별적 음소로 작용하지 않는다는 점에서, 이러한 주장은 받아들여질 수 없었다. 시의 율격은 그 시가 바탕하고 있는 모국어적 특징과 불가분의 관계에 있다. 강약이 우리 시의 율격의 원리가 되려면 강약이라는 대립적 소리 자질이 우리 말에서 변별적 기능을 해야만 한다. 그러므로 우리의 말에는 내재하지도 않는 강약이라는 요소가 시의 율격의 규칙성으로 받아들여질 수 없는 것은 당연한 것이다.

또한 고저율론과 장단율론도 주장되었는데, 고저율론23)은 우리의 국어가 중국어에서처럼 성조를 가지지 않는다는 점에서 또한 언어학적으로 불가능한 입론이었다. 장단율론24)도 마찬가지다. 장단이 국어에서는 유일하게 변별적 기능을 가진다고는 하나, 그것은 극히 일부의 어휘에서나 적용될 수 있으므로, 율격적 규칙성을 형성한다고 보기는 어려운 것이다.

이렇게 되자 음수율의 대안으로 제시되었던 강약·고저·장단 등의 복합음보율론은 우리의 국어 특성상 성립이 어려워지게 되었고, 다시 그 대안으로 강약·고저·장단 등의 개념을 배제한 단순음보율론이 제기된다. 즉 한 국어의 특성상 음보 내에서 강약·고저·장단과 같은 율격적 자질을 발견하는 것은 불가능하므로, 그냥 단순히 시의 한 행이 몇 개의 음보로 구성되어 있는가를 논하자는 것이다. 그리고 이러한 견해는 현재의 율격론의 지배적인 입장이 되고 있다.25)

---

23) 김석연, "시조 운율의 과학적 연구", (『아세아연구』, 32호, 고대 아세아 문제연구소, 1968).

황희영, 『운율연구』(대전대 동서문화 비교연구소, 1969).
24) 정광, "한국 시가의 운율연구 시론", (『응용언어학』, 7-2호, 서울대 어학연구소, 1975)
25) 조동일, 『서사민요연구』(계명대출판부, 1970).

예창해, "한국 시가 운율의 구조연구"(『성대문학』, 19집, 1976).

김흥규, "한국 시가 율격의 이론 I"(『민족문화연구』, 13호, 고대민족문화연구소, 1978).

그러나 단순음보율론이 제기되기까지 논의가 진행되어 온 과정에서도 드러나듯이, 단순음보율론도 그렇게 만족스러운 것은 못되는 것 같다. 강약율이나, 고저율, 장단율 등의 기저 규칙을 갖는 보편적 음보율이, 그 반복의 단위를 음보 그 자체에 두는데 반해서, 단순음보율의 음보는 음보 자체에 기저 규칙을 갖지 못하므로, 음수율에서처럼 반복의 단위를 행에다 두게 된다. 즉 강약율이니 고저율이니 장단율이니 하고 율격 규정을 하는 것이 아니라, 1행이 4음보니, 4음보 1행이니, 혹은 음수율과 혼용하여 4·4조 2음보 행이니 하고 부르는 것이다. 이것은 음보율의 보편성과 성격을 달리하는 것이다.

그러므로 한 시행을 나누는 음보의 구획에 있어서도 엄밀한 객관성보다는 시행에서 차지하는 역할이나 비중을 보아 상대적으로 나누게 된다. 이러한 상대적 구획이 시행의 문법적·논리적 구획이나 장르의 관습이나 작품의 총체적 의미 등과의 관련하에서 하나의 호흡군으로 설정되어, 결국 각 음보의 同價性이 보장된다고 하지만, 그 구획에 있어서 불가피하게 주관적 자의도 개입될 수밖에 없음을 또한 부인하기 어려운 것이다. 그것은 실재의 분석의 예에서도 확인되고 문제가 되고 있다. 예컨대 다음 시의 경우 논자에 따라 3음보로 나누기도 하고[26] 4음보로 나누기도 한다.[27]

그립다 / 말을 할까 / 하니 그리워

그립다 / 말을 할까 / 하니 / 그리워

필자의 생각도 우리 모국어의 특성과 호흡의 자연스러움으로 보아 후자

---

26) 정한모, 『한국 현대시의 정수』(서울대 출판부, 1979), p.34.
　　김수업, "소월시의 율격 파악", (『상산 이재수박사환력기념논문집』, 1972), p.172.
　　조창환, "1920년대 시의 구조적 특성에 관한 연구", (서울대 대학원, 1976), p.37.
27) 김대행, 『한국 시가 구조연구』(삼영사, 1976), pp.61~71.
　　예창해, 앞의 글, pp.249~250.

의 4음보로 나누는 것이 타당한 듯이 보이지만, 하여간 이렇게 두 의견이 대립될 때 그것을 판단할 수 있는 음보내적 기준이 없으므로 어느 것이 타당한가에 대한 확실한 결론을 내릴 수 없는 것이다. 다음 시에 대한 음보 분석의 경우는 그 구획에 있어서 자수의 진폭이 지나치게 커서 받아들이기가 어렵겠다.[28]

> 바람은 / 내 / 귀에 / 속삭이며
> 한자욱도 / 섯지마라 / 옷자락을 / 흔들고
> 종조리는 / 울타리넘의아씨가티 / 구름뒤에서 / 반갑다웃네
> 고맙게 / 잘 / 자란 / 보리밧아
> 간밤 / 자정이넘어 / 나리든 / 곱은비로
> 너는 / 삼단갓튼머리를 / 감앗구나 / 내머리조차 / 갑분하다
>   - 이상화의 「빼앗긴 들에도 봄은 오는가」의 일부 -

한 음보를 이루는 음절수가 1음절에서 9음절까지 나타나고, 9음절 음보의 경우는 4개의 품사가 포함되어 있다. 과연 이렇게 나누는게 적절한지 의문이 든다. 음보 사이의 편차가 이렇게 심하고 자의적일 경우 음보를 담보하는 등장성이라는 개념 자체가 문제될 수 있다. 그리하여 이러한 단순 음보율이 가지는 한계를 보완하기 위해서 또 다른 방법들이 다양하게 모색되고 있다.

먼저 김대행은 장단과 그에 따른 강약을 기저로 한 앞 뒤 음보 간의 대립적 교체와 주기적 반복에 의한 2음보 대응 연첩의 논리를 펴고 있다. 김대행은 종래의 '음보'라는 용어 대신에 서구 율격론의 콜론(colon)에 해당되는 '마디'라는 용어로 바꾸어 사용하고 있는데, 그 이유로 그는 음보란 강약, 고저, 장단의 경우처럼 율격의 대립 요소가 반복되는 주기성의 최소

---

28) 조동일, "현대시에 나타난, 전통적 율격의 계승", 「한국 시가의 전통과 율격」 (한길사, 1982), pp.158~161.

단위를 가리키는 데 비해서 우리 시의 율격에서는 이러한 대립이 발견되지 않을 뿐 아니라[29] 율격적 구획을 단지 의미의 축에 따라 구분하고 있는 '의미의 율격'[30]에 기초하므로 '음보'라는 말 대신에 '마디'라는 용어를 쓰자는 것이다.

즉 그에 의하면 우리 시는 각 시행의 두 음보씩이 의미론적으로 긴밀한 관계를 갖는다고 하는데, 예컨데 "동창이/밝았느냐//노고지리/우지진다"나 "형님 오네/형님 오네//문고개로/행님 오네"(민요), "해야/솟아라//해야/솟아라" 식으로 두 음보씩 의미론적인 짝을 이루는 '2음보 대응'을 이루고, 이 때 대응되는 2음보가 하나의 '구절'에 해당되므로 우리 시의 대립적 교체와 주기적 반복은 음보가 아니라 '구절'을 단위로 해서 이루어진다는 것이다. 또 대립적 교체 과정에서 율격적 등장성 때문에 짧은 음보의 최종 음절은 장음화하는 현상이 일어나고 그 결과 장음화하면 강음화한다는 국어의 특질과 文(sentence)안에서의 어절의 첫 음절은 강음화한다는 통사음운론적 변화에 의해 율독시 파상(波狀)의 강약 변화를 구현한다는 것이다.[31]

성기옥은 음보마다의 等價的 시간경험을 代償할 수 있는 자질로 음절을 필수구성자질로, 장음과 정음(停音)을 隨意的 구성 자질로 설정함으로써 음보간의 음량적 균등성에 주목하면서도 부분적으로 장음 등의 개입을 인정하려는 견해를 보이고 있다.[32]

또 조동일은 기본적으로 율격 휴지만을 우리 시가 율격의 기저 자질로 설정하면서[33] '음보'라는 말 대신에 '토막'이라는 용어를 제안하기도 한

---

29) 김대행, "민요의 율격 체계", 『우리 시의 틀』, p.120 참조.
30) 김대행, "율격론의 틀", 위의 책, p.21.
31) 김대행, "운율의 미적 가치", p.37 참조.
32) 성기옥, 『한국시가 율격의 이론』(새문사, 1986), pp.84~117.
33) 조동일, "시조의 율격과 변형 규칙", 『한국시가의 전통과 율격』참조.
   김홍규도 이와 비슷한 입장이다. 김홍규, "한국시가 율격의 이론 I"(『민족문화 연구』
   13집, 고대민족문화연구소, 1978).

다.34) 그리고 그는 부분적으로 음보적 특징을 '뒤가 가벼운 3음보격' (살어리 살어리 랏다/청산에 살어리 랏다)과 '뒤가 무거운 3음보격 (괴나리 보찜을 짊어지고/아리랑 고개로 넘어간다) 등으로 설명하고 있다.35)

그러나 필자의 생각에는 우리 시의 율격 단위가 구획되는 데 있어서 의미의 요인이 크게 개입되는 게 사실이라 하더라도 어디까지나 소리의 요소가 중심적인 것이어야 하며, 율격론이 시의 통사론이나 의미론과는 다른 차원의 것이라는 점에서 김대행의 '2음보 대응 연첩'의 논리를 수용하기가 어려울 것 같다. 더구나 그의 '의미의 율격'론이 의미론적 단순성 속에서 반복되는 시조나 민요가 아닌 현대시를 설명하는 데에는 더욱 적합치가 않다는 생각이다.

성기옥의 논리도 음보 생성의 내적 자질의 탐색보다는 드러난 현상의 논리화에 매어달린 나머지 조창환의 지적처럼 '음량적 균등성을 지나치게 의식한 이론적 조작'36)이 심한 것으로 보인다. 그리고 불규칙한 음보에 대한 이러저러한 논리화로는 음보 규칙의 대강에 이르기에는 한계가 큰 것이다. 이러한 측면에서 필자의 의견으로는 음보율과 음수율이 절충된 우리 시가 특유의 율격론을 정립할 필요가 있지 않은가 하는 생각이 든다. 그간 음수율에 대한 정병욱 등에 의한 반동이 너무 컸던 관계로 우리는 우리 시의 율격이 포함하고 있을 음수율적 자질을 지나치게 간과해 온 것은 아닌가 하는 생각이 들고 음수율적 고려의 철저한 배제는 이제 제고되어야

---

34) 이외에 음보란 용어는 일본 학자들이 처음 사용한 일본식 용어이고 서구의 foot를 번역한 개념이므로 우리 시가 율격의 특성상 적합하지 않다 하여 '음보' 대신에 '박율' (신동욱, 「우리시의 역사적 연구」(새문사, 1984)이나 '척사'(隻辭)(홍재휴, 「한국고시 율격연구」, 태학사, 1983, pp.62~63) 등의 용어를 제안하기도 한다.
35) 조동일, "현대시에 나타난 전통적 율격의 계승", 「한국시가의 전통과 율격」, pp. 134~135 참조.
  오세영 또한 3음보격을 후장(後長) 3음보, 후단(後短) 3음보, 등장(等長) 3음보 등으로 설명한다. 오세영, 「한국 낭만론의 시 연구」(일지사, 1980), P. 306 참조.
36) 조창환, 『한국 현대시의 운율론적 연구』(일지사, 1986), p.32.

할 것 같다는 생각이다.

율성에 있어서 우리 시의 경우와 상당히 유사한 성격을 가지고 있는 일본 시가가 초기 이론가들에 의해 음수율로 처음 이론화되었듯이[37] 우리 시도 음수율적 특성이 전혀 없는 것은 아닌 것 같다. 글자(음절)의 첨가에 의한 글자수로 말의 마디를 이루는 첨가어의 특징과 중국 시의 자수율의 영향으로 볼 때 음수율이 개재될 개연성은 충분히 있었던 것이다. 그러나 첨가어의 특징인 자수의 불규칙한 가감에 의해 음수율적 정형성이 지켜지기 어려운 특성이 또한 주어진 것도 사실일 것이므로 어느 정도의 음수 의식은 가지고 있었으나 엄격한 자수율이 아닌, 유동성이 있는 형식으로 전습되어 온 것이 아닌가 한다.

따라서 음보의 보격적 규칙성 안에서 허용될 수 있는 음량(자수)의 진폭에 일정한 한계를 두려는 논의는 이러한 방향으로의 논의의 진전을 위하여 바람직한 시도로 보여진다. 즉 성기옥은 우리 시가의 음보를 2음격, 3음격, 4음격, 5음격의 4종으로 나누고 기본음격(3음격과 4음격)과 이 기본음격의 변형으로 이루어진 파생음격(2음격과 5음격)으로 체계화하고 있다.[38] 또 홍재휴는 하나의 음보(척사)를 구성하는 자수(律字)를 율자형에서 4율자형 까지로 나누어 음보 구성의 상한 자수를 4자까지로 한정하고 있다. 그리고 그는 시조 종장의 첫 구(隻句)를 독립구로 설정하고 제 2구를 2개의 음보로 나누고 있다.[39]

이러한 논의들은 앞으로 더욱 활발하게 논의되고 정립되겠지만 우선은 한 음보를 1음절에서 9음절까지로 편의적으로 구분하는 것에 대해 한계를 긋는다는 점에서도 매우 의의 있는 것이다. 아무튼 지금까지의 논의에서도 알 수 있듯이 우리 시의 율격 논의는 단순음보율을 중심으로 하여 음보의

---

37) 심원섭, "한·일시 율성의 동질성에 관하여",(「현대 문학의 연구」5, 한국문학연구회, 1985) 참조.
38) 성기옥, 앞의 책, p.139.
39) 홍재휴, 앞의 책, pp.62~75. pp.186~212 참조.

음절수를 고려하거나 앞뒤음보의 의미론적 대응 관계를 고려하는 등 계속 이론적 보완을 거듭해 나갈 것이다.

6. 결 론

지금까지 본고에서는 리듬과 율격의 상대적 차이와 기능을 검토했고, 율격을 분류하면서 우리 시 율격의 기저 체계에 대한 논의는 어떻게 진행되어 왔는지, 그리고 그 문제점과 과제는 무엇인지를 살펴 보았다. 그리고 소박하나마 필자의 의견을 개진해 보았다.

즉 음보율과 음수율이 절충된 우리 시가 특유의 율격론을 정립할 필요가 있지 않겠는가 하는 것이다. 그 동안 음수율에 대한 반농이 너무 컸던 섯을 생각할 때, 우리는 우리 시의 율격이 포함하고 있을 음수율적 자질을 지나치게 무시해 온 것은 아닌가 하는 생각이 드는 것이다.

우리 모국어의 특성으로 보거나, 우리 시가와 비슷한 율성을 가진 일본시가가 명치 초기 이론가들에 의해 처음 이론화될 때에 음수율로 설명된 그 기저에는 일본 시가 또한 음수율적 성격이 배제되기 어려운 특성을 갖고 있었기 때문이었을 것이다. 아무튼 필자는 이러한 문제를 제기하면서 앞으로 이것을 더욱 깊이 다룰 생각이다.

초등학교 교과서 수록 동시의
분석과 시 지도에 대하여

1. 서 론

개화기 이후 문화의 모든 부분이 서구적 충격과 영향을 받으면서 많은 변화를 겪어왔고, 문학도 문물의 변화에 맞추어 현대적 감수성을 꾸준히 키워온 게 사실이다. 시도 마찬가지다. 근대시로 발걸음을 옮긴지 벌써 한 세기가 되어감에 따라 모더니즘을 거쳐 포스트모더니즘을 운위할 정도로 다양한 감수성으로 발전해왔다.

그러나 이와 같은 문학적 감성의 변화와 계발이 동시의 창작과 교육에 있어서만은 거의 답보를 면치 못하고 있는 듯한 느낌을 지울 수 없다. 동시가 기본적으로 새로운 예술적 시험이 적용되기 어려운 어린이 대상의 장르로서 그것에는 여러 측면의 교육적 고려까지 포함되어 있다는 점을 감안한다 해도, 개화기의 계몽주의적 시각에서 크게 벗어나지 못하고 있다는 느낌을 지울 수 없는 것이다.

계몽적·교훈주의적 태도가 주도하고 있고, 일본에서 받아들인 7·5조 율조가 우리 율조로 둔갑하여 운율 형식을 지배하고 있다. 또 자칫 기교주의로 전락될 수 있는 상투적이고 장식적이며 부적절한 비유나, 시 전개가 눈에 띈다. 초등학교 교과서 수록 동시는 곧 어린이들의 동시관 형성과 시적 상상력, 나아가 우리말에 대한 감수성의 배양과 직결된다는 점에서 특히 비판적 검토의 대상이 되어야 할 것이다.

이러한 면에서 현대시 전공자나 시교육자들은 그 동안 동시에 대해 성인

시가 유치해진 상태나 성인시의 미달품 쯤으로 은연중에라도 가볍게 생각
해 오지는 않았는지 반성해야 하리라 생각한다. 예술의 다른 부분과 마찬가
지로 동시는 그것 나름의 성격에 맞게 고도의 것이어야 하며 최상의 것이어
야 한다. 더구나 동시는 어린이가 시예술을 처음 접하게 되는 가장 소중한
단계의 형식이기 때문에 더욱 중요한 것이다.

본고는 이와 같은 반성의 하나로 대체로 서정시를 이루는 기본적인 요건
이라 할 만한 요소들, 즉 시장르의 특징인 주관성과 표현의 문제, 그리고
운율을 중심으로 초등학교 교과서 수록 동시들을 비판적으로 검토해 보고
자 한다.[1]

2. 서정 장르로서의 동시의 문제

과학이 객관성을 지향한다면 문학은 주관성을 지향한다. 특히 서정시는
다른 어떤 장르보다도 개인적인 감정을 표현하는 주관적인 장르다. 시인은
슬프거나 기쁜 감정, 혹은 세계에서 느낀 인상을 주관적으로 표출한다. 서정
시의 장르적 특징을 흔히 '세계의 자아화'로 규정하는 이유도 여기에 있다.

시인은 세계를 자아의 정서에 어울리게 동화시켜 세계를 자아화한다. 그
에게는 세계를 마음대로 해석할 자유가 있다. 그리고 이러한 자아의 자유는
청중(독자)을 의식하지 않는다. 서정시가 개인적 감정을 표현하는 주관적인
장르인 만큼, 시인이 말을 거는 대상 역시 자신의 세계 밖에 있지 않다.
시인은 자기 자신에게나 우주나 부재한 연인에게 자신의 심정을 토로한다.

---

1) 본 연구는 1999년 12월에 처음 발표했던 것으로 제6차 교육과정의 국어 교과서를 분
   석 대상으로 삼았으나 이러한 분석의 결과는 제7차 과정에도 거의 그대로 적용된다고
   할 수 있겠다. 그만큼 7차 교육과정도 6차의 한계와 문제점을 청산하지 못하고 있는
   것이다. 동시에 관한 한 7차 교육과정은 반성적이지 않다.

아! 그립다.
내 혼자 마음 날같이 아실 이
꿈에나 아득히 보이는가.

향 맑은 옥돌에 불이 달아
사랑은 타기도 하오련만
불빛에 연긴 듯 희미론 마음은
사랑도 모르리 내 혼자 마음은.
- 김영랑 「내 마음을 아실 이」 3, 4연 -

서정시는 청중(독자)에게 말을 거는 것이 아니라, 노드롭 프라이가 말한 것처럼 청중에게 "엿들어진다."[2] 청중은 무시되며 부재한다. 이 시에서 시저 자아의 발언은 자아 스스로를 향한 독백이거나 부재한 연인을 향한 것이지 청중(독자)을 향한 것이 아니다. 즉 외부의 상황과 관계없이 시적 자아의 주관적인 것이다. 이것은 서사시가 청중을 대상으로 이야기를 들려주는 것과 대조된다.

일반적인 의미에서 서정시의 한 장르인 동시도 서정시의 이와 같은 장르적 특징에서 예외일 수 없다. 동시 또한 다른 서정시와 마찬가지로 주관적인 장르이며 매우 중요한 언어예술인 것이다.

다음의 시는 동시의 이러한 특성을 잘 살려낸 것으로 보인다.

우리 학교 운동장은요
잔디 운동장이지요.

아침마다
교문에 들어서면
밤새 기다렸다가

---

2) C. 카터 콜웰, 「문학개론」, 이재호·이명섭 역(을유문화사, 1981), p.207.
이 말은 먼저 John Stuart Mill이 한 말이다. Robert Scholes, 「문학과 구조주의」, 위미숙 역(새문사, 1987), p.33 참조.

파란 가슴으로
안아주지요.

공도 굴리고
신나게 달리면,
잔디 운동장은
간지럽다고
더 파랗게 웃지요.

교실에 들어가는
우리들에게
심심한데
더 놀다 가라고
졸라 대지요.

선생님 앞에서
공부하면서도
운동장 생각만
정신 없지요.

— 4학년 「운동장」 전문 —

어린이다운 감정을 잘 살려내어 표현하고 있다. 마음껏 뛰어 놀고 싶은 개구쟁이의 마음이 운동장에게까지 감정이입되어 운동장을 또한 정다운 개구쟁이 친구로 동화시켜 놓고 있다. "밤새 기다렸다가/파란 가슴으로/안아 주지요.", "간지럽다고/더 파랗게 웃지요.", "심심한데/더 놀다 가라고/졸라 대지요.", "선생님 앞에서/공부하면서도/운동장 생각만/정신 없지요." 등과 같은 형상화는 전혀 과장됨이 없이 시적 화자의 생동감 있는 감정을 매우 정확하고 적절히 표현해내고 있다. 이처럼 서정시의 하나인 동시 또한 매우 주관적인 장르이지만, 시를 통해 표현된 주관적 감정이 화자나 시인의 일방적인 감정이 아니라 시를 읽는 이로 하여금 폭넓고 깊은 공감을 불러일

으켜 상호주관화될 때 그 주관적 감정은 적절한 것으로 수용되고 따라서
그 시는 성공적일 수 있는 것이다.

그런데 다음의 동시를 보자.

풀잎에 파란색이 있듯이
풀에는 풀로 된 시가 숨었다.
도랑물에 졸졸졸
소리가 나듯
물 속에는
물로 된 시가 숨었다.
꽃 속에 향기로운
냄새가 있듯
꽃에는 꽃으로 된 시가 숨었다.

아이들아,
너희 눈으로
풀잎의 시를 찾아라.

너희 귀로
물 속의 시를 소리 들어라.
꽃 속의 시를
냄새 맡아라.

아이들아!
들판을 달리며 나비를 잡듯
시를 잡아라.
— 6학년 「시를 잡아라」 전문 —

이 동시는 시쓰기 혹은 시적 상상을 위한 이해를 위주로 서술되어 있다.
시적 화자의 주관적 감정 대신에 세계의 객관적 이해와 교육적 논설이 오히
려 중심이 되어 있다. 그러므로 이러한 시는 아이들의 마음이 절실하게 말하

고 싶은 욕구를 반영하는 것이 아니라 그들의 감정과 거의 무관하게 자칫 일방적인 교설 수준에 머물 가능성이 많다. 이럴 경우 시는 서정 장르라기보다는 오히려 교술장르에 접근해 간다.

그런데 초등학교 교과서에는 정도의 차이는 있다 해도 이러한 교훈적 혹은 대상에 대한 이해 위주의 시가 주류를 이루고 있어서 문제점으로 지적될 수 있겠다.

> 길모퉁이
> 우두커니
> 빠알간 우체통
>
> 사연 듣고
> 바쁜 걸음
> 편지 손님들
>
> 한나절 쉬어 가고
> 하룻밤 자고도 가는
> 편지들의 여인숙
>
> — 4학년 교과서 수록 동시 —

이 시도 화자의 감정 표출이 아닌 우체통에 대한 이해가 중심이 되어 있는 교술적인 동시다. 유추의 수준이 매우 상식적인 소품이지만 특히 '편지들의 여인숙'이라는 표현은 어린이의 시각이라는 것을 전제한다 해도 지나치게 안이하고 유치하다. 유치한 성인의 시각이 어린이의 시각은 아니며, 치졸한 성인시가 동시가 되는 것은 아니다. 동시는 어린이의 순수한 감성을 통해서 포착될 수 있는, 어린이의 감각에서 볼 때 가장 참신하고 고도의 것이며 적절한 표현이어야 하는 것이다. 유추의 정도가 상식화된 죽은 비유는 호소력과 공감을 얻을 수 없다.

이 동시에서 우리는 거의 화자를 느낄 수 없을 만큼 객관적 상황만 제시되어 있다(객관 제시형의 화자). 또 「시를 잡아라」의 경우 화자가 거의 불분명하여 표면에 나타나지 않는 시인의 시각(함축적 시인의 시각)으로 볼 수 있겠고[3], 이 두 경우는 시인이 직접 자신의 감정을 토로하는 경우나 허구적인 인물을 내세워서 표출하는 형태의 시에서보다 감정이 절제되어 있어서 대상과 정서적 거리를 유지하고 세계에 대한 이해나 인식을 더 중시하는 시각으로서 적합하다.

그러나 필자의 생각에는 동시에서는 이와 같은 객관제시형이나 함축적 시인의 시각은 자칫 단조롭고 무미건조한 어조에 머물기 쉬우므로 화자가 분명히 드러나면서 자신의 감정을 표출하는 방법이 초등학교 교육과정에서 더 중시되어야 할 것 같다는 생각이다. 또 다음의 시의 경우처럼 화자가 불분명한 교훈적인 시들의 경우 화자를 어린이로 내세우고 있는 것 같지만 그 교훈성으로 인해서 그 어린이 뒤에 시인으로서의 어른의 목소리가 울려 나오는 듯한 느낌을 지울 수 없다.

> 혼자서 버스 타기도
> 겁나지 않는다, 이제는.
>
> 표시 번호 잘 보고 타고
> 선 다음에 차례대로 내리고
> 서두르지 않으면 된다.
> 그까짓 것.
>
> 밤 골목길
> 혼자서 가도
> 무섭지 않다, 이제는.
> 정신 똑바로 차리면 된다.
> 그까짓 것.

---

3) 화자의 문제는 장도준, 「현대시론」(제2판; 태학사, 1999), pp.185~210 참조 바람.

    사나운 개 내달아
    컹컹 짖어 대도
    무서울 것 없다, 이제는.
    마주 보지 말고, 뛰지 말고,
    천천히 걸으면 된다, 그까짓 것.
                    — 6학년 「이제는 그까짓 것」 전문 —

　자신의 감정에 솔직해지는 것과 그 감정과 느낌을 적절하고 다양한 이미지로 표현하는 것, 그리고 그것을 읽고 제대로 감상하여 공감할 수 있도록 하는 것이 초등 단계에서 요구되는 동시 교육방법이라면, 감정 표현이라는 서정시로서의 동시의 본질이 배제되고 기계적이고 상투화된 유추에 의한 표현과 교훈적이거나 대상에 대한 이해 위주의 시가 큰 비중을 차지한다면 문제가 아닐 수 없다. 이러한 시들이 많은 부분을 차지하는 이유는 동시 창작을 여기(餘技)쯤으로 생각하는 시인과 동시작가들의 안이한 시작태도와 동시에 대한 몰이해 및 연구 소홀 때문이라 생각한다. 「이제는 그까짓 것」에서도 느껴지듯이 창가나 최남선의 신체시 「해에게서 소년에게」와 같은 계몽적인 개화기 시가류의 내용이 아직도 답습되고 있는 것이다.

3. 응축성과 시적 형상화의 문제

　시는 시인의 주관적 감정을 표출하는 장르라 했다. 그러나 시는 물론 감정만으로 만들어질 수 없는 것은 당연하다. 감정은 그냥 감정일 뿐, 그 자체만으로는 시가 될 수 없다. 시인의 발언이 객관적 실체로서 형식화될 때만이, 그 발언을 '엿듣는' 독자에게 비로소 의미 있는 것으로 '엿들어지게' 된다. 이것이 시가 예술로 성립될 수 있는 이유다.

　즉 시인의 발언은 형식을 통해서 기호화되는 것이다. 수잔 K. 랭거에 의하면 "예술은 인간 감정을 상징화하는 형식의 창조"4)이다. 또한 웜샛과 비어즐리의 지적처럼 "시의 특징은 감정과 대상에 대한, 그 대상의 감정적 특질에 대한 담화"5)라고 할 수 있다.

시는 삶을 객관적으로 그려나가는 것이 아니라, 시인의 주관적 감정을 표출한 세계이므로 자연히 짧은 형식을 취한다. 시의 형식적 특징은 짧다는 것, 곧 응축성인 것이다. 그리고 주관성은 서사성의 상대적 객관화와 거리가 멀다. 즉 비서사적이다.

그러므로 서정시는 짧은 형식에서 요구되는 고도의 응축된 형식미와 집중에서 오는 강렬성을 필요로 한다. 그 응축성은 문맥의 단절성과 생략에 의해 이루어지며, 어떠한 설명도 없는 이미지들의 병치나 비유 등에 의해서 가능해진다. 그러므로 시는 매우 함축적이고 상징적이 되는 것이다. 결국 시에서 함축성·상징성·애매성·비유성·반어성 등등의 이 모든 것들은 상호인과적으로, 유기적으로 연결되어 있는 것이다. 그렇다고 하여 시 문맥의 단절이나 생략이 아무런 미적 필연성 없이 아무렇게나 이루어지는 것은 아니다. 그것은 매우 고도한 미적 논리에 의하여 전개된다. 동시도 예외는 아니다. 복잡하고 모순된 경험을 반영하는 성인시에 비해 경험이 비교적 단순하다 하더라도 그것의 질서화는 똑같이 중시된다.

> 속살을 헤치고 일어난 아침 햇살
> 벌벌 떨지만,
> 솜털 같은 함박눈이 있어
> 춥지 않아요.
>
> 매서운 바람에 우는 문풍지
> 바르르 떨지만,
> 하늘에서 노는 방패연이 있어

---

4) Susanne K. Langer, *Feeling and Form* (Routledge Paul Ltd., 1979), p.40.
5) W.K.Wimsatt & M.C.Beardsley, "The Affective Fallacy", *The Verbal Icon* (Univ. of Kentucky Press, 1967), p.38.

춥지 않아요.

해거름에 일찍 나온 아기별
발을 동동 굴러도,
할머니 옛날 얘기가 있어
춥지 않아요.

─ 3학년 「춥지 않은 겨울」 전문 ─

이 시에서는 추운 겨울이지만 춥지 않다고 하여 상반되는 두 가지 사실이
나 느낌이 하나의 질서 속에서 통일되고 있다. 그 이유가 지극히 소박하기
때문에 시적인 긴장이 특별한 것은 아니지만 3학년의 시로서 적절한 것으로
보인다. 다만 '속살을 헤치고'와 같은 표현이 좀 거슬린다.
　다음의 시는 이러한 면에서 볼 때 갈등과 화해의 과정이 안이하게 처리되
는 것 같다.

싸움하고
집으로 가는 날
내 그림자는 더 길어지고
마을은 더 멀어집니다.

나는 바람 찬 언덕 위
앙상한 겨울 나무

어머니의 따슨 손이
내 마음을 녹이고
어머니의 사랑의 말씀이
눈물이 됩니다.

그 날 밤
밤새도록 달려갑니다.
달을 안고
친구에게로 달려갑니다.

─ 4학년 「싸움한 날」 전문 ─

 1연의 표현은 적절한 것 같은데, 2연에서 자학적일 정도로 자기 연민에 빠져 있다면, 3연에서는 느닷없이 어머니의 손과 사랑이 제시되고, 4연에서는 밤새도록 친구에게로 달려가는 너무 쉬운 화해로 끝을 맺고 있다. 기승전결 식의 퍽 논리적이고 순차적인 전개방식 같지만 기실은 내면적 갈등이 배제되고 수월하게 결론에 접근하고 있다 하겠다. 친구에 대한 야속함과 자책감이 가지는 심리적 갈등이 설득력 있게 제시되어야 하는 것이다.

 다음의 시는 비교적 잘 형상화된 것으로 보인다.

친구가 나를 놀리면
빨개지는 얼굴.
어쩔 줄 몰라
훌쩍훌쩍 우는 내 얼굴.
빠알간 뺨 위엔
수박씨 같은 주근깨 몇 개,
빠알간 내 얼굴
동그란 수박.

— 4학년 「내 얼굴」 —

 자신의 괴로운 감정과 그 감정에만 맹목적으로 빠져 있는 것이 아니라 적절히 절제하여 '빠알간 내 얼굴/동그란 수박'으로 객관적으로 상관물화해서 드러내는 방법은 퍽 적절한 것이라 하겠다.

산들바람 들녘에
원두막 하나,
해님 달님 별님도
알고 있지요.

— 2학년 교과서 수록 동시 —

이 시는 어떻게 보면 매우 단순한 시 같지만 '산들바람 들녘'이라는 광대한 공간과 '원두막'이라는 작은 공간, 또 '원두막'이라는 지상적 존재와 '해님 달님 별님'이라는 아스라히 멀리 떨어진 천상적 존재 사이의 공간감과 여백이 주는 조화와 긴장이 더할 수 없이 아름답고 깊은 의미를 함축하게 하는 것이다. 이에 비해 다음의 「꽃씨」와 같은 시는 얼마나 진부하고 상투적인가.

> 꽃씨 속에는
> 파아란 잎이 하늘거린다.
>
> 꽃씨 속에는
> 빠알가니 꽃도 피어 있고,
>
> 꽃씨 속에는
> 노오란 나비 떼도 숨어 있다.
>
> — 3학년 「꽃씨」 전문 —

이런 류의 동시는 얼마든지 쉽게 씌어질 수 있다. 꽃씨가 싹트고 자라서 잎이 나고 꽃이 되고, 나비가 날아온다는 것을 상상해서 쓴 시이지만, 그 유추과정은 시적이라기보다는 과학적이다. 그러므로 이러한 시는 시적 형상화를 보여주고 있는 것 같지만 기실은 과학적 진실을 설명하고 있는 논리적 추상화로서 매우 상식적이고 진부하다. 특히 동시는 꽃씨에서 나비를 느끼는 것과 같은 추상화가 아니라 당장 눈 앞에 보이는 것과 같은 생생하게 살아있는 대상에서 상상의 나래를 펴는 것이어야 한다. 이런 면에서 「귀이개」 등의 많은 시들의 적절성이 문제될 수 있겠다.

흔히 은유가 직유보다 한 단계 높은 비유법이라고 하기도 하지만, 실제로 중요한 것은 비유되는 두 대상 사이에서 일어나는 의미론적 변용의 긴장성과 적절성의 문제이다. 예컨대 '하늘은 바다', '구름은 조각배' 따위는 의미론적 탄력을 거의 갖지 못하는 죽은 은유이기 때문이다. 또 공감각적 표현도 마찬가지다. 문제는 어린이의 감정과 그들의 생활에 얼마나 밀착되어 있어서 그들의 정서와 상상력을 생동감 있게 살려낼 수 있는 소재와 참신한 비유이냐가 문제인 것이다.

어떤 비유를 구사하느냐의 문제가 아니라 스스로와 세계에 대한 자신의 감정을 얼마나 정직하고 정확하게 드러낼 수 있느냐가 중요하다. 과장된 기교보다는 어린이의 감정과 생활에 대한 진솔한 표현이 더 훌륭한 결과를 가져오는 것이다.

4. 운율과 낭독의 문제

시는 문학의 여러 장르 가운데서도 리듬에 가장 민감하여 리듬을 본질적 요소로 하는 장르다. 서양에서 抒情詩(lyric)라는 명칭이 리라(lyra)라는 현악기의 반주에 맞추어 부르는 노래라는 뜻에서 유래한다는 것에서도 서정시와 리듬의 관계를 알 수 있는 것이다.

시의 리듬은 산문의 리듬과는 달리 규칙성과 질서를 기본으로 한다. 시에서는 다양성과 자유스러움 속에서도 일정한 패턴, 즉 어떤 질서와 균형을 느낄 수 있는 데 반해서, 산문의 리듬에서는 그런 것이 전혀 결여된, 불규칙적이고 무질서한 리듬을 보여준다. 이것이 시의 리듬과 산문의 리듬의 차이이다. 시의 리듬이 가지는 질서화와 균형은 시를 통일된 형식으로 조직화시켜 주는 데 있어서 중요한 내재적 원리가 된다. 시는 이미지와 비유, 반어와 상징 등의 다양한 요소들이 상호 모순, 충돌하기도 하고 생략되기도 하면서 형식적으로 산만하고 무질서해질 수 있는 개연성이 큰 장르다. 시적 리듬의 질서화와 균형은 이러한 산만성과 무질서를 일관된 원리에 의해 통합시켜 주는 것이다. 전통적으로 서구에서 운율론(prosody)을 곧 시형론이나 작시법과 동의어로 사용해 온 것만 보아도 리듬이 시의 형식 결정에 얼마나 중요한 역할을 하는가를 짐작할 수 있는 것이다.

리듬이 가지는 질서화는 근본적으로 우주 삼라만상의 조화로운 흐름이나 심장의 박동과 같은 인간의 신체적 상태와 조화되는 것이며, 인간의 질서에의 충동과도 합치되는 것이다. 인간의 문화는 곧 질서화를 의미하며, 인간은 질서 속에서 편안함과 즐거움을 얻을 수 있다. 리듬은 우리를 흥분·각성시키기도 하며, 리듬의 반복은 우리의 의식을 가라앉게 하기도 한다. 마찬가지로 습관적인 언어가 리듬을 통해 새로운 의미로 전경화되기도 하며, 반대로 리듬은 의미를 배경 속으로 자동화시킬 수도 있다. 이와 같이 의식의 각성과 가라앉음, 의미의 전경화와 자동화는 긴장과 이완의 쾌감을 얻게 한다.

따라서 이러한 중요성 때문에 시와 리듬의 불가분리한 관계에 대해서는 여러 논자들에 의해서 일찍부터 표명되어 왔다. 아리스토텔레스는 "시는 율어에 의한 모방이다"라고 설파했고 에드가 앨런 포우는 "시는 미의 운율적 창조"라고 하였으며, 「문학의 이론」에서 르네 웰렉과 로버트 펜 워렌은 "시를 구성하는 두 개의 주요 원리는 운율과 비유"[6]라고 했다. 또한 볼프강 카이저는 "리듬은 모든 시를 개성화한다"[7]고도 하였다.

이처럼 시에서 리듬이 대단히 중요한 요소라는 것은 틀림없는 사실이다. 그리고 이는 동시에 있어서도 예외가 아닐 뿐만 아니라 더욱 강조되어야 한다. 왜냐하면 앞에서도 언급한 바와 같이 리듬은 인간의 심장의 박동과 같은 원초적인 경험의 것이며 그것이 궁극적으로는 우주 삼라만상의 순환과 합치되는 것이며, 그 민족의 원초적인 리듬의식과도 합치되는 것이기 때문이다. 그러므로 동시를 배운다는 것은 그 민족의 언어가 가지는 소리의 미감을 가장 극대화해서 맛보는 최초의 미적 경험이라 할 수 있을 것이다.

초등학교 교과서에 실린 시들은 대개가 분련된 시들이 많은데, 여러 논자

---

6) R. Wellek and A. Warren, *Theory of Literature* (Penguin Books Ltd., 1970), p.186.
7) 볼프강 카이저, 「언어예술작품론」, 김윤섭 역(대방출판사, 1984), p.374.

들의 글들을 읽어보면 비런시(非聯詩)나 동화시나 서사동시, 산문시 같은 시들이 부족하거나 배제된 것에 대해 아쉬움을 말하는 경우를 볼 수 있었다.[8] 그러나 필자가 보기에는 세계에 대한 이해나 화자의 감정을 아직 소박하고 단순하게 드러낼 수밖에 없는 단계에서 굳이 비런시나 장시쪽을 강조할 필요는 없을 것 같다. 이 단계에서는 동시의 노래성을 살려주는 것도 좋다. 우리의 현대시가 시 본래의 특성 가운데 하나인 음악성을 거의 상실하고 있는 것도 동시 내지는 동요 교육의 문제에서 기인하는 점도 있을 것이다. 운율만 있으면 시라는 잘못된 생각[9]도 문제겠지만, 그럼에도 불구하고 시의 출발인 동시에서의 음악성(운율)은 강조되어야 하리라 생각된다.

또 동화시나 서사동시 같은 장르의 수록과 교육문제도 아직 서정동시의 장르적 성격조차 제대로 이해하지 못하는 단계에서 다른 장르와의 경계선에 걸쳐져 있는 장르를 교육시키기란 무리일 뿐만 아니라 더구나 시급한 문제도 아니라는 생각이 든다.

그런데 필자가 생각하는 가장 큰 문제점은 다른 데에 있다. 그것은 아직도 일본에서 들어온 7·5조가 초등학교 교과서에 수록된 정형시의 지배적인 형식이라는 것과 그것에 대한 아무런 문제의식을 느끼지 않을 뿐만 아니라 운율 형식의 모범쯤으로까지 생각하여 "운율을 생각하며 시를 낭독하여 봅시다"라고 강조까지 한다는 것이다. 앞에서도 언급했지만 우리의 어린이들이 우리말로 된 동시를 배운다는 것은 우리말의 미감을 동시를 통해서 맛보게 되는 최초의 미적 경험으로서, 그러한 미적 경험을 통해서 민족언어에 대한 미적 감각과 민족적 동질성을 체득하게 된다.

---

8) 전원범, "국민학교 국어과 교재 동시의 분석연구"(「산정 최성호박사 화갑기념초등교육논총」, 1988), p.243. 진선희, "제5차 교육과정기 교과서 수록 동시 분석"(「청람어문학」, 제15집, 1996), p.188.
9) 강현국, "초등학교 국어과 읽기 교과서의 동시 작품 형태 연구"(「대구교육대학교 논문집」, 제33집, 1998), p.8.

7·5조는 개화기에 최남선 등에 의해 일본에서 들어온 율격 형식이다. 그것을 1920년대의 민요시인들인 김안서, 주요한, 김동환, 김소월 등의 시인들이 새로운 민요시의 형식 가운데 일부를 7·5조 형식으로 창작·시험하였고, 그 결과 7·5조=민요조 혹은 전통적 율조라는 왜곡이 일어나게 된 것이다. 그러나 1920년대 민요시운동을 하거나 창작을 한 어느 누구도 7·5조를 우리의 율조라고 말한 사람은 없었으며, 그들은 하나같이 7·5조를 일본에서 들여온 율조로 보았고, 춘원을 비롯하여 그들은 모두 4·4조를 우리의 고유한 율조로 보았던 것이다. 그러던 것이 1958년 김춘수와 1969년 조연현의 오해의 소지가 많은 모호한 설명에 의해 7·5조=전통적 민요조로 왜곡되어 받아들여졌고 성기옥 교수는 우리의 전통적 양식으로까지 논리화시킨 것이다.10)

그러나 조지훈, 김대행, 장도준 등 여러 논자들에 의해 이제는 충분히 해명되었지만 7·5조는 우리의 고유한 율조가 아니라 개화기 이후 1920년대까지 일과적으로 시험된 외래의 율조인 것이다. 그런데 문제는 아직도 초등학교 교과서에서만은 7·5조가 운율의 기본인양 정형률 형식의 중심이 되어 압도하고 있고 그것을 별 의식없이 받아들이고 있다는 것이다. 초등 교재를 분석한 논자의 글을 인용해 보자.

> 우리의 전통적 운율인 3·4조나 4·4조는 거의 사용되지 않았고 그에 비해 外來律調인 7·5조가 제법 쓰이고 있는 셈이었다. (중략) 따라서 3학년 정도에서는 전통적 리듬의 동시나 7·5조 또는 반복률 중심의 謠的童詩敎材가 선정되어야 하리라 본다.11)

이 논자는 7·5조를 외래 율조라고 인식하면서도 또 7·5조가 선정되어야 함을 논급한다. 또 다른 논자는 "운율 형태의 다양한 제시가 필요하고

---

10) 장도준, "1920년대 민요조 서정시인들의 민요의식과 7·5조 율조에 대하여" 「한국 현대시의 전통과 새로움」(새미, 1998), pp.63~102 참조 바람.
11) 전원범, 앞의 글, pp.250~251.

시의 형태면에서도 7·5조 외의 정형률도 경험되어야 한다"[12]고 말한다.

이러한 견해들은 매우 잘못된 것들로, 외래의, 그것도 일제 때 들어온 일본의 율조를 아무 반성 없이 초등학교 동시에서 정형률을 대변하도록 한 것은 우리의 혼을 내어 놓고 교육하는 것과 같은 것으로 매우 잘못되고 부끄러운 것이라 하겠다. 하루바삐 수정되어야 할 것이다.

또 하나의 문제는 '초등교육 현장에서 동시의 율독(낭독)을 어떻게 하고 어떻게 교육시켜야 할 것인가'일 것이다. 종래의 우리 시의 율격을 설명하는 방법은 음수율이었다. 그러다가 음수율의 부적절성을 비판하고 음보율을 주장한 것은 1954년 정병욱 교수[13]에 의해서였고 그 이후 다양한 논의 속에서 음보율을 인정하는 추세다.

그러나 우리의 음보율은 음보를 구성하는 기저자질(대립적 소리자질)들이 발견되지 않기 때문에 시행의 문법적·논리적 구획이나 휴지·의미 등을 고려한 단순음보율에 머무르고 있다. 그러므로 한 시행을 나누는 음보의 구획에 있어서도 엄밀한 객관성보다는 불가피하게 주관적 자의도 개입될 수밖에 없는 것이다. 가령, 다음과 같은 소위 7·5조 동시의 경우라도 논자에 따라 3음보율로 나누는 경우도 있겠고, 4음보로 나누는 경우도 있겠다.[14]

> 구름 가는 소리가 나나 안 나나
> 두 눈 감고 가만히 들어 보아라.
> 잠나라에 달님이 뜨나 안 뜨나
> 꿈 속에서 가만히 살펴 보아라.
> — 4학년 「구름 가는 소리」의 1연 —

---

12) 진성희, 앞의 글, p.188.

13) 정병욱, "고시가 운율론 서설" 「최현배선생화갑기념 논문집」(정음사, 1954), 장도준, 「현대시론」(태학사, 1999), p.127 참조 바람.

14) 김소월의 「가는 길」을 분석하면서 정한모, 김수업, 조창환 등은 3음보로 나누고, 김대행, 예창해 등은 4음보로 나누는데, 그들의 입장은 7·5조 동시의 음보 구획에도 그대로 적용될 수 있겠다. 장도준, 「현대시론」, pp.131~132 참조 바람.

구름 가는/ 소리가/ 나나 안 나나
두 눈 감고/ 가만히/ 들어 보아라.

구름 가는/ 소리가/ 나나/ 안 나나
두 눈 감고/ 가만히/ 들어/ 보아라.

필자의 생각도 우리 모국어의 호흡상의 특성과 시의 율독상의 자연스러움으로 보아 후자의 4음보로 나누는 것이 타당한 듯이 보이지만, 하여간 이렇게 두 의견이 대립될 때 그것을 판단할 수 있는 음보내적 기준이 없으므로 어느 것이 타당한가에 대한 확실한 결론을 내릴 수 없는 것이다.

그리하여 이러한 자의적 허용이 심지어는 하나의 시를 분석하면서 한 음보를 1음절 음보와 9음절 음보로까지 편차가 심하게 구획하는 경우까지 생기게 되는 것이다.[15] 따라서 음보의 보격적 규칙성 안에서 허용될 수 있는 음량(자수)의 진폭에 일정한 한계를 두려는 논의가 시도되고 있는데, 성기옥은 한 음보를 2음격과 3음격과 4음격, 5음격의 4종류로 나누고[16] 홍재휴는 한 음보를 구성하는 자수를 1음절에서 4음절까지로 한정하기도 하지만[17], 아직 정설은 없으므로 계속 논의되어야 할 것으로 보인다.

지금까지의 논의에서 알 수 있듯이 초등학교에서의 동시 낭독은 이처럼 낭독의 정답이 없다는 것을 고려하면서도 우리말 호흡상의 특성과 율독상의 자연스러움 등을 고려하여 교사가 적절히 지도하여야 할 것으로 보인다.

5. 결 론

지금까지 본 연구는 서정시를 이루는 일반적인 3가지 기본 요건인 화자의 태도와 어조를 중심으로 한 주관성의 문제와 운율성의 문제, 그리고 비유와

---

15) 위의 책, p.132 참조 바람.
16) 성기옥, 「한국 시가 율격의 이론」(새문사, 1986), p.139.
17) 홍재휴, 「한국 고시 율격 연구」(태학사, 1983), pp.62~75 참조.

시상의 전개를 포괄하여 광범위한 의미에서의 표현의 문제를 중심으로 다소 개괄적으로 살펴보았다. 그리하여 다음과 같은 결론에 이르게 되었다.

첫째, 초등학교 교과서(제6차)에는 정도의 차이는 있다 해도 대체로 교훈적이거나 세계에 대한 이해 위주의 시가 중심을 이루고 있다는 것이다. 서정시의 본질이라 할 수 있는 화자의 절실한 마음이 말하고 싶은 욕구가 반영된 것이 아니라 세계에 대한 객관적 이해와 교육적 논설이 지배하고 있어서 서정 장르의 순수성에서 벗어나 교술 장르에 근접해져 있다는 것이다.

그러므로 화자의 경우도 시인의 시점을 한 화자나 허구적인 주체로서의 화자 대신에 객관 제시형의 화자나 함축적 시인의 시각이 주류를 이루고 있다. 또 화자를 어린이로 내세우고 있는 경우에도 어른과 같은 교훈적 태도로 인해 그 어린이 뒤에서 시인으로서의 어른의 목소리를 대하게 되기도 한다.

둘째, 시상의 전개에 있어서 절실성이 떨어지고 안이하게 처리되는 경우가 보이고, 비유에 있어서도 시적 비유라기보다는 논리적 비유여서 시적 호소력이 없이 공허하다. 어린이의 생활 감정과 밀착된 경험의 제시와 표현이어야 동시로서 애용될 수 있을 것이고 어린이들의 정서함양에 기여할 것이다.

셋째, 운율의 문제에 있어서도 마찬가지로 자연스런 리듬이 아닌 작위적인 리듬이 크게 눈에 띈다. 특히, 7·5조 율조를 운율 형식의 규범인양 강조하고 있는 것은 놀랍기까지 하다. 이와 같은 실정에서 산문시나 비련시 등에 대한 관심과 요구는 별 도움이 되지 않을 것으로 보인다.

아울러 우리의 율격론이 완전히 확립되지 않은 상태에서의 초등교육 현장의 동시 낭송의 문제를 언급하였다.

2000년부터는 제6차 교육과정이 바뀌어 7차 교육과정으로 넘어가는 것으로 알고 있다. 거칠게 보아도 드러나는 이와 같은 오류가 새 교육과정에서는 어떻게 바뀌어 나올지 궁금하다. 무엇보다 시이론가들과 동시 작가들의 반성이 필요할 것 같다.

제 3 부
우리 시의 통시적 이해와 시 교육

애국계몽기의 시문학

- 『소년』에서 『태서문예신보』까지(1908~1918) -

1. 서 론

갑오경장(1894)을 전후한 시기부터 한일합방 후 1910년대까지는 애국계
몽기라 할 수 있다.[1] 이 시기에는 동학농민운동(1894)과 갑오경장(1894)으
로 대표되는 두 가지의 큰 개혁적 흐름이 있었다. 하나는 상층의 관료 지식
인에 의한 근대적 개혁의 노력으로서, "전통적 가치 체계에 새로운 가치를
수용함으로써 우리의 창조적 지향을 보다 열린 세계에로 이끌어가려는 의
식"[2]에서 비롯된 것이라 할 수 있고, 다른 하나는 농민 계층을 중심으로
한 민족주의적 평등 운동이라 할 수 있다. 그러나 그러한 몸부림에도 불구하
고 이 시기는 을사보호조약(1905)과 경술국치(1910)로 이어지는 식민지 체
제로의 편입 과정과 겹치게 되었다.

따라서 이 시기에는 개화와 근대적 각성, 일제의 침탈에 대한 저항이라는
애국계몽의 시가들이 쏟아져 나왔고 그를 위해 출판물들이 다양하게 간행
되기 시작했다. 예컨대 『독립신문』, 『황성신문』, 『제국신문』, 『대한매일신

---

1) 물론 근대문학의 기점론과 관련하여 애국계몽기를 을사보호조약(1905)에서 경술국치
   (1910)까지로 한정하는 논의(최원식, "민족문학의 근대적 전환", 민족문학사연구소 엮
   음, 『민족문학사강좌』(하), 창작과 비평사, 1995)도 있지만, 본고에서는 대체로 동학농
   민운동(1894)과 갑오경장 이후 1910년대까지의 시기로 폭넓게 설정하고자 한다. 왜냐
   하면 문학사적으로 볼 때 이 시기에 애국가류를 포함한 애국계몽의 가사와 신체시,
   서사논설, 신소설 등이 등장하여 활발하게 발표되었고, 1910년대 후반에 등장하는 근
   대 자유시와 근대소설로 전환하는 징검다리 역할을 했다는 점에서 그러하다.
2) 신동욱, 『詩想과 목소리』(민음사, 1991), p.13.

보』, 『만세보』 등 여러 개의 일간지들이 이들 애국계몽의 시가들에 지면을 제공하였다. 또 이 시기부터 이러한 지면에 개인이 자신의 이름을 밝히고 작품을 발표하기 시작함으로써 작품 발표의 근대적 관행이 생겨나게 되었다.

이 시기에는 개화가사, 창가와 신체시 뿐만 아니라, 가사, 시조, 사설시조, 한시, 언문풍월 등도 여전히 창작되면서 일제에 저항하고 계몽적인 과업에 참여하면서, 새로운 시가와 공존하다가 점차 생기를 잃어 1910년대 말경에는 그 세력을 거의 상실하거나 자취를 감추게 된다. 또한 이 시기에는 의병의 창의가(倡義歌)[3]와 해외 망명지 시가[4]가 활발하게 창작되었음은 주지의 사실이고, 민요 또한 저항적 색채를 띠기도 하면서 민중 속에서 제작되어 불려지면서 정서와 상상력, 리듬 등 모든 면에서 민족 시가의 원형을 유지하면서 근대시 형성의 기본적인 동력으로 작용하고 있었다.

이처럼 애국계몽기의 시가들은 개화가사와 창가 신체시만이 아니라 한시와 중세 후기에 생겨난 시조와 가사, 그리고 중세에서 근대로의 이행기의 한 변형 형식인 사설시조나 언문풍월, 그리고 지속적으로 민중 속에서 생명력을 유지해 온 민요 등 실로 그 이전 시기의 시가보다 훨씬 다양한 형태로 전개되었다 할 것이다. 이와 같은 다양한 시험과 노력들이 한편으로는 일제

---

3) 그러나 의병의 창의가의 경우 풍찬노숙한 의병 활동의 특성상 그 자료가 거의 남아 있지 않은데, 1907년 안동 학가산(鶴駕山) 부근에서 발견된 것이라고 전하는 「畿左倡義軍行所倡義歌」는 일제가 압수・폐기해 버려서 그 원문은 전하지 않고 日譯된 것이 일제의 『暴徒에 관한 編冊』에 수록되어 있을 뿐이고, 현재 실전하는 申泰植의 「申議官倡義歌」의 경우는 3・1운동 이후에 제작된 것이다.

4) 해외 망명지 시가문학은 1905년 또는 1910년 이후 국권을 상실하자 뜻 있는 사람들이 해외로 망명해서 조국 광복을 위해 싸우면서 쓴 시가를 총칭한 것으로, 1905년 이후에 미국에서, 1910년 이후에 만주에서, 1920년대 상해와 소련 등지에서 지어진 것으로서, 미국의 경우 『공립신보』나 『신한민보』 등에 발표되었다. 망명지 문학은 한문학, 국문 시가문학, 국문 산문문학, 구비문학으로 이루어져 있었는데, 가장 활발하게 창작된 것은 역시 시가문학이었고, 시가는 처음에는 가사 형식이나 시조형의 단가(短歌)로 출발했던 것으로 보인다. 조동일, 「한국문학통사」 4, 지식산업사, 1986, pp.291~402 참조.

의 침략에 저항하면서 또 한편으로는 의식의 근대적 각성과 더불어 새로운 가치를 수용하려 애쓰면서 일정한 성과와 실패를 거친 후 근대 자유시의 성립 쪽으로 나아갔다고 할 수 있겠다.

그러므로 애국계몽기의 시가들은 개화가사와 창가, 신체시로 이어지는 단계를 거쳐 근대 자유시로 발전해 나아갔다는 식으로 단순하게만은 볼 수 없음은 당연하다. 그렇게 발전해 나아간 표면적인 이행 현상 못지 않게, 전통적으로 내려온 애국계몽기의 다양한 시가들, 특히 향가와 고려가요의 전통에 접맥되어 있는 민중의 민요와 같은 전통의 내재적인 시적 동력을 동인으로 해서 근대 자유시의 미의식과 형식으로 발전시켜 왔던 것이다.[5]

애국계몽기 시가와 자유시의 발전적 관계를 일단 이와 같은 다층적인 동인으로 파악하고 이를 전제로 하여 본고에서 다루는 범위는『소년』이 창간될 무렵인 1908년부터『태서문예신보』(1918)까지의 기간을 중심으로 애국계몽기 시문학을 살펴 보고자 한다. 다시 말하면 이는 애국계몽기의 시문학 가운데서도 근대 자유시로의 발전 과정에서 민요나 사설시조 등의 전통적이고 내재적인 요인보다는 새롭고 가시적인 측면을 중심으로 논의를 전개하고자 하는 것을 의미하는 것이다.

2. 신체시의 과도기적 성격

1) 최남선과 신체시의 의의

앞에서도 언급했지만, 애국계몽기에는 개화가사, 창가, 신체시 이외에도 전통의 시가 형식인 가사, 시조, 사설시조, 한시, 언문풍월 등 다양한 시가 장르가 여전히 창작되면서 각축을 벌이고 있었고, 1890년대 이후에는 기독교의 선교 활동을 위한 찬송가가 이입되어 민요라는 민족의 전통적 노래와

---

5) 장도준,「한국 현대시의 전통과 새로움」(새미, 1998), pp.26~33 참조.

함께 새로운 시 형성에 자극제로서 역할하기도 했다. 이처럼 이 시기는 여러 형태의 시가 장르들이 저마다의 특색을 가지고 한편으로는 계몽과 저항이라는 시대사적 요구에 부응하면서 다른 한편으로는 근대 자유시 형성을 위한 미학적 노력을 꾸준히 수행했다고 할 수 있다.

그렇다고 해서 이들 시가들이 모두 똑같은 비중을 가지고 직접적으로 역할한 것은 아니고, 일부는 시대 변화에 의해 급속히 밀려나 쇠퇴하거나 일부는 비록 그 가시적인 역할이 덜 눈에 띄였을지는 몰라도 전통에 깊이 뿌리 박고서 새로운 시를 위한 민족의 미적 동력으로 작용하고 있었고, 또 일부는 새로운 시를 위해 매우 의식적인 노력을 함으로써 그러한 과업에 적극 가담하고 있었다.

이러한 노력 가운데서 신체시는 새로운 시를 모색하는 과정의 의식적인 노력의 하나로 특히 주목할 만한 양식이라 하겠다.

신체시가 첫 선을 보인 것은 『소년』지의 창간호(1908년 11월)를 통해서였다. 최남선은 자신이 발행한 우리 나라 최초의 잡지인 『소년』지 첫머리에 「海에게서 少年에게」를 발표한 것이다. 물론 1907년에 지었다고 최남선 자신이 밝히고 있는 「舊作三篇」(『소년』 1909년 4월호에 발표됨)이나 1908년 2월~4월 사이에 大夢崔란 이름으로 『대한학회월보』에 발표된 「모르네 나는」 외 5편의 시들에 대해서는 논자에 따라 「해에게서 소년에게」보다 선행된 신체시로 받아들이기도 한다. 그러나 「舊作三篇」의 경우 발표가 지체된 특별한 상황적 원인을 확인할 수 없는 상태에서 발표일 기준을 폐기하여 소급할 수 없다는 점에서 적절치 않은 것 같고, 「모르네 나는」 외 5편의 시들의 경우는 그 형태가 비록 개화가사나 창가와는 다르다 할지라도 6·5조(「생각한대로」), 7·5조(「그의 손」), 5·5조(「백성의 소래」) 등 대체로 명백한 정형률에 의존하며, 신체시의 특징이라 할 수 있는 진취적인 기상과 같은 주제 의식이 결여되어 있다는 점에서 선행 신체시로 인정되기 어렵다.

밥만먹으면 배가부름을 모르네나는
물만마시면 목이튝음을 모르네나는
해만번하면 세상인듈을 모르네나는
돈만만흐면 근심업난듈 모르네나는
벼슬만하면 몸이귀함을 모르네나는
디식만흐면 마음맑음을 모르네나는
우리구함과 우리탓난것 이뿐아닐세
여러가디가 모다긴하고 동요로우나[6]

그러므로 기왕에 대체로 받아들여져 온 대로 「해에게서 소년에게」를 신체시의 첫 작품이며 대표적인 작품으로 봐서 별 무리가 없으리라 생각된다.

　一

텨−르썩, 텨−르썩, 텩, 쏴−아.
짜린다. 부슨다. 문허바린다,
泰山갓흔 놉흔뫼, 딥태 갓흔 바위ㅅ돌이나,
요것이 무어야, 요게 무어야,
나의 큰 힘, 아나냐, 모르나냐, 호통까디 하면서,
짜린다, 부슨다, 문허바린다,
텨-르썩, 텨-르썩, 텩, 튜르릉, 콱.

　二

텨−르썩, 텨−르썩, 텩, 쏴−아.
내게는, 아모것, 두려움 업서,
陸上에서, 아모런, 힘과 權을 부리던 者라도,
내압헤 와서는 꼼짝 못하고,
아모리 큰, 물건도 내게는 행세하디 못하네.
내게는 내게는 나의 압헤는.
텨−르썩, 텨−르썩, 텩, 튜르릉, 콱.

---

6) "모르네 나는"의 일부, 「대한학회월보」, 제 1권 1호, 1908.2.

三

뎌—르썩, 뎌—르썩, 턱, 쏴—아.
나에게, 멸하디, 아니한 자가,
只今싸디, 업거던, 통긔하고 나서 보아라.
秦始皇, 나팔륜, 너의 들이냐,
누구누구누구냐 너의 亦是 내게는 굽히도다,
나허구 겨르리 잇건 오나라.
뎌—르썩, 뎌—르썩, 턱, 튜르릉, 콱.

이 시에서 작자는 '계몽적 화자'7)를 내세워서 소년의 무한한 힘과 진취적 기상을 바다의 거센 파도에 비유하여 활달하게 형상화하고 있다. "태산같이 높은 뫼"로 표상되는 어떠한 물리적 힘이나, 진시황이나 나폴레옹으로 상징되는 인간의 어떠한 권세도 소년의 힘과 기상 앞에서는 한갖 무력한 대상일 뿐이라는 것을 거듭 강조함으로써 역사를 혁신할 주역으로서의 소년에 대한 기대와 열린 세계를 지향하는 자세를 활달하게 펴 보였다.

그러므로 이 시의 새로움은 소년이라는 새로운 세대에 의해 새 시대가 희망차게 열릴 수 있다는 낙관적 전망을 거침없이 제시하고 있다는 것인데, 형식과 표현에 있어서도 그것에 걸맞게 전혀 거침없이 활달하다.

각 연의 허두와 끝자리에 의성어가 사용되고 있고, 그 의성어는 단순한 음상징의 효과만에 그치는 것이 아니라, 다분히 시대를 의식한 제작자의 철학이 내재되어 있다. 또 이 시에는 개항 이후 우리 주변에서 본격적으로 쓰이기 시작한 구어체 종결어미인 '—다'가 한 행에 연거푸 세 개나 쓰이고 있기도 하다. 이는 작품이 지니는 의미의 매듭을 선명하게 전달하며 그 호흡을 경쾌하게 만든다. 그리하여 운율을 박력 있게 하는 데 기여하고 있는 것이다.8)

---

7) 신동욱, 「우리 시의 역사적 연구」(새문사, 1983), p.59.
8) 김용직, 「한국근대시사」(上)(학연사, 1986), pp.91~92 참조.

이 시는 형식에 있어서도 그 이전의 시들과 확연히 구별되는 매우 새로운 것이었다.

우선 첫째로 이 시는 얼핏 봐서도 매우 자유스러운 형식으로 보인다. 새로운 시대의 새로운 사상은 전통적으로 계승해 온 시조의 정형률에 의거하여 표현할 수 없었으므로 불가피하게 새 사상이 요청하는 새 형식을 창안하지 않을 수 없었던 것으로 생각되며 그 결과 최남선은 새 시대가 요청하는 내용과 어울리는 대담한 變調로써 1연 7행의 새로운 형태를 만들어 낸 것이다.9)

그런데 이 시는 한 연만 보면 자유시이지만, 각 연의 대응되는 행들끼리는 모두 일정한 자수율을 지키는 정형성을 유지하고 있다. 그래서 일찍이 조연현 교수는 정형성을 깨뜨렸다는 점에서는 '한국 詩歌史上 혁명적인 의의'를 지닌 것으로 보면서도 각 연 대응 행끼리의 정형적 자수율 때문에 '半律文的'(즉 반정형적—필자주)인 것으로 보아 '형태상의 불안정성'을 말하고 있다.10) 또 김춘수 교수도 이러한 현상에 대해 '기형적인 자유시 내지 準自由詩'로 보면서, "심리적으로는 퍽 불안한 형태라 할 수 있겠고, 역사적으로는 진보적인 형태"11)라고 하여 과도기 시 형식으로서의 약점과 역사적인 진보성을 동시에 언급하고 있다. 이 경우 역사적으로 진보적인 형태란 신체시 형식의 근대로의 근접성을 의미한다고 할 수 있다.

이와 같이 신체시에 대해 일정한 의의를 부여하는 입장과는 달리 철저히 부정하는 입장도 있다. 조동일 교수는 신체시가 전통적인 율격이 계승되면서 변형되는 데 이중으로 제동을 걸고, 한쪽으로는 극단적인 정형시를 또 한쪽으로는 극단적인 자유시로 시를 새롭게 하고자 해서 파탄을 자초했다고 한다.12) 그에 의하면 신체시가 근대시로 이어진 것은 사실이

---

9) 신동욱, 「우리 시의 역사적 연구」, pp.56~57 참조.
10) 조연현, 「한국현대문학사」(성문각, 1969(초간 1956)), pp.117~118.
11) 김춘수, 「한국현대시형태론」(해동문화사, 1958), p.23.

나 신체시의 유산은 근대시를 방황하고 좌절하게 하는 상처에 지나지 않았다는 것이다.13)

오세영 교수는 우리의 창가나 신체시가 일본의 창가, 신체시의 영향으로 창작되었다는 것을 부인할 수 없지만, 그러나 그것들은 오히려 자유시의 발전에 제동을 걸면서 정형시로 복귀하고자 한 반동적 시형으로서 우리 근대 문학사에서 자유시가 자생적으로 완성되어 가는 마지막 단계에 대두한 이 문학적 반동세력은 오히려 그것이 붕괴됨으로써 (창가와 신체시 운동이 문학적으로 실패하면서) 마침내 자유시형이 민족적인 공감대를 형성하여 보편성을 획득할 수 있는 계기를 마련해 주었다고 보아야 한다고 주장한다.14)

신체시는 과연 이 두 논자의 비판처럼 근대 전환기의 자유시 형성 과정에서 부정적인 역할만 한 것일까? 신체시가 우리의 자유시형의 이상에서 크게 이탈해 있는 것은 사실이다. 그것은 운율을 포함한 시의 형식에서도 그러하고 관념의 형상화란 측면에서도 그러하다.

그럼에도 불구하고 새로운 시를 위한 최남선의 시험과 시행착오는 근대적인 자유시형을 모색하는 과정에서 불가피하게 치를 수밖에 없는 값진 것이었다고 할 수 있다. 그의 형식 시험은 재래 시가의 엄격한 규범에 얽매인 정형률에서 벗어나 율격적인 자유를 모색하고자 했음은 사실일 것이다. 그런데 그 실천에 있어서는 한 연 내에서는 완전한 자유를 추구하였으나 아직 그 완전한 자유에 불안을 느낀 나머지 나름대로의 일정한 규율의 방법으로 각 연의 대응 행에서는 음절수의 일치를 꾀했던 게 아닌가 한다.

자유시의 형식을 실험하겠다 하여 시행의 길이는 자유스럽게 하였으나 각 연의 대응 행끼리는 음수율적 정형에 구속됨으로써 결과적으로 모순된

---

12) 조동일, 앞의 책, p.405.

13) 조동일, 「한국문학통사」5 (지식산업사, 1996), p.57.

14) 오세영, "자유시 형성에 있어서 사설시조와 잡가"(「한국문화」 14집, 서울대 한국문화 연구소, 1993, 12), p.57.

작업이 된 셈이다. 하지만 각 연의 대응 행끼리 음수율적 정형률을 받아들인 것이 그의 결정적인 한계였지만, 한 연 안에서는 자유율을 지향하여 자유시적 가능성의 충격을 주었다는 점에서는 매우 의의 있는 일이었다 하겠다. 이러한 수준이 당시까지 그의 자유율에 대한 인식 수준이었고 기여 정도였을 것이다.[15] 7·5조 등 음수율에 대한 혼란은 일제시대를 지나 심지어 오늘 날까지도 계속 되는 것으로 봐서 개화가사, 창가 등 음수율의 지배를 받고 있던 그 당시에는 어떤 면에서는 불가피한 것이었는지 모른다.

그 후 신체시가 준정형·준자유형의 특이성(「해에게서 소년에게」, 「신대한소년」, 「三面環海國」)에서 점차 외형의 틀이 조금 완화되고 주제의식도 생경한 계몽성에서 벗어나 관념이 어느 정도 정서화되다가(「꽃두고」, 「말듣거라」, 「님나신 날」등의 작품), 나중에는 정형에서 해방된 작품(최남선의 「태백산부」, 「쓰거운 피」등, 춘원의 「우리영웅」, 「곰」, 「極熊行」, 「어머니의 무릎」등, 현상윤의 「새벽」, 「향상」 등)으로 극복 발전되는 것만 보아도(물론 이들 작품은 제대로 신체시에 정착되지 못했다.) 신체시의 창작 의식과 실천은 자유시 형성 과정에서 반드시 부정적으로 작용했다고만은 할 수 없을 것이다.[16] 그러므로 신체시가 한편으로 가지는 진보성 내지는 혁명성과 또 한편으로 가지는 반동성 내지는 기형성이라는 양가치적인 측면은 근대 전환기에 불가피할 수밖에 없는 하나의 진통이었다고 할 수 있을 것이다.

1910년 2월 15일자『소년』지에는『태백산시집』이 수록되어 있는데, 「太白山歌」(1, 2), 「太白山賦」, 「太白山의 四時」, 「太白山과 우리」 등 여러 편의 시가 수록된 이 시집은 비록 단행본은 아니지만 시집이란 이름으로 묶여진 신시사상 최초의 사화집이다. 이 시집에서도 민족의 연원과, 태백이 세계의 중심이라는 점, 독립의 의지와 용기 있는 대한의 소년을 기리는 것을 내용으

---

15) 장도준, "한국 근대 자유시 형성과 전통 계승의 문제", 「한국 현대시의 전통과 새로움」, p.28 참조.
16) 김용직, 앞의 책, pp.102~105 참조.

로 하고 있다. 『태백산맥시집』의 시의 하나로 자유율을 보여주는 「太白山賦」의
일부를 보겠다.

> 地球의 山—山의 太白이냐?
> 太白의 山—山의 地球냐?
> 詩人아 이를 뭇지말라
> 그것이 緊하게 讚頌할것 아니다.
>
> 하날ㅅ面은 휘둥그럿코 쌍ㅅ바닥은 평퍼짐한데,
> 우리 님—太白이는 웃둑!
>
> 獨立—自立—特立.
>
> 송굿? 火著? 筆筒의 붓?
> 榮光의 尖塔?
> 避雷針? 旗ㅅ대? 電桿木?
> 온갓 아름다운 勇이 한데로 뭉키여 된 朝鮮男兒의 至精大醇의 큰 팔쑥!
>
> 天柱는 불어지고 地軸은 썩거져도,
> 짜싹업다 이 尖塔!
>
> 삼손(유대國勇士의 일홈)이 쳐도, 項羽가 달녀도—九鼎을 녹여서 몽치
> 를 만들어
> 가지고 쌍쌍쌍 짜려도,
> 짜싹업다 이팔뚝!

　이처럼 이러한 작품들에서는 7·5조, 8·6조 따위의 외형의 틀에서 벗어
나 자유시로서의 가능성을 강하게 보여준다. 그러나 신체시를 통한 육당의
새로운 형식 시험은 자유시로 계속 발전하기에는 한계를 가지고 있었다.
그것은 육당의 율격 의식에 결정적으로 기인한다 할 수 있다. 육당이 분방한
자유율을 지향하면서, 또 한편으로는 각 연의 대응 행들 사이에는 일정한
규율에 맞추려고 애썼듯이, 그의 시험은 매우 의식적으로 계산된 것이긴

했지만 자유시의 형식적 통어라는 것이 시적 개성을 마음껏 살리면서도 형식과 내용의 긴장에서 오는 리듬의 내적 통어라는 내재율의 의미를 미처 이해하지 못하고 있었던 것이다. 그러므로 그의 시가 『태백산시집』 이후부터는 신체시의 형식적 구속을 벗어난다는 것이 오히려 긴장을 놓아버린 산문적 해체로 나아가거나 창가와 시조라는 더 엄격한 자수율과 정형률로 퇴행하는 결과를 초래한 것에서 잘 알 수 있는 것이다. 『태백산시집』 이후 「녀름ㅅ구름」, 「쓰거운 피」, 「썩인 소나무」, 「天主堂의 층층대」 등의 시들은 모두 산문과 같은 작품들인 것이다.

> 意思잇난듯도 하고 업난듯도 한 몽텅이 구름이 峰巒도 갓고 烟燄도 갓흔 모양으로 三淸洞 위에 쩟다.
> 그는 박휘도 잇난것갓지 아니하다, 치도, 달린것 갓지아니하다, 더욱 發明의 天才가 苦心硏究한 結果란 發動機도 걸닌것 갓지아니하다.
> 그러나 그는 간다.
> 그럿타고 사람모양으로 발이 잇다던지 새모양으로 날개가 잇다던지 고기모양으로 지네미가 잇난것도 갓지 아니하다.[17]

하지만 앞에서도 언급했듯이 육당을 비롯한 여러 작가들의 신체시 형식의 시험은 무의미하거나 부정적인 것만은 아니었다. 그의 신시 시험은 매우 의식적이고 새로운 것이었던 것이다. 물론 육당 이전에도 「애국가」류의 개화가사나 창가 등 애국계몽기의 시가들에서 많은 무명시인들에 의해 정형성이 파괴되는 현상이 나타났던 것은 사실이다.

게다가 그러한 작품들은 한두 편의 일시적인 현상이 아니라 1907년 3월의 『황성신문』의 「경축지가」를 비롯하여 「신년축가」(『西友』, 1907. 2월), 「권학가」(『제국신문』 1907. 6월), 「소년남자가」(『대한매일신보』 1907. 7월) 등 수십 편에 이른다 할 때 그 의미를 소홀히 보기가 어려울 수 있겠다.[18]

---

17) "녀름ㅅ 구름", 「소년」, 19호, 1910년 7월.
  18) 김영철, "최남선과 신시의 성립", 김용직 외, 『한국현대시사연구』(일지사, 1983),

그러나 이들 시가들과 신체시와의 차이는 이들 시가들이 특별한 시적 자각 없이 창작되었던 데 비해서 신체시의 경우는 새로운 시를 만들겠다는 매우 의식적인 노력이 있었다는 것이다. 즉 신시를 표방하고 형식을 의식적으로 시험한 것은 최남선의 신체시로부터 비로소 시작되었던 것이다.

새로운 시 형식을 위한 어떠한 미적 노력도 생각하기 어려웠던 시기에, 또 단 한 명의 전문시인도 존재하지 않았던 시기에, 육당은 매우 의식적으로 새로운 시에 대한 형식 시험을 시도했던 것이다. 최남선은 자신이 부정하고자 했음에도 불구하고 최초의 전문적인 시인이었고 새로운 시를 위한 근대적인 형식 시험은 최남선의 신체시 이후부터 비로소 가능하게 되었던 것이다. 그의 신체시가 근대 자유시 형성의 유일한 동기라고는 할 수 없지만 매우 중요한 계기와 시금석의 역할을 수행하였을 것임을 말할 나위 없을 것이고 그의 시의 공과 과는 모두 다음 시를 위한 밑거름이 되었을 것으로 생각된다.

둘째로 「해에게서 소년에게」의 새로운 면모로 구어체와 의성어의 사용을 들 수 있겠다. 앞에서도 언급했지만 이 시는 그 이전의 개화가사나 창가보다 구어체 어휘를 많이 사용하고 있다. 그리고 속도감을 수반한 문체 역시 간과될 일이 아니다. 또 하나 신체시에는 행과 연에 대한 인식의 자취와 함께 구두점의 사용이 매우 두드러지게 나타난다. 본래 구두점의 사용은 작품의 형태, 특히 운율과 밀접한 상관관계를 지닌다. 구두점은 詩作에 사용될 때 의미의 단락과 단락사이에 쓰이면서 그 한계를 명시하는 역할을 한다. 아울러 다음 단락과 연결, 호흡 조정 문제까지를 담당해 주는 것이다. 이런 관점에서 볼 때, 신체시에 구두점 사용이 빈번하게 나타나는 일 역시 간과될 일은 아니다. 그 역시 이 유형에 속하는 작품들의 근대적 성향이라고 보아야겠다.[19]

그러나 여러 가지 측면에서 그의 신체시의 새로움은 근대 자유시로의

---

pp.50~51 참조.
19) 김용직, 앞의 책, p.95 참조.

발전에 직결되기에는 또한 많은 한계를 지닌 것이었다. 그 한계는 시대의식과 형식에 모두 해당된다. 새로운 세대에 의해 새로운 시대가 열리고 새로운 사상이 도입되어야 한다는 사실을 이 시만큼 강하게 상징하여 드러낸 시가는 일찍이 없었으나 1905년에 이미 실질적 외교권이 상실된 시대적 상황을 생각한다면, 맹목의 계몽주의를 이처럼 잘 보여주는 것 또한 없다 하겠다.[20] 자유, 평등 등의 관념이 객관적 현실속에서 개성적으로 표현되지 못하고 기성화되고 당위적인 감정에 압도되고 있는 것이다.

  그 형식에 있어서도 새로운 형태를 탄생시킨 것이기는 하나 다음에 올, 자유시의 미적 공감이 큰 시형에 비해 한계를 지닌 것이었다. 그러므로 신체시는 더 이상 발전하지 못하고 최남선의 창의에 머물고 만 것으로 보인다.[21] 이는 시외식보다 너무 앞섰으면서도 아직 순진했던 민족의식이나 사회의식을 바탕으로 하여 모처럼 채용한 口語 時文体가 지닌 스스로운 리듬과 자수율에의 집착, 이 二律的인 모습을 타개하기에는 육당의 시적 미의식과 그 리듬 의식이 너무나 허약했다고 볼 수 있겠다.[22]

  『소년』은 1911년 5월 15일 제4년 2권 통권 23호를 끝으로 발행이 중단되고, 1914년 10월 1일 『청춘』의 발간으로 육당의 계몽적 지식인의 역할은 이어진다. 그의 필명도 『소년』 이전의 대몽최(大夢崔)에서 『소년』기의 公六을 거쳐 『청춘』지에 이르러 '한샘'으로 바뀐다.

  『청춘』에 와서 육당의 시는 시조와 창가의 창작이 더욱 활발해지면서 그나마 신체시 창작의 시험성으로부터도 후퇴하여 정형적인 리듬쪽으로 고착되어 가는데, 육당은 한시와 시조를 거의 매호마다 싣고 있기도 하다. 『청춘』지에서의 시조에 대한 각별한 관심은 나중에 『백팔번뇌』(1926)라는 시조집으로 구체화된다.

---

20) 김윤식, "육당과 『소년』", 「이광수와 그의 시대 I」(솔출판사, 1999), pp.489~491.
21) 신동욱 · 조남철, 「현대문학사」(한국방송통신대출판부, 1999), p.42.
22) 정한모, 「한국현대시문학사」(일지사, 1974), p.194.

『소년』기에 비해『청춘』시기 이후 새로운 진전 대신 오히려 후퇴의 길을 걸었다는 것은 그의 장르 의식이 애초부터 철저하지 못했을 뿐만 아니라 새로운 시에 대한 그의 의욕이 그의 계몽의식에 비해서 덜 진지했다는 것을 의미한다. 육당의 신체시라는 것도 근대시 형식의 개척이라는 사명보다는 문명개화와 부국강병이라는 계몽적 지식인의 목적을 위한 문화적 도구였음을 뜻할 수 있다. 이것이 독자적인 미적 체계로서의 신체시의 발전에 커다란 걸림돌이 되었음이 분명하다.

그러나『청춘』기에 와서 정형률로 후퇴했다는 사실이 곧 신체시가 보여준 새로운 면모와 그것을 위한 의식적인 노력 자체를 부정하게 하는 논리가 될 수는 없다. 신체시는 개화가사나 창가와 공존한 시기가 있었다고 해도 개화가사와 창가에 뒤이어 매우 의식적으로 창작된 새로운 양식으로 보아 마땅하다. 최초의 개화가사가 1896년 4월 11일 「서울 순청골 최돈성의 글」이라는 애국가였다면, 최초의 창가 또한 확인된 바에 의하면 고종황제의 탄신을 경축하기 위해 1896년 7월 25일에 지어진 「황제탄신 경축가」쯤으로 본다면 개화가사와 창가의 출현의 선후 관계는 거의 같은 시기로 볼 수도 있겠으나 형태나 措辭의 특성으로 보아 김용직 교수의 말대로 개화가사 → 창가 → 신체시의 양식 전개 과정으로 보는 것이[23] 타당하리라 생각된다.

2) 춘원과 그 밖의 시인들

춘원은 최남선과 더불어『태서문예신보』이전까지의 시단을 대표하는 인물이다. 그는『大韓興學報』9호(1909년 1월호)에 「獄中豪傑」을 발표하면서 詩作 활동을 시작했는데 이 때 그는 孤舟 혹은 외배 등의 필명을 사용했다. 그 후『소년』,『새별』,『학지광』,『청춘』,『여자계』등에 「곰」, 「우리 英雄」, 「님 나신 날」, 「말 듣거라」, 「새 아이」, 「내 소원」, 「생활난」, 「벗」,

---

23) 김용직, 앞의 책, p.50 참조.

「침묵의 미」, 「極熊行」, 「어머니의 무릎」 등을 발표하게 된다. 그의 작품 수는 많지 않으나 육당과 마찬가지로 신체시 뿐만 아니라 시조·언문풍월·가사 등 전통적인 형식을 적절하게 변용하기도 하면서 다양한 형식의 시를 창작했다.

이 시기의 그의 시는 계몽적인 관념성이라는 측면에서 대체로 그 지향하는 바가 최남선과 비슷하다고 할 수 있겠지만, 형식이 육당의 신체시보다 자유스럽고 그 형상성에 있어서 더 세련된 측면을 보여준다는 점에서 육당보다 한 걸음 더 나아갔다고 할 수 있겠다.

춘원의 첫 시는 가사체와 유사한 형식의 「옥중호걸」인데 이로 보아 그의 詩作이 기본적으로 기댄 곳이 전통적인 형식이었음을 알 수 있겠다. 이 시의 일부를 소개한다.

> 쎠삼마다, 힘쏠마다, 電氣갓히 잠겨 잇눈, 굿센 힘, 날닌긔운, 흐르눈 소리잇가. 眞珠갓히 光彩잇고, 彗星갓히 도라가눈, 횃불갓흔 兩眼에눈, 苦悶안기 쎳도다. 그러나 그 안깃속에 빗나눈 光明은, 숨은 勇氣, 숨은 힘이 中和흔 번깃불—, 前後左右 쌀닌남게 식인듯흔 가눈 줄은, 獄에 미인, 더 豪傑의 煩悶苦痛 자최로다.

이 시는 가사체의 산문시라 할 수 있다. 음보는 대체로 4·4조 리듬을 기본으로 하고 행구분을 하지 않은 산문시로서의 장점을 접목시키고 있다. 이러한 형식은 민족시 형식에 대한 춘원 나름의 시험적인 모색의 결과라 할 것이다.

이 시는 서사적인 성질도 띠고 있는데 자유를 박탈당한 채 좁은 옥에서 신음하는 부엉이를 이야기적 문맥 속에서 상징적으로 묘사함으로써 국권을 상실한 암울한 현실 속에서 신음하고 있는 우리 민족의 처지에 대한 각성을 강조하고 있다.

그의 시가 드러내는 이와 같은 현실 대응의 방식은 당면한 현실을 직접

그려내지 못했다는 점에서는 큰 한계가 있지만 육당이 '태백산'을 신성하기
만한 존재로 찬양함으로써 결과적으로 식민지 현실의 문제를 관념적으로
해소시키버린 것과 비교할 때 그나마 진일보한 측면이 있다.

그러나 춘원의 이러한 태도는 「곰」이나 「극웅행」 등의 시에서 곰을 자유
혼과 투쟁의 화신으로 묘사했음에도 불구하고 바위와 대결하다가 결국 패
배하는 것으로 결론지음으로써 국권 회복의 굳건한 의지를 드러내지 못하
고 패배주의적 태도를 보이고 있다. 이러한 비극적 결론 속에 춘원이 훗날
보여준 패배주의적 굴절이 이미 예비되어 있었다 할 것이다.

그렇지만 아래에 소개되는 「우리 영웅」과 같은 시는 "육당의 신체시보다
자유스러운"[24) "신체시의 좋은 본보기"[25)가 될 만한 시로 "상당한 내실
화"[26)가 이루어진 시라 할 수 있겠다.

> 月明浦에, 밤이, 깁헛도다.
> 連日 苦戰에 疲困한 將士들은,
> 깁히, 잠들고, 코ㅅ소리 놉도다.
> 검고, 검은, 하날에 無數한 星辰은
> 잠잠하게, 반쯧반쯧, 빗나며,
> 부드러운, 바람에, 나라오난, 풀내까지도,
> 날낸, 우리 愛國士의, 피ㅅ내를, 먹음은듯.
> 浦口에, 밀어오난 물ㅅ결ㅅ소래는,
> 철썩철썩, 무엇을, 노래하난듯.

『소년』15호(1910. 3)에 발표된 장시로 충무공과 그 군사들의 애국적 행위
를 형상화함으로써 그들의 애국심을 기리고 국권 상실의 위기 속에서 나라
를 구할 영웅의 출현을 고대하는 소망을 표현하고 있다.

---

24) 신동욱·조남철, 『현대문학사』, p.47.
25) 조동일, 『한국문학통사』4, p.412.
26) 김용직, 앞의 책, p.100.

전투에 지친 군사들이 잠들어 있는 군영의 풍경을 사실적으로 그려내려 한 것은 근대시의 특징이라 할 수 있는 구체성의 측면에서 한 의미를 부여할 수 있을 것이다.

그리고 정형의 틀을 깨고 자수율에 얽매이지 않은 리듬의 자연스러운 전개는 근대 자유시 형식으로 보아 큰 무리가 없을 듯하다. 최남선의 시들이 가지는 형식적 경직성과 관념적 어사의 남용에 비해 근대시의 가능성에 한층 더 근접하고 있다 하겠다.

다만 근대 서정시 화자의 특성이라 할 수 있는 내면 응시나 자기표현의 서정적 화자 대신에 아직 타자 지향의 계몽적 내지는 교훈적 화자의 틀을 벗어나지 못했다는 점은 여전히 한계로 남는다. 교훈적 의도가 앞선 나머지 충무공을 너무 과도하게 찬양하고 표현이 지나치게 영탄적으로 됨으로써 영웅적인 면모를 객관화하는 데 오히려 한계를 드러낸 측면도 있다.

춘원은 우리의 전통적인 시 형식에 기대면서도 다양한 형식 시험을 통해 정형의 틀을 깨트리고자 노력을 보여주었다. 그러나 전통적인 것에 기댄 만큼 그의 형식에 대한 시험은 더 과감한 실험성으로 나아가지 못하고 계몽적 목적성을 실현하는 한계 내에 머물다가 그 계몽성을 더 적극적으로 추구할 수 있는 소설로 나아간다.

주로 육당과 춘원으로 대표되는 1910년대의 시단에는 사실 그들 이외에도 小星(현상윤), 素月(최승구), 流暗(김여제) 등 많은 시인들이 『소년』, 『청춘』 뿐만이 아니라 『학지광』, 『新文界』 등의 여러 잡지에 다양한 형식의 시들을 발표했다. 그 중 육당과 춘원 못지 않은 중요한 역할을 했음에도 지금까지 별로 관심의 대상이 되지 못한 시인으로 소성과 소월을 간단히 언급하겠다.

소성(현상윤)은 1893년생이며 춘원과 동향으로 평안북도 정주 출신이고 대학도 춘원과 같은 와세다 대학으로 사학을 전공했다. 유학시절 동경 유학생 기관지 『학지광』의 편집에 참여하기도 했는데, 1914년에서 1917년 사이에만 창작 활동을 했으므로 시작에 몰두한 기간은 얼마 되지 않지만 식민지 지식인의 비애와 상실감을 절실한 어조로 시화하여 주목된다. 그의 작품도 가사체 형식을 띤 「실락원」, 「친구야 아느냐」와 자유시 형식의 「생각나는 대로」, 「웅커리로서」, 산문시 형식의 「향상」, 「새벽」 등과 시조 등 다양한 형식을 시도하고 있다. 그 중 『청춘』 1917년 7월호에 발표된 시 「웅커리로서」의 전문을 소개하면 다음과 같다.

> 배주리고 허울버슨 人子들아
> 웅커리로서 나오나라—
> 永生의 糧食 榮華의옷이 여긔에 싸여잇다.
> 苦롬과 압흠에서 끗까지 익이고 끗까지 쩔쳐보라—너희의피 너의의
> 고기로.
> 목마르고 속타하는 人子들아
> 웅커리로서 나오나라—
> 生命의샘 맑은물이 여긔에 흘너간다.
> 絶望과 落心에서 마조막까지 참고 마조막까지 求하여라—너의힘 너
> 의정셩으로.
> 어두움에 迷惑된 人子들아
> 웅커리로서 나오나라—
> 구원의홰가 여긔에 켜서잇도다.
> 煩悶과 懊惱에서—그날까지 다토아보고 그날까지 싸와보라—너희의
> 勇氣 너희의 努力으로.

이 시는 현실의 절망과 번민을 언급하면서 구원의 그 날까지 용기와 노력으로 싸우기를 주장하여 현실의 고통스러운 질곡으로부터 주체적으로 벗어나야 함을 강조하고 있다. 그러므로 이 시는 육당의 '태백산'시나 춘원의 「곰」, 「우리 영웅」류의 시가 드러내는 관념적 상징성과는 달리 인간의 현실적 고통을 노래하고 있다는 데서 의의가 있다 하겠다.

그러나 이 시의 현실 인식을 기독교적인 세계관에 기반함에 따라 고통스

런 현실로부터의 탈출이 곧 영생·생명·구원이라는 종교적인 초월로 귀결
됨으로써 식민지의 역사적인 조건과의 직접적인 상관성을 상실하고 있다.
그러므로 용기 있는 노력이라는 것도 초역사적이고 종교적인 관념의 성격
을 띠게 되어 신앙적인 노력과 용기로 기울어진다. 물론 이러한 인식은 식민
지라는 비극적 현실에 대한 현세적 절망감에서 기인하기도 하겠지만 현실
의 고통을 숙명론적 세계관으로 극복하려 했다는 것은 큰 한계로 보인다.

「웅커리로서」가 드러내는 이와 같은 인식의 문제는 그의 시 「실락원」에
서도 비록 식민지 현실의 고통에 대한 밀도 짙은 항변을 동반한다 해도
현실을 낙원 상실이라는 신화적 구도 속에서 파악함으로써 인식의 구체성
이 떨어지고 숙명론적 상황 인식에 머물고 마는 한계로 나타난다.

소월 최승구는 1982년 경기도 시흥 출신이고 일본 게이오대학 예과를
다니다가 경제적 어려움 속에서 실연과 폐결핵에 걸린 후 귀국하여 26세
일기로 사망했다. 그의 시는 『학지광』 4호(1915년 2월호)에 발표된 「쎌지엄
의 용사」라는 시를 비롯하여 「보월(步月)」, 「조(朝)에 蝶」, 「긴 숙시(熟視)」
등이 있는데, 비록 그가 남긴 시는 20여 편에 불과하지만 그 시사적 역할은
소홀히 볼 수 없다.

그의 시는 식민지 현실에 대한 비극적인 자각을 드러내기도 하고 고독과
번민 속에서의 감상과 유미적인 세계로의 도피를 드러내는 작품들도 있다.「
쎌지엄의 용사」는 일차대전 당시 독일군에 유린된 벨지움을 노래하고 있다.
식민지 현실의 직접적인 형상화와는 다소 거리가 있지만 격앙된 어조와
최후까지 싸울 것을 부르짖는 독전의 외침 속에서 우리가 처한 식민지 상황
에 대한 암시와 저항적 의미를 충분히 읽을 수 있다. 일부를 소개하면 다음
과 같다.

　　山嶽이라도 쩍에지는
　　　大砲의 彈알에

> 너의阿只는
>   발서碎骨이 되엇고.
> 野獸보다도暴惡헌
>   쎄르만의戰士의게,
> 너의 愛妻는
>   恥辱으로 죽엇다.
> 인제는, 사랑허든
>   家族도 업서젓고,
> 너조차逃亡헐
>   길을 일허버렸다.
>
>   [⋯중략⋯]
>
> 쎌지엄의勇士여!
>   最後까지 싸홈뿐이다!
> 너의 엽헤
>   부러진槍이 그저잇다.
> 쎌지엄의勇士여!
>   쎌지엄은 너의것이다!
> 네것이면
>   꽉잡어라!

이민족으로부터 침략당해 유린되고 학살당하는 처참하고 치욕스런 극한의 상황과 그것에 맞서 투쟁하는 투철한 의지를 노래함으로써 식민지 현실을 패배적이거나 관념적으로 파악하는 대신 역사적인 현실의 문제로 제시하고 있다.

이 시는 형식과 운율이 다소 단조롭고 한자어나 외래어를 남용한 만큼 언어의식에 한계를 드러내고 있음에도 불구하고 저항정신을 직접 드러내었다는 점에서 1910년대 시 가운데에서 가장 주목할 만한 작품이라 할 수 있겠다. 그러나 그의 이러한 의식은 그 다음 시들에서는 유미적이거나 감상과 비판의 경향으로 흘러가는데 이는 그의 신병으로부터도 상당히 기인한 것으로 보인다.

3. 김억과 『태서문예신보』의 시인들

김억(1893~)은 춘원, 소성과 같은 평안북도 정주 태생으로 일본 게이오 대학에 유학했으며 유학 시절 『학지광』에 시를 발표하면서 문학 활동을 시작하였다. 그 후 그는 순문예 주간지 『태서문예신보』를 창간하여 해외시와 시론을 소개하고 스스로 창작시와 시론을 발표하면서 우리 근대시의 개척자로서의 역할을 수행하게 된다. 그의 시는 육당이나 춘원류의 신체시가 가진 결함을 극복하고 개인적인 서정의 세계를 노래함으로써 우리 시를 비로소 근대시의 길로 안내하는 데에 결정적인 공헌을 하게 된다.[27]

김억이 처음 발표한 시는 『학지광』 5호(1915. 5)에 실린 「야반(夜半)」, 산문시라고 밝힌 「밤과 나」, 「나의 적은 새야」라는 시 세 편이다. 그 중 「야반」의 1, 2연을 소개하면 다음과 같다.

> 沈默의지배를 딸아
> 　고요히 나는 혼자 잇노라.
> 夜半의울림 鍾소리에
> 　내가슴은 울니며反響나도다.
>
> 내의靈이여!
> 　너는 무엇을 바래느냐?
> 내의 肉이여
> 　너는 무엇을 바래느냐?

---

27) 그는 이후 많은 서구시들을 번역하여 최초의 역시집 『오뇌의 무도』(1921)을 발간하였고, 계속해서 창작시집 『해파리의 노래』(1923), 『불의 노래』(1925) 등을 출간하였다.

이 시는 신체시의 고정된 음수율 의식에서 벗어나 자유로우면서도 정제된 형식을 채용하고 있고, 밤에 느끼는 서정적 자아의 고독과 비애감이 그러한 정제된 형식을 통해 차분하게 표출됨으로써 적절히 절제된 균형을 유지하고 있다. 내용의 심각성이 매우 막연하여 자아가 처한 상황이 구체성을 잃고 있다는 점은 결함으로 지적될 수 있겠지만, 종전의 계몽적 화자가 보여준 타자 지향의 계몽적 목소리 대신에 서정적 자아의 자아 응시와 표현을 보여주었다는 점, 계몽적 전달을 위한 타자 지향의 어투 대신에 정서적 가치를 포함하여 시 자체의 미적 가치에 기울이는 관심이 확연했다는 점에서 본다면 근대 서정시의 본령에 접근하고 있다 할 것이다.

안서는 그 후 우리 나라 최초의 순수문예지『태서문예신보』를 창간하였다. 타블로이드 판으로 8면 내외의 주간 잡지였고, 1918년 9월 26일 창간되어 1919년 2월 17일까지 약 5개월의 짧은 기간 동안 발간되었지만 우리 근대시사에서 이 잡지가 차지하는 의의는 너무도 큰 것이었다. 창간호의 창간사의 일부를 소개하면 다음과 같다.

> 본보논 태셔의 유명한 쇼셜 시됴 산문 가곡 음악 미슐 각본 등 일체 문예에 관한 기사를 문학대가의 붓으로 즉접 본문으로붓터 츙실하게 번역하야 발힝할 목적이온바 다년 경영ᄒ든바이 오날에 뎨일호 발간을 보게 되엿삽니다.

창간사에 나타난 대로『태서문예신보』는 서구 문예의 번역과 소개를 그 소임으로 했다. 그러나 실제에 있어서는 문학 이외의 양식은 거의 다루지 않았고, 문학 가운데서도 번역소설 4편과 창작소설 3, 4편, 약간의 논설 등을 빼고는 서구 시와 시단의 소개 및 창작시와 시론이 중심이 되었다. 번역시는 모두 36편이고 창작시는 38편이었으며 그 가운데 김억에 의해 이루어진 것은 번역시 17편과 창작시 12편이었다.

김억의 해외시의 번역과 소개는『태서문예신보』4호(1918. 10. 26)에서

투르게네프의 산문시 두 편을 옮기면서 시작되었고 그는 계속해서 투르게
네프와 베를렌느, 예잇츠 등의 시를 번역 소개했다. 그가 번역한 시들은
주로 상징주의 계통의 시였고, 이와 같은 상징주의적 경도가 우리 근대시
형성에 직간접으로 영향을 주었고 그 결과 우리 근대시 형식의 모색을 위해
기여한 측면이 뚜렷한 것이지만 우리 초기 근대시가 불건전한 현상을 보인
한 요인이 되기도 하였다.

　김억은 서구의 원시를 해독할 능력을 어느 정도 갖추고 있었고 서구시의
특성을 이해하고 그것을 우리의 시적 전통에 비추어 우리말로 다듬는 언어
감각을 갖추고 있었던 것으로 보인다. 그 한 예로 베를렌느의 시를 번역한
「거리에 나리는 비」(『태서문예신보』 6호, 1918. 11. 9)를 전문을 소개하면
다음과 같다.

> 거리에 나리는 비인듯
> 내가슴에 눈물의비 오나니,
> 엇지하면 이러흔 셜음이
> 내가슴안에 슴여들엇노?
>
> 아, 짜에도 집웅에도
> 나리는 고운 비소리,
> 애닯은 맘째문이라고,
> 오, 나려오는 비의노러.
>
> 이 쓰거운 너가슴에
> 까닭업시 나리는 비눈물.
> 거슬리는 맘도 업는데
> 애닯아라, 이설음은 무슨까닭?
>
> 사랑도 아니요, 미움도 업는
> 가장 압흔 이 설음은
> 뭇기 좃츠 바이 업나니,

엇지호면 내가슴 압하?

일본어로 번역된 서양시를 보고 아무런 율격적인 원리도 없고 어감도 무시된 자유시, 적당히 줄만 바꾼 산문이 새로운 시라고 착각하는 사람이 적지 않을 때, 김억은 서양 근대시의 실상이 그렇지 않은 줄 알아차렸으며, 우리 시가의 전통적인 율격을 작품마다 새롭게 활용 하는 것이 근대시 개척의 바람직한 방향임을 짐작했다. 서양에서는 상징주의 시에서도 정형시가 계속 커다란 비중을 가지고 있었는데도 불구하고 일본에서 근대시는 곧 자유시라고 한 것은 일본시의 전통적인 율격이 너무나도 편협했기 때문인데, 우리 시의 율격은 일본의 경우와 전혀 달라 가변적인 영역이 크다는 것을 모르고 일본의 전례를 좇아 엉뚱한 길로 들어선 폐단을 시정할 수 있는 계기를 김억이 만들었다.[28]

그러나 김억은 근대 자유시에 대한 그러한 인식과 노력들을 더 진전시키지 못하고 나중에는 그가 나름대로 창안한 자수율에 기초한 일종의 변형된 정형시 형식인 '격조시'라는 방향으로 퇴행하고 말았다. 우리 나라 근대 최초의 시론이라 할 수 있는 「시형의 음률과 호흡」(『태서문예신보』 14호, 1919. 1. 12)에서 그가 시의 음률이란 시인의 호흡과 육체에 바탕한 시인의 개인적인 심령의 산물이라고 하여 자유시의 개성적인 율격을 강조했으면서도 '조선 사람다운 시체'를 무엇보다 강조했다는 점에서 그러한 퇴행은 예비되어 있었다고 할 수도 있겠다. 왜냐하면 그가 주장한 시인의 개성적인 음률과 조선 사람다운 시체는 매우 적절한 선구적 자각으로 볼 수 있음에도 불구하고 그는 '조선 사람다운 시형'을 정형화된 것으로 파악하여 자수율적 정형의 틀을 서둘러 확립하려고 했기 때문이다.

김억 외에도 『태서문예신보』에 시를 발표하거나 해외 시단을 소개한 사람은 백대진, 해몽 장두철, 이 일, 최영택, 황석우 등 10명이 더 있었다.

---

28) 조동일, 앞의 책, p.423.

그러나 그들의 시는 관념적인 산문을 줄바꾸기 한 정도로 신체시의 한계를 벗어났다고 하기 어렵고 다만 황석우의 경우『태서문예신보』16호에 발표된「봄」, 「밤」, 「열매」, 「앵(鶯)」 등 네 편 정도에서 김억에 버금가는 수준을 보여주고 있다.

서구 시단을 소개한 글로는 김억의 「쏘로웁의 인생관」, 「프란스 詩壇」 외에 장문으로 쓰여진 백대진의 「최근의 태서문단」이 있는데, 매우 소박한 수준의 글들이지만, 이 글들이 우리 근대시의 형성에 매우 큰 자극제가 되었을 것이라는 점에서 이들 글의 선구적 역할은 중시되어야 하겠다.

이처럼 근대시 형성 초기에『태서문예신보』를 중심으로 활동한 김억과 그 밖의 시인들의 선구적 역할과 공헌은 매우 큰 것이었고 특히 김억의 경우 "한국 근대시를 본 궤도에 올려 놓은"29) "빼어난 한 봉우리"30) 로서 기억될 수 있을 것이다. 그의 이러한 노력은 1919년 창조를 통해 주요한으로 이어지면서 매우 의의 있는 결실로 나타나게 되었다 하겠다.

4. 결 론

지금까지 살펴보았듯이 애국계몽기에는 개화가사와 창가, 신체시등 새로운 시가형식이 대두하여 근대 자유시로 발전해 왔음은 물론이지만 그에 못지 않게 전통적인 시 형식인 가사, 시조, 사설시조, 한시, 민요, 언문풍월 등도 여전히 창작되면서 일제의 침략에 저항하고 계몽적인 과업에 참여하면서 민족의 시련 앞에서 시적으로 응전했다고 할 수 있겠다.

본 연구는 이 가운데서도 1908년『소년』지의 창간 무렵부터 1918년 「태서문예신보」 시기까지의 시기를 한정하여 이 시기의 시들이 어떻게 시대의

---

29) 김용직, 「한국 근대 문학의 사적 이해」, (삼영사, 1977), p.207.
30) 김윤식, 「한국 근대 문학 연구」, (일지사, 1974), p.75.

식을 담아내면서 근대시로 시적인 발전을 도모해 나가는지를 살펴보았다. 그 결과 육당을 비롯한 춘원, 현상윤, 최승구 등의 시인들의 신체시 시험은 많은 시행 착오에도 불구하고 반드시 부정적으로만은 볼 수 없는 우리 시가 다음 단계로 발전하는 데에 밑거름이 되었다고 할 수 있다.

또 그 다음 단계인『태서문예신보』를 통한 김억과 백대진, 장두철, 이일, 최영택, 황석우 등의 시인들의 활동, 그 가운데서도 특히 김억은 자유율은 물론이고 계몽적 화자가 보여준 타자지향의 계몽적 목소리 대신에 서정적 자아의 자아 응시와 표현을 보여주었다는 점, 계몽적 전달을 위한 타자 지향의 어투 대신에 정서적 가치를 포함하여 시 그 자체의 미적 가치에 대한 관심이 확연해졌다는 점에서 근대 서정시의 본령에 접근하고 있다 할 것이다.

그러므로 향가와 고려가요의 분방한 시적 상상력을 이어온 민요 등 다양한 전통적 시가 장르들의 내재적 노력과 창가, 신체시로 이어지는 애국계몽기의 의식적인 노력들은 김억과『태서문예신보』시기에 오면 이내 근대시 자유시로 뚜렷한 모습을 드러내게 되었다고 할 것이다.

1920년대 민요조 서정시인들의
민요의식과 7·5조 율조에 대하여

1. 서 론

7·5조의 율조에 대한 지금까지의 연구는 첫째, 7·5조는 일본에서 수입된
외래의 율조가 아니라 고려 시대 이후부터 양식화되기 시작한 우리의 고유
한 율격 양식이라는 견해(성기옥)와, 둘째, 7·5조는 우리의 고유한 양식이
아닌 1900년대의 창가 이후부터 양식화되기 시작한 외래의 것이며, 따라서
우리 시가를 논하는 데 있어서 7·5조는 전혀 필요치 않고 그런 용어조차
쓰지 말아야 한다는 견해(김대행), 셋째, 한일 율성은 음보율을 기본으로
하는 동질성을 가지므로 7·5조라는 음수율의 존재나 일본으로부터의 영향
의 문제는 처음부터 존재하지 않은 허구에 불과하다(심원섭)는 견해 등 대체
로 세 가지로 대별해 볼 수 있겠다.

그러나 이러한 견해들은 저마다 나름대로의 설득력 있는 논거를 확보하
고 있으면서도 중요한 논리적 허점 또한 드러내고 있는 게 사실이다.

본 연구자가 생각하기에는 7·5조는 우리의 전통적 율조가 아니며, 전통적
율조라는 오해는 1960년 무렵부터의 근래에 비롯된 것으로 보인다. 하지만
7·5조가 우리의 고유한 율조로 오해될 만큼 그것은 그 허구성과 관계없이
우리의 민요조 서정시 형성 과정에 일정한 영향을 끼친 것 또한 부인할
수 없다. 그러나 이러한 확인이 7·5조가 1920년대 민요조 서정시 형성에
성공적으로 기여했다거나 우리의 율조로 자리잡았다는 말은 아니다. 7·5조
는 영향을 주었으되 무의미했고 실패한 하나의 일과성 시험에 불과했던

것이다.

본 연구에서는 기왕의 연구 성과에 도움을 받으면서 7·5조=전통적 율조 혹은 고유의 민요조라는 왜곡이 생겨난 역사적 과정을 추적하면서 본 연구자의 견해를 입증해 나가고자 한다.

2. 민요조 서정시 형성의 시적 동인과 민요관

민요시 운동은 민족주의 운동의 한 연장선에서 이해될 수 있다.[1] 그러나 좀더 직접적이고 궁극적인 동기는 안서를 비롯한 당시 시인들의 처음부터의 관심사였던 "朝鮮말로의 엇더한 詩形이 適當한 것"[2]인가를 모색하는 한 연장선에서 찾아질 수 있겠다. 이것은 다시 말하면 우리에게 있어서 가장 바람직한 자유시형은 어떤 것인가의 모색에 다름 아니다.

당시의 시인들은 그간 서양(일본)에서 들어온 여러 시형과 이론들을 가지고 우리의 새로운 시(근대 자유시)를 다각도로 모색하였으나, 그 자유시에 형식적 한계를 느끼자 결국 우리의 전통적인 율조와 형식에서 근대 자유시의 가능성을 모색하게 되었던 것이다. 그들은 1920년대 초기에 전개되었던 자유시의 분방한 형식적 자유를 감당하지 못하고 혼란을 느낀 나머지 민족 시가의 고유한 형식을 통해서 일정한 형식적 규범과 정신적 동질성을 획득할 필요성을 절실하게 느꼈을 것이다. 그러한 사정은 다음의 글들을 통해서 잘 알 수 있다.

> 우리 詩壇에 發表되는 대개의 詩歌는 암만 하여도 朝鮮의 思想과 感情을 背景한 것이 아니고, 엇지 말하면 구도를 신고 갓을 쓴 듯한 創作도 飜譯도 아닌 作品임니다. (중략) 우리 周圍의 詩作에는 우리의 周圍를

---

1) 오세영, 「한국 낭만주의시 연구」(일지사, 1986), pp. 13~29. 박경수, 「한국 근대 민요시 연구」(부산대 박사학위논문, 1989. 2), pp.101~126 참고바람.
2) 김억, "시형의 음률과 호흡" 「태서문예신보」, 1919. 1. 13.

背景잡은 思想과 感情은 하나도 업고 남의 周圍를 背景잡은 思想과 感情
을 빌어다가 우리의 詩作을 삼는 傾向이 잇슴에 짜라 眞正한『朝鮮現代의
詩歌』를 어더 볼 수가 업게 됩니다. (중략) 덩말로 現代의 朝鮮心을 理解
하는 詩人이 잇다하면 그 詩歌는 一般은 몰으나 엇던 큰 部分의 사람에게
는 반드시 큰 共鳴의 音樂을 줄줄 암니다.[3]

至今까지의 詩는 넘우나 散文的이요, 넘우나 形의 統一이 없는 雜駁한
缺點이 있었기 때문에 自由詩에도 좀더 制限的 條件을 두지 않으면 안될
줄 생각합니다. 더구나 在來와 같은 朦朧詩体를 一切 打破하고 民族詩的
으로 詩風을 곧히어야 비롯오 詩와 民衆과의 距離가 가까워질 줄 앎니다.[4]

自由詩의 內在律은 實로 十人十色의 觀을 呈하야 (쏘 그리되지 아니할
수 업는 것이 이 시형의 特色입니다만) 어쩐 程度까지 眞正한 意味로의
內在律을 自由詩形의 詩歌가 가지게 되는지 대단히 알기 어렵은 일이외
다. […중략…] 나는 自由詩를 볼 째에 넘우도 散漫함에 어느 點까지가 散文
이고 어느 點까지가 自由詩인지 알 수가 업서 놀래는 일도 만습니다만은
如何間 自由詩의 當面한 危險은 거의 散文에 갓갑은 그 點에 잇습니다.[5]

그리하여 당시 시인들의 공통된 문제 의식은 신시 운동이 한계에 봉착함
에 따라 그러한 한계를 극복하기 위해서는 조선의 사상과 감정을 바탕으로
한 조선심을 배경삼아야 한다고 보았고, 그 조선심에 바탕한 민족적 시형을
가지고 그 동안의 자유시의 무제한적 자유의 산만함에 적절한 제한을 가하
여 민족적 시형으로 잘 자리잡힌 진정한 의미의 내재율을 모색하고자 하는
것이었다. 그렇다면 그 민족적 시형과 율격적 규범을 그들은 구체적으로
어디에서 찾으려 했던가.

민요는 그것을 부르는 민족의 공동적 작품이다. 그 곡조나 그 사설이
나 그 리즘이나 엇던 한두 개인이 지은 것이 아니다. 비록 맨처음 그것을

---

3) 김억, "朝鮮心을 背景삼아", 「東亞日報」, 1924. 1. 1.
4) 양주동, "병인 文壇槪觀", 「동광」, 9호, 1927. 1.
5) 김안서, "格調詩形論小考", 「동아일보」, 1930. 1. 17.

부른 사람이 작가자도 되고 작곡자도 되겟지마는 그것은 그 작가자나 작곡자의 명성으로 전파된 것도 아니오(민요 아닌 시가는 그러한 것이 쾌 만타) 또 어느 권력의 강제를 바다 전파된 것도 아니오(국가, 교회의 찬미가, 교가 모양으로)다수 백성의 맘에 마저서 그야말로 저절로 퍼진 것이니 그럼으로 비록 처음에는 엇던 사람 하나가 시작하엿다 하더라도 기실은 그 사람이 우연히 여러 사람을 대신하야 부른 것이며 또 이 민요는 부르는 사람마다 누구든지 그 곡조나 사설을 변경할 수가 잇는 것임으로 엇던 민요가 멧 십년 멧 백년 동안에 여러 만명 여러 백만명의 입을 거처오는 동안에 저절로 변경이 되고 진화가 되어 온 것임으로 이 의미로 보아서 민요는 더욱 민족적 작품이라 하겟고 또 민요의 가치도 이 속에 잇는 것이다. 그럼으로 민요에 나타난 리즘과 사상은 그 민요를 부르는 민족의 특색을 들어낸 것이니 그럼으로 그 민족의 문학은 민요(전설도 포함하야)에 긔초하지 아니치 못할 것이다. 엇던 나라에서나 시가(詩歌)는 그 나라의 민요를 뿌리로 발달한 것이다.[6]

이 글은 민요에 대한 우리나라 최초의 본격적인 논의라는 점에서도 선구적 의의가 있지만, 당시의 수준에서 볼 때 민요의 개념과 특징을 매우 적절히 설명하고 있다는 점에서 또한 의의가 크다.

그는 민요란 한두 개인이 지은 것이 아닌 다수 백성의 마음에 맞아서 저절로 퍼진 '공동적 작품'이자 '민족적 작품'이라고 전제한 후, 민요에 나타난 리듬과 사상은 그것을 부르는 민족의 특색을 드러낸 것으로 그 민족의 문학은 민요에 기초하지 않으면 안된다고 역설하고 있다. 이는 결국 그 민족의 시가는 그 민족의 리듬의식과 사상에 뿌리를 두고 발달하지 않으면 안된다는 주장으로, 시의 형식과 사상은 민족성과 불가분리임을 지적한 것이다.

따라서 그는 신체시가 들어온 후 "아직도 시형이 확립되지도 못하엿고 또 그 시가 일반적 민중적인 지경에 달하엿다 할 수는 업다."고 하여 민족과 민중에 기반하지 아니한 형식은 민족시형이 될 수 없다는 것을 강조하고

---

6) 이광수, "民謠小考(一)", 「조선문단」 3호, 1924. 12.

있다. 그는 근래에 우리 시가의 새로운 방향을 보이는 것으로 「조선문단」10월호에 실린 주요한의 시 「가신 누님」과 김안서의 민요시집 『금모래』를 주목할 것이라고 했다. 그리고 민요 「롤량」을 통하여 우리 민요의 율격적 특징을 분석하고 있기도 하다.

춘원의 이 글은 국민시형과 율격 모색을 위한 진지한 노력의 하나로서 기본적으로 민족주의적 입장에서 쓰여졌으며 민요의 율격을 구체적으로 분석하고 있다는 점에서도 매우 의의있는 글이라 할 것이다.

> 과거 우리 사회에 노래라는 형식으로 된 문학이 잇섯다 하면 대개 세 가지가 잇섯다 하겟슴니다. 첫재는 중국을 순견히 모방한 한시요 둘재는 형식은 다르나 내용으로는 역시 중국을 모방한 시됴이오 셋재는 그래도 국민덕 졍죠를 여간 나타낸 민요와 동요입니다. 그 세 가지 중에 필자의 의견으로는 셋재 것이 가장 예술뎍 가치가 잇다고 봄니다. 그러나 그 의견을 중론하려는 것이 이 글의 목뎍이 아니니까 지금은 말 아니하겟슴니다. 다만 필자의 의견으로는 과거 우리 문학 중 민요와 동요 가운데 예술뎍 독창성을 발견할 수 잇다는 것만 지금 긔억하시고 될 수만 잇스면 그대로 잠간 미더 주시기를 바람니다.[7]

이 글은 민요의 중요성을 강조한 최초의 글이라는 점에서 춘원의 글과 함께 중요한 의의를 갖는다. 그는 우리 문학 가운데에서 민요와 동요에게서만 국민적 정조와 예술적 독창성을 발견할 수 있다 하고, "신시 운동이 성공하려면 반드시 민요를 긔초 삼고 나아가야 되리라"고 강조한다. 그는 신시 운동의 목표로, 첫째 민족적 정조와 사상을 바로 해석하고 표현하는 것, 둘째는 조선 말의 미와 힘을 새로 찾아내고 지어내는 것이라고 주장한다. 이는 시의 형식과 사상은 민족성과 불가분리임을 강조한 춘원의 생각과 같은 것으로서 그는 그것을 '조선 사람된 개성' 즉 '조선혼'으로 요약한다.

---

7) 주요한, "노래를 지으시려는 이에게(一)(二)(三)", 「조선문단」, 1-3호, 1924.10.12.

이 때 조선혼은 또한 김억의 조선인의 사상과 감정인 '朝鮮心'과 같은 의미
라 할 것이다.

> 쏘 노래라는 것은 입으로 불으는 것이요, 글로 짓는 것이 안이매, 구타
> 여 글씨로 적어 나려오지 못한 그것을 그리 탓할 까닭도 업다 더구나
> 남달리 우리의 메나리는, 몃 千代 몃 百代 우리 祖上의 靈魂이 오래ㅅ동
> 안 진이고 각구어 올 째에, 그 時代마다 그 사람에게는 그대로 그것이
> 完成이 되엿슬이니, 그 줄거리가 시방도 한창 우리에게도 자라고 완성하
> 며 잇슬 것이다. 무어그리, 글로 기록하고, 말로 짓거리기야, 어려울 것이
> 잇스랴만은 億萬古 그 동안을 이 나라 이 사람에게로, 거처 나려온 그것
> 을 우리의 넉을, 넉드리를, 이 세상 어느 나라 무슨 글로든지 도모지 옴기
> 여 쓸 수가 업슬 것이라는 말이다.
> 우리 나라에 다른 藝術도 그러케 잘되고 만헛든지는 몰으나, 우리는
> 민요국의 백성이라고 자랑할 만큼, 메나리를 퍽 만히 가젓다. 다른 것은
> 다-어렴풋해 보기가 어려워도, 메나리ㅅ 속에서 살은 이 나라 백성의 韻
> 律的 生活 歷史는 굵고 검붉은 線이 뚜렷하게 永遠에서 永遠까지 기리기
> 리 그리여 잇다.[8]

홍사용은 민요에 대한 체득된 신념을 사설조의 문체를 사용하여 전개함
으로써 설득력을 확보하고 있다. 그는 민요를 '메나리'라고 통칭하면서 그
메나리는 몇 천대 몇 백대 우리 조상의 영혼이 오랫 동안 지니고 가꾸어
온 우리의 넋이며 넋두리라고 말한다. 이는 민요를 당대적인 것이 아닌 누대
에 걸쳐 완성되어 온 넋과 넋두리로 인식함으로써 우리의 민족 시가의 원형
임을 강조하고 아울러 쉽게 단절되거나 사멸될 수 없는 민족적 전통의 유구
성에 대해 제대로 인식하고 있음을 보여준다.

그리하여 그는 민요 속에는 우리 민족의 '운율적 생활 역사'가 그려져
있다고 하여 민족과 그 민족의 율격은 불가분리임을 적절히 지적하고 있다.

---

8) 홍사용, "朝鮮은 메나리나라", 「별건곤」, 1928. 5.

그러나 민요에 나타난 정서를 '한'과 '설움'으로 파악함으로써 민중적 생명
력과 투지를 다소 간과한 측면이 없지는 않다.

> 新詩는 技巧化하고 時調는 너무 高雅化하고 漢詩는 難澁을 極하고
> 잇슬 때에 미덤즉한 것은 오직 野生的 그대로의 表現과 內容을 가진 民謠
> 뿐이라. 朝鮮民謠의 文藝運動은 그가 곳 우리들의 生活 運動과 密着不可
> 離한 關係를 가지고 잇는 것임을 늣길 때에 더욱 民謠의 勃興에 全力을
> 다하여야 할 것인가 하노라.[9]

김동환은 야생적 그대로의 표현과 내용을 가진 것은 민요 뿐이라고 주장
하고 있는데, 이 역시 한 민족의 시가는 형식과 내용에 있어서 그 민족과
불가분리임을 강조한 것에 다름 아니다. 그는 다른 글에서도 "조선 냄새
나고 조선 빗깔 나는 새 노래를 지어 세상에 바쳐야겠다"[10] 라고 말함으로
써 안서나 요한이 사용한 '조선심'이나 '조선혼'과 상통한 의미를 사용한다.
다만 그가 '민족적'이라는 말 대신에 '야생적'이라고 썼다거나 문예운동을
생활운동과 밀착불가리한 관계를 가지고 있음을 강조한 문맥 속에서 민족
적인 것보다는 민중적인 것, 즉 민중주의 쪽에 더 기울어져 있었음을 암시받
을 수 있다.

실제로 그는 민요를 "朝鮮人 중에서도 一部인 被治者며 生産者層인 特殊
民衆의 노래"[11]라고 규정했고, 민족주의문학파의 '朝鮮心'을 강도높게 비
판하기도 한다.[12] 그가 춘원·육당·안서·요한 등의 국민문학파가 주장한
'朝鮮心'을 부정하고 '愛國心'을 고취하는 '戰鬪的 愛國文學'을 주장한 배경
에는 당대 현실에 대한 그의 계급적 이해가 깔려 있는 것이다.

---

9) 김동환, "朝鮮 民謠의 特質과 基將來", 「조선지광」, 1929. 1.
10) 김동환, "民謠振興小見", 「조선중앙일보」, 1934. 8. 26.
11) 위의 글.
12) 김동환, "愛國文學에 對하야", 「동아일보」, 1927. 5. 12~17.

> 民謠는 實로 이와 가치 有閑階級이 自己의 藝術的 武器로 時調와 漢詩
> 를 들고 나선 째에 그와 對抗하기 爲하야 政治的 社會的 不利한 地位에
> 노인 民衆의 一團이 自己階級의 擁護로 들고 나선 武器이나 이로 보건대
> 民謠는 眞實로 被壓迫群 自身이 지어서 純全히 自身이 불러온 것이라고
> 볼 것이다.[13]

이러한 그의 인식은 기본적으로는 민족주의 문학파의 국민문학 주장과 다르지 않다 하더라도 민중을 민족적 민중과 계급적 민중으로 구분하려 한 것은 일제 수난기에 민족시의 총체적 응전력은 물론이고 근대시 발전의 한 바탕으로서의 민요의 전모를 이해하는 데에 장애가 되었음을 부인하지 못할 것이다. 그가 시조를 배격하려 한 중요한 논리적 배경에는 이러한 가치관이 가장 중요한 요인이 되었던 것이다.[14]

지금까지의 검토 결과에서 알 수 있듯이 1920년대의 민요시 운동의 절실한 요인의 하나는 민족적 운율 내지는 민족시형의 확립을 위한 것이었음을 확인할 수 있으며 그들의 문제의식의 방향은 적절했다고 하겠다. 다만 그 민족시형을 위한 이해와 노력에는 한계가 있었음은 부인할 수 없을 것이다. 즉 그들의 율격 이해는 음수율에만 한정되어 있었으므로 창작 역시 음수율적 정형성의 경직성으로 더욱 기울어져 갈 수밖에 없었던 것이다.

민요조 서정시 운동의 중심에 있었던 김억이 민요의 중요성을 누구보다도 강조했음에도 "조선 사람의 호흡에 가장 적절한 시형"[15]으로 시조를 강조하고 나중에 格調詩形으로 나아간 것이나, 우리 문학 중 민요나 동요에서 예술적 독창성을 발견할 수 있다고 했던 주요한이 "所謂 自由詩形이라는 것은 一時的, 過渡期 運動에 不過한 것으로 決코 깊흔 뿌리를 박을 것이 못된다고 생각하는 同時에 時調復興運動은 이와 반대되는 意味에서 그 意味

---

13) 김동환, "朝鮮 民謠의 特質과 基將來".
14) 김동환, "時調排擊小議", 「조선지광」, 1927. 8. 참조
15) 김안서, "밟아질 조선시단의 길", 「동아일보」, 1927. 1. 3.

가 자못 深遠하다 하겠다."16)라고 하면서 민요의 율격에 불만을 품고 끝내
는 시조 작가로 변신해버린 배경에는 음수율적 정형의식으로는 설명하기
곤란한 민요의 자유스러운 율격성이 한 요인이었다고 할 것이다.

3. 민요조 율격과 7·5조에 대한 당대의 인식

그렇다면 1920년대의 민요조 서정시인들이나 민요론자들이 민요조라고
생각했던 율격형식은 구체적으로 어떤 것이었을까.

앞에서도 언급했지만 춘원은 그의「民謠小考」에서 민요「롤랑」의 율격을
체계적으로 분석하여 다음과 같은 결론을 제시하고 있다.

> 그러면 우리가 롤랑의 연구에서 무엇을 어덧나 ──
> (1) 우리 노래의 리즘은 소리의 놉나지에 잇는 이보다도 음절의 수에 잇
>   는 것
> (2) 四四조가 우리 노래 중에 가장 흔하고 쏘 긔초가 된다는 것
> (3) 四四의 음절을 주리고 느리어서 변조를 만들므로 슬픈 것 깃븐 것
>   어즈러운 것 장한 것 이 모양으로 복잡한 정조를 어들 수 잇는 것
> (4) 머리운이나 발운은 달앗다고 할 수 업스나 서로 대되는 구절에 어듸
>   든지 서로 대하는 위치에 운을 다는 것17)

한국 시가의 운율을 음수율이라고 공식적으로 처음 규정한 것은 춘원의
이 글을 통해서였다. 그리고 무엇보다 중요한 것은 우리의 민요, 나아가
우리의 시가는 4 · 4조를 기조로 하면서 다양하게 변조된다고 본 것이다.
이는 비록 춘원이 음수율로 설명하긴 했지만 오늘날 우리 시가의 기저율격
을 대체로 4음보 내지 3음보로 규정하는 것과 비교할 때 크게 어긋나지

---

16) 주요한, "時調復興運動은 新詩運動에 까지 影響",「新民」, 1927. 3.
17) 이광수, "民謠小考(一)"

않는다는 점에서 상당히 설득력 있는 분석이었다 할 것이다. 4·4조가 연첩될 경우 4음보가 되기 때문이다. 그리고 음수율과 4·4조로 대표되는 춘원의 율격 의식은 당시 민요조 서정시인들이나 민요론자들의 일반적인 율격 의식을 대변한 것이기도 했다.

> 민요의 형식 중에는 팔팔됴(여덟자식 한 귀가 되는 것)가 가장 만헛습니다.[18]

> 쏘 造句로 보면 變形도 잇지만은 原則上 音律單位가 三四, 四四 그 중에도 四四調로 된 것인 바 이것은 民謠와 同一脈絡을 쓰은 것이기 째문에 平談한 四四가 基本이 된 줄을 안다. 그리하야 우리들은 感歎할 곳에도 哀痛할 곳에도 산을 볼 째에도 새소리를 드를 째에도 이 四四調로 써왓스니 그 리씀이 悠長하고 順되게 흐르고 複雜치 안흔 것이 우리네 性情에 마즌 것 갓다.[19]

> 朝鮮 民謠가 대개는 四四調로 되엇고 童謠가 쏘한 그것을 벗어나지 못하야[20]

주요한이 민요의 율격으로 규정한 8·8조는 사실은 4·4조 4음보와 같은 것인데 그렇지만 우리는 이를 통해 그가 율격의 논리에 의해 율격 단위를 분절하지 않고 통사 단위에 의해 분절하고 있음을 알 수 있고, 따라서 그에게는 율격의 본질에 대한 이해가 충분하지 못했음을 알 수 있다. 또 이러한 한계는 당시의 다른 시인들이나 논자들에게도 대동소이하게 해당되는 것이었다.

김동환과 안서 역시 4·4조를 민요의 기본 음율단위로 보고 있다. 그리고 안서는 「格調詩形論小考」에서 처음으로 음수율 외에도 음보의 개념을 도입

---

18) 주요한, "노래를 지으시려는 이에게"
19) 김동환, "時調排擊小議"
20) 김안서, "格調詩形論小考"

하여 우리 시가에 대한 설명을 시도하기도 했다.[21] 그러나 그의 음보에 대한 설명은 土居光知가 「文學序說」에서 시도한 일본시 분석 방법과 같은 방법을 원용하여 1음보를 2음절 혹은 1음절의 음절수로만 기계적으로 분석함으로써 우리 시가의 율격 이해의 가능성을 더욱 후퇴시키는 한계를 보인다.[22]

아무튼 우리는 위의 인용들을 통해서 당시의 논자들은 민요의 기조가 되는 음수율을 4·4조로 보았다는 것만은 분명히 알 수 있는 것이다.

당시의 논자들의 민요의 율조에 대한 인식이 이러했음에도 7·5조＝민요조라는 등식논리는 어떻게 하여 생겨났을까. 그것은 언제부터 누구에 의해

---

21) 音步의 개념은 그 이전에도 양주동에 의해 이미 소개된 적이 있다. (“英詩 講話”, 「조선문단」, 1927. 3) 영시에 대한 설명에서이긴 했지만 그는 “詩의 根本的 部分은 무엇보다도 綴音이 그것입니다. 綴音이 둘이나 셋식 모여서 音步(Feet)가 되고, 音步들이 여러낫 結合하야 行과 聯을 形成하게 됩니다.”라고 하면서 음보의 개념을 적절히 설명하고 있다. 그러나 여기서 안서의 소론은 그 스스로도 밝혔듯이 土居光知의 저서 『文學序說』(東京 : 1927. 2. 1. 岩波 書店)의 분석에 의존하고 있음을 알 수 있다. 즉 그는 음보란 한 음력(音力)을 구성하는 음절수로 정의했고, 이 때 음력은 현대운율학에서의 모라(mora)와 유사한 개념으로 설명한다.

> 그런데 發聲器官의 性質로 보아 한 音節 두 音節 가진 말은 例하면 『산』이니 『하늘』과 가튼 것은 한 番의 音力으로 發音할 수가 잇스나 세 音節로 된 것부터는 例하면 『어린이』가튼 것은 그 中央 『린』에다가 힘을 주어 놉히지 아니하는 以上에는 한 音力으로 發音할 수가 업고 반듯이 두 音力이 必要케 된다 합니다 이 點으로 보아서 音律의 單位는 한 音力에 잇는 것이오 두 音力에는 잇지 아니합니다 그리고 두 音節에 한 音力이 必要하다면 두 音節의 倍되는 네 音節은 두 音力이 아니고는 發音할 수가 업는 것이니 『해바래기』와 가튼 것으로 意味로 보아서는 난호아 노흘 수가 업는 것이라도 音力 때문에 어찌할 수 업시 『해바 래기』하고 둘에 난호아 發音케 되는 것이외다 쏘 그리고 五音節 가진 말은 例하면 『格調詩形論』가튼 것은 『格調 詩形 論』이러케 세 音力이 아니고는 쏘한 發音할 수가 업는 것은 다 發聲器官의 性質上 어찌할 수 업는 일이라고 합니다. (김안서, “격조시형소고(5)”)

그에 의하면 한 음보는 2음절 또는 1음절의 음력으로 구성된다. 그는 이에 따라 그의 시 「고향」의 7·5조 시행을 2·2·2·1·2·1·2의 음절로 나누어지는 7음보시로 분석하고 있다.(김안서, “격조시형소고(12))

22) 土居光知, 위의 책, pp.241~250. 참조.

등식화되기 시작했으며, 많은 논의와 성과들에도 불구하고 사실여부와는 상관없이 7·5조와 민요조는 여전히 거의 똑같은 의미로 언급되는 원인은 무엇인가. 이 문제를 해결하기 위해서는 우선 당시부터 현재까지의 7·5조 논의의 역사적 과정을 면밀히 살펴볼 필요가 있을 것 같다. 왜냐하면 지금까지의 연구들은 저마다 매우 세심한 실증적 분석을 보여주었음에도 불구하고 그렇게 왜곡되어온 연유의 단서를 찾기 위한 7·5조 논의의 역사적 전개과정에 대한 통시적 점검은 소홀히 한 채 한일율성의 공시적 비교에만 주로 매달림으로써 역사적 원인들을 간과해 왔기 때문이다.

그럼 먼저 7·5조에 대한 당시의 언급들을 검토해 보겠다. 무엇보다도 7·5조에 대한 당시의 인식이 어떠했는가부터 알아보는 것이 문제의 진상을 규명하여 왜곡의 가닥을 풀어나가는 가장 일차적이고도 중요한 일이기 때문이다.

> 근래에 일본의 신체시를 모방한 것이 꽤 류행한다. 아마 그 시조가 된 것은 최남선(崔南善)군일 것이다. 군이 소년잡지를 창간한 것이 지금부터 십륙년 전이라고 긔억하거니와 그 때부터 군은 혹은 칠오조의 노래를 혹은 신체시를 거의 매호에 썻다. 이것이 조선 신체시의 시조가 된 후로 여러 사람이 신체시를 짓기 시작하엿다. 현대적으로 보면 김여제(金與濟) 주요한(朱耀翰) 김억(金億) 황석우(黃錫禹) 김석송(金石松) 박월탄(朴月灘)가튼 이는 일홈 잇는 시인이엇섯다. 그러나 아직도 시형이 확립되지 못하엿고 쏘 그 시가 일반적 민중적인 지경에 달하엿다 할 수는 업다.
> 근래에 주요한(朱耀翰)군의 「가신 누님」(「朝鮮文壇」十月號) 김안서군의 민요시집 「금모래」는 우리 시가에 새로운 방향—맛당히 잡아야할 새로온 방향을 보이는 것으로 심히 주목할 것이라고 밋는다. 이 째를 당하야 우리 민요의 가치를 한번 생각하여 보는 것도 전혀 쓸 데 업는 일은 아니라고 밋는다.[23]

---

23) 이광수, "民謠小考(一)"

그럼으로 엇던 이는 일본 시가의 형식인 七五 혹은 五七됴를 시험해본 것도 잇습니다. 만은 그 결과가 다 새론 시를 지으랴는 데 합당한 재료가 못되엿습니다. […중략…] 그러면 이 신시 운동의 전도의 목표는 무엇인가. 적어도 나의 생각으로는 두 가지의 목표가 잇다고 합니다 첫째는 민족덕 정조와 사상을 바로 해석하고 표현하는 것, 둘재는 조선 말의 미와 힘을 째로 차저내고 지어내는 것입니다.[24]

또 日本은 五七이 基調인 듯하야 和歌의 五七五七七 俳句의 五七五 等 全部가 五七로 成立된 바 五와七가치 奇數音이고 또 扦格이 만흔 兩音을 합처 노으면 語勢가 强하여저서 大槪 日本 노래는 壯하지는 아녀도 激하고 哀하지는 아녀도 悲하고 어즈럽지는 아녀도 動하고 잇는 맛이 잇다. […중략…] 朝鮮人은 二四六가튼 偶音律에 거진 相等한 音位를 가진 音脚을 써왓기 째문에 輕快하고 平坦하느이 만치 國民性이 淳朴하야 남이 저고리를 달라면 바지까지 버서 주고 왓나.[25]

압헤도 말한 바와 갓치 朝鮮詩는 그 起源이 거의 日本詩의 模倣에 잇슴으로, 音數律도 亦是 日本의 五七· 七五調가 만히 잇습니다. 더구나 五七調가 流行되여 왓습니다.[26]

춘원은 일본의 신체시를 모방하여 도입한 첫 인물은 최남선이라 하고, 그 후 신체시 창작이 꽤 유행하였지만 그러나 아직도 시형이 확립되지 못하고, 또 그것이 일반적 민중적인 경지에도 달하지 못하였다고 말한다. 그는 또 주요한의 시 「가신 누님」과 김안서의 민요시집 「금모래」가 우리 시가에 마땅히 잡아야 할 새로운 방향을 보이는 것이라고 하면서, 이 때를 당하여 민요의 가치를 생각해야 한다고 강조한다.

이 글에서 춘원은 7·5조 혹은 신체시와 민요조를 일본의 것과 우리의 것으로 분명히 구분하여 이해하면서 민요의 가치에 주목할 것을 강조하고

---

24) 주요한, "노래를 지으시랴는 이에게"
25) 김동환, "時調排擊小議"
26) 양주동, "詩와 韻律", 「金星」 3호, 1924. 5.

있는 것이다.

주요한도 '일본 시가의 형식인 7·5 혹은 5·7됴'라고 분명히 밝히고 신시운동의 전도의 목표로 민족적 정조와 사상을 바로 해석하고 표현하는 것과 조선말의 미와 힘을 새로 찾아내고 지어내는 것이라고 말하고 있다. 그가 이러한 목표에 적합한 장르라고 생각한 것은 민요시였음은 물론이다. 이처럼 그 역시 7·5조와 민요조를 일본의 것과 우리의 것으로 대립적으로 인식하고 있었음은 분명히 드러난다.

김동환도 일본 시가의 기조 율격을 5·7조로 보고 그와 대립되는 조선의 시가는 2·4·6같은 우음율을 특징으로 한다고 강조하고 있다. 양주동도 7·5조는 일본시의 모방인 것으로 단정하고 있다. 그러므로 위의 논자들의 진술에서는 7·5조를 민요조 혹은 전통적 율조로 이해한 흔적은 어디에서도 찾아볼 수 없을 뿐만 아니라 7·5조는 일본의 율조라는 입장을 명백히 하고 있음을 알 수 있겠다. 그들은 한결같이 우리 시가의 전통적인 기조 율격을 4·4조로 보았고 7·5조는 일본의 것으로 이해했던 것이다. 그러나 김억의 태도는 얼핏보면 좀 애매하게 보일 수 있다.

> 輕快可憐한 것으로는 四四調(單調는 하나마)와 三四調, 四五調, 五五調나 四五와 三四調가 第一 조흔 듯합니다. 그러고 힘 잇고 무겁은 것으로는 五七調외다. 보드랍은 直接的 情緒를 노래하기에는 六五調, 七五調, 八五調 그러고 얼마큼 默示的 氣色이 잇기는 하나마 七七調 가튼 것일 줄 압니다. 그 남아저 十四音節 以上되는 詩形으로는 어대까지든지 깁흔 思慮나 무겁은 追憶이나 그러치 아니하면 思想的엣 것을 묵짓하게 노래할 수가 잇는 것이외다.27)

그는 그의 격조시형을 7·5조까지 포함시켜 다양하게 설명하고 있는데, 그가 격조시를 주장하게 된 배경은 자유시와 전통적인 시가의 형식 양쪽 모두에 대한 불만 때문이었다. 즉 그는 자유시를 "가장 원시적인 表現方式

---

27) 김안서, "格調詩形論小考".

에 지나지 아니한다는 말을 禁할 수가 업습니다. 自由詩의 內在律은 실로 十人十色의 觀을 못하야 어썬 정도까지가 진정한 의미로의 內在律을 自由詩形의 詩歌가 가지게 되는지 대단히 알기 어렵은 일이외다.”28)라고 하였고, 그가 조선 민요의 형식이라고 한 4·4조에 대해서도 “原始的 感情을 가장 端的으로 表現한” 것이며 “넘우도 單調하고 變化가 업는 것”29)으로 규정하고 있는 것이다. 그가 자유시와 민요를 똑같이 가장 원시적인 것으로 치부하고 나선 결과로 제시한 것이 격조시형이었고 그 형식은 위의 인용으로 요약되는 것이었다.

그러나 그의 율격론의 완결편이라고 할 일련의 이러한 진술을 통해서 그는 그가 율격에 대해 얼마나 무지했는가를 결정적으로 드러내는 결과를 가져온다. 그가 ‘조선의 사상과 감정을 배경한’ ‘덩말로 현대의 조선심을 이해하는’ ‘진정한 조선현대의 시가’를 외쳤음에도 불구하고 산문과 구별 안되는 내재율과 4·4조의 단조로움을 극복하는 방안이 기껏해야 몇 가지의 음수율적인 정형 모델을 덧보태어 또 다른 단조로움을 확대 재생산한 것에 불과하기 때문이다. 몇 가지의 정형적인 모델을 늘린다고 해서 시의 단조로움을 피할 수 있다고 한 발상은 매우 무지하고 소박한 것이라 아니할 수 없는 것이다. 그는 음보의 개념을 도입했으면서도 그것을 우리 시의 율격적 특성을 설명하는 것으로 발전시켜 나아가지 못하고 더욱 고착된 음수율의 논리로 퇴행했던 것이다.

이렇게 된 이유는 그가 상징주의 도입 이후 자유시 창작을 위해 누구보다 노력했지만 실제에 있어서는 자유시의 내재율의 이해를 위한 어떠한 적극적인 노력도 하지 않았기 때문이다. 그는 시를 ‘高潮된 感情의 音樂的 表現’30)이라 하면서, 시의 운율은 ‘一定한 拍子 있는 運動’31)이라 하여 음악의

---

28) 위의 글.
29) 위의 글.
30) 김안서, “作詩法(1)”, 『조선문단』, 1925. 4.

박자의 개념으로만 이해한 나머지 조선어에는 고저장단과 같은 운율적 자질이 부족하므로 자수율에 의존하여 엄밀한 정형성으로 나아가는 것이 불가피하다고 본 것이다.

지금까지의 검토에서 알 수 있듯이 격조시형은 안서가 새로 창안한 시형으로서 민요시형을 말하는 것이 아니다. 그러므로 그가 여기서 7·5조를 언급한 것은 민요조와는 관계없는 것이다. 다시 말하면 그는 시 율격의 하나로 7·5조를 언급하긴 했지만 그것을 민요조라고 말한 경우는 어디에서도 찾아볼 수 없다는 것이다. 이것은 김동환도 "詩形은 七五調나 四四調가튼 平易한 것을 踏襲하는 것이 죠타"[32]라고 했지만 그가 7·5조를 민요조로 인식한 것은 아니었던 것과 마찬가지다. 안서는 4·4조를 민요조로 이해했고 그 단조함을 보완하는 여러 시형 가운데 하나로 7·5조를 끌어들였을 뿐인 것이다. 그리고 실제 작품을 두고 논하는 자리에서도 그가 7·5조를 민요조라고 규정한 적은 없다.

> 「朔州龜城」(開闢十月號)의 三篇詩는 君의 民謠詩人의 地位를 올니는
> 同時에 君은 民謠詩에 特出한 才能이 잇슴을 肯定식힙니다.
> 　물로 사흘, 배 사흘
> 　먼 三千里,
> 　더더구나 거러넘는 먼 三千里,
> 　朔州龜城은 山을 넘는 六千里요.
> 　물마처 함쌕히 저즌제비도
> 　가다가 비에 걸너 오노랍니다.
> 　저녁에는 놉픈山,
> 　밤에 놉픈山. (朔州龜城의 一節,
> 또「가는길」의 한 節을 보면
> 　압江물 뒷江물

---

31) 김안서, "作詩法(2)", 「조선문단」, 1925. 5.
32) 김동환, "文士와의 對談", 「조선문단」, 1927. 3.

홀으는물은
어서 쌀아오라고, 쌀아가자고,
홀너도 넌다라 흐릅듸다려.
　우리의 在來民謠調 그것을 가지고, 엇더케도 아릿답게 길이로 짜고
가로 역거, 곱은 調和를 보여주엇습닛가―나는 作者에게 民謠詩의 길잡
기를 간절히 바래는 바입니다.[33]

　안서는 소월의 시 「삭주구성」과 「가는 길」 등을 두고 재래 민요조의 율조를 기본으로 삼은 시라 하고 소월의 민요 시인으로서의 특출한 재능을 보여준 것이라 했으며, 작자에게 민요시의 길잡기를 당부하고 있기도 한다. 이로 보아 안서가 실제 작품 분석에서 보여준 율격적 태도는 그의 이론보다는 훨씬 적절하고 유연했음을 알 수 있다. 그는 실제 비평에서 엄격한 자수율의 정형시를 고집하지 않았으며 그가 단조롭다고 생각했던 재래 민요조를 가지고 "엇더케도 아릿답게 길이로 짜고 가로 역거, 곱은 조화를 보여주기를" 바랄 뿐이었던 것이다. 여기서 그가 재래 민요조라고 말한 기조 율격은 무엇인가. 그것은 다름 아닌 그가 명백히 밝힌대로 4·4조다. 안서는 4·4조의 민요적 율조를 기본으로 하면서 좀더 다양한 율조로 '엇더케도 아릿답게' 조화시키기를 바랐던 것이다. 실제로 안서의 자수율을 근거로 하여 소월의 인용된 시들을 분석해 보아도 이 시들이 7·5조가 아님을 알 수 있다.

물로 사흘, / 배 사흘 / 먼 三千里,　　　　(4·3·4)
더더구나 / 거러넘는 / 먼 三千里,　　　　(4·4·4)
朔州龜城은 / 山을 넘는 / 六千里요.　　　　(5·4·4)
물마처 / 함쌕히 / 저즌제비도　　　　(3·3·5)
가다가 / 비에 걸너 / 오노랍니다.　　　　(3·4·5)
저녁에는 / 높픈山, / 밤에 높픈山. /　　　　(4·3·5)

　　　　　　　　　　　― 「朔州龜城」의 ―節 ―

---

33) 김안서, "詩壇一年", 「開闢」, 1923. 12.

> 압江물 / 뒷江물 / 흘으는물은 /   (3·3·5)
> 어서 / 쌀아오라고, / 쌀아가자고, /   (2·5·5)
> 홀너도 / 년다라 / 흐릅듸다려. /   (3·3·5)
>   ― 「가는 길」의 一節 ―

시행을 3음보 1행으로 자의적으로 나눈다면 「朔州龜城」의 경우 4·4조가 기본 음수율이며 굳이 7·5조를 기준으로 나눈다고 해도 인용시의 마지막 2행만 7·5조에 해당될 뿐이다. 또 「가는 길」의 경우도 두번째 행만 7·5조일 뿐이다. 자수를 엄격하게 적용시키는 음수율의 입장에서 본다면 위에 인용된 시들은 7·5조가 결코 아니며 오히려 안서가 4·4조라고 믿었던 시조, 가사, 민요 등 4음절 시가의 변형에 가깝다. 그러므로 여기서 안서가 '재래 민요조 그것을 가지고'라고 말했을 때의 재래 민요조는 4·4조 중심의 율조를 말하는 것이고 '엇더케도 아릿답게 길이로 짜고 가로 역거'라고 말한 것은 재래의 4·4조를 바탕으로 하여 7·5조를 포함하여 다양하게 변조했다고 칭찬한 것이다.

그런데 위에 인용된 안서의 글을 두고 성기옥의 설명은 필자와 다르다.

> 안서는 이처럼 7·5조 율동을 기조로 하고 있는 <삭주구성>과 <가는 길>(단, 삭주구성은 제2연만 7·5조 율동)을 재래 민요조에 기저한 것으로 파악하고 있다. 이로 미룬다면 7·5조 율동을 토착화된 우리의 전통적 율조로 인식해 온 역사도 짧지 않다.[34]

성기옥은 안서가 어느 글에서도 7·5조 = 민요조로 규정하지 않았고, 인용한 시들을 7·5조가 아닌 재래 민요조라고 규정했으며 또 자수율을 기준으로 하여 볼 때에도 7·5조는 2행밖에 나타나지 않음에도 불구하고, 안서가 사용한 재래민요조라는 말을 당연히 7·5조의 의미로 단정하는 오류를 범하

---

34) 성기옥, 「한국시가율격의 이론」(새문사, 1986), p.254.

고 있다. 이는 안서가 제시한 격조시형에 적용시켜 보아도 인용된 소월의 시들은 3·4조, 4·4조, 4·5조, 6·5조, 7·5조 등 다양할 뿐 7·5조를 기조로 했다는 말은 부적절한 것으로 안서가 전통 민요조를 7·5조로 생각했다는 주장에는 이해의 중대한 비약이 있는 것이다.

　그러므로 7·5조 = 민요조라는 인식의 오류는 1920년대 당대의 민요시인이나 민요론자들에 의해 저질러진 것이 아니라 바로 이와 같이 1920년대를 훨씬 지난 후의 후학들에 의해 잘못 단정되고 그 오류가 확대 재생산된 결과였고, 그러한 인식이 굳어진 것이 7·5조 = 민요조라는 왜곡된 고정관념으로 자리잡게 되었던 것이다.

4. 전통적 민요조와 7·5조의 왜곡된 관계 및 비판

　그렇다면 '7·5조 = 민요조'라는 왜곡은 언제 누구에 의해서 처음 이루어지게 되었는가. 그 구체적인 예는 김춘수와 조연현의 글에서 확인된다. 먼저 김춘수의 글을 좀 길지만 인용해 보겠다.

　　四二五〇年代의 中末期에 걸쳐 이상한 現象이 하나 나타났다. 金素月의 出現이 그것이다. 自由詩 乃至 散文詩의 方向으로 發展해갈 수밖에는 없는 듯이 보인 大勢에 있어 素月은 홀로 傳統的 定型律로 定型詩를 썼다. 그 定型律의 多樣한 試驗을 四二八九年版 正音社의「素月詩集」에 依하여 몇 개의 類型으로 나눠보면 다음과 같다.

　①　七五調
　　　그대가 바람으로 생겨 났으면
　　　달돋는 개여울의 빈들 속에서
　　　내 옷의 앞자락을 불기나하지
　　　　　　　（「개여울의 노래」첫째聯）

七五 一行 各聯이 三行으로 一定한 行區分을 하고 있다. 平凡한 通常
의 七五調 構成이다.

② 變格(行區分을 通한) 七五調
　　당신은 무슨 일로
　　그리합니까?
　　홀로히 개여울에 주저앉아서
　　　　　　　　　　　　（「개여울」첫째聯）

　　그립다
　　말을 할까
　　하니 그리워
　　　　　　　　　　　　（「가는 길」첫째聯）

　　바드득 이를 갈고
　　죽어 볼까요
　　窓 가에 아롱아롱
　　달이 비친다
　　　　　　　　　　　　（「鴛鴦枕」）

「개여울」에서는 七五를 첫째 行과 둘째 行으로 끊었다. 셋째 行에 있
어 다시 七五 一行으로 돌아와 있다.

「가는 길」에서는 七五를 三四五로 三分하여 三行으로 區分하고 있다.

「鴛鴦枕」에서는 七五, 七五로 七과 五를 二分하여 四行으로 行區分하
고 있다. […중략…]

③ 三三四調
　　먼 훗날 당신이 찾으시면
　　그때에 내 말이 「잊었노라」
　　　　　　　　　　　　（「먼 後日」첫째聯）

各聯이 二行으로 固定된 行區分을 가지고 있다. ①의 경우와 함께 平
凡하다.

④ 三四調(四音 中心의)
　　山에는 꽃피네
　　꽃이 피네
　　갈 봄 여름없이
　　꽃이 피네
　　　　　　　　　(「山有花」첫째聯)

　　山에
　　山에
　　피는 꽃은
　　저만치 혼자서 피어있네
　　　　　　　　　(「山有花」둘째聯)

　첫째聯에서는 三三, 四, 三四, 四로 四行으로 區分되었다. 時調나 歌辭
에 比할 적에 훨씬 奔放하면서도 緻密한 構成을 볼 수 있다. (중 략)金素月
에 와서 韓國詩의 傳統的 律調는 새롭고도 보다 完美한 그것으로 止揚되
었다고 할 것이다.[35]

　김춘수는 위의 글을 '민요적 운율의 시'란 제목으로 다루면서, 소월의
시를 '전통적 정형률'의 시로 규정한다. 그는 소월시의 민요적 운율을 완미
한 7·5조와 변격 7·5조, 3·3·4조와 3·4조로 구분하여 설명하고, 김소월에
와서 한국시의 전통적 율조는 새롭고도 보다 완미한 것으로 지양되었다고
평가했다. 이러한 설명은 7·5조＝전통적 율조로 오해하게 함과 아울러 또한
전통적 율조(그것이 어떠한 것이든지 간에)는 7·5조 등에 의하여 새롭게
지양되었다는 뜻으로 볼 소지도 있는 모호함을 내포하고 있다 하겠다.
　그리고 이러한 모호성은 그의 율격 분석에서 더욱 크게 드러난다. 우선
그의 율격 분석은 일관성이 결여되어 있다. ①의 경우를 7·5조로 분석하고
②를 변격 7·5조라 했다면 ③의 「먼후일」또한 3·3·4조가 아닌 6·4조로

---

35) 김춘수, 「한국현대시형태론」(해동문화사, 1958), pp.44~50.

분석하고 ④는 변격 6·4조로 분석하든지, 아니면 우리식 음수율 분석 방식인 3·4·5(혹은 2·3 등)조와 3·3·4조로 분석했어야 일관성이 있는 것이다. 그러나 그가 같은 시인의 작품을 두고도 유독 ① ②의 경우만 7·5조로 분석한 것은 7음절과 5음절로 구분될 수 있는 시만은 7·5조로 분석해야만 될 것 같은 일본식 음절 분석의 선험이 작용했던 것이다.

그러므로 김춘수는 '민요적 운율'이며 '전통적 정형률'의 시를 분석한다고 하면서 7·5조라는 일본식 음수 계산법과 3·3·4조식의 우리식 음수 계산법을 이원화하여 모순되게 적용시키고 있는 것이다. 이러한 어긋남을 봐서도 여기서 7·5조란 명칭을 사용한 것은 잘못된 것임을 알 수 있으며, 그 이전에 누구도 7·5조=민요조라는 등식으로 사용한 적이 없었던 것을 김춘수가 충분한 검토없이 부적절하게 적용한 것으로 볼 수 있을 것이다.

조연현의 설명 방식은 '7·5조=전통적 율조'라는 인식을 더욱 결정적이게 만든다. 그는 '전통적 율조'라는 항목 하에서 김소월의 시를 거의 7·5조로만 분석하고 있는 것이다.

> 素月의 詩는 거의 全部가 一定한 外型的인 律調를 가지고 있다. 그리고 그 律調가 大體로 全體的으로는 七·五調이고 部分的으로는 三·四調가 그 中心이 되어 있다. (인용된 시 「春香과 李道令」의 일부와 「진달래꽃」전문은 생략)
>
> 以上의 두 作品을 보면 前者는 完全한 七·五調요, 後者는 中間에 若干의 變則은 있으나 역시 七·五調가 그 主調이며, 部分的으로는 三·四調가 그 基本이 되어 있고, 때로는 二·三調, 三·三調, 四·四調 等의 變則으로 構成되어 있음을 볼 수 있다.
>
> 이러한 三·四調를 基本으로 한 三·三, 二·三, 四·四調의 主調는 우리 나라 固有의 傳統的인 律調로서 高麗歌謠나 李朝歌詞 惑은 우리 나라의 古代小說에서 恒常 適用되어 온 文章形式이다. 素月의 이러한 傳統的인 律調는 그 形式的인 面에 있어 그의 作品의 傳統的인 要素를 說明해 주고 있는 可視的인 有力한 一證據이다.[36]

우리는 조연현의 논리에서도 모순을 발견한다. 그는 전통적 율조를 7·5조 중심으로 설명해 놓고는 결론에 와서는 3·4조를 기본으로 한 3·3, 2·3, 4·4조의 율조를 우리 나라 고유의 전통적 율조라고 규정함으로써 그의 의도가 어디에 있는지 매우 불분명하게 하면서도 결과적으로 언뜻 보아서는 7·5조를 전통적 율조로 받아들이게 만들었던 것이다.

지금까지 살펴본 바 알 수 있듯이 김춘수와 조연현 등에 의한 부적절하고 오해의 여지가 많은 7·5조 논의가 결과적으로 '7·5조=민요조 혹은 전통적 율조'로 왜곡 이해하게 한 가장 결정적 원인이 되었고 그들이 쓴 저서의 영향력에 의해 학교의 교육 현장에서 일반화되어 왔던 것이다. 그리고 이와 같은 오해는 일부의 부정에도 불구하고 그러한 오해가 생겨나게 된 역사적 연위에 대하 정밀한 검토 과정이 부재했던 관계로 그 후 사실로 고착되거나 계속 확대 재생산되어 왔다는 사실이다. 그 대표적인 것이 성기옥의 다음과 같은 논리다.

> 그러나 보다 중요한 사실은 우리에게 있어서 7·5조 율동의 문제는 이미 개인적 嗜好를 넘어 민족의 차원에까지 확대되어 있다는 점일 것이다. 눈을 객관적 위치에 두고 사태에 대한 냉철한 판단을 강조하는 입장에서 바라본다면, 7·5조는 분명히 「나」, 「우리」와 직결된 한국적인 율동으로 상승해 있다. 그러한 증거는 특히 7·5조 율동이 지배적으로 표출된 형태의 작품을 두고 민요시라 이름 붙이거나 전통적 율조니 민요조의 작품으로 이해하는 운율인식의 태도에서 발견된다. 1920년대 朱耀翰 金岸曙 金素月 洪思容 金東煥 등 일군의 시인들이 보인 작품의 경향을 민요시로 묶어 의미화하려는 관점은 오늘날 근대시 연구가들에게 이미 통례화되어 있다. 그런데 이들 시인의 민요시 작품에는 7·5조 형태의 율조가 상당한 비율을 차지하고 있는 것이다.
> 더 확실한 예로는 7·5조 형태의 작품에 대하여 구체적으로 민요조나 전통적 율조라고 분명히 규정하고 있는 경우다. 가령 김소월의 7·5조

---

36) 조연현, 「한국현대문학사」(성문각, 1969), pp.441~443.

율동의 작품 <진달래꽃> <가는 길>등을 두고서 백철이「민요적 율조」
로, 조연현이 「전통적 율조」로, 김춘수가 「전통적 운율」로 파악하고 있는
것은 예사로운 일이 아니다. 더우기 7·5조 율동을 민요조나 전통적 율조
로 인식하는 태도는 7·5조 율동이 한창 기세를 떨치기 시작하던 1920년
대에서부터 이미 나타나고 있었다. 1920년대에 「민요시」라는 부제를 달
고 발표된 가운데에는 많은 작품들이 7·5조 율동을 기조로 하고 있는
것이다.[37]

성기옥은 이와 같은 전제를 가지고 7·5조란 일본에서 수입된 외래의 것이
아니라 고려시대부터 양식화되기 시작한 우리의 고유한 율격 양식의 하나
라는 논리로까지 비약하고 있다.[38] 이러한 논리의 부당성에 대해서는 이미
김대행에 의해 충분히 논의되었지만[39] 성기옥의 이러한 논리는 무엇보다도
그 전제부터가 잘못되었다.

그의 소론은 우선 논리의 비약이나 사실의 왜곡 등 부적절성에 기초하고
있는 것이다. 무엇보다도 먼저 성기옥의 논리에서 문제될 수 있는 것은 그의
주장대로 7·5조의 율동이 이미 한국적 율동으로 상승되어 있다고 해서 7·5
조가 우리의 고유한 율조로 받아들여져야 한다는 비논리적이고 비이성적인
접근 태도다. 현상의 확산이 곧 진실 자체의 승인이 될 수는 없는 것이다.

그리고 또한 7·5조 율조가 1920년대의 민요시라고 이름 붙여진 작품들
가운데서 상당한 비율을 보인다고 해서 곧 7·5조를 '우리의 전통적인' 민요
조로 인식했을 것이라는 유추 또한 매우 심한 논리적 비약이다. 앞에서 살펴
본 것처럼 1920년대의 민요시인들이나 논자들은 4·4조 내지 3·4조를 민요
조 내지는 전통적 율조로 인식한 것에서 예외가 없었고 더 나아가 그들은
7·5조를 일본의 음수율로만 이해했을 뿐 우리의 전통적인 민요조라고 누구

---

37) 성기옥, "층량3보격(7·5조)과 전통성의 문제", 「한국시가율격의 이론」(새문사, 1986),
    pp.253~254.
38) 그는 7·5조를 층량3보격으로 설명하고 있다. 위의 글, pp.282~283.
39) 김대행, "민요와 7·5조의 관계", 「우리 詩의 틀」(문학과 비평사, 1989)

도 말하지 않았다는 것이다. 다만 오해의 소지가 있게 쓴 글로는 앞에서 검토된 김춘수와 조연현의 글 정도지만 그들의 논의라는 것도 20년대의 당대에 대한 몰이해에서 비롯된 오해의 산물이었던 것이다.[40] 1920년대 당대의 논자들이 부정했던 것을 민요시라고 부기된 시나 시집들 속에 소위 7·5조의 율조가 포함되어 있다고 해서 그것을 전통적인 율조로 긍정해서는 안되는 것이다.

일부 7·5조 형식의 시에 민요 혹은 민요시, 신민요 등의 이름을 붙인 것은 그 형식이 우리의 전통적인 민요적 율조라고 생각했기 때문이 아니라 안서의 격조시 주장에서도 알 수 있듯이 당대의 민요 시인들이 4·4조를 기본으로 하는 전통적인 민요조를 단조롭다고 생각한 나머지 다양한 율조를 새롭게 적용시키려 애썼고 그 결과를 포함하여 폭넓게 민요조라고 이름 붙였던 것이다. 그러한 사정은 다음의 두 대립된 주장을 통해서도 확인된다.

> 民謠는 民衆의 言語로써 노래부르지 안흐면 안된다. 우리는 在來民
> 謠의 傳統을 重要視하야 먼저 이에 그 根據를 둠은 勿論 […중략…] 어느
> 나라의 民謠를 보드래도 典型律이 잇스니 이것은 노래할 때 그 心情을
> 音樂的으로 하기 때문이다. 그럼으로 音樂的 效果를 다하기 爲하야 먼첨
> 傳統을 考慮하야 音數의 問題를 생각해야 할 것이다. 英詩나 漢詩에는
> 音의 性質에 依한 平仄 押韻과 가튼 것이 잇는데 朝鮮 民謠에 잇서서는
> 旋律을 左右하는 것이 音數 뿐이다. 더욱이 朝鮮의 歌謠는 新羅 鄕歌를
> 비롯하야 高麗의 歌謠에 이르기까지는 李朝에 이르러서 固定된 四四調
> 는 안이엿스나 四, 三, 三四, 四, 四四, 五等으로 벌서 그 때 後의 一定
> 한 音數 固定될 氣運이 胚胎되엿다고 할 수 잇다. 其後 李朝에 이르러는
> 沈淸傳 春香傳과 갓튼 小說은 勿論 回心曲 歌詞 民謠 等은 四四調가 基本
> 形이 되엿다.[41]

---

40) 백철의 경우는 김소월의 시를 민요적 율조라고만 할 뿐 7·5조와 관련시킨 언급은 전혀 없다. 백철·이병기, 「국문학전사」(신구문화사, 1975), pp.313-314.
41) 김사엽, "新民謠의 再認識(4)", 「조선일보」, 1935.12.18.

> 三四調, 四四調, 아리랑調 等 모든 過去의 調子를 完全히 脫皮하고
> 七五調 等의 歌謠調子를 無條件으로 承認하는 新民謠는 所謂 民謠調(土
> 俗民謠調)와는 全然 無關係하게 되여 가는 모양이다. 非鄉土的인 現代
> 社會 機構에서 非鄉土的 民謠가 出産되는 것은 當然할 것이며 鄉土性의
> 敗北와 時代性의 勝利는 템포우에도 歷歷한 것을 볼 수 있다.[42]

위의 소론에서 김사엽은 우리의 전통적 전형률은 4·4조가 기본형이라고 말하고 신민요도 민요의 전통적 전형률을 고려하여 창작되어야 한다고 주장한다. 을파소(본명 : 김종한) 또한 과거의 조자, 즉 우리의 전통적 율조를 3·3조와 4·4조 등으로 규정한다. 다만 그는 신민요가 7·5조 등의 가요 조자(왜색 조자를 의미할 것임)를 무조건적으로 수용하는 것을 당연한 추세로 받아들인다.

이 두 소론의 대립된 주장에서도 짐작할 수 있듯이 1920~30년대 당시의 논자들은 4·4조가 중심이 되는 율격형식을 누구나 예외없이 전통적 율조로 봤다는 것이고 7·5조는 전통 민요조와 전혀 무관한 것으로 보았다는 것을 확인할 수 있는 것이다. 그러므로 당시에 7·5조 율격을 사용한 시까지 포함해서 민요시라고 이름 붙인 것은 이와 같은 광의의 새로운 민요형식을 포괄한 개념이다. 특히 민요 형식의 시를 민요시 이외에 민요풍시, 민요조의 시, 민요형의 시, 신민요, 창작민요, 예술민요, 속요, 유행가, 시체속요(時體俗謠), 小曲, 短曲 등으로 이름 붙일 만큼 장르의식이나 전통의식이 불철저했던 당시로서는 일본의 7·5조 형식 또한 민요시의 범주에 포함시키게 되었을 것이다.

그러나 다시 말하지만 1920~1930년대의 시인들이나 논자들은 누구도 7·5조가 전통적 율조라고 여긴 적이 한번도 없다는 사실은 분명한 것이며, 그들이 민요조라고 이름 붙인 시들에는 7·5조보다는 4·4조가 중심이 된

---

42) 乙巴素, "新民謠의 精神과 形態(3)", 「조선일보」, 1937. 2. 9.

다른 형식의 시들이 훨씬 많았다는 것이다. 모호한 논의에 의해 7·5조＝전통적 율조 내지 민요적 운율이라고 볼 수 있는 오해의 소지를 남기게 된 것은 김춘수, 조연현 등에서 비롯되었을 뿐인 것이다.

　물론 7·5조와 민요조와의 관계에 대한 해방 후의 논의는 김춘수나 조연현 등에 의해서만 행해진 것은 아니었다. 조지훈은 7·5조 율조에 대하여 다음과 같이 규정하고 있다.

> 七五調는 전통적 율조가 아니다. 金素月을 비롯하여 민족적 情恨을 노래한 우리 신가에 七五調가 많아서, 七五調는 韓國的 律調의 대표처럼 되었지마는 실상 이것은 六堂을 통해서 수입된 日本의 律調다.[43]

위의 진술은 7·5 율조의 성격과 그것이 전통적 율조라고 규정되어온 저간의 사정을 매우 간략하고도 정확하게 이해하고 있는 것이라 하겠다. 그러나 이러한 결론의 단순화는 자칫 7·5의 음절수를 보이는 우리의 시를 모두 일본식의 시로 오해할 위험성도 내포하고 있기도 하다. 그리하여 그 후 7·5조에 대한 논의는 치밀한 논의와 실증적 작업을 거치면서 심화되어 왔다.

　7·5조가 생겨난 경위에 대한 윤장근의 설명은 매우 분석적이고 체계적이다. 그는 '7·5조는 일본을 통하여 수입된 외래 리듬'[44]이라고 못박고 7·5조는 원래 일본의 전통 시가의 율조 중 일부였는데 和歌(57·57·7→5·75·77로 발전)에서 신체시(7·5, 5·7조)로 계승되어 정형화되었다가 1880년대에 창가의 가사로 습합(習合)되어 유행해 내려오던 것을, 우리 나라에는 1906~7년경 일제의 학제에 묻어 들어왔고, 이어 1908년 최남선의 「경부철도가」로 널리 보급되어 그 후 창가 리듬의 표준이 되었다고 설명한다.[45]

---

43) 조지훈, "半世紀의 歌謠文化史", 「한국문화사서설」(탐구당, 1964), p.321.
44) 윤장근, "개화기 시가의 율성에 관한 분석적 고찰", 「아세아연구」(고려대 아세아 문제 연구소), 39호, 1970. 9. p.115.
45) 위의 논문, pp.115~118.

그는 한국과 일본의 율격 원리의 차이에 대해서 매우 세밀하게 분석하고 있는데, 그에 의하면 일본 시가는 Breath unit=foot(音步)로서 시가를 율독하는 데 비하여, 우리 시가의 율조에서는 율단위의 가름에 의미상의 마디 가름이 간섭을 받고 있는 것 같다는 것이다. 즉 일본시가에서는 1-2음절로 이루어지는 하나의 氣息단위가 그대로 음보(foot)가 되는 데 비해서 우리 시가의 율단위는 氣息과 의미마디의 이중조직(Breath unit＋Breath unit=foot)으로 헤아리는 것이 타당하기 때문에 일본 7·5조의 경우는 2·1·2·2·2·2·1과 같이 7음보가 되며 우리의 4음보시는 4(3)·4·4·4 따위로 4음보로 율독된다는 것이다.[46]

한편 그는 도이코오치(土居光知)의 견해를 빌려 7·5조를 8음보로 분석하기도 하면서[47] 7·5조는 시가의 율조로나 창가의 리듬으로나 공히 인간의 정상적인 호흡 기식배열과 합치되는 것이며, 따라서 이 리듬이 초기에는 물론 오늘날까지도 널리 애용되고 있는 이유라는 것이다.[48]

의미단위의 개입여부로 한일시의 율성의 차이를 밝힌 윤장근의 이러한 논리는 심원섭의 치밀한 실증과 분석에 의해 그 부적절성이 충분히 지적되었지만[49], 윤장근의 글은 이미 안서가 「격조시형론소고」에서 도이코오치를 원용하여 7·5조를 7음보로 분석한 한계를 사실상 그대로 답습하고 있는 수준의 것이었다. 일본의 시라고 해서 리듬 형성에 의미단위의 개입이 없다는 논리는 부적절한 것이다.

김수업의 견해는 윤장근의 것보다 오히려 단순하다. 그는 일본의 7·5조는 '절대로 7음이나 5음이 더 작은 음수의 音句로 나뉘지 않는'[50] 2음보로만 율독되며, 우리의 7·5조의 경우는 반드시 3음보로 율독된다고 설명하고

---

46) 위의 논문, p.105의 (주) 23.
47) 위의 논문, p.119.
48) 위의 논문, p.120.
49) 심원섭, "한일시 율성의 동질성에 관하여", 「현대문학」, 5집, 한국문학연구회, 1995. 7.
50) 김수업, "소월시의 율적 파악", 「常山 李在秀 박사환력 기념논문집」(1972), p.169.

따라서 일본과 우리 시가의 율격의 분절 방법이 근본적으로 다르므로 우리의 7·5조는 일본에서 건너온 것이 아니라 우리의 전통적 율조라는 주장이다.

그러나 이러한 견해는 일본시의 율독 방법을 제대로 이해하지 못한 결과로 보이며, 이에 대해서도 한일 시의 7·5조를 4음보로 동일하게 파악하여 7·5조의 문제를 영향 관계가 아닌 한일 모두에게 전통적으로 존재했던 율조로 설명한 심원섭의 비판이 있다.[51] 아무리 일본이 자수율을 기본으로 한다 해도 7음과 5음을 하나의 호흡단위로 삼기는 불가능한 것이다. 일본이 7음절과 5음절로 자기네의 시가를 처음 분절하게 된 것은 그 동안 별다른 시이론 없이 傳習되어온 일본 시가에 대해 명치 유신 후의 근대화 과정에서 이론적 자각이 싹트기 시작하면서 중국의 칠언시나 오언시 등의 분류방식을 원용하여 이론화한 신문화 초기 단계의 오류였던 것으로 보인다.

성기옥은 7·5조가 외래적인 일본의 율조가 아니라 고려시대부터 형성되기 시작한 우리의 고유한 율조라고 주장하고, 그것을 충량3보격이라는 양식으로 설명한다. 그러나 앞에서도 논의되었지만 성기옥의 주장에는 그것이 기초하고 있는 사실의 왜곡과 논리의 비약이 크다. 성기옥이 우리의 민요와 사모곡, 정읍사, 이상곡, 서경별곡, 잡처용 등의 고전시가에서 7·5조가 전통적 율조로서 하나의 양식이었음을 입증하는 자료들을 제시하는 데 대해 김대행은 다음과 같은 논리로 반론을 제기한다.

> 이러한 자료들을 가지고 7·5조가 전통의 율조였다고 하기는 어렵다. 왜냐하면, 이런 노래의 말이 7·5조에 근사하다는 것과 7·5조가 전통적인 율조였다는 말은 다른 차원의 것이기 때문이다. 즉, 여러 가지의 노랫말 가운데서 이런 부분들이 7·5로 되어 있다는 사실이 바로 7·5조의 전통성을 입증할 수는 없는 것이다. [⋯중략⋯]
> 어떤 율조가 율조로서의 전형성을 확보하려면 그러한 형식이 시의 상당 부분을 차지하고 있다든가 혹은 상당수의 작품에서 입증이 된다든

---

51) 심원섭, 위의 논문.

가 하는 경로를 밟아야 할 것이다. 그러지 않고 여기저기서 눈에 뜨이는
몇 가지의 단서만으로는 율조의 전통성을 말하기는 어렵다. 자유시엔들
이런 시행이 없을 것인가?[52]

그는 민요와 전통시가에서 7·5조의 양식성은 확인되지 않으며, 그것은
1900년대의 창가에서 분명하게 양식화된 것으로 민요나 전통시가와는 무관
하다고 주장한다.[53] 그리하여 그는 결론으로 7·5조는 민요조도 아니고 전통
율조도 아니며, 나아가 우리 시가에서는 7·5조라는 명칭조차도 필요하지
않다고 주장한다.[54] 1900년대 이후 일부의 우리 시에 영향을 미친 것이
분명한 7·5조 음수율 양식의 존재 자체를 부인하기는 불가능한 일이라는
점에서 김대행의 주장에도 문제점이 없는 게 아니다.

심원섭의 연구는 일본 시가의 율격의 성격을 오해하고 있는 윤장근이나
김수업의 한계와 우리 시가에 대한 논의에만 머무르고 있는 김대행과 성기
옥의 논의의 범위를 넘어서고 있다는 데에서 긍정적인 의미가 있다. 그는
일본시의 율격은 음수율이며 한국시의 율격은 음보율에 의해 규정된다는
성기옥의 견해나, 일본 시가의 7·5조 시행은 7음보 내지 8음보로 분석되며
우리 시의 경우는 4음보로 율독된다는 윤장근의 견해를 부정한다. 그리고
다양한 실증과 치밀한 분석을 통해 한국과 일본 모두 7·5조는 4음보로 율독
된다는 결론에 이른다. 결국 한국과 일본은 모두 음보율의 지배를 받는 같은
율성을 보인다는 것이다. 그리하여 그는 7·5조의 수입설에 대해 다음과 같
은 결론을 내린다.

최남선이 수입했다고 믿고 있었던 것은 일본시의 실제 율격이 아니라,
일본시 율격의 하나의 허상적 형태인 '7·5조'였다는 것이 그것이다. 이렇
게 본다면 그간 불편하게 존재해 왔던 '7·5조 수입설' 자체도 하나의

52) 김대행, "민요와 7·5조의 관계", 「우리 시의 틀」(문학과 비평사, 1989), p.182.
53) 위의 책, p.183.
54) 위의 책, pp.175~176.

허상적 차원에서 존재해 온 것이라고 할 수 있을 것이다. '7·5조'라는 개념 자체가 율격론적인 의미에서 실체가 없는 하나의 표면적 허상에 불과하기 때문이다.

이같은 사실은 한·일의 운율연구자 사이에 이제 같이 풀어나가야만 할 율격론적 과제가 쌓여 있다는 것을 암시해 주는 것이라 하겠다. 두 나라 시의 율성의 토대가 동질적이라는 것이 입증된 이상, 다소 거칠게 말한다면, 한국 율격론에 어떤 문제가 있다면 그것은 곧 일본 율격론의 문제가 될 수 있겠기 때문이다.[55]

심원섭의 매우 설득력 있는 분석에도 불구하고 우리는 위의 결론에서 다소의 논리적인 오류를 발견하게 된다. 즉 일본에서도 7·5조가 음보율로 율독된다든가 한·일 율성이 동질적이라든가에 관계없이 7·5조가 일본에서 늘어왔다는 것은 분명한 사실이고 그리고 그것이 음수율로 수용되었나는 사실을 간과하고 있다는 것이다. 다시 말하거니와 한·일율성의 동질성 규명이 곧 영향 관계의 부정을 설명하는 논리는 될 수 없다는 것이다.

이러한 오류는 지금까지 검토해 온 여러 논자들이 저마다 설득력 있는 분석과 논리에도 불구하고 결국 드러내는 오류를 답습하고 있다. 7·5조를 아예 우리의 전통적 율격 양식으로 이해한 성기옥과 한때 역사적으로 엄연히 존재했던 7·5에 대해 과민하게 반응하고 부정하는 김대행과 비슷한 한계를 보게 되는 것이다.

5. 결 론

필자는 지금까지 7·5조가 어떻게 들어왔고 그것을 어떻게 인식해 왔는가에 대한 역사적 이해와 지금까지의 여러 논자들의 연구를 토대로 하여 다음과 같은 결론을 내리고자 한다.

---

55) 심원섭, 앞의 논문, p.340.

첫째, 7·5조는 일본에서 들여온 율격 양식이라는 것이다. 그것은 1900년대 이후 창가에서 처음 양식화된 이래 민요조 서정시 등 우리의 시와 노래에 광범위하게 영향을 미쳐온 게 사실이다. 또 1910년대 중반기에는 이미 일본 시단에서 민요조 서정시의 흐름이 한 유파의 모습을 이루고 있었고, 김억, 주요한 등이 그 무렵 일본에 머물면서 그 영향을 받았다는 것을 감안한다면56) 그들이 일본 민요조의 중심 율조의 하나였던 7·5조를 민요조의 형식으로 시험했으리라는 것도 거의 당연하게 받아들일 수 있을 것이다.

더구나 무엇보다 중요한 사실은 1920년대 당시의 우리 민요 시인 가운데 어느 누구라도 7·5조를 박래품으로 인식했지 전통적인 민요조로 인식한 이는 한 사람도 없었다는 사실이다. 7·5조를 우리 고유의 율조로 오해할 수 있는 소지를 준 것은 1960년 무렵부터의 근래에 이루어진 왜곡에서 비롯된 것이다. 김대행의 비판대로 우리 시가에서 전통적으로 7·5조의 음수율로 양식화된 것을 찾아볼 수 없음은 물론이요, 7·5조는 소위 층량3보격과 같이 변형된 양식으로 설명될 수 있는 성격의 것도 아닌 것이다.

둘째, 그러나 그렇다고 해서 7·5조 유사성의 형식을 보이는 시들을 모두 일본 7·5조 내지는 그것의 모작 쯤으로 치부해서는 안될 것이다. 왜냐하면 일본 7·5조의 수용으로 성립된 듯이 보이는 당시의 시들도 기실은 7·5조가 아니라 우리의 전통적 율조와 부합되는 형식으로 실천되고 있기 때문이다.

예컨대 앞에서 안서가 인용한 소월의 시 「삭주구성」이나 「가는길」의 경우는 성기옥의 주장과는 달리 7·5조가 아닌 오히려 전통적 4음보(혹은 3음보)의 형식으로 보는 게 옳은 것이다. 음수율이란 정확한 음절수를 원칙으로 한다 할 때 「삭주구성」이나 「가는길」은 7·5조의 음수율과 전혀 일치하지 않기 때문이다. 시조와 같은 우리의 전통 정형시가 음수율로만 설명될 수 없는 이유도 바로 그것들이 정확한 음수율적 정형을 보이지 않기 때문인 것이다.

---

56) 김용직, 「한국근대시사」(상), p.334 참조.

김소월의 시 가운데에서 비교적 성공적인 민요조 서정시들, 예를 들어 「먼 후일」, 「못잊어」, 「두 사람」, 「예전엔 미처 몰랐어요」, 「진달래꽃」, 「산」, 「삭주구성」, 「접동새」, 「산유화」, 「금잔디」, 「엄마야 누나야」, 「팔벼개 노래」, 「왕십리」 등등은 거의 7·5조 정형을 유지하고 있지 않다.[57] 이는 당시의 다른 민요조 시인들에게도 그대로 적용될 수 있는 말이다. 7·5조를 정확한 음절수로 기계적으로만 실현시킨 시들의 경우는 예외 없이 시적으로 실패한 것들에 속한다.

최남선의 경우와 김억의 경우에서도 드러나듯이 7·5조는 우리 시에서 성공적으로 실천된 적이 한번도 없다. 김억의 실패는 7·5조의 정형성을 고수한 데 있었고, 김소월의 경우도 성공적인 시작은 7·5조의 엄격한 정형성을 벗어날 때 비로소 가능했다. 즉 당시의 민요조 서정시는 7·5조의 형식적 구속으로부터 벗어나 있을 때만 성공할 수 있었던 것이다. 이는 그러한 율조가 우리의 율조와 조화되지 못한 외래의 이질적인 율조였기 때문인 것이다. 이처럼 음절수를 정확하게 지키는 정형성은 우리의 전통적 율격 관습에는 전혀 없었다. 더더구나 7·5의 음절수를 지키는 정형적 양식은 우리 역사상 없었던 것이다.[58]

심원섭도 분석했지만 사실 7·5조의 음수율은 일본의 율조도 아니라고

---

57) 다만 「진달래꽃」같은 시에서는 7·5조 중심의 율격 양상을 보이는 듯 하다. 그러나 7·5의 음수율을 탈피한 2연의 시행들에서 볼 수 있듯이 그의 미의식은 우리의 전통적 율격의 지배하에 놓여 있었고 그러한 미의식이 요구하는 선에서만 7·5조를 활용하고 있음을 알 수 있다. 그러므로 이 시 또한 기본적으로는 전통율의 지배하에 놓여 있다 하겠다.

58) 성기옥의 예증에서도 알 수 있듯이 7·5의 음절수를 보이는 시행을 우리는 민요나 옛 시가에서 얼마든지 확인할 수 있다. 그러므로 7·5의 음절수 자체는 우리 시가에서 전혀 이질적인 것은 아니다. 다만 우리의 경우 7·5는 정형적 양식성이 아닌 4음보(혹은 3음보)로 실행된 실행 유형의 한 예에 불과한 것이다. 그러므로 7·5의 음절수로 구성된 시행은 우리의 것일 수 있지만 '7·5의 음수로만' 정형화된 시는 전혀 우리의 것일 수 없는 것이다.

한다. 일본인들이 자기네의 시가를 실제로는 음보율로 율독했으면서도 자수율로 논리화했을 뿐이고, 우리 시인들과 이론가들은 그 왜곡된 자수율론을 지식으로서는 들여왔지만, 그 시적 실천은 우리 말의 호흡과 감성에 맞는 음보율에 의해 성공적으로 실천했던 것이다. 이는 이론이나 논리 이전에 모국어적 실천의 필연성과 감성에 의한 것이다.

셋째, 따라서 7·5조의 음수율은 한·일 어디에서도 허상에 불과하다고 주장할 수 있다. 그러나 그렇게만 볼 수 없는 것이 7·5조의 문제가 쉽게 해결되지 못해온 그간의 이유의 하나다. 즉 허상 여부와는 관계없이 7·5조의 정형율은 현상적으로 엄연히 존재했었고, 당시 우리의 시 창작에 영향을 주었으며, 따라서 7·5의 음절수를 정형화한 시들이 1920~30년대에 제법 눈에 띄기 때문이다. 그러므로 1900년대 이후 1920~30년대의 시를 논하는 데 있어서 7·5조의 율조는 일정한 범위 내에서 논의의 척도가 될 수밖에 없다. 그러나 우리 시의 율격적 호흡과 감수성 및 정조를 효과적으로 살려낸 시들에서는 7·5조의 정형율을 발견할 수 없다고 할 때 그것은 우리의 시에서 성공한 율조도 정착된 율조도 아니다. 단지 그것들은 한 때 우리의 시에 영향을 준 것도 엄연한 사실이고 또 우리 시에 적용되기도 했으나 실패한 일과성의 율격 현상에 불과했던 것이다. 김억의 음수율적 정형화의 실패가 김소월에 와서 음보율적 실천으로 성공하고 있는 것만 봐도 알 수 있는 것이다.

다시 말하거니와 7·5조는 분명 역사적으로 존재했던 현상이었다. 그것은 1900년 이후에 잠시 나타났던 외래의 율조였다. 그러나 7·5조를 하나의 기본형으로 삼아서 다른 형식까지 7·5조의 변형으로 보는 것은 매우 부적절한 분석이며, 7·5조를 전통적 율조 혹은 고유의 민요적 율조와 병치시켜 논하는 행태 또한 이제는 사라져야 할 것이다. 7·5조는 7·5조일 뿐이지 민요적 율조는 아니며, 민요적 율조는 민요적 율조일 뿐이지 7·5조는 아닌 것이다.[59] 그리고 지금까지의 논리적 혼란과 그 결과 특히 중고교 과정에서의 당혹스럽기까지 한 혼란 또한 종결되었으면 하는 바람이다.

---

59) 예컨대 김억의 「浦口의 夜半」의 경우는 "連자즌 어야데얀 닷감는 소리 / 잔노코 아리
랑엔 밤도깁헛네 / 아리랑 열두고갠 興이넘어도 / 설은 離別 이고개 난못넘겟네"(「포
구의 야반」의 일절)의 경우는 명백히 7·5조의 음수율을 적용시킨 것이며, 김소월의
「삭주구성」이나 「가는길」의 경우는 3음보 내지 4음보의 시로 보아야 한다는 것이다.
그러므로 김억의 예의 시는 전통적 민요조라 하기 어려우며, 소월의 예의 시들은
전통적 율조를 계승한 것이라 할 수 있을 것이다.

한국 근대 서사시와 단편서사시의 장르적 특성 연구

1. 서 론

　무릇 학문이란 분류적 이해를 출발점으로 한다. 조나단 컬러의 말대로 장르에 대한 이해나 규정은 "독자가 텍스트와 만날 때 그를 안내할 규범이나 기대를 제공"[1]하는 것으로, 다시 말하면 텍스트에 대한 읽기의 방식을 선택하도록 하는 것이다. 어떤 텍스트를 분류의 큰 범주에서부터 그릇되게 분류한다면 그 작품에 대한 좀더 정치한 이해는 말할 것도 없고 독법의 기본 방향에서부터 혼란과 오류가 개재되기 마련이다. 따라서 어떤 텍스트의 형식이 독특하다면 그 독특성을 세계문학의 보편적 틀에 비추어 검토하여 그 보편성과 특이성을 밝혀낼 때 텍스트의 독자성 내지는 독특성이 부각되고 역사적 의미도 조명될 것이다. 특히 우리의 경우 서사시가 서구에서와는 달리 소설 이전의 문학 형식이 아니라, 근대문학 이후 '처음부터 시의 한 방법으로 나타난 문학 형식이란 점에서'[2] 더욱 그러하다.

　이러한 점에서 「국경의 밤」이나 「승천하는 청춘」에 대해 서사시냐 '서사시 미달'[3]이냐 혹은 '서술적 서정시'[4]냐 등등의 논란이 문제가 된 이상 이것은 진지하게 다루어져야 할 매우 중요한 문제다. 특히 장편 서사시 논의

---

1) Jonathan Culler, *Structuralist Poetics*, (Cornell Univ. Press, 1976), p.136.
2) 오양호, "한국 서사시에 대한 일차적 접근" 「여천 서병국박사화갑기념논문집」(형설출판사, 1980), p.494.
3) 홍기삼, "한국 서사시의 실제와 가능성"(「문학사상」, 1975. 3), p.376.
4) 오세영, "「국경의 밤」과 서사시의 문제"(「국어국문학」 75호, 1977), p.108.

는 물론 소위 단편 서사시에 대한 논의 과정에서도 서사 장르의 본질 자체에 대해 근본적으로 오해하는 혼란까지 있는 것 같으므로 더욱 그러하다.

김동환의 「국경의 밤」에 대해 김억이 서사시로 처음 언급한 이래, 그동안 김우종, 홍기삼, 오세영, 조남현, 오양호, 김흥기, 김용직, 염무웅, 장윤익, 김재홍, 김준오, 민병욱, 이동하, 고형진, 윤여탁, 남송우 등 여러 논자들의 다양한 천착이 있어 왔다. 그 논의들은 크게 봐서 세 부류로 나뉘어질 수 있겠다. 첫째, 서구의 전통적인 서사시 기준에 적용시킨 논의5)가 있고, 둘째, 하나의 보편적인 기준에만 고정시킬 것이 아니라 시대와 지역의 특수성에 따라 다양한 기준을 적용시켜야 한다는 contingency이론(상황적합 이론)6), 또는 서사시 성장 혹은 변용론7) 등 다소 유연한 입장이 있다. 셋째로 어떤 특정한 작품이 서사시로서 합당한 조건을 갖추었느냐 그렇지 않느냐가 중요한 것이 아니라 "어떤 명칭으로 불리어지게 되든 그 작품이 당대의 문학사적 단계에서 진정으로 창조라 할 만한 것을 제대로 이룩해 냈느냐 아니냐"8)에 따라 서사시적 가치를 인정하려는, 어떤 면에서 볼 때 탈장르적인 접근 방법이 있다.

대체로 서사시 긍정론자들은 두번째와 세번째 논리에, 부정론자들은 첫번째의 논리에 입각해 있다. 그리고 이러한 논의들은 어떠한 입장에 서든

---

5) 오세영, 위의 글과 김흥기, "한국 현대 서사시 연구", 「국학논총어문연구」, 한양대학교 국학연구원, 1980.
6) 장윤익, "한국 서사시 장르에 대한 연구", 「인천대 논문집」, 6집, 1984.
7) 조남현, "김동환의 서사시에 관한 연구", 「인문과학논총」, 11집, 건국대, 1978.
   김용직, "근대 서사시의 형성과 그 성격", 임형택·최원식 편, 「한국근대문학사론」, 한길사, 1982.
   김재홍, "한국 근대 서사시와 역사적 대응력", 「문예중앙」, 1985, 가을.
   윤여탁, "해방 정국의 현실 인식과 역사적 전망", 「시의 논리와 서정시의 역사」(태학사, 1995), pp.312~313.
8) 염무웅, "서사시의 가능성과 문제점", 김윤수외 편, 「한국문학의 현단계」, 창작과 비평사, 1992(1982), p.15.

우리 서사시 논의를 위해 매우 귀중한 자양이 되어 온 것이 사실이다. 그런데 이들 논의는 첫번째의 경우 서구의 전통적인 서사시 공식에 우리의 근대 서사시를 단순논리로 대입시킴으로써 논거의 과장과 비약이 있었고, 반면에 두번째의 경우는, 예컨대, "운문의 속뜻은 감동적인 전달 형식을 취할 수 있는 가능성으로 재해석되어야 한다"⁹⁾는 식으로 쉽게 자의화함으로써 서사시 양식 논의에서 가장 핵심이 되어야 할 요건 자체를 소홀히 취급한 경우도 있는 것이다. 그리고 세번째의 주장 역시 작품 자체의 문학적 성과와는 별도로 어떤 형태로든 장르 자체의 성격에 대한 고려가 불가피하다 할 때 한계가 있다.

　본 연구는 원칙적으로 서사시 성장론 혹은 변용론에 동의하면서, 새삼 우리에게 문제되고 있는 근대 서사시 양식을 논의함에 있어서 서사시가 갖추어야 할 최소한의 기본적인 조건들을 상정하겠다. 그리고 그러한 조건들이 우리의 근대 서사시에서는 어떻게 조화되거나 갈등을 빚어내는지를 1920년대 당대의 시인들의 고민과 함께 검토하고자 한다. 이를 위해 본고는 지금까지의 논의들에서 간과하거나 소홀히 다루어 온, 서사시의 운문성의 문제를 중시할 것이다. 우리의 서사시에서의 운문성이란 단순히 율격의 문제에 그치는 것이 아니라 시의 구조는 물론이고 서사성의 확보와도 필연적으로 접맥되기 때문이다. 그리고 우리의 서사시 논의를 위해 지금까지 중시되어 온 대표적인 작품, 「국경의 밤」, 「승천하는 청춘」, 「금강」을 중심으로 근대 서사시의 성립 여부와 그 시적 특성을 구체적으로 살펴 보고자 한다. 아울러 장편서사시의 장르 문제와 결부하여 소위 단편서사시의 장르적 성격과 명칭에 대해서도 고찰하고자 한다.

---

9) 김용직, 앞의 글, p.381.

2. 서사시의 요건과 운율

문학의 장르 구분에는 운문과 산문이라는 매우 형식주의적인 이분법이 있는가 하면, 서정시·서사시·극시라고 하여 화자의 역할이나 자아와 세계와의 관계에 따른 내용 중심의 3분법, 혹은 교술이라는 범주를 포함하여 4대 장르로 나누기도 한다. 그런데 고대에 운문과 산문이라고 할 때의 운문은 서정시·서사시·극시 등의 문학을, 산문은 역사·철학 따위의 비문학적인 글들을 의미하였다. 그러므로 서정시, 서사시, 극시라고 할 때에는 운문이라는 형식을 기본 바탕으로 하면서 서술자의 역할과 작품의 전개 방식에 의하여 분류하는 것이었다. 또 서정·서사·교술·희곡으로 나눌 때의 분류법은 소설이 생겨난 근대 이후의 분류법으로 대체로 서정은 운문을 전제로 하고, 서사는 서사민요나 서사시처럼 이제는 거의 사라져버린 몇몇 운문 양식을 제외하고는 소설과 같은 산문을 주로 의미하는 것이다.

그러므로 근대 이전이든 이후든 시라는 명칭은 운문이라는 형식성이 전제되어 있다. 본래 고대적 양식인 서사시는 운문을 기본 형식으로 하며, 현대의 산문시라는 것도 자유시의 한 종류로 운문의 형식을 취한다. 혹자는 산문시(prose poem)는 "형식적 제약은 물론 운율의 배려 없이 산문 형식으로 제작된 시"로 "따라서 행연의 구분도 없고 운율적 요소도 없다"[10]고 규정하고 있지만, 이는 시적 산문(poetic prose)과 산문시를 혼동한 결과로 보인다. 즉 산문시도 시적 표현은 물론이고 나름의 설득력 있는 내재율을 확보해야 하는 것이다. 간혹 리듬에 대해 전혀 배려하지 않는 산문과 같은 산문시가 있지만 이것은 사실은 시라는 본령에는 어긋나는 것이다.[11]

특히 서사시는 민족이나 신화와 관련된 이야기로 되어 있고 영웅적인

---

10) 김영철, "산문시와 이야기시의 장르적 성격 연구"(「인문과학논총」, 26집, 건국대 인문
　　과학연구소, 1994), p.38.
11) 장도준, 「현대시론」(제2판;태학사, 1999), pp.145~148 참조.

주인공의 행위에 장중한 문체와 같은 구성적이고 내용적인 문제만이 아니라 시가 될 수 있는 기본 자질인 운율의 요소를 필연으로 요구한다. 즉 서사시가 서사시이기 위해서는 서사성과 운문성이라는 최소한의 필요 조건을 갖추어야 한다는 것이다.

서구 고대 서사시의 대체적인 특징이라면, 우주나 천하(당시의 지중해), 천국과 같은 광대한 배경 속에서 펼쳐지는 위대하고 영웅적인 주인공의 이야기(신들과의 투쟁과 같은 초자연적인 성격도 띰)가 거기에 어울리는 장중한 문체와 운율 형식(이른바 영웅시체 : heroic verse)으로 만들어졌으며, 바드(bard)(대개 장님이었다고 함)에 의해 음송되었다는 것이다. 또 서사시는 민족이나 국가, 인류와 관련되는 신화·종교 혹은 역사적인 큰 주제를 내용으로 한다는 점에서 자연히 객관성과 과거성을 띤다는 점이다.

하지만 이와 같은 역사적 장르로서의 서구 서사시의 기준에서 본다면 우리의 근대 서사시 논의는 처음부터 벽에 부딪치게 된다. 서구에서도 서사시는 그 동안 많은 변화를 겪어 오기도 했지만, 우리의 문학이라는 특수성 속에서 서사시를 논의해야 한다는 점에서 서구에서도 이미 소멸된 고대 서사시의 기준에서 우리의 근대 서사시의 성립 문제를 논의한다는 것은 서사시 논의를 포기하는 것과 같기 때문이다.

그러므로 우리 근대 서사시를 논의하기 위해서는 역사적 장르로서의 서구 서사시의 특수성이 아닌 보편소로서의 서사시의 일반적이고 핵심적인 준거항을 추출해야겠는데, 이러한 준거항에 해당되는 서사시적 조건은 대체로 서사성과 운문성, 그리고 민족이나 종교·신화와 관련되는 배경의 광대함 내지는 주제의식의 심각성 같은 것(자연히 민족이나 종교와 관련될 수 있을 것임)이라 할 것이다. 서사성은 서사시가 서사장르로 되기 위해 반드시 요구할 수밖에 없는 서사적 측면이고, 운문성은 서사시가 시로 되기 위해 반드시 요구되는 시적 측면이다. 그리고 흔히 소설이나 영화와 같은 장르에도 '대서사시' 따위의 수식어를 붙이는 것은 이 마지막 요건, 즉 광대한 배경이나 심각한 주제의식 때문일 것이다.

우선 운문성을 제외한 위의 두 준거항만을 말한다면 아마 김용직이나 염무웅이 주장한대로 「국경의 밤」이나 「승천하는 청춘」은 적어도 "의심의 여지 없이 한국 근대시 사상 서사시 양식의 기반을 다진 경우"[12]거나 통속적 애정 갈등의 차원을 넘어선 당대의 우리 문단이 거둔 중요한 업적으로서 '대범하게 서사시'[13]라고 부르는 데 별 이의가 없을 것이다. 다만 「국경의 밤」보다 먼저 발표된 유엽(柳葉)의 「소녀의 죽음」(「금성」 2호, 1924. 1)의 경우는 이와 같은 기준에 비추어 양주동의 평가처럼 통속적인 작품성을 벗어나기 어려우며, 양보해서 보더라도 하나의 '이야기시'[14]는 될 수 있을

---

12) 김용직, 앞의 글, p.382.
13) 염무웅, 앞의 글, p.49.
14) 여기서 장편서사시와 관련하여 서사시와 서술시, 이야기시의 용어에 대한 간단한 정리를 해 둘 필요가 있겠다.

> 오세영은 敍事詩(epic)와 敍述詩(narrative poem)를 구분하여 서사시는 서구에 있어서는 그리스·로마의 고대 서사시에서부터 적어도 18세기까지의 근대 서사시에 이르는 역사적 장르 개념으로, 그 장르적 특성을 가지고 있다는 것이고, 서술시란 장르의 개념이 아닌, 시가 이루어지는 하나의 방법을 지칭하는 것으로 서술적 수법에 의하여 쓰여진 시를 총칭하는 말이라고 말한다. 그러므로 서술적 기술은 서정시에서도 많이 사용되는 방법이라는 것이다.(오세영, 앞의 글, pp.96~105 참조)

김준오도 장편서사시는 물론 단편서사시까지 포함하여 '서술시'라는 용어를 특별히 사용하고 있지만 서정주의 시와 김소월, 백석, 나아가 한적선 등의 수필시는 물론 내방가사, 개화기 가사, 창가, 신체시까지도 서술시의 범주에 포함시킨다는 점에서 이 용어로 근대 장편서사시나 단편서사시의 성격을 다른 양식과 구별하여 특정하게 설명하기는 어렵겠다. (김준오, "서술시의 서사학", 현대시학회 편, 「한국 서술시의 서사학」, 태학사, 1998. pp.16~34 참조)

그러나 김우창은 '이야기시'라는 용어를 사용하고 있으며(김우창, "신동엽의 '금강'에 대하여", 「창작과 비평」. 68, 봄), 황병하 또한 '이야기시'를 제안한다.(황병하, "라틴 아메리카의 이야기시", 「시와 사상」, 1996, 여름호) 본 연구자도 서술시라는 말 대신에 이야기시라는 말을 따르기로 한다. 왜냐하면 서술이라는 용어가 비문학적인 언어적 기술을 지나치게 광의로 포괄할 뿐만 아니라 서사 장르 이외에도 교술 장르

지는 몰라도 김용직 교수가 말한 '한국 근대시 사상 서사시의 효시를 이루는 작품'15)으로 보기는 어렵겠다.

서사성과 운문성, 그리고 배경이나 주제의식 등 필자가 추출한 서사시의 요건 가운데에서 운문성을 제외한다면, 나머지 요건은 모두 설화나 소설이 될 수 있는 자질이기도 하다. 따라서 우리의 근대 서사시의 성립 여부는 서사성이나 기타의 조건 못지 않게 운문성을 갖추었느냐 아니냐에 달려 있다 하겠다.

그런데 기왕의 연구들에서 대체적으로 발견되는 공통점은 중세 이전의 「동명왕」(이규보), 「제왕운기」(이승휴)를 비롯해서 조선조의 「용비어천가」, 「월인천강지곡」, 1920년대의 김동환의 「국경의 밤」(1925. 3. 간행)이나 「승천하는 청춘」(1925. 12. 간행), 또 1960년대 신동엽의 「금강」(1967) 등을 논의하면서 운문성의 문제를 아예 무시하거나 거의 간과하고 있다는 것이다.

예컨데 오세영은 서구의 전통적 서사시의 개념과 기준을 11가지로 정리하면서 「국경의 밤」이나 「승천하는 청춘」은 이 기준에서 볼 때, '제3자에 의해서 진술되는 네러티브 문학'16)이라는 조건 이외에는 서사시적 조건을 갖추지 못한 '통속소설의 센티멘탈리즘'과 '우울한 쾌락주의'17)에서 벗어나지 못한 '개인 창작의 발라드 혹은 그에 유사한 서술적 서정시'18)라고 규정한다. 그러나 이러한 평가는 서구의 전통 서사시의 기준에 지나치게 도식적으로 맞춘 결과로 여러 논자들에 의해 이미 지적되어 왔다.

그리고 「국경의 밤」의 구성이 서구 서사시의 특성인 삽화적 구성(episodic

에까지 해당되므로 변별적 기능을 하기가 어려운 데 비해서, 이야기시의 '이야기'는 서사성의 핵심을 이룬다는 점에서 그러하다. 이외에 '說話詩'(김종길, "한국에서의 장시의 가능성', 「문화비평」, 1권 2호)라는 용어를 쓰기도 한다.

15) 김용직, 앞의 글, p.376.
16) 오세영, 앞의 글, p.97.
17) 위의 글, pp.101~102.
18) 위의 글, p.108. 마찬가지로 조남현도 '삼각 관계의 연애'라는 측면에서 부정적으로 평가했다. 조남현, 앞의 글, p.79.

plot)이라기보다는 극적 구성에 가깝기 때문에 서정시의 본질에 더 가깝다는 진술[19] 또한 서정시의 본질을 오해한 것으로 극적 구성은 서정보다는 서사 장르에 당연히 가까운 것이다.[20]

그러나 문제는 오세영 교수가 우리 근대 서사시의 성립을 부정한 또 하나의 중요한 이유인 '한국시의 성격상 뚜렷한 서사시체의 운문이 존재할 수 없었다는'[21] 간단한 부정의 논리에 대해서 별로 주목하지 않거나 적절히 반론을 펴지 않는다는 점이다. 그 반론이라는 것이 앞에서도 언급되었지만 김용직 교수가 말한 "이 경우 운문의 속뜻은 감동적인 전달 형식을 취할 수 있는 가능성으로 재해석되어야 한다."[22]는 정도이다. 과연 운문이라는 의미를 감동적인 전달 형식을 취할 수 있는 가능성 정도로 해석해도 되는가. '감동적인 전달의 형식'이란 운문 뿐만 아니라 산문이나 극 형식 모두에서 성취되어야 한다는 점에서 부적절한 해석이다.

그렇다면 오세영의 말대로 「국경의 밤」이나 「승천하는 청춘」에서 소위 '서사시체의 운문'은 부재하는가. 본고의 모두에서 먼저 우리의 근대 문학이라는 특수성 속에서 서사시를 논의하겠다는 전제대로 서사시체의 운문이 곧 서구적 서사시체의 운문과 같을 필요는 없다. 필요한 것은 우리 나름의 운문성을 확보하고 있으며, 그것을 어떻게 실현하고 있는가 하는 문제일 것이다. 「국경의 밤」과 「승천하는 청춘」이나 「금강」 등은 장편의 서사를 어떻게 서사시로서의 객관적 서사성을 유지하면서 동시에 나름대로의 운문성을 확보하는 데 성공하고 있는가, 아니면 실패하고 있는가. 다시 말하면 이 시들은 '시로서의' 서사적인 것을 성취하고 있는가.

일찍이 서사시에 있어서의 운문성(운율)의 문제뿐만 아니라 서정시에 있

---

19) 오세영, 위의 글, p.100, pp.106~107 참조.
20) 장도준, 앞의 책, pp.187~193 참조.
21) 오세영, 앞의 글, p.97.
22) 김용직, 앞의 글, p.381.

어서의 운율의 문제에 대해서도 우리의 근대 초기의 시인들이나 이론가들
은 매우 많은 고민을 했던 것으로 보인다.

> 오늘까지의 우리네 신시운동은 실패라고 보는 것이 타당하겟지요. 시
> 가란 음악에다가 의미만 부친 문자의 나열인데 신시에는 음악적 요소가
> 적엇지요. 또 난삽하고…… 이것은 「리듬」이 잘 째이지 안은 때문과 용어
> 가 평명치 못한 것과 시형이 잘 자리 잡히지 못한 때문이겟지요.[23]

> 자유시의 내재율은 실로 十人十色의 觀을 뭇하야 (또 그리되지 아니할
> 수 업는 것이 이 시형의 특색입니다만) 어쩐 정도까지 진정한 의미로의
> 내재율을 자유시형의 시가가 가지게 되는지 대단히 알기 어렵은 일이외
> 다. […중략…] 나는 자유시를 볼 때에 넘우도 산만함에 어느 점까지가 산문
> 이고 어느 점까지가 자유시인지 알 수가 업서 놀래는 일도 만습니다만은
> 여하간 자유시의 당면한 위험은 거의 산문에 갓갑은 그 점에 잇습니다.[24]

김동환과 김억은 우리 근대시의 율격적 실패와 고민을 말하고 있다. 그들
은 자유시(서정시)에 있어서도 율격의 문제를 실패라고 보기도 했고, 내재율
의 문제에 있어서 어느 점까지가 산문이고 어느 점까지가 자유시인지 혼란
스럽다는 고민을 토로했다.

서정시에 대한 이와 같은 인식과 고민은 서사시의 창작 과정에서도 예외
가 아니었을 뿐만 아니라 오히려 더 난감한 문제로 제기되었을 것이다. 그
난감함이란 서사시에서 서사성의 객관성을 유지하면서 동시에 시로서 성립
될 수 있게 하는 형식성에 대한 고민이었을 것임은 당연하다. 이러한 고민의
해결을 위한 한 방법론으로 우리는 당시 김억의 진술을 대하게 된다.

> 시가로의 근본적 의의를 일치 아니하기 위하야 작자는 서사시를 썻슬
> 망정 될 수 있는 한에서는 한 首 한 首가 독립적으로 존재할 수 있도록

---

23) 김동환, "문사방문기", 「조선문단」 4권 3호, 1927. 3.
24) 김안서, "격조시형론소고", 「동아일보」, 1930. 1. 17.

또는 서정시로의 가치까지 잇도록 쓰느라고는 하엿습니다마는 역시 서
사인 것만치 달리 말하면 소설을 시로 쓴 것만치 사실의 敍述은 피할
수가 없어서 가다가는 시로서의 시답게 되지 못한 것도 적지 아니하외다.
그러고 어대까지던지 敍述만의 無味롭은 것을 피하기 위하야는 전체의
情調로 그 당면의 情形을 알 수 있도록 「무드」를 主삼아 쓴 것도 적지
아니하외다. 여하간 시형에다가 詩味로의 소설을 쓴다는 것은 대단히
어렵은 일이라는 것을 비록 첫 시험이지마는 기피 늣기엇습니다.[25]

이 말은 비록 김억 자신의 서사시 「지새는 밤」에 대한 언급이었다 해도
당시 서사시 창작의 형식과 율격에 대한 고민을 잘 반영하고 있을 뿐만
아니라 그 이후와 앞으로의 우리 현대 서사시의 형식과 율격 문제에도 그대
로 해당되는, 본질적인 고민과 문제 제기라 할 수 있는 것이다.

서양에 있어서 서사형식이 시로서 될 수 있는 조건은 우선 서사를 시형식
으로 만들 수 있도록 율격과 압운을 구체적으로 확인할 수 있는 서사시적
영웅시체의 율격 양식이 있기 때문이다. 즉 서사성과 운문성이라는 최소의
필요조건을 충족하고 있기 때문이다. 그러나 우리의 현대 자유시의 경우
시로서 받아들여질 수 있기 위해서는, 시행을 적절히 나누거나 비슷한 형태
적 요소나 표현이 반복되거나 형식이 짧거나 하지 않으면 달리 율격(내재율)
을 느낄 수 있는 음보내적 규칙이나 압운이 없다. 하물며 우리 시 특유의
자유시적 내재율이 서사시에 있어서는 긴 이야기 형식과 결합될 때, 그나마
의 내재율도 파탄남으로써 단순한 산문형식으로 전락되기 쉽다는 점이다.

김억의 고민도 그러한 것이었을 것이고, 그것은 선행한 김동환에게도 예
외가 아니었을 것이다. 그리하여 우리의 근대시 작자들은 서사시가 시로서
의 근본적 의의를 잃지 않도록 하기 위해서 우리 시에는 없는 서사시적
율격 대신에 주관적 장르로서의 서정시적 내재율과 어조를 부분적으로 살
리거나 가미되도록 애썼던 것으로 보인다. 그러한 노력의 모습은 김억의

---

25) 김억, "장편 서정서사시 「지새는 밤」의 '작자로의 한 마디'", 「동아일보」, 1930. 12. 9.

「지새는 밤」에서 뿐만 아니라 김동환의 「국경의 밤」과 「승천하는 청춘」에
서 잘 드러난다.

3. 「국경의 밤」·「승천하는 청춘」·「금강」의 서사시적 성격

　「국경의 밤」은 전체적으로는 서사 전달자의 객관적인 서술이 지배하고
있는 서술 방식을 취하고 있다. 그러나 세계에 대한 서정적 자아의 주관적
자아화도 반복해서 병존하는 것도 사실이다. 어느 부분은 리듬이 철저히
배제된 대화나 서술로 일관하고 있고, 어느 부분은 화자가 주관적 감정을
토로하면서 서정시적 어조와 리듬을 유지하려고 애쓰고 있다.

> 가을이 다 가는 어느날順伊는
> 멀구광주리 맥업시 내려노으며 아버지다려,
> 「아버지, 우리를 중놈이라고 해요, 중놈이란 무엇인데」
> 「중? 중은 웬중! 長衫입고 곳갈쓰고 木鐸 두다리면서 남미아미타불
> 불너야
> 중이지, 너 안보앗늬, 日前에 왓던 동양버리중을」
> 그러나 엇던지 그말소리는 비엿다.
> 「그래도 남들이 중놈이라던데」하고,
> 앗가 山에서 나무꾼들에게 몰니우던일을 생각하엿다.
> 老人은 憤한드시 낫자루를 휙 집어뿌리며,
> 「중이면 엇대?－중은 사람이 아니라던? 다른百姓하고 婚事도 못하고 마
> 음대로 옴겨사지도 못하고」
> 하며, 입을 담을엇다가
> 「잘덜 한다, 어듸 봐! 내쌀에야 손가락한아 대게하는가고」하면서 말업시
> 쌀의머리를 쓰다듬엇다.
> 낫혜는 눈물이 두루루 어울니고,
> 順伊도 그저 슬푼것갓해서 함께 울엇다, 얼마를.

「국경의 밤」 제 2부 제 29장의 전문이다. 이 부분은 대화와 객관적 서술만 있고 시적 리듬이나 정조는 배제되어 있다. 따라서 소설의 한 부분과 다를 바 없다. 「국경의 밤」에는 이와 같이 소설이라 할 만한 형식이 많은 부분을 차지하고 있는데 이러한 부분만으로 계속된다면 어떤 경우든 「국경의 밤」 은 시로 운위되기가 어렵게 되어 있다. 그러면 다음의 경우를 보자.

> 아하, 밤이 漸々 어두어간다,
> 國境의밤이 저혼자 시름업시 어두어간다.
> 함박눈좃차 다 내뿜은 맑은하늘엔
> 별두어개 파래저
> 어미일흔 少女의 눈동자갓치 갑박거리고
> 눈보래 甚한 江벌에는
> 외아지白楊이
> 혼자서서 바람을 거더안코 춤을춘다,
> 아지 불너지는소리조차
> 이妻女의 마음을 핫!핫! 놀내노으면서 —.

이 부분은 제 1부 제 5장의 전문이다. 이 부분은 마치 주요한의 시 「불노 리」를 연상케 하기도 한다. 서사의 객관적 서술과는 별개로 서술자(화자)의 주관적 감정이 지배하고 있다. 시적 리듬과 어조와 표현이 어우러져 한 편의 서정시로서의 역할을 충실히 하고 있다. 그리고 이와 같이 서정시라 할 만한 형식 또한 이 시에서 많은 부분을 차지하면서 서사적 부분과 교차 반복되고 있는데, 서정시적 형식만으로 구성되어 있다면 이 시는 스토리를 상실한 서정 장시가 되었을 것이다.

그런데 이 시는 서사와 서정이 일정하게 교차되고 있고, 그렇게 됨으로써 김억의 말대로 '서사의 무미로움'을 방법론적으로 피하고 있다고 할 수 있 다. 즉 서정시적 형식을 일정 부분 개입시킴으로써 서사성에 시성을 불어넣 어 주는 방법인 것이다. 이는 서구의 서사시가 서사시체의 운율을 가지고 창작되는 것과는 달리 우리의 근대 서사시의 경우는 서사적 문장을 외양적으로 적당히 행구분하고 서정시적 부분을 개입시키는 방법 이외에는 달리 운문성 확보가 쉽지 않았기 때문에 모색된 일종의 절충적 형식 내지는 타협의 산물이라 할 것이다.

결과적으로 우리의 근대 서사시는 서사시적 운율 양식이 일정하게 갖추어지지 못했으므로 서구와는 달리 서사에 운문성을 불어넣기 위해 부분적으로 서정시적 형식을 부가함으로써 시로서의 양식성을 확보하는 대신에 서사성이 어느 정도 약화되는 것을 감수해야 했다.[26] 우리에게 있어서 운문은 시조나 가사와 같은 곡조를 지닌 정형적인 시체나 판소리 형태의 창으로부터 근대시로 이행되면서 서정적 자아의 주관성과 그것에 의한 어조와 표현 특징, 그리고 적절한 시행 구분에 의해 내재율이 실현되었다. 그런데 이러한 현상을 서사 전달의 객관성을 지향하는 서사시에 적용시킬 경우는 서사시의 시성 확보 자체가 매우 어렵게 되어 있다. 그리하여 1920년대의 시의 선각들은 그러한 문제들에 고민할 수밖에 없었고 그들은 서사에 서정시적인 부분을 부가함으로써 그것을 극복하려 했던 것이다.

결국 김동환의 「국경의 밤」에서 서사적 이야기가 전체적으로 객관성을 띠면서 서사시로서의 장르적 정체성을 획득하고 있느냐, 아니면 시적 화자에 의해 서정화되는 서정 장시 내지는 서술적 서정시 정도에 머물렀는가 하는 문제인데, 결론으로 말한다면 서사적 객관성이 서정적 주관성을 압도하는 지배적 요소라는 측면에서 서정장시일 수가 없다. 즉 시성과 운문성을

---

26) 윤여탁은 1920년대 서사시 장르 속에 존재하는 서정적인 부분을 낭만적 센티멘탈리즘으로 설명하면서 이들 시들에서 감상성은 "서사 구조를 깨뜨리는 것이 아니라 나름대로 한편의 서정시를 이룩하면서 서사구조의 외적 상황, 배경과 주인공의 심리적 정황을 설명하는 역할을 수행한다"(윤여탁, "서사시 「국경의 밤」과 「지새는 밤」", 「시의 논리와 서정시의 역사」, 태학사, 1995, p.140)고 주장하고 있는데, 그러나 센티멘탈리즘 혹은 서정적인 부분이 운문성(혹은 시성)과 관련되는 것은 사실이지만, 서사적 객관성을 약화시키는 것 또한 사실이라 하겠다.

갖추기 위해 「국경의 밤」은 부분적으로 서정화되고 있지만 전체적으로는 서사성을 확보하고 있다는 것이다. 서정성의 부가에 의해 서사성은 시성을 얻고 있다 하겠다. 그리하여 「국경의 밤」은 서사성과 운율성을 얻고 있으며 민족적 삶과 관련된 심각한 주제의식을 갖추고 있다는 점에서 근대 서사시로서의 한 성과라고 할 만하다. 그러나 그 성과는 다소 타협적인 것이다. 그리고 앞으로도 우리의 서사시 시도는 서사적 운문체를 갖추고 있었던 서구에서조차 소설에 자리를 내어주었듯이, 운문과 산문 사이의 갈등을 노출시키면서, 김동환이나 김억이 고민했던 것과 마찬가지로 서정과 서사가 타협하는 형식성을 반복할 가능성이 많다.

이런 측면에서 볼 때 오세영 교수가 제기하고 있듯이 "이미 죽어버린 장르인 서사시를 현대에 와서 인위적으로 다시 써야할 어떤 이유가 있는가의 문제"27)가 어느 정도 설득력 있는 문제 제기일 수 있을 것이다. 특히 운율과 관련한 우리 시문학의 특수성에서 볼 때, 서사시 형식 자체를 위한 고민이 선행되는 상태에서 그것의 문학적 성취가 분방하고 자유롭게 이루어질 수 있을까 하는 것도 문제다.

가사 형식을 빌린 이동순의 시도(「검정버선」, 1979)나 판소리의 리듬과 표현을 빌린 김지하의 시도도 가사와 판소리가 가지는 운문이나 노래체로 서사의 산문성을 담아내려 하고 있지만 단조로운 가사 형식이나 판소리 리듬이 풍자나 교설, 혹은 해학적 비판의 형식에는 잘 조화될 수 있을지 모르나 서사시가 지향하는 것과 같은 민족의 장엄한 양식이 되기에는 한계가 있으리라 생각된다.

「국경의 밤」에 비해서 「승천하는 청춘」은 운율의 면에서 훨씬 더 배려를 한 흔적이 있으며 더 세련되어 있다 할 수 있지만, 근본적으로 「국경의 밤」과 크게 구별되는 것은 아니다. 비극적이거나 환상적인 결말 처리도 서사의

---

27) 오세영, 앞의 글, p.89.

객관성과 산문성을 서정적으로 주관화하여 시성을 확보하려는 의도와도 무관하지 않을 수 있다. 긴 작품으로서의 길이를 감당할 만큼의 짜임새를 보여주지 못하는 구성적 취약점도 있다.

　신동엽의 「금강」은 서사 자체의 모호성과 시점과 시제의 모호성을 통해 서사의 객관적 단조로움을 극복하려 했지만 오히려 도도하게 흐르는 역사와 삶의 굽이를 전체적으로 투시해내지 못하고 이야기 전개가 끊임없이 방해받는 토막난 형식을 벗어나지 못하고 있다. 특히 작자의 의식과 감정을 대신하는 신하늬를 통해서 당대의 역사에 가상적으로 개입(전봉준에게 조언하거나 사건 결과에 주관적 논평을 가하는 등)함으로써 오히려 역사적 사실의 서사적 장엄성을 훼손시키고 정서적 거리를 상실한 주관화된 허구로 후퇴시킨다.

　그러나 그럼에도 불구하고 「금강」은 앞에서 세운 서사시의 기준, 즉 서사성과 운문성, 그리고 민족이나 종교·신화와 관련되는 배경의 광대함이나 주제의식의 심각성 같은 기준에서 놓고 볼 때, 앞의 「국경의 밤」이나 「승천하는 청춘」과 함께 우리 근대 서사시의 한 중요한 성과에 포함될 수 있을 것이다.

4. 단편서사시의 성격과 명칭 문제

　서사시 논의와 아울러 1920년대에 주로 전개되고 논리화되었던 소위 단편서사시에 대한 논의도 필요하리라 생각된다.

　잘 알다시피 단편서사시론은 20년대 당시 프로시의 형식을 모색하는 과정에서 임화가 1929년 1~3월호 「조선지광」에 발표한 시들, 「네 街里의 順伊」, 「우리 옵바와 火爐」, 「어머니」 등을 통해서 선보이고, 이에 대해 김기진이 같은 해 5월 「조선문예」에 「단편서사시의 길로」를 발표함으로써 본격화된다. 김기진은 그의 글에서 「우리 옵바와 화로」를 대상으로 하여 구체적으로 설명하고 있다.

> 옵바-그러나 염려는 마세요
> 저는 勇敢한이나라靑年인 우리옵바와 핏줄을갓치한 계집애이고
> 永男이도 옵바도 늘 칭찬하든 쇠갓흔 거북紋이火爐를사온 동생이아니
> 에요
> 그러고 참 옵바 악가 그 젊은남어지옵바의친구들이왓다갓습니다
> 눈물나는 우리옵바동모의消息을 傳해주고갓세요
> 사랑스런勇敢한靑年들이엇습니다
> 世上에 가장偉大한 靑年들이엇습니다
> 火爐는 깨어져도 火적갈은 旗ㅅ 대처럼남지안엇세요
> 우리옵바는 가섯서도 貴여운 '피오닐' 永男이가잇고
> 그러고 모-든 어린 '피오닐'의따듯한누이품 제가슴이 아즉도 더웁습
> 니다[28)

「우리 옵바와 火爐」의 일부이다. 김기진은 이 시를 읽고 "나를 울린 것은 林和君의 시 「우리 옵바와 火爐」이라는 것이다. 나는 눈섭 쓰테 맷처서 쩌러지려 하는 눈물을 씨서버리고 이 詩는 우리들의 시로서 얼마나 잘된 것인가 혹은 못된 것인가, 그리고 이 시의 무엇이 나를 감동하게 하얏는가, 그것을 분석하야 보기로 결정하얏다"고 말한다. 그리고 이 시를 분석한 후 다음과 같은 결론에 이른다.

> 果然 우리들의詩는 小說과한가지로 現實的 客觀的 實在的 俱體的임을 要한다. 그目的이-(...五行略...)同一한同時에 그創作上態度가 同一하며 目的과 態度가 同一한限에서 그方法이 쏘한同一할것은 勿論이다. 그리 하야 우리들의詩는 短篇敍事詩의形式으로 接近하는수박게업다.
> 그러면 푸로레타리아詩人은 무엇에注意하여야할가?

---

28) 「조선지광」(1929.2), pp.117~119.

> 첫재 푸로레타리아詩人은 그素材가 事件的小說的인데注意해야한다.
> 그리하야 될수잇는대로 그 素材의詩的으로必要한部分만 추리어가지고
> 適當하게 壓縮하야 事件의內容과 事件을中心으로한 雰圍氣는極히印象
> 的으로 鮮明, 簡潔하게맨들기에힘쓸것이다.[29]

프롤레타리아 시는 소설과 마찬가지로 현실적, 객관적, 실제적, 구체적임을 요구하므로 단편서사시의 형식으로 접근할 수밖에 없고, 따라서 프롤레타리아 시인은 그 소재에 있어서는 사건적·소설적인 데에 주의해야 하고 문장은 프롤레타리아의 교양에 맞게 야성적 굴강미가 있는 말로 이루어져야 한다는 것이다. 김기진은 이 시에 대하여 "그 辭句가 중첩되고 설명이 雜然하야 인상이 선명치 못한" 기술의 不熟鍊한 점에 대해서 한계를 말하기도 하지만, "그 골격으로 서 잇는 사건이 현실적이요 실재적이요 옵바를 불느는 누이동생의 감정이 조곰도 공상적 과장적이 아니며, 전체로 현실, 분위기, 감정의 파악이 객관적, 구체적으로 되엿고 그리고 그것은 한 개의 통일된 정서를 전파하는 동시에 감격으로 가득찬 한 개의 생생한 소설적 사건을 眼前에 전개하고 있으므로" 단편서사시 형식의 실례가 된다고 한다. 그리고 그는 이러한 그의 주장을 몇 개월 전에 발표된 그의 글 「변증적 사실주의」(동아일보, 1929.2.25)와 아울러 읽기를 바라고 있다.

이후 단편서사시 논의는 자연히 시의 리얼리즘 논의와 관련지어 주로 전개되어 왔고, 리얼리즘 논자들은 소설을 포함한 서사 장르가 삶을 총체적으로 드러내는 데에 서정 장르 보다는 효과적인 양식이라는 점에서 시에서의 서사지향성을 매우 의미있는 가능성으로 받아들이면서, 단편서사시가 포함하고 있는 서사성과 그 명칭 자체에 대해서 의식·무의식적으로 호의를 보여온 게 사실이다. 그러나 팔봉이 붙인 단편서사시라는 명칭은 장르에 대한 충분한 숙고 끝에 붙여진 것이 아니라, 그의 말대로 변증적 리얼리즘의

---

29) 김기진, "단편서사시의 길로", 「조선문예」(1929.5), pp.47~48.

차원에서 소재의 사건적·소설적 특성을 강조해서 명명된 것이다. 그러므로 그 동안 그 명칭에서 오는 선입견이나 오해도 적잖았던 게 사실이다.

어떤 현상에 대해서 명칭을 부여한다는 것은 그 현상을 이해한 결과를 압축해서 규정한다는 점에서 중요하다. 명칭이 잘못되면 내용에 대한 왜곡이나 오해가 따르게 마련이다. 따라서 팔봉이 붙인 단편서사시에 대한 성격 규명과 그 명칭에 있어서도 당연히 여러 논자들의 논란이 있을 수밖에 없다.[30]

윤여탁은 단편서사시가 내포하는 사건이나 이야기라는 서사 장르의 요건도 시인의 감정과 사상을 전달하는 서정 장르의 형상화 방법의 하나라는 점에서 기본적으로 서정시의 범주에 포함시킨다. 그리고 그는 서술과 서사라는 용어를 구별한다. 서술이라는 용어는 창작방법과 관계되는 것으로, 서사라는 용어는 장르 규정에 관계되는 것으로 설명하고, 장편서사시와 구별하여 단편서사시를 '서술시'로 부른다.[31]

단편서사시를 서정 장르의 범주에 포함시키는 것은 적절하다 하겠으나 '서술시'라는 명칭의 경우는 앞의 서사시 논의에서도 언급했듯이 서술이라는 말이 매우 애매하고 광의적인 의미를 가지고 있으므로, 장르적 변별성과 무관한 용어를 사용하여 시 양식의 장르적 성격을 규정한다는 것은 모순된다는 점에서 적절하지 않다 하겠다.

오성호는 팔봉이 사건적 요소의 도입이라는 현상적인 문제만을 들어 「우리 옵바와 화로」에 '단편서사시'라는 양식적 개념을 부여함으로써 이후 이러한 형상화 방법을 채택한 시들에 대한 장르 규정에 혼란을 야기했다고 말한다. 다시 말하면 사건적 요소의 도입이라는 문제를 현실의 변화, 즉

---

30) 단편서사시의 경우 서사 형식이 포함되어 있긴 하지만 짧은 자유시 형식의 서정시적 율성을 가진다는 점에서 앞의 서사시 논의에서 다루어졌던 운문성의 문제는 저절로 해결된 셈이므로 따로 다루지 않겠다.

31) 윤여탁, 「리얼리즘시의 이론과 실제」(태학사, 1994), pp.138~153.

모순의 증대와 복잡화에 따른 서정 장르 자체의 역동적 발전이란 차원에서
설명하는 대신 거기에 '단편서사시'라는 다소 안이하고 절충적인 명칭을
부여함으로써 그러한 혼란의 빌미를 제공했다는 것이다.[32]

그는 단편서사시를 배역시와의 관계에서 설명하는데, 배역시에서 서사적
인 요소와 서정적인 요소가 공존할 수 있는 것은 '극적인 것'의 특성과 깊은
관계를 맺고 있기 때문이며, 헤겔의 지적처럼 극적인 것은 근원적으로 '서정
시와 서사시 원리의 상호매개적 통합'이라고 할 수 있기 때문이라는 것이다.
「우리 옵바와 화로」를 비롯한 임화의 단편서사시에서는 서사시적 원리와
서정시적 원리가 상당한 정도로 균형을 이루면서 통일되고 있고, 그런 점에
서 단편서사시는 서정시의 원리와 서사시의 원리의 상호매개적 통합으로서
의 극적인 원리에 충실한 것이라고 말한다. 그리고 그는 이처럼 시에서 일정
한 배역을 내세워서 그 배역으로 하여금 어떤 사건이나 상황, 그리고 그에
대한 감정을 진술하게 만드는 방식은 일단 시인의 직접적 주관성이 시에
개입할 여지를 줄이는 데 상당히 효과적이라고 말한다.[33]

물론 그는 단편서사시를 서정 장르의 하나로 파악하는데, 왜냐하면 시는
시인의 주관성에 전적으로 의존하고 있으므로 시 속의 서사적 사건도 서정
적 화자의 체험 속에 용해되어 있는 시적 대상일 뿐이며 따라서 그 사건에
대한 '인식'도 '화자의 체험에 내포된 정서'에 포함되기 때문이라는 것이다.
그리고 시의 정서 속에는 이미 객관적 인식이 포함되어 있다고 말하기도
한다.[34]

단편서사시를 서정 장르의 하나로 보고, 시는 시인의 주관성에 전적으로
의존하는 장르라는 오성호의 견해는 서정시의 본질에 부합되는 것으로 적

---

32) 오성호, 「한국근대시문학연구」(태학사, 1993), p.210.
33) 위의 책, pp.194~200.
34) 오성호, "시에 있어서의 리얼리즘 문제에 관한 시론", 「다시 문제는 리얼리즘이다」
　　(실천문학사, 1992), pp.290~293.

절하다. 그러나 화자의 정서 속에 객관적 인식이 내포되어 있다는 생각은 적절한 것 같지 않다. 시도 당연히 구체적 혹은 추상적 세계에 대한 인식을 보여주지만, 그 인식이 정서에 포함되어 있는 것은 아니다. 오히려 그 인식에는 주관적 정서가 내포되어 있다고 보아야 할 것이다. 더더구나 시적 인식은 객관적인 인식도 아니다. 시인의 주관성에 의존하는 시가 객관적인 인식을 드러낼 수 없는 것이다. 만일 시가 객관적 인식을 드러내어야 한다면 시적 인식은 어떤 근원적 존재자에 대한 본질적인 물음이나 삶에 대한 투시를 포기할 수밖에 없다. 즉 과학적 인식이 객관성을 지향한다면 시적 인식은 객관적인 인식을 넘어서는 차원에서 인생이나 어떤 초월적이고 근원적인 실재성에 대한 인식을 드러내며 그것을 체현하려 한다. 시적 인식은 주관적·정서적 인식이며 정서는 인식에 내포되거나 동시적인 현상이다. 시적 인식이 주관적이고 정서적이므로 그 인식의 검증은 과학적 검증이 아니라 독자의 공감을 통한 상호주관성에 의해 검증될 수 있는 것이다.

나병철은 오성호의 논리적 한계를 극복하는 논리로 정서와 인식 사이에 '자기인식'이라는 매개 개념을 상정하는데[35] 이러한 개념은 시에서 인식과 정서는 동시적인 현상이지 선후관계의 문제가 아니라는 점에서 적절하지 않을 뿐만 아니라 인식의 문제를 불필요하게 복잡하게 만든다. 같은 서간체라도 최서해의 「탈출기」에서의 화자의 인식은 상대적 의미에서 볼 때 객관화된 인식을 드러냄으로써 소설이 되고 「우리 옵바와 화로」에서의 시인의 인식은 정서적 인식을 드러냄으로써 시가 되었다는 차이 정도로 이해됨이 옳을 듯하다.

한편 최두석은 임화, 박세영, 김창술, 김해강 등의 시들에 대해서는 그 양식의 역사성을 인정하여 단편서사시라고 부르고, 기타 이야기 줄거리, 즉 사건 전개가 드러난 짧은 시 일반을 이야기시라고 부른다. 그러나 이러한

---

35) 나병철, 「문학의 이해」(문예출판사, 1994), p.234.

구분은 프로시의 역사성을 특별히 강조하기 위한 것이지 그 둘 사이의 양식 상의 근본적 차이점을 고려했기 때문이라 생각되지는 않는다. 그러므로 단편서사시에 대한 그의 생각도 이야기시에 대한 논의 속에서 이해될 수 있을 것이다.

그는 서사성이 강한 시를 두고 서정시라고 하는 것은 일방적일 뿐만 아니라 그 시의 속성을 왜곡하는 것이라고 하여 "서사성이 강화되어 이야기의 전개가 한 편의 시를 구성하는 경우"를 '이야기시'라 부른다.36) 그리고 오성호와는 달리 이야기시의 이야기에는 이미 시인(화자)의 마음이 스며 있다고 주장한다.37) 이러한 논리는 서사의 개념을 매우 모호하게 만든다. 이야기에 이미 시인의 마음이 스며 있다면 그것은 벌써 화자에 의해 자아화되어 서사적 거리와 객관성을 상실하고 서정화되어 있는 것이다. 결국 서사성을 강조한 논리가 서정성을 인정하는 논리로 바뀐 셈이 된다.

지금까지의 논의를 통해 도달할 수 있는 '단편서사시'에 대한 대체적인 결론은 그것이 서정시의 장르에 포함될 수 있다는 것이다. 시 속에 서사적 부분이 포함되어 있다고 해서 시의 성격이 '서사적'으로 기울어지거나 서정적 본질이 약화되는 것은 아니다. 서사적인 것은 단지 소재적인 것으로 대상화될 뿐이다. 그러므로 단편서사시에서 서사적인 부분은 시적 자아의 정서에 의해 지배되고 주관화됨으로써 시적 대상 차원에 머문다 할 수 있는 것이다. 서사 부분은 어디까지나 서정시에 포함된 한 부분일 뿐인 것이다.

일단 이렇게 규정해 놓고 본다면, '단편서사시'를 오성호 식으로 '서정시와 서사시 원리의 상호매개적 통합'으로 설명하거나 최두석처럼 명칭 자체에 서사성이 강조되는 '이야기시'라는 명칭을 쓰는 것도 적합하지 않은 것으로 보인다. 또 나병철처럼 "이야기에서 화자의 주관적 요소(자기 인식, 정서적 체험)만을 강조하여 서사성을 소홀히 하는 것도 잘못이지만 반대로

---

36) 최두석, "리얼리즘 시론", 이은봉 편, 『시와 리얼리즘』(공동체, 1993), p.109.
37) 최두석, "리얼리즘시 재론"(『실천문학』, 1993, 봄), pp.210~211.

서사성을 강조하여 화자의 주관적 요소를 부차적인 것으로 보는 태도 역시 용납될 수 없다"[38]고 하면서 '서사적 서정시'[39]라는 오해의 소지가 많은 어중간한 명칭을 부여하는 것 또한 적절하게 보이지 않는다. 왜냐하면 이 때 '서사적 서정시'라는 말은 서사시도 서정시도 아닌 매우 애매한 말이 되기 때문이다.

그러므로 결론으로 말하면 서사가 포함되어 있으면서도 서정시의 본질에서 벗어나지 않는다는 점에서, 다시 말하면 장편서사시의 경우와는 반대로 서정적 자아의 목소리가 서사를 대상화하여 포괄하고 지배하는 지배소라는 점에서, 서사시가 아니라 '서사포함형 서정시'로 좀더 명백한 명칭을 부여하는 것이 명칭에서 오는 오해의 소지를 줄일 수 있어서 좋을 듯하다. 서두에서도 말했지만 정확한 명칭은 텍스트에 안내되는 가장 일차적인 규범이며 기대이기 때문인 것이다.

5. 결 론

지금까지의 검토 결과를 요약하면 다음과 같다.

서사시를 구성하는 최소한의 조건은 서사성과 운문성, 그리고 민족이나 종교·신화와 관련되는 배경의 광대함 내지는 주제의식의 심각성 같은 것이라 할 수 있겠는데, 본 연구는 그 가운데에서 다른 논자들이 간과해 왔던 운율이라는 조건을 특히 중시해서 검토했다.

그리고 그 결과 「국경의 밤」과 「승천하는 청춘」, 「금강」등은 서사의 부분과 서정의 부분이 서로 교차되는 방식으로 구성됨으로써 서사가 시성과 운율성을 획득할 수 있었다 하겠다.

---

38) 나병철, "장르의 혼합현상과 서사적 서정시의 전개"(「기전어문학」 제7집, 수원대 국어국문학회, 1992), p.48.
39) 위의 글, p.41.

그러므로 우리의 근대 장편서사시는 서사에 서정이 부가된 일종의 절충적 형식 내지는 타협의 산물이라 할 것이다. 그러면서도 서사적 객관성이 서정적 주관성을 압도하는 지배적 요소라는 측면에서 그 주제의식이나 시적 배경 등의 요소와 함께 서사시의 요건을 충족시키는, 근대시 개척기에 있어서 서사시의 중요한 성과라 할 수 있을 것이다.

단편서사시의 경우는 장편서사시의 경우와는 달리 서정적 자아의 목소리가 서사를 대상으로 하여 그것을 포괄하고 지배하는 지배소라는 점에서 서사시가 아니라 서정시 장르라 할 수 있으며, 따라서 그 명칭에 있어서도 단편서사시, 서술시, 배역시, 이야기시, 서사적 서정시와 같은 오해의 소지가 많은 명칭보다는 '서사포함형 서정시'라고 하여 그 장르적 성격을 명확히 하는 것이 옳을 듯하다.

참고문헌

국내 논저

강현국, "초등학교 국어과 읽기 교과서의 동시작품 형태 연구", 「논문집」(대구교
　　　　대), 제33집, 1988.

김　억, "장편 서정서사시 「지새는 밤」의 '작자로의 한 마디'", 「동아일보」,
　　　　1930.12.9.

──────, "격조시형론소고", 「동아일보」, 1930.1.17.

김경용, 「기호학이린 무엇인가」, 민음사, 1994.

김교봉·설성경, 「근대 전환기 시가 연구」, 국학자료원, 1996.

김기진, "단편서사시의 길로", 「조선문예」, 1929.5.

김대행 편, 「운율」, 문학과 지성사, 1984.

──────, 「우리 시의 틀」, 문학과 비평사, 1989.

──────, 「한국시가구조연구」, 삼영사, 1976.

김동환, "문사방문기", 「조선문단」4권 3호, 1927.3.

김석연, "시조 운율의 과학적 연구", 「아세아 연구」, 32호, 고려대아세아문제연구
　　　　소, 1968.

김성기, "초등 교육과정에 수록된 운문단원 연구", 「상지논총」(상지대 대학원총원
　　　　우회), 1995.

김수업, "김소월 시의 율격 파악", 「상산 이재수 박사환력기념논문집」, 1972.

김영철, "산문시와 이야기시의 장르적 성격 연구" 「인문과학논총」26집, 건국대 인
　　　　문과학연구소, 1994.

──────, 「한국 개화기 시가의 장르 연구」, 학문사, 1987.

김용직 외, 「한국 현대시사연구」, 일지사, 1983.

──────, "근대 서사시의 형성과 그 성격", 임형택·최원식 편, 「한국근대문학사론」,
　　　　한길사, 1982.

──────, 「한국 근대문학의 사적 이해」, 삼영사, 1977.

──────, 「한국 현대시 연구」, 일지사, 1982.

──────, 「한국근대시사」, 학연사, 1986.

김우창, "신동엽의 '금강'에 대하여", 「창작과 비평」, 68, 봄.

김운찬, "해석의 지평 : 움베르트 에코의 텍스트 기호학" 「믿음과 삶」(대구효성가톨
　　　　릭대 성 유스티노 성서모임) 제17호, 1997, 봄.

김윤식, 「한국근대작가론고」, 일지사, 1974.

──────, 「이광수와 그의 시대」, 솔출판사, 1999.

──────, 「한국근대문학연구」, 일지사, 1974.

김은자, 「현대시의 공간과 구조」, 문학과 비평사, 1988.

김재홍, "한국 근대 서사시와 역사적 대응력", 「문예중앙」, 1985, 가을.

김종길, "한국시에 있어서의 비극적 황홀", 「시에 대하여」, 민음사, 1986.

──────, "한국에서의 장시의 가능성", 「문화비평」, 1권 2호.

김준오, "서술시의 서사학", 현대시학회 편, 「한국 서술시의 서사학」, 태학사, 1998.

──────, 「한국현대장르비평론」, 문학과 지성사, 1990.

김창원, 「시교육과 텍스트의 해석」, 서울대 출판부, 1995.

김춘수, 「한국 현대시 형태론」, 해동문화사, 1958.

김흥규, "한국 시가 율격의 이론 I ", 「민족문화연구」13, 고려대민족문화연구소,
　　　　1978.

──────, 「한국 현대시를 찾아서」, 한샘, 1982.

──────, 「욕망과 형식의 시학」, 태학사, 1999.

──────, 「한국문학의 이해」, 민음사, 1986.

나병철, "장르의 혼합현상과 서사적 서정시의 전개", 「기전어문학」 제7집, 수원대
　　　　국어국문학회, 1992.

──────, 「근대성과 근대문학」, 문예출판사, 1995.

──────, 「문학의 이해」, 문예출판사, 1994.

─────, 「한국문학의 근대성과 탈근대성」, 문예출판사, 1996.

류철균, "1920년대 민요조 서정시 연구", 서울대 석사학위논문, 1993. 2.

─────, "20년대 민요조 서정시의 형성 요인에 대한 고찰", 「비교문학」, 20, 1995.
        12.

문덕수, 「현대시의 해석과 감상」, 이우출판사, 1989.

민족문학사연구소 편, 「민족문학사강좌」, 창작과 비평사, 1995.

박경수, "1920년대 민요시론과 그 시사적 성격", 한국정신문화연구원, 한국학대학
        원 석사학위논문, 1981.

─────, "한국 근대 민요시 연구", 부산대 박사학위논문, 1989. 2.

박두진, 「한국 현대 시론」, 일조각, 1971.

박민수, "동시의 시적 자아와 시점에 관한 일연구", 「교육연구」(춘천교대), 제9집,
        1991.

바이문, 「시와 과학」, 일조각, 1981.

박정순, 「대중매체의 기호학」, 나남출판, 1995.

박철희, 「한국시사연구」, 일조각, 1984.

박철희 · 김시태 엮음, 「문예비평론」, 문학과 비평사, 1993.

배종호, 「韓國儒學史」, 연세대학교 출판부, 1974.

백　철 · 이병기, 「국문학전사」, 신구문화사, 1975.

백운복, 「시의 이론과 비평」, 태학사, 1997.

─────, 「한국현대시론사 연구」, 계명, 1993.

성기옥, 「한국 시가 율격의 이론」, 새문사, 1986.

소두영, 「구조주의」, 민음사, 1993.

─────, 「기호학」, 인간사랑, 1991.

─────, 「문화기호학」, 사회문화연구소, 1995.

송효섭, 「문화기호학」, 민음사, 1997.

신동욱, 「詩想과 목소리」, 민음사, 1991.

─────, 「우리 시의 역사적 연구」, 새문사, 1984.

신동욱 · 조남철, 「현대문학사」, 한국방송통신대출판부, 1999.

신재기, 「한국 근대문학비평가론」, 월인, 1999.

심원섭, "한·일시 율성의 동질성에 관하여", 「현대문학연구」5집, 한국문학연구회,
       1995.7.
───, 「한·일 문학의 관계론적 연구」, 국학 자료원, 1998.
염무웅, "서사시의 가능성과 문제점", 김윤수외 편, 「한국문학의 현단계」, 창작과
       비평사, 1992, 1982.
예창해, "한국 시가 운율의 구조연구", 「성대문학」, 19집, 성균관대학교, 1976.
오성호, "1920년대 민요시론의 형성과정 연구", 연세대석사학위논문, 1985.12.
───, "시에 있어서의 리얼리즘 문제에 관한 시론", 「다시 문제는 리얼리즘이다」,
       실천문학사, 1992.
───, 「한국근대시문학연구」, 태학사, 1993.
오세영, "「국경의 밤」과 서사시의 문제", 「국어국문학」75호, 1977.
───, "이육사의 「절정」─비극적 초월과 세계 인식", 「한국현대시작품론」, 문장,
       1981.
───, "자유시 형성에 있어서 사설시조와 잡가" 「한국문화」14집, 서울대 한국문
       화연구소, 1993.
김홍기, "한국 현대 서사시 연구", 「국학논총어문연구」, 한양대학교 국학연구원,
       1980.
오세영, 「20세기 한국시 연구」, 새문사, 1990.
───, 「한국 낭만주의 시 연구」, 일지사, 1986.
오양호, "한국 서사시에 대한 일차적 접근", 「여천 서병국박사화갑기념논문집」, 형
       설출판사, 1980.
유성호, 「상징의 숲을 가로질러」, 하늘연못, 1999.
유재천, "로트만의 시의 기호학", 『현대시사상』3/2, 고려원, 1991.
윤여탁, "서사시 「국경의 밤」과 「지새는 밤」", 「시의 논리와 서정시의 역사」, 태학사,
       1995.
───, "해방 정국의 현실 인식과 역사적 전망", 「시의 논리와 서정시의 역사」,
       태학사, 1995.
───, 「리얼리즘시의 이론과 실제」, 태학사, 1994.

윤장근, "개화기 시가의 율성에 관한 분석 고찰", 「아세아 연구」, 39호, 1970

윤호병, 「한국현대시의 구조와 의미」, 시와 시학사, 1995.

이경훈, "김동환의 민요시에 대하여", 「연세어문학」, 25, 1993.2.

이능우, "자수고 대안", 「서울대학교논문집」, 7집, 1958.

이동순, 「시정신을 찾아서」, 영남대학교 출판부, 1998.

이상섭, 「문학연구방법」, 탐구신서, 1991.

─────, 「문학이론의 역사적 전개」, 연세대 출판부, 1985.

─────, 「복합성의 시학」, 민음사, 1987.

─────, 「문학비평용어사전」, 민음사, 1978.

─────, 「자세히 읽기로서의 비평」, 문학과 지성사, 1988.

이승훈, 「한국 시의 구조 분석」, 종로서적, 1987.

이영섭, 「한국 현대시 형성 연구」, 국학자료원, 2000.

이은봉 편, 「시와 리얼리즘」, 공동체, 1993.

임영방, 「현대 미술의 이해」, 서울대 출판부, 1990.

장도준, 「한국 현대시의 전통과 새로움」, 새미, 1998.

─────, 「현대시론」, 제2판, 태학사, 1999.

─────, 「우리 시 어떻게 읽을 것인가」, 태학사, 1996.

장윤익, "한국 서사시 장르에 대한 연구", 「인천대 논문집」, 6집, 1984.

전원범, "국민학교 국어과 교재 동시의 분석 연구", 「산정 최성호박사 화갑기념초
          등교육논총」, 1988.

정 광, "한국시가 운율연구 시론", 「응용언어학」, 7-2호, 서울대어학연구소, 1975.

정병욱, "고시가 운율론 서설", 「최현배선생회갑기념논문집」, 정음사, 1954.

─────, 「한국고전시가론」, 신구문화사, 1979.

정한모, "육사시의 특질과 시사적 의의", 「나라사랑」16집, 1974.

─────, 「한국 현대시의 정수」, 서울대출판부, 1979.

─────, 「한국현대시문학사」, 일지사, 1974.

정현종, "감각,이미지, 언어", 「인문과학」제49집, 연세대 인문 과학연구소, 1983.

조남현, "김동환의 서사시에 관한 연구", 「인문과학논총」, 11집, 건국대, 1978.

조동일, 「韓國小說의 理論」, 지식산업사, 1977.

———, 「서사민요연구」, 계명대출판부, 1970.

———, 「한국 시가의 전통과 율격」, 한길사, 1982.

———, 「한국문학통사」4, 지식산업사, 1986.

———, 「한국문학통사」5, 지식산업사, 1996.

조연현, 「한국현대문학사」, 성문각, 1969.

조윤제, "시조의 자수고", 「신흥」, 4호, 1930.

조정래·나병철, 「소설이란 무엇인가」, 평민사, 1991.

조창환, "1920년대 시의 구조적 특성에 관한 연구", 서울대대학원, 1976.

———, 「한국 현대시의 운율론적 연구」, 일지사, 1986.

진선희, "제5차 교육과정기 교과서 수록 동시 분석", 「청람어문학」제15집, 청람어
        문학회, 1996.

哲學大事典, 學園社, 1974.

최동호, 「하나의 道에 이르는 시학」, 고려대학교 출판부, 1997.

최두석, "리얼리즘시 재론", 「실천문학」, 1993 봄.

최승호, 「한국적 서정의 본질 탐구」, 다운샘, 1998.

최유찬, 「한국 문학의 관계론적 이해」, 실천문학사, 1998.

최현배, 「우리말본」, 정음사, 1982.

한국기호학회엮음, 「기호학연구 1: 문화와 기호」, 문학과 지성사, 1995.

한국신시 60년 기념사업회편, 「한국 시선」, 일조각, 1968.

홍기삼, "한국 서사시의 실제와 가능성", 「문학사상」, 1975.3.

홍재휴, 「한국고시율격연구」, 태학사, 1983.

황병하, "라틴 아메리카의 이야기시", 「시와 사상」, 1996, 여름호.

황희영, 「운율연구」, 대전대 동서문화비교연구소, 1969.

번역서 및 논문

C.카터 콜웰, 「문학개론」, 이재호. 이명섭 역, 을유문화사, 1981.

H. R. 야우스, 「도전으로서의 문학사」, 장영태 역, 문학과 지성사, 1983.

T. 혹스, 「구조주의와 기호학」, 정병훈 역, 을유문화사, 1984.

로만 야콥슨, 「문학 속의 언어학」, 신문수 편역, 문학과 지성사, 1989.

로만 야콥슨, "시란 무엇인가?", 박인기 편역, 「현대시의 이론」, 지식산업사, 1989.

롤랑 바르트, 「신화론」, 정현 역, 현대미학사, 1995.

보리스 아이헨바움, "형식적 방법의 이론", 한기찬 역, 「러시아 형식주의 문학이론」,
        월인제, 1980.

볼프강 이저, 「독서행위」, 이유선 역, 신원문화사, 1993.

볼프강 카이저, 「언어예술작품론」, 김윤섭 역, 대방출판사, 1984.

쉬클로프스키(외), 「러시아 형식주의 문학이론」, 한기찬역, 월인제, 1980.

쉬클로프스키, "기술로서의 예술", 한기찬 역, 「러시아 형식주의 문학이론」, 월인
        제, 1980.

안토니 이스트호프, 「문학에서 문화 연구로」, 임상훈 역, 현대미학사, 1994.

유리 M. 로트만, 「문화기호학」, 문예출판사, 1998.

유리 로트만, 「시 텍스트의 분석－시의 구조」, 유재천 역, 가나, 1987.

柳田聖山, 「임제록」, 一指역, 고려원, 1988.

제임스 그리블, 「문학교육론」, 나병철 역, 문예출판사, 1987.

질베르 뒤랑, 「상징적 상상력」, 진형준 역, 문학과 지성사, 1983.

카이저, 볼프강, 「언어예술작품론」, 김윤석역 : 대방출판사, 1984.

테리 이글턴, 「문학이론입문」, 김명환 외 역, 창작사, 1986.

흐루쇼브스키, 벤야민, "현대시의 자유율", 박인기편역, 「현대시의 이론」, 지식산업
        사, 1989.

Beaugrande, Robert Alain de & Dressler, Wolfgang, 「담화・텍스트 언어학 입문」,
        김태욱・이현호 역, 양영각, 1990.

Derrida, Jacques, 「그라마톨로지」, 김성도 옮김, 민음사, 1996.

Dickie, George, *Aesthetics An Introduction*, 오병남·황유경 역, 「美學入門」, 서광, 1985.

Eco, Umberto, 서우석 역, 「기호학 이론」, 문학과 지성사, 1985.

─────────, 서우석·전지호 역, 「기호학과 언어철학」, 청하, 1992.

Fish, Stanley, *Is there a text in this class?*, Havard Univ. Press, 1980.

Heidegger, Martin, *Erläuterungen zu Hölderlins Dichtung*, 소광희 역, 「詩와 哲學」, 박영사, 1977.

Hirsch, Eric D., 「문학의 해석론」, 김화자 역, 이화여대 출판부, 1988.

Holub, Robert C., 「수용 이론」, 최상규 역, 삼지원, 1985.

Jakobson, Roman, "Closing Statements : Linguistics and Poetics", 신문수 편역, "언어학과 시학", 「문학 속의 언어학」, 문학과 지성사, 1989.

Jefferson, Ann & Robey, David, 「현대 문학이론」, 김정신 역, 문예출판사, 1992.

Lotman, Jurij, 「문화기호학」, 유재천 역, 문예출판사, 1998.

─────────, 「시 텍스트의 분석: 시의 구조」, 유재천 역, 가나, 1987.

─────────, 「예술 텍스트의 구조」, 유재천 역, 고려원, 1991.

Olsen, Stein Haugom, *The structure of Literary Understanding*, 최상규역, 「文學의 理解」, 학연사, 1986.

Scholes, Robert, 「기호학과 해석」, 유재천 역, 현대문학사, 1988.

─────────, 「문학과 구조주의」, 위미숙 역, 새문사, 1987.

Hulme, T. E., "Romanticism and Classicism", *Modern Literary Criticsim*, 데이비드 로지 편, 윤지관 역, 「20세기 문학비평」, 까치, 1984.

Zima, Pierre, 「문학 텍스트의 사회학을 위하여」, 이건우 역, 문학과 지성사, 1983.

외국서적 및 논문

Spears, Monroe K., *Dionysus and the City (Modernism in Twentieth-Century poetry)*, Oxford Univ. Press, 1971.

Wimsatt, W.K. & Beardsley,M.C., "The Intentional Fallacy", *The verbal Icon*, Univ.of Kentucky Press, 1967.

Young, Thomas Daniel, *Selected Essays, 1965 ~1985*, Louisiana State Univ. Press, 1990.

Richards, I.A., *Principles of Literary Criticism*, Routledge and Kegan Paul Ltd., 1964.

—————, *Practical Criticism*, Routlege and kegan Paul Ltd., 1964.

Warren, R.P., "Pure and Impure Poetry", edited by Calderwood,J.L. & Toliver, H.E., *Perspectives on Poetry*, Oxford Univ.Press, 1968.

Wheeler, Charles B., 「The Design of Poetry」, W.W.Norton & Company Inc., 1966.

Kreuzer, J.R, *Elements of Poetry*, The Macmillan Company, 1955.

Poe, E.A., "The Poetic Princnple", *Poems and Miscellanies*, Oxford univ.Press, 1956.

Coffman, S.K., *Imagism*, The univ.of Oklahoma Press, 1951.

Abrams, M.H., *The Mirror and the Lamp*, Oxford Univ. Press, 1971.

—————, *A Glossary of Literary Terms*, Holt,Reinhart and Wimston, 1981.

Preminger, Alex, ed., *Princeton Encyclopedia of Poetry and Poetics*, Princeton Univ. Press, 1974.

Cassirer, Ernst. *An Essay on Man —An Introduction to a philosophy of Human Culture*, Doubleday & Company, Inc., 1958.

Eliot, T.S., "Hamlet and His Problems", *The Sacred Wood*, Methuen & Co.Ltd,1972.

Empson, William, *Seven Types of Ambiguity*, New Directions Publishing Co.,1966.

Mukarovsky, Jan, "Standard Language and Poetic Language", *A Prague School Reader On Esthetics, Literary Structure, and Style*, Paul L.Garvin, ed.& trans, Georgetown Univ. Press,1964.

—————, "On Poetic Language", *The Word and Verval Art*, John Burbank and Peter Steiner, ed. & Trans., Yale Univ. press, 1977.

Barthes, Roland, *Elements of Semiology*, trans. Lavers, Annette & Smith, Colin, Beacon Press, 1970.

—————, "From Work to Text", Edited by Harari, Josue V., *Textual Strategies: Persectives in Post-Structuralist Criticism*, Cornell University Press, 1979.

—————, "Theory of the Text", Edited by Young, Robert, *Untying the Text: Post-Structuralist Reader*, Routledge & Kegan Paul, 1981.